MADDIE DAWSON
AUTORA BEST-SELLER INTERNACIONAL

Aprendiz de Casamenteira

São Paulo
2023

Grupo Editorial
UNIVERSO DOS LIVROS

Matchmaking for beginners
© 2018 by Maddie Dawson
© 2023 by Universo dos Livros

Todos os direitos reservados e protegidos pela Lei 9.610 de 19/02/1998.

Nenhuma parte deste livro, sem autorização prévia por escrito da editora, poderá ser reproduzida ou transmitida sejam quais forem os meios empregados: eletrônicos, mecânicos, fotográficos, gravação ou quaisquer outros.

Diretor editorial: **Luis Matos**
Gerente editorial: **Marcia Batista**
Assistentes editoriais: **Letícia Nakamura e Raquel F. Abranches**
Tradução: **Marcia Men**
Preparação: **Alessandra Miranda de Sá**
Revisão: **Tássia Carvalho e Alline Salles**
Arte: **Renato Klisman**
Projeto gráfico e diagramação: **Francine C. Silva**
Capa: **David Drummond**

Dados Internacionais de Catalogação na Publicação (CIP)
Angélica Ilacqua CRB-8/7057

D779a	Dawson, Maddie
	Aprendiz de casamenteira / Maddie Dawson ; tradução de Marcia Men. — São Paulo : Universo dos Livros, 2023.
	384 p.
	ISBN 978-65-5609-354-3
	Título original: *Matchmaking for beginners*
	1. Ficção norte-americana I. Título II. Men, Marcia
23-0836	CDD 813.6

Universo dos Livros Editora Ltda.
Avenida Ordem e Progresso, 157 – 8º andar – Conj. 803
CEP 01141-030 – Barra Funda – São Paulo/SP
Telefone/Fax: (11) 3392-3336
www.universodoslivros.com.br
e-mail: editor@universodoslivros.com.br

um

BLIX

Eu não deveria ter vindo, essa que é a verdade. Não são nem cinco da tarde e já estou fantasiando com um coma rápido e indolor. Algo dramático, envolvendo um belo desmaio com direito a queda no chão, os olhos rolando para trás e os membros tremendo.

    É o chá pós-Natal anual da minha sobrinha, entende, quando as pessoas que mal escaparam se arrastando pelas semanas de compras de final de ano, festas e ressacas se veem requisitadas por Wendy Spinnaker para colocar *mais uma vez* o suéter vermelho e a calça social preguedada, para ficar de pé por horas na sala de estar dela, a fim de poder admirar suas decorações caras de Natal e sua mansão reformada, e tomar um coquetel vermelho ridículo que uma estudante de Ensino Médio num uniforme de garçonete entrega numa bandeja.

    Até onde posso ver, o propósito dessa reunião é apenas para que minha sobrinha possa relembrar ao bom povo de Fairlane, Virgínia, que ela é uma Pessoa Muito Importante, e rica, ainda por cima – uma força a ser considerada. Alguém que faz doações para caridade. Uma diretora de várias coisas. Não consigo acompanhar tudo o que ela é, para falar a verdade.

    Sinto-me tentada a me levantar e pedir que levantem as mãos. *Quantos de vocês tiveram a alma atrofiada apenas nas últimas horas? Quantos gostariam de se unir a mim numa fila de conga saindo pela porta da frente?* Sei que alguns aceitariam. E minha sobrinha me mataria enquanto eu estivesse dormindo.

    Moro bem longe e sou mais velha que andar para a frente, então nem precisava vir para esse negócio – na maioria dos anos, tenho noção suficiente para evitar isso –, mas Sabujo disse que eu tinha que vir. Disse que eu me arrependeria se não visse a família pela última vez, caso não viesse. Sabujo se preocupa com coisas como arrependimentos no leito de morte. Acho que ele imagina o fim da vida como o fim de um livro satisfatório: algo que deveria ser fechado com um belo laço, todos os pecados perdoados. Como se isso pudesse acontecer algum dia.

– Eu vou – falei para ele, por fim –, mas não vou contar para eles que estou doente.

– Eles vão saber assim que olharem para você – disse ele.

É claro que *não souberam*.

Pior: é claro que esse é o ano em que meu sobrinho-neto, Noah, acaba de ficar noivo, e a festa se estendeu até o infinito, porque estamos todos esperando ele e a noiva chegarem da Califórnia para que ela possa ser apresentada à alta sociedade da qual fará parte ao se casar.

– Ela é só uma songamonga que ele conheceu numa conferência, e, de algum jeito, descobriu como prendê-lo – Wendy me contou pelo telefone. – Provavelmente não tem um neurônio sequer funcionando na cabecinha. Assistente numa escolinha de Educação Infantil, você aguenta isso? A família não é lá grandes coisas: o pai trabalha com seguros e a mãe não faz nada para ninguém, até onde sei dizer. Eles são da *Fla-rida*. É assim que ela fala. *Fla-rida*.

Ainda estava processando a palavra *songamonga* e me perguntando o que aquilo poderia significar no universo de Wendy. Sem dúvida, eu seria descrita como algo igualmente desdenhoso. Ainda sou vista como a desajustada da família, sabe, aquela que tem que ser vigiada de perto. Blix, o Ultraje. Eles odeiam que eu tenha pegado minha herança e me mudado para o Brooklyn – que todo mundo sabe ser inaceitável, uma vez que povoado por nortenhos.

Olho para o cômodo ao meu redor, na casa que já foi o lar da minha família, passado ao longo das gerações da filha preferida para a filha preferida (menos eu, é claro), e preciso de todo meu esforço para bloquear toda a energia negativa que desliza junto aos

Aprendiz de Casamenteira

rodapés. A árvore de Natal artificial de três metros de altura, com seus ornamentos de vidro de Christopher Radko e o pisca-pisca reluzente, tenta insistir que tudo aqui está ótimo, muito obrigada por perguntar, mas eu sei a verdade.

Esta é uma família podre até o âmago, não importa o que a decoração lhe diga.

Eu vejo as coisas como elas são, cortando toda a falsidade e o fingimento. Ainda consigo lembrar quando esse lugar era autenticamente grandioso, antes que Wendy Spinnaker decidisse jogar milhares de dólares numa restauração fajuta de sua fachada.

Mas isso resume perfeitamente a filosofia de vida desta família: aplique gesso por cima das coisas reais e cubra com uma camada de verniz. Ninguém vai saber.

Mas eu sei.

Um cavalheiro idoso levemente bêbado e com mau hálito se aproxima e começa a me contar sobre fusões bancárias que fez e algumas aquisições que adquiriu, e que ele acha que minha sobrinha é a única pessoa que consegue fazer torradas com molho de queijo coalho terem gosto de cozido feito com meias velhas. Estou prestes a concordar com ele quando me dou conta, num susto, que ele não disse essa última parte. Está quente e barulhento demais nessa sala, então eu o desvaneço com minha mente, e de fato ele vai embora.

Tenho meus talentos.

Depois, milagre dos milagres, exatamente quando estávamos prontos para sucumbir ao desespero e à bebida, a porta da frente se abre com um sopro e a festa de súbito ganha energia, como se alguém a reconectasse na tomada e recebêssemos permissão para voltar à vida.

O jovem casal chegou!

Wendy corre para a entrada, bate palmas e diz:

— Pessoal! Pessoal! É claro que já conhecem meu querido e brilhante Noah. *Esta aqui* é a adorável noiva dele, Marnie MacGraw, em breve nossa *deslumbrante* nora! Seja bem-vinda, queridinha!

O pequeno quarteto no canto da sala engata a "Marcha nupcial" e todos os rodeiam, apertando as mãos do casal, bloqueando minha visão. Posso ouvir Noah, herdeiro da fanfarronice e da ousadia da família, estrondando enquanto fala sobre o voo e o tráfego, enquanto a noiva é manejada e abraçada como se fosse uma mercadoria que pertence agora a todo mundo. Se eu esticar o pescoço para a direita, consigo ver que ela é mesmo adorável: alta e magra, de bochechas vermelhas e toda dourada, e usando uma boina azul meio de lado com uma graça que em geral não se vê nas festas de Wendy.

Então noto outra coisa a respeito dela, algo no modo como espia por baixo da franja longa e loira. E *pá!*, do outro lado da sala, os olhos dela encontram os meus, e juro que algo passa dela para mim num lampejo.

Estava prestes a me levantar de meu lugar na namoradeira, mas agora torno a me sentar, fecho os olhos e aperto os dedos.

Eu *a conheço*. Ai, meu Deus, realmente sinto que *a conheço*.

Levo um instante para me recompor. Talvez esteja enganada, no fim das contas. Como poderia ser? Mas não. É verdade. Marnie MacGraw é igualzinha ao meu antigo eu, ali de pé, enfrentando essa ofensiva da nobreza sulista, e a vejo jovem e velha, sentindo meu próprio coração idoso martelando como costumava fazer.

Venha para cá, meu bem, lanço na direção dela.

Então é para isto — *isto* — que estou aqui. Não para oferecer algum desfecho a anos de disputa familiar. Não para beber esses coquetéis absurdos, nem para revisitar minhas raízes.

Era para eu conhecer Marnie MacGraw.

Coloco a mão sobre o abdômen, contra a bola do tumor que vem crescendo ali desde o inverno passado, a massa sólida e rígida que já sei que vai me matar antes que o verão chegue.

Venha para cá, Marnie MacGraw. Tenho tanto que preciso lhe contar...

Ainda não. Ainda não. Ela não vem.

Aprendiz de Casamenteira

Ah, sim. É claro. Existem deveres a se cumprir quando você está sendo exibida à polida sociedade sulista, quando você é a pretendente do aparente herdeiro. E, sob a pressão disso tudo, Marnie MacGraw fica hesitante, nervosa – e então ela comete uma gafe terrível, algo tão deliciosamente horrendo que, por si só, já a deixa em boa posição comigo por uma vida inteira, mesmo que não a conhecesse. Ela *recusa* uma torrada com molho coalho de Wendy. A princípio, ela apenas balança a cabeça educadamente quando o prato é movido em sua direção. Tenta explicar que não está com fome, uma clara mentira, como Wendy evidencia com seus olhos de raio laser faiscantes, porque Marnie viajou com Noah por horas, e Wendy, por acaso, sabe que eles pularam o café da manhã e o almoço, e tentaram sobreviver dos amendoins fornecidos pela companhia aérea.

– O que é isso, meu anjo, você *precisa* comer! – exclama Wendy. – Não tem uma única caloria sobrando nesses seus ossos, benza-a Deus!

Fecho os olhos. Faz apenas alguns minutos que ela está aqui e já recebeu um "benza-a Deus" mortal. Marnie, agora vacilante, estende a mão e pega um bolinho e uma única uva vermelha, mas essa também não é a atitude certa.

– Não, não, meu anjo, experimente o coalho – insiste Wendy.

Conheço aquele tom de voz. De algum modo, Noah deixou de explicar a seu amor verdadeiro que a lei da família aqui *exige* que os convidados provem as torradas, e que eles devem praticamente cair no chão, se retorcendo de prazer por essa maravilha, sempre *mais maravilhosa* do que no ano anterior.

Então Marnie diz a frase que sela seu destino. Ela gagueja as palavras:

– De-desculpe, mas não me sinto confortável comendo coelho.

Coloco a mão na boca para que as pessoas não vejam o tamanho do meu sorriso.

Arrá! Os olhos de minha sobrinha lampejam e ela dá sua risada quebradiça, assustadora, e diz numa voz alta que faz todo mundo parar para olhar:

— Meu anjo, mas *de onde* você tirou a ideia de que *molho de coalho* tem *alguma coisa* a ver com *coelhos*? Minha nossa! É porque os dois começam com *C*? *Por favor*, não me diga que é por isso!

— Desculpe, eu não... ah, me perdoe...

Mas é isto. Já foi, já era. O prato é retirado e Wendy se afasta, balançando a cabeça. As pessoas retornam a suas conversas. Wendy, a Injustiçada. *As crianças de hoje em dia. Não têm modos.*

E onde está Noah, o salvador e protetor de Marnie, durante essa ceninha? Estico o pescoço para ver. Ah, sim, ele se distanciou com Simon Whipple, seu melhor amigo, é claro. Eu o vejo rindo de algo que Whipple está dizendo na sala de bilhar logo ao lado, dois potros batendo os cascos no chão em deleite por causa de alguma piada incompreensível e sem sentido.

Então me levanto e vou buscá-la. Marnie tem dois pontos vivos de cor nas bochechas e, sem a boina agora, seu cabelo loiro está solto e possivelmente um pouquinho embaraçado, podendo já ser considerada além de qualquer redenção por parte de Wendy. Cabelo de praia. Não de apresentação em sociedade. Definitivamente, não um cabelo que as pessoas influentes de Fairlane, Virgínia, deveriam ser obrigadas a ver em seu chá pós-Natal anual.

Eu a trago para onde havia acampado e dou tapinhas no lugar ao meu lado, na namoradeira. Ela se senta, pressionando a ponta dos dedos nas têmporas.

— Desculpe-me — diz ela. — Sou uma idiota, não sou?

— Ah, por favor — digo. — Chega de pedidos de desculpas, meu amor.

Posso ver em seus olhos que ela está começando a entender precisamente em quantas coisas já errou. Sem contar o coalho, ela também está vestindo o tipo errado de roupa para essa pequena *soirée*. Calças *skinny* pretas! Uma túnica! No mar de suéteres vermelhos de cashmere obrigatórios, penteados elaborados e fixados com laquê, e brincos de Papai Noel, Marnie MacGraw, com seu cabelo sem volume, emaranhado e de franja nos olhos, ousa vestir um top cinza — sem nem ao menos uma joia reluzente para reconhecer que o Natal é o feriado mais sagrado e que o chá pós-Natal é a melhor

Aprendiz de Casamenteira

parte do Natal! E os sapatos dela: botas de caubói de couro turquesa! Fantásticas, é claro. Mas não são botas de alta sociedade.

Pego a mão dela na minha para tranquilizá-la e para, com discrição, checar sua linha da vida. Quando se é velha, você pode estender a mão e tocar nas pessoas, já que é inofensiva e invisível na maior parte do tempo.

— Não dê atenção para Wendy — cochicho para ela. — Ela perdeu a aula sobre modos porque estava frequentando dois cursos extras de intimidação pessoal.

Marnie olha para baixo, para as próprias mãos.

— Não, eu que fui horrível. Deveria só ter pegado a torrada.

— O caralho que deveria — cochicho de volta, e isso a faz rir. As pessoas acham hilário quando uma velha diz *caralho*; todas as leis da natureza devem ser contrariadas quando falamos palavrões. — Você estava tentando se recusar com educação a comer um animal fofinho e peludo, e passou vergonha por essa preocupação.

Ela olha para mim.

— Mas... mas não é feito de coelhos. Acho.

— Bem, soa como se fosse. Algumas pessoas ainda chamam de *torrada com coelho*. E daí? Era para você ter pesquisado todos os pratos do norte da Europa para se preparar para vir a um *chá de Natal*? Ah, dá um tempo!

— Eu deveria saber.

— Olha, de que lado você está? Do seu ou do da Nossa Senhora da Mansão Pedante?

— Oi?

Afago a mão dela.

— Você é um encanto — digo. — E a verdade é que a minha sobrinha é meio que um pé no saco. De fato, olhe para este grupo todo ao redor. Em geral, não gosto de atrair as forças do mal para mim mesma criticando, mas olhe só para todos esses sorrisos falsos e caras azedas por aqui. Vou ter que tomar um banho com palha de aço para tirar toda essa negatividade de mim quando for embora.

E sugiro que faça o mesmo. Bando de hipócritas, comendo a torrada com coalho, gostem dela ou não. E quer saber do que mais?
— O quê?
Inclino-me na direção dela e meio que sussurro, meio que falo:
— Aquilo podia ser feito de *cocô de coelho*, e ainda assim eles comeriam. Porque Wendy Spinnaker é a líder e soberana deles.

Ela ri. Adoro a risada dela. Ficamos ali num silêncio amistoso — para qualquer um que olhasse, não passávamos de duas desconhecidas que se viram e conversavam à toa educadamente entre si porque em breve seriam parentes. Mas estou explodindo de vontade de contar tudo a ela. É claro que começo mal, porque estou tão sem prática no que diz respeito a conversa à toa...

— Então, fale-me sobre você — digo num ímpeto. — Está fazendo tudo o que gostaria de fazer enquanto está solteira, antes de amarrar sua vida à desse cara?

Ela ergue as sobrancelhas de leve.
— Bem, sim, tenho um bom emprego e eu... já fiz algumas coisas. Fui a alguns lugares. Sabe como é. Estou com quase trinta anos, está na hora de me preparar para ser uma adulta de verdade. Alguém que se acomoda.

— *Acomoda*. Isso soa horrível, não soa?

— Acho que soa... até que bem. Digo, se está apaixonada pela pessoa, então é bom poder parar de dar voltas por aí e construir um lar juntos. — Ela olha para a sala ao redor, provavelmente procurando qualquer outra coisa sobre a qual conversar, e depois seus olhos voltam para mim. — Aliás, adoro o que está vestindo.

O que estou vestindo é um vestido de noite vintage de veludo roxo que comprei num brechó no Brooklyn. Ele é todo bordado com pequenas contas de vidro em círculos e tem um decote real, certificado, mensurável. Não que meu decote seja excelente; na verdade, parece um saco de caroços de pêssego.

— É o meu vestido de parar o trânsito — digo a ela, e em seguida me debruço e cochicho: — Estou ridiculamente orgulhosa das meninas esta noite. O fato é que tive de prendê-las neste sutiã com

Aprendiz de Casamenteira

arame para deixá-las na posição para isso aqui, mas imaginei que podiam me dar uma última alegria. Depois disso, sutiãs, nunca mais. Prometi a elas.

— Adorei as cores. Não sabia o que vestir, então coloquei esta blusinha cinza que pensei que combinasse com tudo, mas ela parece tão tediosa comparada com todo mundo... — Ela se debruça na minha direção e ri. — Acho que *nunca vi* tantos suéteres vermelhos numa sala só.

— É o uniforme de Natal aqui em Fairlane, Virgínia. Estou surpresa que não tenham te dado um nos limites da cidade.

Naquele instante, uma estudante de Ensino Médio carregando uma bandeja de drinques se aproxima, e Marnie e eu pegamos uma bebida vermelha. É meu quarto copo, mas quem está contando? Toco meu copo no dela e ela sorri. Não consigo parar de olhar nos olhos dela, que parecem tanto com os meus, a ponto de ser desconcertante. A linha onde meu couro cabeludo se inicia está formigando de leve.

— Então — digo —, quando você se casar, acha que vai poder continuar sendo esse espírito livre e maravilhoso?

Os olhos dela se arregalam.

— *Espírito livre?* — diz ela, rindo. — Não, não, não. Você entendeu tudo errado. Na verdade, estou ansiosa para me acomodar. Comprar uma casa, ter filhos. — Ela sorri. — Acho que as pessoas precisam ter um plano de vida.

Tiro um instante, suspiro um pouco e enfio a mão por dentro do decote para reajustar com gentileza minhas meninas.

— Talvez seja onde eu errei. Acho que nunca segui um plano de vida, nem por um minuto. Diga-me, vale a pena abrir mão do seu espírito livre por um plano desses?

— Um plano de vida é apenas segurança. Compromisso.

— Ah — digo. — Essas coisas. Agora vejo por que não entrei nessa. Sempre que alguém menciona segurança como se fosse algo bom, tenho calafrios. E *compromisso*. Argh!

— Hum. Bem, *você* se casou alguma vez?

— Ah, meu Deus, sim. Duas vezes. Quase três, na verdade. A primeira foi com um professor com o ilustre nome de Wallace Elderberry, para sua informação. – Eu me inclino mais para junto de Marnie e coloco minha mão na dela, sorrindo. – Ele passou sua única vida selvagem e preciosa na Terra pesquisando o ciclo de vida de um certo tipo de inseto de cabeça verde, e viajamos para a África e coletamos amostras de coisas com carapaça dura tão bizarras que você não gostaria de pensar nelas por mais de vinte segundos. Pode imaginar? E quando chegamos em casa, eu me dei conta de que já tinha visto bastante insetos, suficiente pelo resto da minha vida toda. – Baixei a voz para um murmúrio. – E, se quiser saber a verdade, o próprio Wallace Elderberry estava começando a me lembrar de uma barata enorme. Aí nos divorciamos.

— Uau! Marido virou uma barata. Parece Kafka.

— Deus do céu, você não adora quando alguém consegue citar Kafka numa conversa rotineira pós-Natal?

— Bem, você começou – diz ela. – O que aconteceu com o segundo marido? No que ele se transformou?

— Da segunda vez, eu me casei indo contra meus princípios, o que é algo que você nunca, jamais, deveria fazer, inclusive, caso esteja cogitando…

— Não estou, não – diz ela.

— É óbvio que *você* não está, mas é um engano fácil, que muita gente comete. Mas, enfim, esse casamento foi com Rufus Halloran, um advogado que prestava auxílio legal, e abrimos um escritório pequeno no Brooklyn nos anos setenta. O Brooklyn era uma bagunça naquela época. Daí prestamos muitos serviços para foragidos e pessoas sem-teto. Esse tipo de coisa.

— E o que aconteceu? Ele também virou uma barata?

— Não. Ele não tinha imaginação para virar nada, temo eu. Acabou se revelando um ser humano terrivelmente chato, que só via o lado sombrio de tudo. Eu olhava para ele, e era como se houvesse uma névoa cinza ao redor dele que não conseguia penetrar. Toda a boa vontade do mundo, mas nada vinha dele. Nenhum prazer genuíno.

Aprendiz de Casamenteira

Apenas paredes de palavras enfadonhas e prolixas. Então... divórcio. Tinha que acontecer.

– Sério? – Ela inclina a cabeça, sorrindo, enquanto pensa nisso. – Você se divorciou de um homem porque ele era chato? Não sabia que essa era uma base legal.

– Eu fui obrigada. Estava *me matando* de tão chato. Era como se ele tivesse morrido antes de sua vida terminar, e ele ia me levar com ele.

– É, mas a vida não pode ser fascinante o tempo todo.

– Ah, meu bem. A minha é. Se ela fica tediosa por mais de duas semanas, faço ajustes. – Sorrio diretamente para os olhos dela. – E tem compensado, porque agora estou vivendo com Sabujo, que é pescador de lagosta, e o negócio é que ele poderia conversar comigo por quatro dias, sem parar, sobre lagostas e as cascas delas, e as marés diferentes e o céu, e nada que ele dissesse me entediaria, porque a linguagem de que Sabujo *realmente* fala é toda sobre amor, vida, morte, apreciação, gratidão e momentos engraçados.

Os olhos dela cintilam e vejo em seu rosto que sabe exatamente o que quero dizer.

– Eu me sinto assim quando estou trabalhando – diz ela, baixinho. – Trabalho numa escolinha de Educação Infantil, então passo meus dias sentada no chão com crianças de três e quatro anos, conversando. As pessoas acham que deve ser a coisa mais entediante do mundo, mas ai, meu Deus! Elas me contam as coisas mais assombrosas. Entram em discussões filosóficas sobre seus dodóis e sobre como as minhocas nas calçadas ficam magoadas, às vezes, e por que o giz de cera amarelo é o mais malvado, mas o roxo é legal. Acredita nisso? Elas conhecem a personalidade dos gizes de cera.

Ela ri e estica as pernas.

– Estava contando isso para o meu pai no outro dia, e ele não entendeu nada. É claro que ele acha que eu deveria estar fazendo algo um pouco mais... *adulto*. Ele gostaria *mesmo* que eu me interessasse por administração.

Ela para, parece envergonhada, depois acrescenta:

— Meu pai é muito gentil, na verdade, mas ele pagou para que eu frequentasse uma faculdade bem cara, entende, e tudo o que eu fiz foi virar uma assistente de professora. Minha irmã... ela, sim, o deixou orgulhoso. Virou uma química pesquisadora. Já eu... não. Então falei para ele: "Olha, pai, você tem uma filha incrível e uma filha comum, e uma em duas não é nada mau".

— Escuta — falei. Fiquei emocionada com tudo aquilo. — Venha aqui fora comigo. Quero tirar você daqui. Vê como toda essa energia negativa está se acumulando ali junto do piano? Vê? O ar é mais escuro por ali. Acho que precisamos ir lá fora e respirar um pouco de ar de verdade.

Ela parece insegura.

— Talvez eu devesse procurar o Noah. Cadê ele?

Nós duas ficamos subitamente cientes da festa se desdobrando em torno de nós, os nozinhos de pessoas conversando umas com as outras, Wendy entretendo os convidados na sala de jantar, rindo sua risada de relincho.

— Noah foi para algum lugar com seu amigo Whipple — digo a ela. — Eles são inseparáveis. — Ela devia ficar sabendo disso desde agora.

— Ah, sim. Ouvi falar muito sobre esse Whipple — diz ela. — Talvez eu devesse ir conversar com eles. Tranquilizar Whipple de que não serei o tipo de esposa que, sabe como é, mantém os amigos dele à distância.

— Digo que você deveria ir lá fora comigo. Whipple pode esperar. Claro que você é a convidada de honra aqui, então teremos que cronometrar sua saída corretamente para que ninguém decida nos impedir. Você é boa em se esgueirar? É só me seguir e, pelo amor de Deus, não faça contato visual com ninguém.

Agarro a mão dela e partimos, cabeça baixa, seguindo às pressas pelo corredor dos fundos e saindo pela cozinha.

As criadas estão lavando algumas das bandejas e uma delas — Mavis, que, eu reparei, está apaixonada pelo cara do correio que passou por aqui hoje — me avisa:

Aprendiz de Casamenteira

– Está frio lá fora, srta. Holliday. – E eu digo que entraremos de volta para o chá em breve.

E então, enfim, estamos do lado de fora, e o ar noturno é tão frio e cortante que temos que respirar fundo. Está maravilhoso aqui, na vasta imensidão do quintal, um terreno que se estende tanto quanto um campo de golfe, com sebes e um jardim de rosas descendo até o lago. A luz amarela da festa se derrama para o pátio, e o jardim é iluminado por dúzias de luminárias – sacos brancos de papel cintilando com velas eletrônicas.

A noite é tão perfeita que não fico surpresa quando começa a nevar bem de leve, como se alguém tivesse acionado um interruptor em nosso benefício.

– Ah, minha nossa! – diz Marnie, estendendo as mãos. – Olha só isso! Eu nunca consigo ver neve! É maravilhoso!

– A primeira neve do ano – digo. – Sempre agrada o público.

– Noah me disse que você cresceu aqui. Sente saudades?

– Não – digo. – Não quando eu tenho o Brooklyn.

Conto a ela sobre minha casa maluca e minha comunidadezinha maluca de pessoas – um amontoado de crianças, pais e gente velha, todo mundo entrando e saindo dos apartamentos uns dos outros e contando suas histórias e dando conselhos, e mandando em todo mundo. Conto a ela sobre Lola, minha melhor amiga que mora ao lado, que perdeu o marido vinte anos atrás, e sobre Jessica e seu filho meigo e excêntrico, e como as coisas são com todos eles precisando tanto de amor, e, mesmo assim, como eles têm sempre medo de que o amor possa se aproximar – e aí, porque Marnie precisa saber disso, explico que tenho essa coisa de agir como casamenteira para eles, apenas porque não consigo evitar ver com quem eles precisam ficar. Acho que também conto a ela sobre Patrick, mas então paro, porque os olhos dela se arregalam e ela diz:

– Você é uma casamenteira?

E bingo! Aqui estamos nós, exatamente onde eu precisava que chegássemos.

— Isso. Tenho esse sentido de aranha que entra em ação quando vejo pessoas que precisam ficar juntas. Você também tem isso, não é?

Ela me encara.

— Como você sabia? Passei a vida toda pensando nisso. Eu vejo duas pessoas e simplesmente sei que elas precisam ficar juntas, mas não sei como é que sei. Eu só... sei.

— É, comigo é igual.

Fico em silêncio, desejando que ela fale.

— O melhor, para mim, foi quando encontrei um marido para a minha irmã — diz ela, por fim. — Ele era irmão da minha colega de quarto e eu o conheci quando ele veio buscar minha colega para as férias de Natal; naquele momento, soube que ele era *perfeito* para Natalie. Não conseguia pensar em mais nada. Era como se meu coração *doesse* até poder apresentar os dois. E aí, de fato, assim que eles se encontraram: fogos de artifício. Eles se apaixonaram um pelo outro quase de imediato. Não sei como eu sabia, mas sabia.

— Claro que sabia — digo, baixinho.

Olho para os jardins e as árvores, tão sombreadas em contraste com o céu branco e nevado, e quero desabar de gratidão. Aqui estou eu, no final da minha vida, e o universo a enviou para mim. Finalmente.

— Você tem muitos dons — digo, quando consigo voltar a falar.

— Acha que isso é um dom? Minha perspectiva é que sou apenas essa pessoa que fica por aí e pensa: "Uau, a Melinda, minha colega de trabalho, talvez queira passar algum tempo perto do cara que dá aulas de futebol no programa especial depois da escola, porque eles meio que combinam um com o outro". Enquanto isso, minha irmã está inventando coisas que vão salvar o mundo, e o que está ocupando espaço no meu cérebro na maioria dos dias é quem, na minha vizinhança, parece disposto a se apaixonar. Grande coisa.

Sinto meu coração martelar tão forte que tenho que espremer os dedos para me concentrar.

— Por favor — digo. — A verdade subversiva sobre o amor é que ele *realmente* é a grande coisa que todo mundo diz ser, e não algum

Aprendiz de Casamenteira

tipo de segurança ou apólice de seguros contra a solidão. É *tudo*, o amor. Ele rege o universo todinho!

— Bem. Não é mais importante do que o trabalho de curar o câncer — diz ela.

— É, sim. É a força vital. É tudo o que existe, na verdade.

Ela abraça a própria cintura e eu a observo enquanto os flocos de neve pousam gentilmente em seus braços.

— De vez em quando — diz ela —, vejo cores ao redor das pessoas. E luzinhas. Minha família ficaria horrorizada se soubesse. Eles encarariam isso como algum problema neurológico, acho. Mas eu vejo... cascatas de faíscas saindo do nada.

— Eu sei. É só energia do pensamento — digo a ela. E então mordo o lábio e resolvo ir com tudo. — Já usou pensamentos para fazer coisas acontecerem? Só por diversão?

— Como assim?

— Bem, fique olhando. Dê meia-volta e vamos olhar pela janela. Vejamos... hum, vamos escolher a mulher de suéter vermelho.

Ela ri.

— Qual delas? Todas estão de suéter vermelho.

— Aquela ruiva. Vamos projetar alguns pensamentos para ela. Enviar um pouco de luz branca. Vá em frente e veja o que acontece.

Ficamos ambas em silêncio. Eu banho a mulher num brilho de luz branca, como sempre faço. E, com certeza, depois de uns trinta segundos, ela deposita o drinque numa mesa e olha ao seu redor, como se tivesse ouvido alguém chamar seu nome. Marnie ri, em deleite.

— Viu? Fizemos isso! Enviamos algo de bom para ela, e ela recebeu — digo.

— Espere aí... Isso é energia? Isso funciona sempre?

— Nem sempre. Às vezes você encontra resistência. Eu faço só por diversão. Já isso de casamenteira... isso parece vir de outro lugar. É como se *me mostrassem* quais pessoas deveriam estar juntas.

Ela olha para mim com interesse. Os pontos vermelhos em suas bochechas ficam mais vívidos.

— Então você descobriu um jeito de ganhar a vida sendo casamenteira? Talvez seja o que eu precise aprender.

— Ah, meu bem. Eu ganho a vida sendo eu. O que descobri é que a mesma intuição que me avisa quais pessoas precisam ficar juntas também me leva exatamente para o que preciso. Desde que me decidi a viver do jeito que eu queria, foi-me providenciado tudo.

— Uau — diz ela, rindo. — Estou me imaginando tentando explicar isso para meu pai. — Ela, então, agarra minha mão. — Ei! Você virá ao nosso casamento? Eu quero muito, muito mesmo que você esteja lá.

— Claro que vou — digo a ela. *Se ainda estiver por aqui. Se puder.*

E é nesse momento que o universo evidentemente decide que já basta e Noah aparece, saindo pela porta dos fundos a passos largos em nossa direção. Como alguém com uma missão levemente irritante.

— Procurei você em todo canto — diz ele. — Ai, meu Deus, está nevando aqui fora! E vocês não estão nem de casaco.

— Não preciso de casaco. É maravilhoso — diz Marnie. — Olha como cintila na luz! Eu não tinha ideia de que ela fazia isso.

— São só rajadas — diz ele, aproximando-se e passando o braço por cima dos ombros dela.

Ele é um homem tão bonito, penso, com seus cabelos e olhos escuros, mas é tão triste como ele carrega uma nublada aura bege ao seu redor. Marnie cora, um tom rosado vivo e adorável, e olha para ele com tanto carinho que é como se houvesse uma chuva de estrelas em torno dela.

— Estava tendo uma conversa deliciosa com a sua noiva — digo a ele.

— Bem, isso é ótimo, mas temos que ir andando — diz ele, sem olhar para mim. — Bom te ver, tia Blix, e sinto muito por ter sido tão rápido, mas temos outra festa para ir.

Tenho certeza de que ele não se lembra que já me adorou, que costumávamos andar pela floresta juntos e pisar em poças d'água com nossas galochas ou pés descalços, e que, um verão, pegamos vaga-lumes e peixinhos miúdos e então os abençoamos e soltamos de novo. Mas isso foi há muito tempo, e em algum ponto do caminho

Aprendiz de Casamenteira

ele parece ter adotado a posição de sua mãe, a de que não vale a pena se incomodar comigo.

Já superei isso – verdade, superei. Esperava muito mais, mas agora estou tão acostumada com a indiferença da minha família que nem me incomodo com o jeito como reviram os olhos quando acham que não noto, e como estão sempre dizendo *Ah, Blix!*.

Marnie passa o braço pelo de Noah e o beija no rosto, me dizendo, caso eu não soubesse, que ele é o *melhor* professor do terceiro ano que existe, e que todas as crianças da sala dele e as mães delas o adoram demais. Olho para ele e sorrio.

Noah se remexe, desconfortável.

— Marnie, temo que precisemos ir. O tráfego está aumentando agora mesmo.

— Claro que precisam – digo. – Eu também cairia fora desta festa, se conseguisse pensar numa desculpa plausível.

A expressão dele continua a mesma, mas ela se vira e sorri para mim.

— Então... – diz Noah para ela. – Vou buscar seu casaco para você. Está na sala?

— Eu busco – diz Marnie, mas toco em seu braço e, quando ela olha para mim, balanço a cabeça de leve. *Deixe-o ir.*

E, assim que ele se vai, eu digo:

— Escuta, tenho que te dizer isso. Você é incrível e poderosa, e está no rumo de uma vida grandiosa, bem grandiosa. Há muitas surpresas reservadas para você. O universo vai te levar para bem alto.

Ela ri.

— O-oh. Acho que não gosto muito de surpresas.

— Serão surpresas boas, tenho certeza – digo. – Isso é o que importa. Não se contente com algo que não quer. Isso é o principal.

Fecho os olhos. Quero dizer que ela é toda dourada e Noah é todo bege, e que há uma turvação infeliz no ar quando ele olha para ela – e, se pudesse, se não soubesse que ela concluiria que eu era maluca, diria que nós duas estamos conectadas de alguma forma, que eu vinha procurando-a.

Porém agora Noah está de volta com o casaco, a bolsa e a instrução de que ela precisa entrar e se despedir da família dele.

Marnie se vira para ele.

— Sua tia Blix diz que virá para o casamento, não é ótimo?

Ele a ajuda com o casaco, dizendo:

— Sim, bem, diga para minha mãe colocá-la na lista.

E aí ele me dá um beijo na bochecha.

— Cuide-se — diz ele.

Está na hora de ir. Ele se afasta a passos largos daquele jeito masculino e impaciente, gesticulando para que ela o siga.

— Aqui! Leve isto! Um pouco de cor para você.

Tiro minha echarpe, minha predileta, de seda com manchas azuis e franja desgrenhada, e a coloco em volta do pescoço dela, que sorri e me manda um beijo.

Conforme eles vão lá para dentro, vejo-a inclinar a cabeça para ele, o rosa, dourado e escarlate do amor, em uma chuva de faíscas.

Quando se vão, o ar se assenta devagar em torno de mim. As faíscas se aquietam e queimam até se apagar, como aquelas velinhas de Quatro de Julho depois de gastarem todo o combustível e estarem prestes a virar palitinhos afiados de metal.

Fecho meus olhos, sentindo-me de repente desenergizada e exausta. Então sei de algo que não sabia antes, uma verdade tão insistente quanto qualquer coisa que já senti: Marnie MacGraw e Noah não vão se casar.

Na verdade, já acabou.

dois

MARNIE

— Ah, meu Deus, ali você falhou rude — diz Noah no carro. — Muito rude! E Whipple, seu mané, será que dava pra dirigir como se estivesse pelo menos um pouquinho sóbrio? Como se não estivesse tentando ser parado pela polícia? A gente aqui atrás queria continuar vivo.

O carro de Whipple — uma BMW conversível novinha — parece fazer as curvas em duas rodas, juro, e ele parece ter aperfeiçoado a arte de dirigir com dois dedos da mão esquerda enquanto segura uma taça de coquetel na direita. Uma taça que fica derramando álcool vermelho nos assentos e no console central.

Fui automaticamente para o banco traseiro e aí, para minha surpresa, Noah se sentou ao meu lado, deixando Whipple sozinho na frente, o que quer dizer que ele precisa esticar o pescoço para trás para poder se manter na conversa. E, toda vez que ele move a cabeça, o carro derrapa para fora da rota e ele enfia o pé ainda mais fundo no acelerador.

Ah, quanto desta noite foi decepção! Eu *não quero* começar minha vida de casada com problemas com a sogra. Minha chefe, Sylvie, diz que isso é o pior que você pode fazer. E, agora que estou no carro, também consigo ouvir a voz da minha mãe: *Aquilo foi tão grosseiro de sua parte, ficar sentada a noite toda conversando com uma senhorinha! Deveria ter saído e socializado com todos os outros convidados! Era para isso que a festa servia, para você conhecer a família e os amigos do seu noivo.*

E agora isto, a maior decepção de todas: o grande Simon Whipple, de quem ouvi falar tantas coisas fantásticas, revelou-se não ser nada além do mauricinho padrão, de cara vermelha, risonho e uma criança superdesenvolvida. E, na presença dele, Noah parece regredir mais a cada segundo.

Ao que parece, dirigimo-nos agora para a casa de um dos outros amigos deles que Noah diz que eu preciso conhecer. É a Turnê pela Cidade Natal, Noah me disse. Conheça os manés. Ele me puxa para si, meio brusco, e começa a sugar meu pescoço como se fosse me deixar um chupão. Como se ele achasse que estamos no Ensino Médio só porque estamos no banco de trás.

— Puta merda, me desculpe, me desculpe mesmo pelo que fiz com você lá — diz ele em meu ouvido, alto demais. — Deixar você nas garras da minha tia Blix.

— Está devendo uma para ela — diz Whipple.

— Não é? Ela é, tipo, a velha da floresta que come criancinhas.

— Isso porque ela é uma bruxa — diz Whipple. — Marnie, você tem sorte que sobrou alguma coisa de você. Eu disse para ele: "Cara, você tem que ir buscar sua namorada, rapaz. Entre a sua mãe e a sua tia-avó, ela vai fugir para as colinas".

— Essa aqui não — diz Noah. — Essa aqui já foi pra conta.

Afasto-me dele. Sua barba está me arranhando e seu hálito lembra uma cervejaria. Deslizo o dedo pela echarpe que ela me deu. É incrível, com vários tons de azul e buracos de queimado que parecem ter sido feitos de propósito.

— Ela é uma bruxa mesmo, de verdade? — digo, e isso faz os dois rirem. — Não, não, me contem. Ela, tipo, pratica bruxaria? Faz parte de um coven ou algo do tipo?

— Não sei nada sobre coven nenhum — diz Whipple —, mas ela com certeza lança feitiços, não lança, cara?

— Feitiços, poções e toda aquela merda — diz Noah. — Ela manja de tudo isso. É tudo um drama exagerado, se quer saber minha opinião.

— Ela parece muito bacana — digo. — Gostei dela.

Noah se inclina adiante, entre os bancos, tira o drinque da mão direita de Whipple e engole o resto.

Whipple ri.

Aprendiz de Casamenteira

— Ei! Isso aí era *meu*. Fiz por merecer, cara.

— Eu preciso mais, cara, e, além disso, você está dirigindo.

— Contem para mim — falo. — O que ela fez? Não posso acreditar que realmente acha que ela é uma bruxa.

Mas eles já mudaram de assunto, falando se algumas garotas que conheciam no Ensino Médio estariam na festa para onde estamos indo. Alguém chamada Layla vai se borrar quando descobrir que Noah está noivo sem ter conversado com ela antes.

Olho pela janela para todas as casas que passam por nós — coisas ao estilo mansão, grandalhonas, com gramados imensos decorados com pisca-piscas enrolados em volta dos troncos das árvores, e árvores de Natal iluminando as janelas. Ramos de azevinho, trá-lá-lá-lá. Tão nobre, tão elegante.

Eu me pergunto se algum dia vou me encaixar aqui.

É engraçado, eu penso depois, como você pode conhecer um bonitão aleatório numa festa na Califórnia e ele lhe diz que escrevia roteiros para filmes e uma vez quase foi aceito, mas aí não rolou, e ele lhe conta que agora está dando aulas, e adora crianças e adora praticar *snowboard* nas montanhas no inverno e depois, na cama, depois de ele conseguir fazer coisas fantásticas com você, ele conta o quanto ele só quer ajudar as pessoas no mundo, e você não consegue acreditar como fica emocionada pela forma como os olhos dele mudam quando ele lhe diz isso, quanto ele é profundo, e se flagra se apaixonando por esses pedacinhos que ele lhe mostra — e então depois, bem depois, após ele ter se mudado para morar com você e comprado aquele espremedor de alho de luxo e um par de botas turquesa fabulosas e escrito uma música para você, que ele toca no violão, você visita a cidade natal dele com ele e descobre que ai, meu Deus, ele é o filho um tanto mimado de gente *rica* que o deixa se safar de tudo e que parece automaticamente não gostar de você, exceto por uma tia anciã de quem ninguém parece gostar.

Você percebe que nele há várias contradições. E que você terá que fazer as pazes – e fará – com essas pessoas que serão sua família estendida, e vai aprender a agradá-las. Mas também sabe que, depois daquela noite, vai olhar para ele de maneira completamente diferente, e que uma das novas coisas que saberá a respeito dele é que é um milagre ele ter sobrevivido à infância e chegado intacto ao seu coração.

E, no entanto, você ainda o ama demais.

Entretanto, nos dias que se seguem à sua volta para casa, você se pergunta por que ele não responde a suas perguntas sobre a tia Blix sem revirar os olhos, e por que está um tanto desapontado por você tê-la convidado para o casamento sem conferir com a mãe dele antes. Ele muda de assunto e você retoma o assunto, e ele suspira e diz:

– Ah, ela não recebeu o dinheiro que queria e por isso se mudou para o norte e ficou esquisita. Ela olha para todo mundo como se enxergasse todos por dentro, até as camadas de coisas ruins.

E você diz algo sobre como talvez ela admire as tais coisas ruins (você faz aspas no ar para dizer isso), e *ele* pergunta por que você está tão obcecada com a tia Blix, e você diz que não está obcecada. E não está.

Mas se pergunta por que em seu tempo livre, quando não está pensando em mais nada, está levando uma conversa com Blix na sua mente. Está se perguntando se ela tem razão, se o amor é a expressão verdadeira de tudo no universo, e se as faíscas que você vê são reais. Está dizendo a ela que ela está enganada a seu respeito – que você *não está disposta* a uma vida grandiosa nem a surpresas; só quer um amor e uma felicidade comuns com o sobrinho-neto dela. Uma casa no subúrbio e três filhos.

E, de alguma maneira, de um jeito que você não consegue explicar, sabe que ela não está nem um pouco convencida. E que, só por conhecê-la, você está entrando em algo maior do que você, algo que pode até terminar sendo alguma coisa mística e maluca que nunca vai poder explicar para ninguém. Como aquela vez em que você foi ao planetário e, olhando para as estrelas que representavam

Aprendiz de Casamenteira

bilhões de anos-luz, se sentiu como um pontinho de luz pulsante, um lampejo no universo, mas algo que estava destinado a existir.

E talvez seja *por isso* que estou com dor de cabeça.

três

MARNIE

Cinco meses depois – após semanas e mais semanas de preparativos para o casamento, da compra do vestido, escrita dos convites, escolha do local, tudo isso orquestrado, em sua maior parte, por minha mãe e autorizado por mim via telefone e Skype –, estou sentada na salinha na lateral da igreja da cidade natal de meus pais em Jacksonville, Flórida, a sala onde, no universo normal, a linda noiva deve esperar com suas acompanhantes felizes, e assisto enquanto tudo na minha vida desmorona em câmera lenta.

Noah não aparece para a cerimônia de casamento.

Ele está agora quarenta e sete minutos e meio atrasado, o que, como continuo explicando para qualquer um que me dê ouvidos, ainda vai dar certo. Ele vai chegar caminhando sossegadamente. *Ele vai.*

Ele poderia até enviar uma mensagem de texto dizendo algo do tipo: *Oi! Eu tô na igreja episcopal! Cadê todo mundo?* E aí eu vou dizer: *Há, há, há! Espera, não é a igreja episcopal! Nós vamos nos casar na igreja metodista, a um quarteirão daí!* E nós dois vamos enviar um emoji de sorrisinho, e aí ele vai vir correndo para cá, e vai dar tudo certo.

Mas, até agora, não aconteceu nada parecido.

Até agora, o que *está* acontecendo é que estou suando feito uma porca nesta câmara de tortura com minha irmã, Natalie, e minhas duas amigas de infância, Ellen e Sophronia, e estou usando um vestido que minha mãe escolheu para mim, um vestido que, agora vejo, me deixa parecida com uma cadeira branca acolchoada gigante, e minha língua se tornou um pedaço de carne gordo e ressecado largado na minha boca, e meu cabelo está tão esticado num coque que minha testa *dói*, e meus pés estão

Aprendiz de Casamenteira

inchados, no dobro do tamanho normal, e está aproximadamente uns quinhentos graus nesta salinha sem janela, e minha irmã e minhas duas atendentes, piedosamente, nem olham para mim de tanta vergonha, e tudo o que conseguem fazer é encarar seus celulares até o mundo acabar.

Do santuário, ouço a organista tocar os mesmos três acordes sem parar. Pergunto-me por quantas horas ela vai continuar tocando esses acordes e como ela vai saber quando parar. A quem cabe cancelar a cerimônia de casamento, afinal? Talvez seja como uma morte, e o ministro e meu pai – e provavelmente *eu* – vão olhar para o relógio, e um deles dirá:

– Bem, é isso. Vou informar. Quatro e trinta e quatro. O casamento não vai acontecer, gente.

Ahdeusahdeusahdeusahdeus. Noah nunca se atrasa para nada, a menos que uma companhia aérea esteja envolvida, e isso quer dizer que ou ele está morto, ou ele e Whipple estão agora a caminho de alguma aventura fabulosa da qual garotas não podem fazer parte. Nesse caso, terei que caçar meu suposto futuro marido e matá-lo.

E se ele estiver morto? E se a qualquer momento um oficial de polícia vai aparecer e me levar até o hospital, e eu tiver que ficar ali em meu vestido de noiva, chorando histericamente, enquanto identifico o corpo dele?

Solto o véu e começo a soltar também meu cabelo de suas amarras.

– Não – diz Natalie. – Não faça isso.

Ela se aproxima e senta ao meu lado, os olhos úmidos e luminosos. Está grávida de seis meses e, talvez por estar carregando o futuro em seu corpo, nos últimos tempos ela anda hiperpreocupada que o mundo talvez não seja um lugar previsível e racional. Ela sempre parece a ponto de se debulhar em lágrimas. Dois dias atrás, ela me buscou no aeroporto quando eu vim da Califórnia para a cerimônia de casamento e, quando uma música do Prince começou a tocar no rádio, juro por Deus, ela teve que encostar o carro porque estava chorando demais para enxergar. Tudo porque Prince não devia ter morrido, ela disse.

– Vai haver uma explicação razoável para isso – diz ela agora, numa voz aguda e lacrimosa. – Talvez a ponte esteja fechada. Ou a loja de smokings estivesse fechada. Mande outra mensagem para ele.

Rio.

— Sério, Nat? A *ponte*? A loja de smokings? Sério?!

— Mande outra mensagem para ele.

Então eu mando.

Oi, vida... Como estão as coisas?

Nada.

Mal posso esperar pra te ver! #casadinhoshoje!!!!

Silêncio. Cinco minutos depois, eu escrevo: *Tá acordado?* HUE.

Sem que Natalie saiba, faço um trato com o universo: se eu largar meu telefone e não olhar para ele enquanto conto até mil, depois pegar o telefone de novo, ele estará digitando. Os três pontinhos estarão piscando para mim, e ele vai dizer que está a caminho, mas teve que salvar a vida de alguém, ou que havia um cachorro machucado na rua e ele teve que encontrar o tutor, e ele sente muito, muito mesmo, mas quem poderia deixar para trás um cachorro machucado?

Conto até oitocentos e quarenta e oito e depois digo:

— Ah, que se dane!

E escrevo em rápida sucessão:

Mas que caralho? Vc tá ok?

Noah Spinnaker, se não chegar aqui em breve, eu vou TER UM PIRIPAQUE E PROVAVELMENTE VOU MORRER*!*

Porfavorporfavorporfavorporfavor.

Só... por favor.

Meu pai, todo arrumadinho em seu smoking de pai da noiva, dá uma espiada pela porta.

— Como estão as coisas por aí, Patinha? — pergunta ele.

Ele não me chama assim desde que eu tinha dez anos e implorei para ele parar, por isso sei que ele está perdendo o controle.

— Ela está *bem*, não está? — diz Natalie. — Talvez alguém precise sair para procurar esse filho da mãe e trazê-lo para cá.

Todos ficamos tão aturdidos que fazemos silêncio.

Aprendiz de Casamenteira

Posso ver meu pai pensando: *O-oh, hormônios da gravidez*, e aí ele olha para mim e diz:

— Hã, a tia-avó de Noah está aqui fora, e ela quer saber se pode ter uma palavrinha com você.

— Claro, mande ela entrar — digo, engolindo em seco.

E então lá está Blix, entrando, parecendo ter se vestido com o que havia numa cesta de ofertas num brechó especializado em devoluções dos anos 1970, mas de um jeito bom, divertido. Ela está com uma saia longa de tule rosa e uma espécie de blusinha prateada e brilhante com uma porção de echarpes rendadas todas amarradas em nós frouxos, brincos turquesa compridos, e algo em torno de cem braceletes de contas. Nada combina entre si e, ainda assim, ela faz aquilo parecer um projeto de arte. Seus cabelos brancos malucos de Einstein estão erguidos em duas pontas, e ela está com um batom vermelho vivo, os olhos extrabrilhantes e afiados hoje — olhos de raio-X, Noah diz, para enxergar melhor o fundo da sua alma.

Tenho que admitir que sinto uma pontinha de esperança de que talvez ela seja *mesmo* uma bruxa. Talvez ela seja como a fada madrinha em *Cinderela* e, ao dizer *bibiti-bobiti-bu*, invoque Noah a aparecer bem na minha frente — e então minha vida, que parece ter se encolhido em posição fetal, vá de alguma forma se levantar, se espreguiçar e acelerar até voltar à normalidade.

Sim. Estou *neste ponto*.

Ellen, Sophronia e Natalie parecem chocadas. Ergo a mão num aceno letárgico.

— *Tá, mas que diabos?* — diz Blix, e todas rimos debilmente. — A força vital está *correndo* para fora desta sala! Já estive em *funerais* com vibrações melhores do que a daqui.

Ela coloca as mãos nos quadris e olha para nós, observando nossos trajes de casamento e, por um instante, penso que ela deve estar prestes a dar conselhos de moda. Talvez precisemos de algo a mais. Talvez seja isso o que deu errado: nem mesmo uma echarpe flutuante entre nós quatro.

Em vez disso, porém, ela se aproxima e toma minhas mãos úmidas nas suas, frias e ossudas, e diz, irônica, os olhos brilhando com malícia e perigo:

— Não estou aqui para fazer você se sentir pior, mas só quero te dizer que espero não precisarmos matá-lo hoje. Mas, se precisarmos, então tá. Quero que saiba que estou à disposição. Estão comigo, meninas?

Vejo Natalie começar a piscar muito depressa.

— Acho que não teremos que *matá-lo* — digo baixinho, embora eu estivesse, claro, pensando a mesma coisa.

Não ficaria surpresa se Blix soubesse disso.

— É, bem, ele está forçando a amizade — diz ela, puxando uma cadeira como se estivesse se ajeitando para ficar um tempo. — Mas temos que cuidar de você. O importante é: você está *respirando* com consciência? Não, né?

Tento respirar para deixá-la feliz.

— Sabe, o que precisamos aqui é elevar a vibe. Precisamos da Respiração da Alegria. É coisa de ioga. Vou mostrar como fazer.

E, para minha surpresa, ela se levanta, joga os braços para o alto e os balança para baixo, nas laterais do corpo, enquanto dobra os joelhos e se dobra na altura da cintura. Quando a cabeça de Blix está quase nos joelhos, ela solta um *AAAAAAARRRRGH!* bem alto.

Ela se endireita e olha para nós.

— Cinco vezes! Rápido! Vamos, senhoritas. Gritem, botem para fora. Aaaaarrgh! Aaaaaargh!

Nós a imitamos, exceto Natalie. O resto de nós fica com medo de não fazê-lo.

Blix bate palmas quando terminamos.

— Excelente, excelente! Ah, meu Deus. Vocês, mocinhas, são tão lindas, sabiam? E os homens são... bem, eu gosto de homens, mas, se formos honestas, temos que admitir que a maioria deles são só uns coçadores de bola, suarentos, fedidos, que se comunicam apenas por grunhidos. De alguma forma, temos de amá-los mesmo assim. — Ela balança a cabeça. — Temos que amar isso. A piadinha da Natureza. Não se pode amá-los, não se pode atirar neles.

Aprendiz de Casamenteira

E, com isso, ela se debruça e planta um beijo suave e seco no meu rosto, fitando meus olhos diretamente. Ela cheira a talco, chá *chai* e algo herbal, possivelmente maconha.

— Gosto de você — diz ela. — Vai por mim. Ele é meu sobrinho-neto, mas, como tantos outros homens por aí, em particular os da minha família, sinto muito dizer, ele não vale nada. Acho que agora é um momento tão bom quanto qualquer outro para se perguntar se você quer mesmo ficar com ele, afinal. Porque, só dizendo, *poderíamos* todas sair agora e ir para a praia. Banho de mar peladas, ou algo assim.

Ela se levanta e ri outra vez.

— E de nada — diz ela — pela imagem que acabei de colocar na cabeça de vocês: eu, pelada, entrando no mar.

Em seguida, ela enfia a mão no sutiã encorpado e tira de lá um vidrinho de óleo essencial que ela diz que eu preciso inalar, porque vai me acalmar, trazer energias positivas, equilibrar minha aura. Ela o coloca debaixo do meu nariz. Cheira a rosas e lavanda. Ela canta algo que não consigo ouvir, fechando os olhos, e pressiona a testa contra a minha numa fusão de mentes, dizendo:

— Para o bem de todos e o livre-arbítrio de todos, esta é a minha vontade.

Então ela abre os olhos e olha ao redor, para nós.

— Olha, docinho, tenho que voltar para a família. Os nativos estão ficando inquietos por lá. Tentando descobrir o que aconteceu com o filho pródigo, descobrir se isso é tudo culpa deles. Criando-o tão mimado e tal. — Ela franze o nariz. — Sinto muito que ele esteja fazendo você passar por isso. Acho mesmo que deve ter algo de errado com aquele menino.

— Talvez ele só tenha dormido demais — digo. — Ou talvez a ponte esteja presa na posição elevada e ele não consiga atravessar. Ou talvez ele tenha perdido parte do smoking, e não saiba qual loja meu pai usou para o smoking, e está perdido com o telefone sem bateria.

Blix ri.

— É, e talvez Mercúrio esteja retrógrado, também, ou ele esteja com jet lag, ou sejam as manchas solares. Quem sabe? Mas *você* vai ficar bem. Vida grandiosa. Lembre-se disso. Eu lhe disse isso. Uma vida grande, bem grandiosa para você.

Ela manda beijos para todas nós e sai, desfilando. É quando ouço: o rugido da BMW de Whipple no estacionamento. Eles chegaram. Cinquenta e oito minutos de atraso, mas estão aqui, e o oxigênio volta a fluir na sala como se alguém tivesse aberto a válvula outra vez.

Fico de pé, ainda tremendo.

Ouvimos o ruído de passos e então a porta se abre de supetão, e eis ali Noah, mais parecendo ter chegado a uma cena de batalha num filme do que para se casar. Seu cabelo está todo espetado e ele não se barbeou, e os olhos são pontinhos pretos num mar de espaço branco com veias vermelhas, e... e... ai, meu Deus, ele está usando a camisa do smoking com uma calça jeans.

Coloco a mão na boca. Talvez eu esteja emitindo um som baixinho. Algo que uma pomba emitiria.

– Marnie – diz ele. – Marnie, preciso falar com você.

Ele me leva lá para fora. *Fora, fora mesmo*: não para o estacionamento, nem para a areazinha de calçada na frente onde todas as pessoas bacanas se reúnem depois da igreja para conversar. Não, ele me leva pela mão para um gramado na lateral da igreja, onde a turma da catequese faz piqueniques. Onde recebi meu primeiro beijo quando estava no sétimo ano. Steve Peacock. Os pais dele estão agora mesmo naquela igreja, esperando para me ver casar.

– Marnie – diz ele, e sua boca está tão seca que emite estalos quando fala.

Quero que ele pare de dizer meu nome. Quero que ele pareça normal e feliz, e como um noivo, mas nada disso vai acontecer.

– Marnie – diz ele –, meu bem, me desculpe, me desculpe mesmo, mas temo que não possa fazer isso de jeito nenhum.

E o mundo – o mundo grande, vasto, lindo – se desvanece, encolhendo até virar um pontinho bem na minha frente. A única coisa que resta é o sangue rugindo em meus ouvidos e uma sensação profunda de que nada – nada – vai voltar a fazer sentido algum dia.

quatro

MARNIE

Esse tipo de coisa já me aconteceu antes, na verdade.

No terceiro ano, fui escolhida para ser Maria na apresentação da véspera de Natal. Era para usar o fino roupão azul da minha mãe, e fiz um diadema de papel-alumínio para prender no arquinho de plástico. Ser Maria era o ponto alto da minha vida até aquele momento – uma vida na qual eu já me dava conta de que minha irmã mais velha, Natalie, sairia com os melhores prêmios, coisas que ela nem parecia se empenhar para ganhar: notas boas, a admiração dos professores, namorados, o anel de diamante de plástico que vinha na caixinha de biscoitos.

No entanto, Natalie não podia ser Maria, porque já tinha sido dois anos antes, por isso teria que ser uma pastora. O foco era eu, e eu estaria lá sustentada pela manjedoura, segurando o bebê dos Smith, de oito semanas, que interpretava o papel de Menino Jesus. A sra. Smith me ensinou como apoiar a cabeça do bebê e tudo o mais.

Porém, quando fomos para a igreja para a apresentação, ficou claro que tinha acontecido um terrível mal-entendido: de acordo com as regras, Janie Hopkins, uma aluna do quarto ano, era *de fato* a próxima da fila para ser Maria. Havia uma lista, sabe? E, apesar de Janie não ter comparecido à catequese há *meses*, agora ela estava lá, e, além disso, ia se mudar para longe na primavera e estava triste por causa disso, então a diretora da catequese se ajoelhou até chegar na minha altura e, olhando nos meus olhos, cheia de sentimento, disse-me que esperava que eu entendesse, mas precisávamos mesmo ser cristãs a respeito disso e deixar que Janie fosse Maria. Minha garganta se fechou, mas consegui dizer *é claro, tudo bem*. Tirei o diadema e o roupão e me sentei na plateia, porque a essa altura não havia nem uma fantasia de pastora para mim.

E, no nono ano, Todd Yellin ligou lá para casa, e quando atendi ele me convidou para ir ao cinema com ele, e eu disse sim, e no dia seguinte, na escola, quando o abordei no intervalo, fiquei sabendo que ele achou que estava falando com a *Natalie*, não comigo, e era ela que ele queria levar. Natalie! Ela nem estava na mesma série que ele. Eu estava. E aí, no último ano do Ensino Médio, aconteceu o pior de tudo: meu namorado, Brad Whitaker, o cara mais descolado de todos os últimos anos, de algum jeito *se esqueceu* de que estávamos namorando e convidou outra pessoa para o baile de formatura.

E aqui estou eu, a mesma velha Marnie, só que dessa vez é bem pior, porque é o *dia do meu casamento*, droga, o dia que posso ter só para mim e o homem que disse que me amava, mas a luz é forte demais, as abelhas estão barulhentas demais, e as mãos de Noah estão enfiadas nos bolsos da calça jeans, e ele anda em círculos, olhando para o chão.

E é tudo tão injusto, porque ele me amou primeiro, droga. Foi *ele* que pensou que estava na hora de irmos morar juntos, um cara tão aventureiro e incrível que me pediu em casamento num ultraleve que alugou só para isso – sem se dar conta de que lá em cima seria tão ruidoso que ele teria que gritar, e que o vento forte faria a aliança sair voando pelo céu e ele teria que comprar outra.

E mais, ele escreveu uma música de verdade para cantar na cerimônia de casamento, uma música sobre o nosso amor. E ele diz que me ama o tempo todo. Ele me traz um saquinho de amêndoas cobertas de chocolate toda sexta-feira à tarde. Ele lixa minhas unhas do pé, e... e ele acende velas ao redor da banheira para mim. E, sempre que começo a ficar chateada por sentir saudade da minha família, ele declara que vamos fazer um Dia de Cabular, e ficamos em casa, de pijamas, comendo sorvete direto do pote e tomando cerveja.

E agora ele perdeu o juízo.

Aprendiz de Casamenteira

É um ataque de pânico, isso é tudo. Respiro fundo e estendo a mão, pegando a dele.

– Noah – eu me ouço dizendo –, está tudo bem, docinho. Respire fundo. Aqui, sente-se. Vamos respirar fundo juntos – digo.

– Marnie, escuta, eu te amo demais para fazer isso com você. Não vai funcionar. Não vamos dar certo. Agora eu vejo. Desculpe, desculpe mesmo, meu bem, mas não consigo.

– É claro que vamos dar certo – ouço-me dizer. – Nós nos amamos, e isso é...

– Não! Não é, não. Não basta só amarmos um ao outro. Acha que eu quero fazer isso com você? Marnie, eu sou todo fodido. Não estou pronto para ser um marido. Pensei que conseguisse, mas ainda tenho coisas que preciso fazer. Não consigo, meu bem.

Minha boca fica seca.

– Tem outra pessoa? Você tem outra mulher?

– Não – diz ele. Seus olhos dardejam para o lado. – Deus do céu, *não*! Ninguém. Não é isso.

– Então o que é?!

– Não consigo colocar em palavras. Apenas não consigo dizer aqueles votos. Não posso me aquietar ainda, ser um cara com um cortador de grama.

– Um *cortador de grama*? Mas que diabos um cortador de grama tem a ver com isso?

Ele fica quieto.

– É a permanência? É isso que o cortador de grama significa? O que diabos o cortador de grama tem a ver, Noah?

Ele coloca as mãos sobre o rosto e senta na grama alta.

Eu começo a rir.

– Aaaah, já sei o que é isso! Você e Whipple passaram a noite toda acordados, não foi? E agora você está de ressaca e sem dormir, e provavelmente desidratado. Precisa comer a intervalos de poucas horas, e precisa de pelo menos seis horas de sono, ou fica doidinho.

Ele não me responde, apenas continua com a cabeça entre as mãos.

– Mas que droga, Noah Spinnaker. As pessoas estão nos esperando e tudo de que você precisa é uma soneca, um pouco de ibuprofeno e mais ou menos cinco litros de água gelada, talvez um Bloody Mary, talvez um cheeseburguer com *onion rings*, e vai ficar bem.

De repente, tudo fica cristalino, mesmo em sua loucura.

Largo-me no chão perto dele. Sou a única que pode salvá-lo, e o único jeito de salvá-lo é casando com ele, e, sim, haverá manchas de grama e possivelmente de lama no meu vestido, mas não ligo. Esfrego as costas dele, aquelas costas musculosas que esfreguei mil vezes, que quero passar pelo menos os próximos cinquenta anos esfregando.

– Noah, querido, está tudo bem. Escuta, eu te amo mais do que minha própria vida, e sei que estamos destinados a ficar juntos, e que teremos um casamento feliz.

– Não – ele diz, escondido sob o próprio braço. – Não vai funcionar.

– Vai funcionar, sim, confie em mim. E se não funcionar, e daí? Nós nos divorciamos. As pessoas fazem isso o tempo todo.

Faz-se silêncio e então ele diz:

– Divórcio é terrível.

Explico como será mais terrível se um de nós tiver que entrar naquela igreja e partir o coração dos meus pais e de todas as pessoas sentadas lá, anunciando que não haverá cerimônia de casamento por causa dos cortadores de grama.

Depois de um momento, ele diz:

– E se estivermos cometendo um erro imenso?

– Não é um erro – digo, e percebo que acredito nisso de todo o coração. – Mas, afinal, vamos cometer um erro se for preciso! E daí? Viver *é isso*, Noah. Falhar e cometer erros, e entender as coisas conforme elas vão acontecendo, para a próxima vez. Pelo menos estamos *vivos* e experimentando. Olha... vamos fazer assim. Se tivermos que nos divorciar amanhã, nos divorciamos. Mas, hoje, vamos entrar lá e dizer aquelas palavras em voz alta, e todo mundo vai aplaudir, e depois dançaremos uma valsa e comeremos bolo de casamento, e sairemos em lua de mel, porque praticar windsurfe na

Aprendiz de Casamenteira

Costa Rica parece ótimo, não parece? Daí voltaremos e, se quisermos, nos divorciamos.

— Ah, meu Deus, você é maluquinha! — diz ele. — Você é insana, de verdade!

— Seria difícil neste momento dizer com certeza quem de nós é mais insano — digo em voz baixa. — Vamos lá. Vamos beber em homenagem a um grande erro!

Eu o peguei. Percebo, com alguma surpresa, que sou mais forte do que ele e que sempre fui.

— Deixe-me explicar de outra forma — digo, amistosa. Minhas mãos estão nos meus quadris. — *Vou me casar* hoje. Simplesmente vou. Então se levante. Engula o choro e venha comigo.

E ele faz isso. Faz mesmo. Nem fico surpresa quando ele se levanta. Sabia que se levantaria.

Não nos tocamos no caminho para a igreja. Entramos rapidamente, de cabeça baixa, e damos passos largos pela nave da igreja juntos — ele de calça jeans, eu em meu vestido de noiva manchado de grama —, e as pessoas realmente ficam de pé e batem palmas. Batem, sim. Elas aplaudem com tanta força, que é como se fôssemos Prince e Michael Jackson, possivelmente até Elvis *e* Os Três Patetas, todos voltando de entre os mortos.

Continuo sorrindo. Não sei o que ele está fazendo, porque não consigo me forçar a olhar para ele, mas, quando chegamos ao altar e a cerimônia começa, dizemos as palavras que deveríamos dizer, como se tudo isso nunca tivesse acontecido. Estou ali, apenas me casando, como tantas mulheres fizeram antes de mim, e talvez, quando parar para analisar todas as minhas emoções, vou descobrir como me sinto de fato. Por enquanto, contudo, apenas continuo me movendo adiante, e ele faz o mesmo, e afinal ouvimos as palavras:

— Eu, agora, vos declaro marido e mulher.

E Noah me beija e, juntos, corremos pela nave da igreja, e tudo é exatamente como pensei que seria, exceto pela sensação no fundo do meu estômago, como se tivesse acabado de subir um quilômetro numa montanha-russa e percebesse que os trilhos à minha frente estão quebrados.

A recepção, realizada no *country club* do qual meus pais são sócios, é adorável, ainda que eu passe boa parte dela virando mais coquetéis do que o clinicamente aconselhável e dançando com qualquer um que dance comigo, ficando cada vez mais estridente conforme a noite avança. Por algum motivo, Noah vai e canta a música que escreveu para mim, que tem todos os sentimentos corretos, já que ele a escreveu quando ainda queria se casar comigo, e, quando ele a canta, as pessoas fazem um *aaawwn*. Daí ele canta mais uma e mais uma, como se não conseguisse se controlar; ele precisa dessa atenção.

Algumas pessoas me perguntam a causa do atraso, e digo a elas: *Ah, foi só uma confusão com o horário e a loja de aluguel de smokings.* Agito os braços como se não fosse nada para nós agora; a cerimônia prosseguiu e estamos casados. E, há, há, há, toda cerimônia de casamento precisa de um *pouquinho* de drama para ser memorável, não é? Um noivo de calça jeans, chegando atrasado, com as narinas infladas como um garanhão selvagem que tomou um susto. E daí, o que que tem?

Meus sogros ficam na mesa deles, parecendo consternados e críticos. O *country club* de meus pais talvez não esteja à altura dos padrões que eles gostam de ver na sociedade civilizada, então se mostram reservados. Ou, talvez, considerando-se o que já aconteceu hoje, estejam pensando que este casamento será apenas temporário, então por que deveriam se esforçar? Blix, porém... vejo Blix mais ao lado, dançando com todo mundo, até com os padrinhos, até com *Whipple* a certa altura. Quando ela se aproxima e me puxa para a pista de dança com ela, fechamos os olhos e sorrimos, e nos jogamos para todo lado com abandono, como se talvez estivéssemos comunicando algo em nosso mundo próprio, perfeito e invisível.

Aprendiz de Casamenteira

É o dia do meu casamento, e estou casada, condenada e meio bêbada, voando nas fronteiras da loucura, com o mundo oscilando sob meus pés e a noite toda se abrindo no meio da minha cabeça.

Mais tarde, depois de ter dançado até entrar num frenesi rodopiante, vou lá para fora tomar um ar. Estou debruçada sobre o parapeito do deque, olhando para a lua brilhando sobre o pântano e absorvendo a umidade da Flórida, enquanto me pergunto se me sentiria melhor caso me permitisse ir em frente e vomitar, quando ouço uma voz atrás de mim.

É Blix.

— Bem, com certeza você arranjou uma história interessante de casamento para contar, não foi, meu amor? — Ela fala mais baixo. — Tudo bem com você?

Eu me aprumo, colocando minha cara pública de noiva feliz.

— Oi! Sim. Tudo bem. Só dancei demais, só isso.

Ela se ocupa tirando os sapatos e soltando a blusa, se abanando com a saia para cima e para baixo, cantarolando algo sem palavras. Olho para ela.

— Estou tentando refrescar minhas pernas — diz ela. — As suas pernas esquentam quando você dança?

— Não sei. Acho que sim.

De repente, estou muito cansada. Não quero que ela me veja assim, à beira das lágrimas. Um lagartinho atravessa o deque correndo e pausa para olhar para mim, depois sai, numa missão para apanhar mosquitos. Eu dou a ele minha bênção e tento me recompor.

— Uau! Deus do céu, isso foi divertido! — Blix está dizendo. — Acho que dancei com tudo que tinha duas pernas esta noite. E, se houvesse gatos e cachorros por aqui, provavelmente teria dançado com eles também.

Ela se aproxima e fica ao meu lado, bocejando e se espreguiçando com os braços para cima.

— Ah, foda-se — diz ela. — Podemos ser honestas, eu e você? Você não tem que responder, porque eu vou te dizer de qualquer jeito. Meu sobrinho-neto é um baita pau no cu. Pronto, falei. Nós deveríamos ter acabado com o Noah assim que ele chegou e descobrimos que ele ainda respirava.

— Talvez.

Arranho a amurada com a unha manicurada. Os insetos estão berrando no pântano lá embaixo.

— Ele precisa trabalhar algumas coisinhas em si mesmo. A aura dele, com certeza.

Não quero olhar para Blix; já sinto como se os olhos dela estivessem me perfurando. Porém, quando enfim me viro, a bondade no rosto dela quase acaba comigo.

— Acho que o que aconteceu com ele hoje foi só um ataque de pânico bem forte — digo a ela —, e deve ser porque ele não bebeu água suficiente. Mas, enfim, ele pediu desculpas, então acho que vamos ficar bem.

— Acha, é? — diz ela. Seus olhos estão faiscando. — Que bom! Vamos usar isso como a versão oficial, então.

— Nós esclarecemos tudo no gramado e vamos para a lua de mel, o que vai ser bacana. Ficamos muito bem quando estamos viajando juntos, e aí, quando voltarmos, vai ser somente a nossa mesma vida, morando juntos como já fazíamos, e vamos nos acomodar...

Eu me interrompo, lembrando como ela odeia o conceito de acomodação.

Ela coloca a mão no meu braço.

— Bem, *vai* ficar tudo bem, querida, mas talvez não pelos motivos que você acha. Espero que me dê ouvidos, porque não tenho muito tempo. Você precisa se esquecer do que a sociedade te disse sobre a vida e sobre expectativas, e não deixe ninguém obrigá-la a fingir. Você é o bastante, exatamente como é, está me ouvindo? Você tem muitos dons. Muitos, muitos dons.

Para meu horror, caio no choro.

Aprendiz de Casamenteira

– Ah, sim. Sou fantástica. Você tem que ser um tipo muito especial de fantástica para que um cara decida, no dia do casamento, que não quer ir adiante com isso.

Ela sorri e dá tapinhas afetuosos na minha bochecha.

– Vamos, vamos. Não se vire contra si mesma por ele ter agido como um cafajeste. Sua vida será tão grandiosa, Marnie. Uma vida tão grandiosa, inclusiva, como o coração amoroso de uma canção, é o que te espera! Você vai cagar e andar pra esse cara. Confie em mim.

– Acho que não quero uma vida grandiosa – choramingo para ela.

Ela diz:

– Ah, puxa vida, puxa vida.

E me envolve em seu peito encorpado e macio, e oscilamos de um lado para outro, meio que no ritmo da música que está tocando lá dentro, meio que não.

– Só quero ser comum – digo, em meio a suas echarpes e contas.

– Não posso ser comum?

– Ah, minha menina meiga. Ah, meu bem. Não, não pode ser comum. Ah, céus, não. Sinto que estou na frente de uma girafa magnífica e ela está me dizendo: "Por que tenho que ser uma girafa? Acho que não vou mais andar agindo como uma girafa por aí". Mas é assim que as coisas são: você é uma girafa maravilhosa, inacreditável, e tem uma vida para viver que vai te levar para lugares espetaculares. – Ela me aperta e depois me solta. – Sabe, às vezes queria não estar no final da vida, porque só queria ficar por aqui e assistir a suas criações. Todas elas.

– Espera. Como assim, final da vida? Está morrendo?

Enxugo os olhos com um lencinho que ela oferece.

Ela fica com uma expressão esquisita no rosto, e me arrependo de ter feito a pergunta. É claro. Noah me disse que ela tem oitenta e cinco anos. De qualquer ângulo que se olhe, ela deve estar bem perto do fim da vida.

– Oi, então, preste atenção, dona Girafa, eu saí aqui para me despedir de você porque tenho que voltar para o hotel agora – diz ela. – Meu avião parte de manhã cedinho, e Sabujo me ligou para avisar que ele convidou umas vinte pessoas para comer lagosta lá em casa amanhã à noite. Ele não consegue se controlar.

Em seguida, ela sorri para mim. O vento sopra algumas faíscas por ali.

– E você – diz ela –, você tem alguns milagres para realizar, meu docinho. Por favor, tente se lembrar disso para mim, está bem? O mundo precisa dos seus milagres.

– Não sei como realizar milagres – digo a ela.

– Bom, então é melhor começar a treinar. Palavras são um bom primeiro passo. Elas têm muito poder. Você pode invocar coisas ao acreditar nelas. Primeiro, visualize-as sendo de verdade, e em seguida elas serão de verdade. Você vai ver. – Ela beija minhas duas bochechas e depois vai para a porta; quando chega lá, porém, ela se vira e diz: – Ah, era para eu te avisar. Você precisa de um mantra para ajudá-la. Pode pegar o meu emprestado, se quiser: "Seja lá o que acontecer, ame isso".

Quando volto para dentro, Noah se aproxima e abre os braços, e enfim dançamos.

Coloco a cabeça no ombro dele e digo:

– Está se sentindo melhor? Comeu alguma coisa?

Isso deve ser algo bem comum de uma esposa dizer, e me dou conta de que provavelmente ele se ressente muito disso.

– Sim – diz ele, numa voz cansada. – Sim, estou melhor. Comi um pouco de proteína.

Sinto-me tão cautelosa perto dele.

– Bom. E vocês estavam cantando bastante, você e Whipple. Deve ter sido legal, né?

E então, sei lá o que me dá a coragem suficiente para dizer isso – talvez seja todo o álcool que tomei, ou as palavras de Blix, ou o fato de estar me sentindo desconectada da realidade –, mas falo a parte assustadora:

Aprendiz de Casamenteira

– O que vem agora, o que acha?
– Sei lá. A lua de mel?
– Certo – digo. – E esta noite?
– Como assim? Esta noite vamos para o hotel e faremos um sexo ótimo e dormiremos tarde. Como recém-casados.

Tem algumas outras coisas que eu quero saber. Tipo, ele vai ser meu marido? E eu sou mesmo esposa dele? Essas são palavras que podemos usar? Ele coloca os braços ao meu redor e dançamos outra música lenta, e então eles acendem as luzes e vejo que não tem nenhuma luz nos olhos de Noah. O ar em torno dele é de um bege turvo que nunca reparei antes.

Concluo que meu primeiro milagre terá que ser tentar acendê-lo de novo.

cinco

BLIX

Faz uma semana desde o casamento e estou em casa agora. Meu tumor me acorda antes de o sol nascer. Ele está pulsando logo abaixo da minha pele, feito algo vivo, funcionando por meios próprios.

Oi, amor, diz ele. *O que faremos hoje?*

– Amorzinho – digo para ele –, estava torcendo por um pouquinho mais de sono esta manhã. Você se incomodaria muito se fizéssemos isso? Aí mais tarde podemos conversar e fazer o que quiser.

O tumor quase nunca aceita esse tipo de argumentação. E por que deveria? Ele sabe que estou à sua mercê. Fiz amizade com ele porque não acredito em toda aquela metáfora de batalhar contra a doença. Você sempre lê isso nos obituários, sabe como é: "fulano ou cicrano batalhou contra o câncer por cinco anos", ou pior: "ele perdeu sua batalha contra o câncer". Não acho que o câncer aprecie esse tipo de raciocínio. E, de qualquer forma, fiz as pazes com os problemas minha vida toda, e notei que o que acontece é que os problemas apenas se encolhem como gatinhos sem as garras e se aninham aos seus pés, pegando no sono. Mais tarde, você olha para baixo e eles saíram para algum outro lugar. Você dá a eles um adeus carinhoso e retorna ao que queria fazer, para começo de conversa.

No interesse da amizade, dou um nome ao meu tumor: Cassandra. Ela era a profeta em quem ninguém acreditava.

Reviro-me na cama e fico ouvindo Sabujo roncar baixinho ao meu lado, seu belo rosto grisalho voltado para o meu. Fico ali, no acinzentado do amanhecer, e o observo inspirar e expirar, sentindo a magia da cidade despertando. Depois de um longo tempo, o sol

Aprendiz de Casamenteira

nasce de verdade e, muito tempo depois disso, o ônibus das 6h43 vem dobrando a esquina e passa pelo buraco no asfalto em sua velocidade absurda costumeira, fazendo com que o chassi de metal reclame e ranja como sempre faz. Os vidros das janelas estremecem.

Em algum lugar, se prestar atenção, ouço uma sirene começar a soar.

Um começo de manhã de verão no Brooklyn. O calor já pressiona a janela. Fecho meus olhos e me espreguiço. Cassandra, satisfeita por eu estar acordada, volta a seja lá o que ela estava fazendo antes de sentir a necessidade de me acordar. Às vezes ela é tão silenciosa e exaustiva quanto o tempo, e às vezes é uma criança encapetada de jardim de infância que só quer bater contra algo vivo.

Coloco a mão contra ela e canto uma música para ela em minha mente.

Pode me chamar de doida, mas, no dia em que a batizei de Cassandra, também comecei a lhe dar coisas bonitas para vestir. Em alguns dias, quando ela está feroz e quente, eu a imagino de capacete, e noutros dias – como hoje, talvez –, penso nela num vestido rendado e a convido para o chá. Digo a ela para imaginar que recebeu a xícara mais delicada e linda do meu conjunto de porcelana, aquela que penduro no gancho que fica acima do fogão.

– Não vou te abandonar – digo para Cassandra. – Sei que você veio por um motivo, embora macacos me mordam se vou conseguir descobrir que motivo foi esse.

Na semana passada, quando voltei do casamento, num dia em que estava quase dobrada ao meio de tanta dor, dei-me uma recompensa enorme por conseguir sobreviver à cerimônia e para celebrar ter conhecido Marnie. Contei a Sabujo e Lola que encontrei a pessoa a quem vinha procurando minha vida toda, aquela que provavelmente conhecia de muitas outras vidas, e que era minha filha espiritual. E aí pintei a geladeira de um tom turquesa vivo. Fiquei tão orgulhosa de mim mesma por não deixar ninguém na minha família saber que estou morrendo que tive de pintar a geladeira como um pequeno prêmio para mim.

Sabujo – o doce e velho Sabujo, centrado na família – acha que eu deveria contar para minha família sobre aquela massa.

— Por que não? — diz ele. — Eles não merecem saber? Talvez queiram ser mais gentis com você.

Há! Minha família não desejaria ser mais gentil comigo. Eles iriam querer me trancar em algum hospital, tratando Cassandra com agulhas e bisturis e me fazendo conversar com médicos, pessoas que falariam comigo naquele tom clínico e condescendente, gente com pranchetas, agendas e computadores. Assistentes administrativas falariam alto demais na minha presença, como se Cassandra tivesse, de alguma maneira, interferido em minha habilidade auditiva.

Não, obrigada. Fui ao médico e obtive meu diagnóstico, que não dignificarei aqui usando sua terminologia médica, porque dizer as palavras dá a sensação de ser fatal e incurável, e me recuso a aceitar isso. Vou dizer somente isto: levantei-me da mesa de exames, tornei a vestir minhas roupas, muito obrigada, rasguei as páginas impressas que eles me deram — o *plano de tratamento* — e fui embora. E não vou voltar.

Se Cassandra deixar meu corpo — e talvez deixe, ainda pode acontecer —, será por sua livre e espontânea vontade, e a razão será esta: nosso trabalho juntas está cumprido. Não quero morrer, mas também não tenho medo. Não vou usar quimioterapia nem colocar veneno dentro do meu corpo. Não vou sofrer. Em vez disso, tomei energéticos e entoei cânticos; consultei on-line um xamã de uma aldeia africana; enterrei talismãs e plantei sementes; e fiz posturas de ioga à meia-noite sob a lua cheia. Dancei e emiti gritos primais, treinei rir em voz alta, fiz massagens e acupuntura. E Reiki.

E, pelo jeito, Cassandra está prosperando. Então, sabe o que isso quer dizer? Quer dizer que é assim que as coisas deveriam ser.

Então vou morrer. Um acontecimento que é a coisa mais natural do mundo. A vida acaba.

E, por mim, tudo bem. É apenas uma mudança de endereço, na verdade. Não precisa ser horrível.

Suspiro, chutando os lençóis para longe porque subitamente estou com calor, e aí fecho os olhos e presto atenção na conversa que

Aprendiz de Casamenteira

os pombos estão tendo no peitoril da janela. Eles sempre parecem estar prestes a entender tudo.

Mais tarde, eu me levanto e vou até o que Sabujo chama de minha cozinha maluca para fazer chá. Engraçadas, essas casinhas antigas de tijolo aparente do Brooklyn. Esta tem um piso de parquê que já deve ter sido grandioso, mas que agora pende na direção da parede externa. É um piso com personalidade, todo furado e marcado por um século de passos, saltos de botas, vazamentos de água e ofensas ainda piores do que essas. E há um teto alto de estanho com um círculo ofuscante de luz em seu centro amarelado – uma luz que nunca acendo, porque é forte demais. Aquela luz promove a feiura. Em vez disso, espalhei luzes pela área toda. Luz quente, amarelada, para dar suavidade.

Sabujo diz que poderíamos nivelar o piso e talvez substituir os degraus na frente da casa, quem sabe consertar o telhado. Ele é o tipo de sujeito que gosta de fazer alguma coisa, não é de sentar e ficar olhando o metal enferrujar. Por fim, tive que dizer a ele que estou no pique de ir devagar com todo esse esforço. Só quero desfrutar o sol entrando pelas fissuras perto das janelas. Estou cansada de me esforçar.

Ele não precisou de muito empenho para ser convencido a ver as coisas pelo meu ponto de vista, e é por isso que o deixei vir morar aqui e dormir na minha cama, juntinho de mim. Nós nunca nos casamos porque aprendi que, se você tem que trazer a lei para seus relacionamentos pessoais, então está fazendo tudo errado. E tanto Sabujo quanto eu já fizemos tudo errado vezes suficientes antes. Agora apenas patinamos juntos, na mesma direção, há mais de vinte anos.

Nós nos conhecemos logo depois da morte do filho dele, quando Sabujo estava tão mal, num luto tão profundo, que não conseguia mais nem pescar lagostas para si mesmo. As lagostas passavam pelas armadilhas dele e entravam nas de outras pessoas, e Sabujo estava tão surrado pela vida que nem ligava muito, exceto pelo fato de que ia morrer de fome. Então alguém disse a ele para vir me procurar, e entoei algumas palavras de poder, invocando as forças da fartura, e coloquei minhas mãos no coração dele – depois disso, as lagostas começaram a fazer fila para entrar nas armadilhas dele.

Ele me trouxe algumas certa noite para me mostrar que o feitiço havia funcionado, e ficamos acordados até tarde comendo lagostas e tomando um vinho caseiro que eu tinha, e daí – não sei como isso começou – nos pegamos dançando e, é claro, dançar é a porta de entrada para beijar, e de alguma forma naquela noite Sabujo trouxe o riso de volta aos meus olhos. E talvez eu tenha feito um pequeno encanto amoroso para nós, algo que sempre me foi útil quando precisei. Então aqui estamos nós, duas décadas depois: eu fazendo minhas palavras de poder e encontrando amor para as pessoas quando posso, e ele me trazendo seu velho e sulcado habitante do Brooklyn, com seu queixo áspero e seu ronco feliz. E lagostas.

De manhã preparo ovos pochê e salmão para ele, e faço vitaminas com bastante antioxidantes, e pão que eu mesma assei, cheio de sementes e brotos. E aí nos sentamos lá fora no teto sob o sol, escutando a cidade se movendo abaixo de nós e sentindo a energia da vida. Bem, eu faço isso. Sabujo se senta ao meu lado e sorri como se fosse Buda ou algo assim, apesar de eu não achar que ele tenha uma célula espiritual sequer no corpo. Talvez seja por isso que o universo o mandou para mim: compensamos um ao outro. O universo sempre gosta que as coisas tenham equilíbrio.

Uma porta bate no andar superior e o dia do edifício começa.

Vozes nas escadas:

– Você pegou o almoço na bancada? Pegou um lápis? Como é o primeiro dia de aula, não vai ter creche depois da aula, então venha para casa no ônibus, e daí... bem, aí você e eu podemos ligar um para o outro. Tá bom?

– Vou ligar para você toda semana.

– Não, todo dia. Sammy, prometa para mim. Todo dia!

Aprendiz de Casamenteira

Em seguida, dois conjuntos de passos marcham escada abaixo – as sandálias de Jessica batendo na madeira e os tênis exuberantes de Sammy –, e Sammy bate seu patinete na minha porta ao passar, como sempre faz. Supostamente é um acidente, e Jessica diz que ela tenta impedi-lo de fazer isso, mas sempre digo a ela que não me incomodo. É o nosso ritual. Sammy está saindo para o dia dele, e quer que eu me despeça.

Eu me levanto de um pulo e vou até a porta dos fundos e a escancaro, e ali está ele no corredor, o menino mais meigo, dez anos, com seu cabelo amarelo espetado e sua pele clara e pálida, praticamente transparente à luz das janelas da minha cozinha, espiando o mundo por trás daqueles óculos redondos gigantes e fofinhos que ele adora. Está sorrindo para mim.

– SAMIIIIIIII! – digo, e nos cumprimentamos tocando nossos punhos, o que é difícil, por causa do patinete que ele carrega e da mochila exagerada dos New York Mets que leva.

Jessica está ao lado dele com sua cara matinal estressada e, como sempre, faz malabarismos com uma xícara de café, a bolsa, as chaves do carro e suas mil preocupações, e a qualquer momento ela pode deixar cair qualquer uma dessas coisas, exceto as preocupações.

Hoje, porém, ela também parece à beira das lágrimas. Não apenas é o último dia de aula de Sammy, como pela primeiríssima vez o pai dele, a quem Jessica odeia de um jeito que só se pode odiar alguém a quem um dia se amou além de toda a razão, vai levar Sammy para o norte do estado para ficar com ele e sua nova namorada misteriosa – que Jessica nunca nem viu – por um mês todinho. A justiça disse que isso tinha que acontecer, e Jessica lutou pelo máximo de tempo humanamente possível, mas, agora, hoje é o dia. Quando ela recebeu a notícia, me perguntou se havia alguma maneira de Sabujo e eu entregarmos Sammy para o ex dela, já que ela achava que não conseguiria fazer isso sem desmoronar. Então, aqui vamos nós.

Sammy diz:

– Blix! Blix! Adivinha só! Sabia que quando eu voltar da casa do meu pai vou saber tocar bateria?

— O quê? Você vai ser ainda mais incrível do que já é? — digo, chamando-o para "bater aqui" mais três vezes. — Você vai tocar *bateria*?

Ele passa seu peso para a ponta dos pés e depois para o calcanhar, balançando para a frente e para trás, sorri para mim e assente.

— Vou para o acampamento de bateria.

Jessica revira os olhos.

— É, bom, a gente vai ver. Andrew faz muitas promessas que não consegue cumprir.

— Mããããe — diz Sammy. — Ele vai cumprir!

— Vamos torcer para que cumpra — diz Jessica, sombria.

Pobrezinha, ela é uma mulher que recebeu mais do que acha que consegue lidar, inclusive um marido traidor e um menino que é meio excêntrico. Ela está sempre torcendo seus anéis nos dedos e parecendo preocupada. Estou sempre enviando fachos de amor para ela, e observando enquanto é bombardeada com todas aquelas particulazinhas de amor, mas até agora nenhuma delas parece ter aterrissado de forma permanente. Acho que ela está meio que gostando de ficar furiosa com o ex por enquanto, se quer saber a verdade. É difícil abrir espaço para o amor quando a raiva ainda é tão agradável.

— Então, Sammy, meu rapaz — digo —, Sabujo e eu vamos te encontrar no ponto de ônibus e ficaremos por lá para esperar seu pai.

— Espere aí. A mamãe não vai ficar comigo?

— Não, neném. Hoje você vai ficar comigo e com Sabujo, e com alguns cookies com gotas de chocolate.

Ele se vira para Jessica com seus olhinhos pequeninos e sérios.

— É porque você está triste demais para se despedir de mim?

Ela tem uma dessas caras que mostram cada pensamento que passa por ali, e agora são cerca de cinquenta e sete pensamentos todos de uma vez, a maioria deles trágicos.

— E-eu tenho que trabalhar até tarde hoje, então pensei que Blix poderia encontrar o seu pai, em vez de mim.

Ela mexe nas chaves, esfrega os olhos, se ocupa movendo a bolsa para o outro ombro.

Aprendiz de Casamenteira

— Tudo bem — diz Sammy. Ele enfia a mão na dela. — Eu sei. Você está triste demais para ver meu pai me levar. Mas vai dar tudo certo, mamãe.

Percebe? É nessa hora que tenho ganas de chegar com tudo e enchê-los de amor.

— Eu só... quero que você vá e se divirta — diz ela. — Mas...

Não, penso. Envio uma mensagem de PARE para ela. *Não diga a outra parte, que você não quer que ele ame o papai e a nova namorada mais do que ele te ama.*

Ela pigarreia e nossos olhares se encontram. Ela está prestes a chorar. Por isso eu me aproximo e abraço os dois, principalmente para poder impedi-la de dizer que está apavorada com o fato de Sammy não querer voltar para ela. Que as aulas de bateria e o ineditismo da atenção do pai e da namorada do pai vão fazer com que ele queira ficar por lá para sempre. Que ela tem medo de que seu mundo com ele, o mundo de dever de casa, tristeza e rotina da escola, nunca poderá se comparar a um mês nos Berkshires. Com um lago e um acampamento de bateria.

Ah, amor. Por que ele tem que ficar todo complicado? Estou há oitenta e cinco anos neste planeta e ainda acho que o universo podia ter encontrado um sistema melhor do que essa bagunça trôpega em que nos encontramos.

Beijo Sammy no cocuruto delicioso e digo a ele que o vejo mais tarde; aperto o braço de Jessica — e eles se vão, mas primeiro ela vira e me dá uma olhada, uma olhada lacrimosa que diz que tudo está perdido.

Nem tudo está perdido, envio para ela.

Estou sempre enviando mensagens de amor e luz para Jessica, mas Lola, da porta ao lado, que está acompanhando o placar, diz que as vibrações negativas de Jessica estão ganhando dos meus esforços até o momento. Lola afirma, fazendo piada, que tem uma planilha de Excel onde marca o que ela chama de meus Projetos Ser Humano, e que pode me dizer com precisão como vão todos eles, em qualquer data. Os números mostrariam, diz ela, que meu Projeto

Jessica pode estar sem muito sucesso, o que não significa nada, é claro, porque, como expliquei para Lola, tudo pode se reverter num instante quando as vibrações mudam.

E, se quiser saber a verdade, meu projeto Lola talvez precise de um pouco mais de atenção também. Ela está viúva há séculos, o que ela declara ser *bom*, mas por acaso eu sei que, com apenas um tiquinho de coragem, ela poderia estar se divertindo horrores e encontrando o amor outra vez. Estou sempre pedindo ao universo que envie amor para ela, fazendo pequenos encantos amorosos aqui e ali quando me lembro. Mas Lola... ela não consegue ver isso.

Então tenho Jessica e Lola... e agora também tenho Marnie.

E ah, sim, ainda tenho o Patrick.

Sabujo entra na cozinha coçando a barriga imensa e redonda, e sorri.

— Nosso menino já foi para a escola?

— Isso, e hoje é o dia em que ele vai embora por um mês para ver o pai.

— Ah, não! Tenho que me despedir dele!

— Você o verá mais tarde. Nós vamos...

Mas Sabujo já escapava, saindo pela porta dos fundos e descendo a escada, e escuto quando ele alcança Sammy e Jessica, ouvindo todos eles falando de uma vez só. E, depois de um tempinho, ele marcha de volta escada acima, ofegante que só, com Lola seguindo-o em seu vestido lavanda de ficar em casa e carregando uma bandeja de papelão com copos cheios de café gelado que ela compra todas as manhãs, apesar de não fazer sentido algum. Fazemos nosso próprio café. Mas essa é a Lola: ela é minha melhor amiga desde sempre, nesta vida e provavelmente mais umas cinco antes desta, se você acredita nesse tipo de coisa – *eu acredito*, então não a questiono. Começo a jogar frutas no liquidificador para fazer nossa vitamina diária de couve e morango, e Lola pega a frigideira para preparar os ovos para a omelete de cogumelos que vamos levar para o terraço. Todos nós temos nossas tarefas a cumprir no preparo do café da manhã.

Aprendiz de Casamenteira

— Aliás — diz Sabujo enquanto reúne os pratos e talheres —, disse à Jessica que ela podia também vir aqui depois do trabalho. Tomar uma taça de vinho para não ir para casa e chorar até dormir. Aquela garota... ela sempre parece prestes a desmoronar.

O telefone toca nesse instante, e é Patrick. O telefone parece tocar num tom diferente quando é ele.

Ele mora num apartamento no porão — aquele que fica quase por completo no subsolo, o que ele diz combinar perfeitamente com ele — e está ligando para saber se entregaram um pacote para ele ontem. Digo que não, mas o convido para subir aqui para comer omelete com cogumelos mesmo assim. Ele é um introvertido de marca maior, por isso hesita e diz que *talvez venha*, só que antes precisa escrever todos os sintomas de todas as doenças que já foram registradas e inventar um programa de computador que vai curar a doença de Alzheimer, portanto, presumo que vai estar ocupado por um tempinho fazendo isso.

Rio.

— Suba aqui, seu orelhudo! Você pode salvar o mundo da doença depois do café da manhã — digo a ele, que suspira.

O que significa que não vai vir.

— Venha — digo. — Vamos nos sentar no terraço, só nós quatro.

— Ãh, eu teria que tomar um banho primeiro.

— Não precisa, não. Estaremos no terraço. O ar fresco vai soprar seu fedor para longe.

— Meu cabelo não está bom. Deveria lavar pelo menos isso.

— Coloque seu boné. Você está sempre de boné, mesmo.

Pego os guardanapos de pano e os coloco na bandeja. De repente, me distraio com uma partícula de poeira que parece se iluminar num facho de luz do sol. A linha onde meu couro cabeludo começa está formigando um pouquinho.

— E talvez eu devesse cortar as unhas do pé.

— Suba aqui! — grita Sabujo, do outro lado da cozinha. — Precisamos de mais representação por testosterona. Não me faça enfrentar essa mulherada sozinho!

Patrick diz algo sobre já ter tomado café e estar mesmo com muito trabalho por fazer. E também está esperando uma entrega. Ele joga desculpas como se fossem pedrinhas, e ri enquanto o faz, sabendo que eu entendo que ele *não consegue vir*. Não é um dos dias em que Patrick consegue fazer as coisas.

Se espremer os olhos, posso subitamente ver pontinhos de luz em todo canto. Minha cabeça está esquisita, como tentasse me sinalizar alguma coisa.

– Preciso me sentar – cochicho para Lola, que me dá uma olhada estranha.

Sabujo pegou a bandeja e levou para o terraço, e ouço a porta bater após a passagem dele; sinto que o prédio todo treme, como se em resposta.

– Está com tontura? – pergunta ela.

– Não...

– Talvez precise de um pouco de água, em vez de café. Aqui.

Ela se vira para a pia e abre a torneira.

– Não é... isso...

E então eu sei o que é.

Marnie. Patrick precisa da Marnie.

Eles combinam.

Tanta coisa se encaixa – por que era essencial que eu fosse para a festa de Natal da minha sobrinha na Virgínia, apesar de minha família me deixar doida; por que eu precisava conhecer Marnie; e por que Noah ficou com uma mulher que ele não vai continuar amando... Ai, meu Deus. Era como se todos nos encaixássemos em uma dança elaborada. Para Patrick e Marnie.

Patrick e Marnie. Almas antigas que precisam se encontrar.

Amo quando acontece assim. Mesmo agora sinto meu corpo, cansado e rangendo como está, enchendo-se de energia.

Lola olha para mim com atenção.

– Ah, rapaz – diz ela. – Eu sei o que significa quando você fica com essa cara. Algo está acontecendo.

– Depois eu te conto – digo. – Agora, preciso pensar.

Aprendiz de Casamenteira

E nós duas subimos para o terraço e olhamos para a cidade, absorvendo a luz matinal do começo do verão enquanto comemos. É tão lindo aqui, e a vida é tão cheia de possibilidades, embora eu não vá estar aqui por muito mais tempo.

Como posso suportar partir, sabendo que há tanto por fazer? Tenho que confiar no universo para fazer com que tudo se arranje para eles.

Observo a porta, mas Patrick não sobe para o terraço. Ele está lá embaixo, martelando sem parar o teclado do computador, preso pelos próprios demônios. E Marnie... o coração de Marnie está sendo partido em algum lugar bem distante. Posso sentir.

Você vai ficar bem, envio para ela. E então, para os dois: *Tenham coragem. Tenham coragem.*

Há tantos medos a se vencer antes de chegar ao amor...

seis

MARNIE

Natalie me envia uma mensagem de texto dois dias após eu sair em lua de mel: *O Noah da lua de mel está se comportando melhor do que o Noah do casamento?*

MUITO MELHOR, escrevo de volta. #TUDOBEM. UFA! GRAÇAS AOS CÉUS.

E aí olho para o outro lado da mesa para meu marido belo e desalinhado, bebericando seu Bloody Mary e fitando o mar azul-turquesa através dos óculos de sol Ray-Ban, logo além da mata. Ele parece um comercial dos trópicos. Estamos tomando um café da manhã tardio perfeitamente normal no deque do restaurante do hotel depois de fazer um sexo de lua de mel perfeitamente normal na noite anterior, e fico contente em reportar que Noah parece bronzeado e descansado e nem um pouco ansioso. Tem só uma coisinha minúscula: por baixo da mesa, o joelho dele está balançando para cima e para baixo com rapidez, como se estivesse conectado a um metrônomo invisível.

Ele sente que estou me concentrando nele e olha para mim. Nós dois sorrimos e eu me volto depressa para meus ovos, antes que tenha que ver o sorriso dele desvanecendo.

Deus do céu.

Ele vai terminar comigo. Está apenas esperando o momento certo.

Provavelmente, é por isso que estou com dor de cabeça o tempo todo desde que chegamos aqui. Sinto que meu sorriso deve parecer um esgar, algo que se veria num esqueleto. Não é de se espantar que o garçom tenha colocado a comida em nossa mesa e recuado rapidinho.

Aprendiz de Casamenteira

– Noah – digo, e não consigo lembrar direito o que eu pretendia dizer a seguir.

– O quê? – diz ele.

Você me ama? E se lembra de como, quando começou a passar a noite no meu apartamento, às vezes a armação da cama desabava no chão quando fazíamos amor? Começamos a ter que arrastar o colchão até a sala antes do sexo. Você brincou que mover o colchão era a preliminar mais excitante que já teve, e eu soube que queria ficar com você para sempre.

– Nada, deixa para lá.

– Você quer fazer uma caminhada hoje à tarde? – diz ele, sóbrio.

Então vamos. Caminhamos pela cidadezinha e entramos na mata. Ele acompanha quieto, como alguém indo para sua destruição, parando de vez em quando para olhar os pássaros com seus binóculos, ou para me entregar solenemente a garrafa de água que ele colocou na mochila. Quando seus dedos longos e adoráveis roçam nos meus, tenho que apertar os olhos com força para não chorar.

Estou tropeçando pela trilha atrás dele, as lágrimas me cegando, quando ouço em minha mente uma voz dizendo *Você vai ficar bem. Tenha coragem.*

É aí que respiro fundo e digo para as costas dele:

– Noah. Diga qual é o problema.

E ele se vira e olha para mim, e vejo que meu casamento de uma semana está prestes a morrer bem ali, numa trilha da selva costa-riquenha.

Não que ele tenha embirutado ou esteja sofrendo de ansiedade, ou qualquer uma das coisas que tentei dizer para mim mesma. É pior. Acaba que realmente eram os cortadores de grama.

– Cortadores de grama – digo, inexpressiva.

À nossa frente na trilha está um casal de meia-idade em bermudas combinando e camisetas azul-bebê. Quando ela passou por nós, a mulher me disse que, se você veste roupas azul-claro, as borboletas podem pousar em você. Ela disse isso rindo, e o homem riu também, e eles seguiram pela trilha de braços dados. Observo as costas deles se afastando. Ela está inconsciente do fato de que há uma borboleta pousada em suas costas.

– Com licença, senhor – digo em voz baixa, para que apenas Noah ouça, quando os dois saem do alcance da minha voz. – Senhor, sei que isso pode soar estranho, mas posso lhe perguntar sobre seus sentimentos mais profundos sobre o cortador de grama na sua garagem? O senhor tem algum temor em relação a ele?

– Cala a boca, Marnie – diz Noah.

– Não, por favor, Noah. Conte-me sobre esses medos que você tem, aqueles que descobriu em si mesmo no dia em que se casou comigo.

Ele fecha a cara.

– É a *tirania* dos cortadores de grama, não o objeto em si – diz ele. – E não são somente os cortadores de grama. Não quero nada disso: o gramado, o orçamento doméstico, a conta de luz, a conversa diária que se repete: "Como foi o seu dia, não, como foi *o seu* dia? Você teve um dia bom?". Não aguento.

– A tirania dos cortadores de grama e de ser questionado sobre "como foi o seu dia" – repito, lentamente. – Você não aguenta "como foi o seu dia".

O céu está cheio de pássaros. Papagaios berram ao nosso redor.

Você vai ficar bem, Marnie.

Ele dá de ombros e olha para um ponto ao longe, bonitão e entediado comigo.

Uma memória emerge em minha mente da ocasião, no ano passado, em que ele foi comigo para a Flórida para conhecer meus pais. Minha mãe, adepta convicta da teoria romântica de que É Pela Barriga Que Se Conquista o Coração de um Homem, insistiu em fazer o jantar para nós. Todos nós nos sentamos na pequena cozinha suburbana da minha mãe com o papel de parede de galo, e o saleiro e o pimenteiro de galo, e ela nos preparou seu prato mais famoso, que meu pai apelidou de Bolo de Carne Magnífico e Majestoso da Millie, tendo recebido esse nome porque ela derrete nacos inteiros

Aprendiz de Casamenteira

de *dois tipos diferentes de queijo* com a carne e depois serve o bolo reluzente de catchup, que vai jogado por cima. Catchup! Só o melhor do melhor para os MacGraw.

Desde que consigo me lembrar, quinta sempre foi a noite do bolo de carne, e toda semana meu pai esfregava as mãos uma na outra, cheio de expectativa, e exclamava como se fosse o Dia de Ação de Graças, o Natal e o Quatro de Julho, tudo ao mesmo tempo. E eis aqui eles, *compartilhando* isso com meu novo namorado. E estavam tão felizes com isso! Partiu meu coração todo aquele otimismo que sentiam por nós, quando eu podia ver, com uma vergonha paralisante, que esse meu namorado belo e de olhos brilhantes, sentado ali em nossa modesta casinha estilo rancheiro de três quartos, os observava com um meio sorriso um tanto atordoado no rosto. Eu conhecia aquela expressão: ele estava moldando todo este incidente num roteiro de comédia com o qual divertiria as pessoas depois. *Tipo, sério, cara, catchup por cima?*, diria ele. *Por favor, me diz que você não vai realmente usar* DOIS *tipos de queijo! É extravagante demais para colocar em palavras!*

Ele não entende a vida doméstica, como alguém poderia ficar contente com essas coisas simples e idiotas. Que você pode discutir e brigar ao longo de seu casamento, e aí o bolo de carne da quinta à noite vem para te salvar.

Eu deveria ter enxergado bem ali. Deveria ter terminado com ele bem ali.

Queria muito ter feito isso.

– Certo, olha, eu fiz um negócio meio que horrível – diz ele por fim. Levanta a mão para fazer sombra sobre os olhos. – Eu não te contei, mas só para fazer graça eu me inscrevi para uma bolsa para ir à África do Sul com Whipple. Nunca pensei que conseguiria essa bolsa e, para dizer a verdade, já tinha me esquecido dela. Mas aí, ora veja só, eu ganhei. Descobri uma semana antes do casamento.

Ele apanha um galho e espeta o chão, desenhando círculos na terra fofa. Meus ouvidos estão zunindo com todos os ruídos da selva ao nosso redor.

— "Ora, veja só" — digo, zombando dele. — Ora, veja só, por acaso se inscreveu para uma bolsa. Só para fazer graça.

Ele espeta a terra com a ponta do galho.

— Que droga é essa, Noah?

— Eu sei. Não devia ter feito isso.

— Não! Se isso é algo que queria mesmo, então é claro que deveria ter feito. É quando deveria falar a respeito. É quando você devia contar para a sua *noiva*, a pessoa com quem vai *dividir a sua vida*: "Ei, tem um negócio que talvez eu queira fazer. O que você acha?". Você deveria *se comunicar* comigo.

— Nós não deveríamos ter nos casado.

— Por que isso significa que não podemos estar casados? Acha que o celibato é uma exigência para ir à África?

Ocorre-me então o verdadeiro significado do que ele está dizendo: que o fato de que ele, por impulso, se inscreva para uma bolsa sem sequer me contar significa que eu sou algo completamente periférico na vida dele. *É disso* que se trata. Ele sempre teve tanto orgulho de como nunca brigamos... Mas talvez, se você nunca briga, isso só significa que não se importa o suficiente.

Tento outra vez.

— E se... e se eu for com você? E se nós dois fizermos isso juntos? Você vai ver — digo. — Também posso ser aventureira.

Ai, meu Deus, estou sendo tão patética... Um macaco desce se balançando num cipó e eu acho que ele vai me bater, mas ele só quer minha barra de cereais, então permito que a pegue.

Noah pigarreia e me diz que ele não quer nada da vida que planejamos: não quer a casa nos subúrbios, os três filhos, nossas carreiras no magistério. Nadinha.

— Pensei que fosse conseguir — diz ele. — Pensei mesmo. Eu amo você, mas...

— Ah, cale a boca, por favor. Se existe alguma frase pior do que a que começa com "Eu amo você, *mas*...", não sei qual é.

— Tem razão — diz ele. — Desculpe.

Aprendiz de Casamenteira

— E *pare* de me pedir desculpas! Deus do céu! Não diga que me ama e não peça desculpas. Você me traiu, porra, e sabe disso! Há quanto tempo sabe disso? Quanto tempo, Noah? Você sabia o tempo todo, durante o planejamento para a cerimônia, que não queria fazer isso, e mesmo assim ficou ali parado e deixou o casamento rolar! Você me deixou convidar todas aquelas pessoas e fez todos nós esperarmos, apesar de saber há semanas que não conseguiria! *Qual é o seu problema?*

— Eu queria...

— Não ouse me falar sobre qualquer coisa que você queria! Você mentiu para mim, me fez passar vergonha, e agora vai me deixar para partir numa viagem de fantasia que simplesmente brotou do nada! E, quando eu digo que te amo e que vou te apoiar, você me rejeita! Como se eu fosse algum objeto que está jogando pela janela! Uma peça de bagagem extra!

— Você não é só uma...

— Eu disse *cale a boca*! Você não tem o direito de me falar sobre o que eu sou ou não sou. Escuta, seu idiota, estou disposta a dar todo o meu coração e minha alma para você, e trabalhar *juntos* em nossos sonhos! Temos que fazer sacrifícios! Ninguém está feliz o tempo todo! Olhe só os meus pais. Eles têm um casamento muito longo e bem-sucedido, mas você acha que estão felizes todo santo dia? Ninguém está feliz todo santo dia. E trabalho se chama *trabalho* porque é isso o que ele é. É o que você faz!

— Não — diz ele, e seus olhos reluzem de tristeza. — Não, seus pais definitivamente não são felizes, e os meus também não. E é exatamente esse o ponto. Não vou fazer o mesmo.

— Ah, vá se foder — digo.

Ele me dá um sorriso triste de quem sabe algo e depois levanta a mão em despedida e sai. Nossos arredores estão enfurecidos, o ar úmido e pesado cheio de gritos e berros, animais escolhendo seu lado, jogando folhas e nozes uns nos outros, discutindo ruidosamente, talvez sobre o significado de trabalho *versus* amor. Deixo a trilha abruptamente e pego outro caminho para descer a montanha, e caminho com fúria e a cabeça baixa, sem me importar se algum dia vou tornar a ver o hotel, ou ele, ou o avião que vai me levar de volta para a Califórnia.

Quero me jogar do penhasco no mar.

Ah, deixa disso. Você vai ficar bem, diz uma voz.

Eu respondo: *Eu* nunca mais *vou ficar bem.*

Mas a voz ri e repete: *Não, com certeza vai ficar bem. Você tem uma vida grandiosa pela frente. Uma vida como o coração enorme, gigante de uma canção.*

E eu respondo: *O que diabos isso quer dizer?*

Ele se muda assim que voltamos a nosso apartamento em Burlingame, o endereço que compartilhamos por seis meses. Ele acha que é melhor ficar com um amigo porque — vai vendo — se sente *culpado demais* para olhar para mim do outro lado da sala. Ele precisa *se punir* por me magoar assim. Odeio o modo como ele está quase tendo prazer com todo esse sofrimento; o modo como isso o faz parecer tão heroico na própria mente, o vilão com ar constrangido, o cara que se prostra e fecha os olhos pelo doce pesar que sente em relação a si mesmo.

Antes de me deixar de vez, mochila e malas lotadas, ele me conta sobre todas as decisões que tomou sem mim. A decisão de voar, com Whipple, para a África dali a um mês. E aí a decisão de que ele não vai voltar a dar aulas. Nunca mais.

Olha para mim com uma nova expressão trágica e diz que manterá contato se eu quiser, o que me faz dar uma gargalhada aguda e maníaca, e arremessar a manteigueira para o outro lado da sala. Penso no quanto Natalie ficará orgulhosa quando ouvir que não estou aguentando ser tratada desta forma, que estou, de fato, atirando peças de louça.

E começo a chorar, porque sei que sou supremamente impossível de amar, de um jeito profundo e incorrigível.

Aprendiz de Casamenteira

Com grande tristeza, ele apanha os cacos da manteigueira, varre os pedaços menores, joga tudo na lata de lixo. Ele me diz que pagou sua parte do aluguel pelos próximos três meses para eu poder manter o apartamento sem ter que arranjar alguém com quem dividi-lo. Até me deixa a receita de seu molho de seis camadas – aquele com quatro tipos de queijo derretido, cebola-roxa e abacate, o molho que ele nunca, jamais me ensinava como preparar. Rasgo a receita na frente dele, fazendo ruídos dignos de uma hiena. Ele se encolhe, e faço mais barulho ainda.

Então é a isto, *a isto* que cheguei: ficar contente por poder berrar alto o bastante para possivelmente assustá-lo, até perder a cabeça.

sete

MARNIE

Três semanas depois, chego em casa do trabalho e encontro uma carta de um site on-line para divórcios. Tomo duas taças de vinho, viro nossa foto de noivado para a parede e assino os papéis que dizem que prometo não amá-lo mais.

Pouco depois, vem uma cópia da certidão.

E, simples assim, estou divorciada.

Digo coisas a mim mesma que me ajudam a atravessar cada dia: eu o amei por dois anos; nós nos casamos numa cerimônia imprudente; terminamos; ainda estou triste. Vou dobrar a roupa limpa e criar coragem para devolver os presentes de casamento. Vou comprar café e creme e comer aveia e cranberry no café da manhã.

Fico dizendo: este é o cartaz na parede. Esta é minha mesa da cozinha. Esta é a chave do meu carro. Gosto de café. É quinta-feira.

Em seguida, faço o que os MacGraw fazem em momentos de grande turbilhão pessoal e luto: entro no modo de negação total. Digo a minhas emoções que elas estão agora em lockdown estágio quatro, proibidas de aparecer em público.

Sou, na verdade, uma rainha-guerreira da negação, saltitando na escola de Educação Infantil onde trabalho todos os dias, interpretando o papel de noivinha feliz e realizada com um sorrisão no rosto. Não conto a ninguém o que aconteceu. Entro cedo e fico até tarde. Sorrio tanto que meu rosto dói às vezes. Penso em cerca de

Aprendiz de Casamenteira

sete projetos de arte para as crianças *por dia*, projetos que precisam que eu corte centenas de pequenas silhuetas em papel pardo. Como um floreio a mais, eu faço livrinhos – um para cada criança, com histórias neles de gatos que riem e tartarugas que falam.

Poderia contar à minha chefe, Sylvie, o que aconteceu, suponho. Sylvie ficaria ultrajada por mim, e me levaria para casa com ela, e contaria a seu marido, e eles me reconfortariam, e eu dormiria no quarto de hóspedes deles até sarar. Sylvie é a pessoa mais maternal que conheço. Poderia desabar perto dela e ela saberia como me reconstruir.

Mas não conto a ela no primeiro dia, e isso torna mais difícil mencionar no segundo dia, e aí fica impossível depois disso. Talvez, se eu não falar a respeito em voz alta, vai deixar de ser verdade.

Porém, como o universo está no clima para me testar e brincar comigo, a conversa sobre noiva no trabalho aumenta exponencialmente. Minha vida se torna uma sucessão hilária de Histórias de Noiva: aquelas pelas quais as mulheres com quem trabalho me imploram (Bolo de carne esta noite! Noah simplesmente adora! Sim, comemos à luz de velas! E aí vamos cedo para a cama! Sabe como é!), e aquelas que as meninas de quatro anos insistem em ouvir. Elas são obcecadas por casamentos e precisam saber cada detalhe.

– Você ficou igual a uma princesa no dia? – elas querem saber, os olhos brilhando.

Ah, fiquei, sim! Em homenagem a meu casamento, elas colocam guardanapos brancos de papel na cabeça na hora do lanche e passam pelo cantinho da leitura usando os cobertores da sala da naninha como longas caudas.

– Somos suas Noivas Mirins – elas me dizem em tom solene, e rio, ajudando-as a jogar os buquês.

É só à noite que a amargura chega para mim, expondo todos os meus fracassos e desajustes. A amargura ficou em casa o dia todo, andando de um lado para outro e me esperando impacientemente, e agora se senta na lateral da cama lixando as unhas e fumando cigarros. *Pronta agora, benzinho?*, diz ela. *Minha vez!*

É aí que vejo que sou de verdade, que vejo que nunca vou ficar de todo bem, que a pessoa que disse que me amava e queria passar a vida toda comigo recuperou o juízo no último minuto e, então, como uma idiota, ainda o forcei a ir até o fim com aquela palhaçada da cerimônia.

Sou uma desajustada que não consegue mais fingir. Um dente-de-leão no gramado. Um patinho feio nadando em meio aos cisnes, torcendo para que eles não reparem.

Daí, depois de uma noite insone durante a qual acho que vou perder o juízo, pulo da cama às cinco da manhã e me pego digitando o número de Blix no telefone. Não posso acreditar que não pensei nisso antes. Ela deve ser a única pessoa do mundo que poderia fazê-lo voltar para mim. São oito horas da manhã no Brooklyn e eu, de alguma forma, sei que ela estará acordada. E, com certeza, ela atende o telefone com:

– Oi, Marnie, meu amor. Estava esperando você ligar.

Fico um pouco espantada.

– Estava?

– É claro. Ando pensando em você.

Então apenas despejo tudo.

– Blix, é horrível. Eu... preciso da sua ajuda. Sei que consegue fazer coisas, por isso quero que traga Noah de volta para mim.

Ela fica em silêncio e me ocorre que talvez ela não tenha recebido da família a notícia de que ele me deixou. Então volto um pouco, contando a ela sobre a lua de mel, o passeio fatal, a África, a bolsa para a qual ele se inscreveu sem me contar, Whipple, tudo... até o serviço on-line.

Ela diz:

– Ah, benzinho. Sei que isso parece horrível para você agora, mas preciso te contar, meu bem, que isso me soa como se talvez fosse o começo da sua grandiosa vida.

Aprendiz de Casamenteira

— Minha grandiosa vida? *Grandiosa* vida? Minha vida encolheu! Estou aqui em Burlingame, onde nem consigo bancar ficar, e estou trabalhando no meu emprego, e embirutando, Blix. Sinto tanta saudade dele, e sei que você tem percepção e conexões em algum lugar, e aí pensei que talvez pudesse me ajudar a reconquistá-lo. — Ela não diz nada, e vejo que preciso continuar, preciso convencê-la. — Porque pensei em tudo o que você me disse, e eu preciso dele, sim! Ele é a melhor coisa que já me aconteceu, e algo deu errado, mas quero consertar. *Essa* vai ser a grandiosa vida, como você a chama.

— Deveria vir para o Brooklyn — diz ela.

Brooklyn?

— Não tenho como fazer isso — digo a ela.

Francamente, nada me parece menos atraente do que ir a algum lugar novo, do outro lado do país, para uma cidade onde nunca estive antes. Ser uma hóspede. Argh.

— Então me diga o que precisa.

— Você pode dar uma olhada seja lá onde você olhe e ver se ele vai voltar para mim? — Minha voz se parte. — Faria um feitiço para mim? Para me deixar menos comum, ou para fazer com que ele não se importe com o fato de eu ser tão comum?

— Ah, meu bem. Você não o quer de volta! Confie em mim nesse assunto. Tem tanta coisa...

— Por favor... lance um feitiço. Quanto desespero um homem tem que sentir para terminar com alguém *na lua de mel*? Como é que eu vou superar isso?

Ela fica em silêncio por um momento, depois diz numa voz baixa:

— Escute com atenção, benzinho. Mudanças são difíceis. E Noah é um fedelho mimado de último grau que se esqueceu de crescer, e sinto muito pela dor que ele está te fazendo passar. Mas confie em mim, tem algo muito, muito melhor esperando você. Você vai passar por isso e vai seguir adiante. Vai levar um tempo, mas você consegue. Tem coisa muito melhor à sua espera.

— Não — digo para ela. — Não tem, não. Fomos feitos um para o outro. Eu sei disso, do mesmo jeito que sei que Natalie e Brian foram feitos um para o outro. Você mesma disse que eu sou uma casamenteira, e eu *sei* que ele é o meu par perfeito.

— Ninguém consegue ler para si mesma desse jeito — diz ela. — Senão, eu não teria precisado passar pela barata e pelo sujeito morto por dentro. Pense nisso. E, aliás, você não é comum, *e precisa vir para o Brooklyn.*

— Sou ridiculamente comum. Perco minhas chaves o tempo todo, sou cheia de opiniões e fico impaciente, e não tenho ambição, não ganho dinheiro suficiente e não dou a mínima para isso, e... e, quando era pequena, eu colocava fantasias em gatos e não me importava quando eles ficavam zangados com isso.

Ela suspira e diz:

— Tá, escuta aqui. Eu tenho que te contar uma coisa. Quando tinha dezoito anos, meu pai morreu, e o lar da família, que eu estava contando que seria minha herança, foi dado para a irmã dele. E foi aí que me dei conta de que podia viver debaixo da minha cama e ser passiva minha vida toda, ou podia fazer algo que me assustasse todos os dias. Então, sendo inteligente, eu escolhi ser passiva. O que foi uma grande decisão. Brilhante, de fato.

Ela ri um pouquinho.

— Assim, continuei morando com minha tia e tentando agradá--la, fazendo tudo o que ela dizia, e sorrindo, simpática, para todo mundo. E aí um dia minha tia me disse que eu era como o meu pai, que era uma fracassada e nunca seria nada, e pela primeira vez toda aquela raiva que eu vinha tentando soterrar simplesmente irrompeu de dentro de mim. Eu estava possessa! Para lá de possessa. Então juntei o pouquinho de dinheiro que meu pai deixara para mim e fui para o Brooklyn, um lugar que escolhi no mapa apenas porque me apavorava. Eu não fazia ideia do que estava fazendo. Estava doida de pavor.

Ela fica quieta por um momento e posso ouvir sua respiração.

— Mas no final foi uma intervenção divina ou algo assim eu ter vindo para cá. Porque, depois que cheguei, tudo mudou. Fiz amizade com o medo. Casei com um cientista que eu mal conhecia, e fui com

Aprendiz de Casamenteira

ele para a África e estudei insetos, e odiava insetos! Odiava calor e cobras, e viajar sem saber o que esperar... mas, depois disso, andei pelo mundo todo. Eu cantei na Índia; velejei em escunas que pareciam que não flutuariam nem cinco minutos mais; escalei montanhas; estudei várias religiões. Sempre que algo me assustava horrores, aquilo era um sinal para mim de que precisava me lançar naquela direção. E sabe do que mais? Foi assim que levei minha vida toda, fazendo qualquer coisa que me assustasse.

Não quero dizer a ela que isso parece a pior vida que consigo imaginar. Então digo somente:

– Estou sempre assustada.

– Bom! Minha doce Marnie, você realmente deveria vir me ver.

– Mas estou trabalhando – digo.

– Ah, sim, melhorando seus créditos de seguro e empregabilidade.

– Bem, tenho que me sustentar – aponto. – Ninguém mais fará isso por mim.

Ela fica em silêncio por um longo tempo, e tenho certeza de que a insultei. Mas aí ela diz, muito baixinho:

– Quero que olhe com muito cuidado ao seu redor. Porque tudo está prestes a mudar. Sua vida toda, inteirinha. Precisa reparar como ela é neste exato momento. Pode fazer isso?

Ela diz algumas palavras que não consigo ouvir.

– Isso é um feitiço? – digo.

– Estou te enviando minhas melhores palavras de poder – diz ela. – Mas, sim. É o seu feitiço.

– Eu queria que você voltasse para casa – diz Natalie, certa noite, ao telefone. Ela quer dizer voltar para Jacksonville. Para morar lá. – Mamãe e papai não estão ficando mais novos, sabe como é. E sinto saudade de você. A bebê sente saudade de você.

– A bebê nem nasceu ainda.

— Eu sei, mas conto a ela sobre você, como desertou para a Califórnia, e ela está muito chateada com isso. Ela quer que eu diga para você que vai perder muitas experiências familiares se insistir em continuar por aí.

Olho pela janela para as montanhas e o parque e o prédio de tijolos amarelos da biblioteca. Eu amava morar aqui, caminhar até a escolinha perfeita onde trabalho, depois voltar para casa atravessando a cidade a pé, olhando as vitrines de todas as lojas bacanas e caras demais para mim. Mas agora essa cidade parece um lugar que nunca foi para mim. Todo mundo que eu conheço aqui já faz parte de um casal. Aceno para eles no elevador do meu predinho chique de apartamentos: sorrindo uns para os outros, fazendo seus planos para a noite, sem absolutamente nenhum interesse em mim. Noah e eu também éramos assim, na nossa.

É a mesma pontada que sempre sinto quando falo com Natalie — ela e Brian sempre estão com música tocando, estão sempre brincando, rindo como eu acho que casais felizes fazem, e eu queria que Noah e eu tivéssemos nos assentado perto da minha família, como eu meio que pensei que faríamos em algum momento mais adiante. Sabe como é, encontrar com eles para jantar às vezes, trombar um com o outro no mercado... ter uma grande família estendida logo ali.

Mas não quero voltar para a Flórida sozinha, como a irmã *fracassada*, a pessoa que nunca descobriu como se dar bem no mundo. Além disso, se Noah algum dia vier me procurar... bem, estou só dizendo. É aqui que ele pensaria em procurar: bem aqui, em Burlingame. Ele gostava de como era sofisticado, disse que sempre quis morar no tipo de cidade onde os relatos policiais da semana eram dominados por histórias de residentes incomodados por esquilos jogando bolotas com muito alarde.

Natalie lê minha mente, algo em que ela é boa, tendo conhecido a mim e a minhas falcatruas a vida toda.

— Como é que ficar aí seria uma boa ideia para você? Precisa superar o Noah e seguir em frente, não continuar na cena do crime — ela está dizendo.

Aprendiz de Casamenteira

— Costa Rica foi a "cena do crime", como você chamaria.
— Vem pra casa, vem pra casa, vem pra casa — diz ela.
E aí Brian se aproxima do telefone e os dois começam a cantar:
— Vem! Pra! Casa! Vem! Pra! Casa!

Certa manhã, depois de uma semana em que as Noivas Mirins nos imploraram para realizar casamentos de mentirinha na pré-escola, acordo com uma ideia fantástica. Provavelmente a melhor ideia que já tive! Salto da cama, tra-lá-lá, e corro pelo apartamento, faço um pacto com meu vestido de noiva, o véu, o algo azul, o algo novo e algo antigo, assim como o arranjo de pulso e o buquê, e coloco tudo num saco de lixo gigante. Mas não vou jogar tudo fora! Eu *não estou louca*, nem nada. Vou levar para a escola! O mais incrível mostre e conte DE TODOS OS TEMPOS.

Chego lá antes de o sol nascer e arranjo o vestido com amor na mesa de arte. Ele fica tão bonito exposto assim, então coloco o véu sobre a cadeira. Noah deveria tê-lo levantado de meu rosto amorosamente, sorrindo e olhando nos meus olhos.

Bem, não chegamos a essa parte.

Eu me ouço rindo em voz alta diante da ideia de que as coisas talvez saíssem diferentes se tivéssemos feito tudo do jeito certo, levantando o véu para o beijo, tendo nossa primeira dança, jogando o buquê, a coisa toda. Você pode ficar insana a esse ponto — e se Whipple não fosse o padrinho, e se não houvesse uma viagem para a África esperando, e se Noah não tivesse percebido todas as coisas estúpidas e convencionais em mim pouco antes do momento em que deveria dizer "aceito"?

Convencional. É isso o que esqueci de dizer a Blix, meu defeito principal. Não sou apenas comum — sou *convencional*. Talvez eu devesse ligar para ela de novo. Vou fazer isso, hoje mesmo! Mais tarde.

Primeiro, isso.

Isso.

Assim que as Noivas Mirins chegam, eu as levo para a mesa de arte, onde pego as tesouras e faço um corte longo, reto, sem rebarbas na saia do vestido de noiva. Atravesso a renda, o tule e o forro de cetim. Todas as Noivas Mirins podem ter pedaços do vestido para usar, digo a elas. A própria fatia de vestido!

Ouço alguém dizer:

— Marnie?

E é a voz mais gentil, mais suave que já ouvi.

— Obrigada — digo para a voz.

É a voz da bondade, do universo pronto a me pedir desculpas pelo que aconteceu.

Só que a voz tem uma pessoa presa a ela, e essa pessoa é minha chefe, Sylvie.

Ela diz:

— Marnie, docinho, está cortando seu vestido de noiva?

Tento dizer para ela que *sim, mas tudo bem*, só que a frase sai toda esquisita, porque o que está acontecendo é que estou subitamente chorando de soluçar.

E aí ela diz:

— Ah, docinho, qual é o problema? O que está fazendo? Deixe-me pegar um lenço. O que aconteceu?

— Nós vamos fazer vestidos de noiva para as Noivas Mirins! — explico. — Porque não preciso...

E é neste momento que olho para baixo e vejo que estou vestindo meu robe atoalhado e meus chinelos felpudos, e Sylvie, que está com seus trajes profissionais, diz algo como nós devíamos desaparecer pelos fundos do escritório, enquanto Melinda leva as crianças lá para fora, e ela apanha os pedaços do vestido de casamento e do véu e me leva para casa, apesar de ainda ser cedo. Ficamos sentadas no meu carro do lado de fora do meu apartamento, escutando o motor fazendo aqueles cliques que ele faz depois que se desliga o carro, e depois de um longo tempo ela diz:

— Marnie, meu bem, acho que você precisa procurar ajuda.

Aprendiz de Casamenteira

— Só porque fui trabalhar de robe? — digo, feito uma idiota. — Estava com pressa.

Até eu sei quanto isso soa idiota.

Com muita calma, Sylvie estende a mão, toca a minha e me diz que elas sabiam, esse tempo todo. Todo mundo. Todos eles sabiam sobre a lua de mel e o divórcio. As pessoas tentaram falar comigo a respeito, o que é algo de que não me recordo. Todo mundo ficou triste por mim. Ninguém sabia o que dizer.

— Pode me incluir aí, eu também não sei! — digo a ela, rindo, mas ela não ri.

Mais adiante na mesma semana há uma reunião, e o lado positivo é que não preciso mais voltar. Na advertência que me deram, eles dizem que "decidiram seguir em outra direção" com a escolinha — o que talvez signifique que decidiram não deixar mais que gente doida dê aulas para as crianças — e me passaram um cheque que, se eu depositar, vai significar que não pretendo processá-los nem nada do gênero.

Minhas bochechas estão dormentes de tentar sorrir por toda a reunião, de tentar insistir que estou bem, sim, de verdade.

Sylvie me acompanha até o carro quando tudo termina.

— Isso vai acabar sendo algo bom — diz ela. — Neste momento, você está em choque. Mas está na hora de seguir em frente com a sua vida, e este é o empurrão de que precisava.

Odeio tanto isso que nem consigo dizer.

Lá se vai a grande vida que eu deveria levar. Lá se vai o feitiço amoroso.

E eu só queria, que inferno!, que as pessoas parassem de me dizer que todas as minhas porcarias de tragédias vão acabar sendo coisas boas.

oito

BLIX

Eu vou morrer muito em breve, e quero um grande funeral irlandês, apesar de não ser irlandesa. E, embora você devesse estar morta quando fazem um funeral em sua homenagem, digo que isso não é necessário. Não existe nenhuma regra para funerais, não até onde eu saiba. E, se existe, não deveria existir. Estou aqui para mudar as regras para funerais.

Mas, enfim, tenho tantas pessoas que amei, e anseio em tê-las todas juntas para poder abraçá-las, beijá-las e lhes dar adeus. Posso dar presentinhos para elas, e contar meus desejos para cada uma delas, e comeremos churrasco e saladas enormes e beberemos uísque, e conversaremos e riremos e dançaremos e choraremos. Quero lanternas de papel e pisca-piscas e velas. Quero uma sessãozinha espírita, talvez, e música alta e que a Jessica toque seu alaúde e Sammy toque bateria. Vamos acender o braseiro e vou queimar coisas de que não preciso mais, as coisas que quero oferecer ao universo.

Quero que nós todos nos demos as mãos e dancemos numa fila de conga. Faz tempo demais desde que estive numa fila de conga. E quando Cassandra tiver usado o melhor de mim, será muito emocionante se eu puder me relembrar daquele momento na fila de conga, o momento em que olhei e vi todo mundo que eu amo juntos – talvez faça a partida doer menos.

Tentarei convencer Patrick a vir aqui em cima, embora ele não vá querer subir. Mas talvez venha porque é o fim para mim e aí ele vai ver que as pessoas são gentis, e ele vai mudar sua vida, começar a andar em meio aos vivos outra vez. Talvez eu possa encontrar

Aprendiz de Casamenteira

um jeito de dizer-lhe que o amor está chegando para ele, que sei que algo surpreendente e milagroso e mágico está se alinhando no reino invisível. Talvez eu o faça acreditar. Antes que o bem possa acontecer para Patrick, ele tem que se abrir só um pouquinho, e acreditar em algo como uma fila de conga pode ser um bom começo.

Eu digo a Sabujo que vamos chamar isso de "Bota-Fora da Blix". Ele não gosta muito desse negócio de aceitar a morte, mas, rapaz, ele adora uma festa. Eu o conheço bem demais: ele pensa que, se eu tiver uma festa, vai ser tão divertido que talvez eu comece a responder às cartas do centro contra o câncer onde eles imploram que eu vá para seguir nosso "plano de tratamento".

– Quem sabe? Talvez eles tenham aprendido algo depois de todos aqueles anos na faculdade de medicina e possam te curar – diz ele.

Ah, meu querido, delicioso Sabujo, com sua carinha redonda e áspera e sua barba branca e seus olhinhos azuis espremidos, nublados agora depois de tantos anos sob o sol sem protegê-los. Eu sempre lhe digo que ele tem uma alma de poeta. Todo aquele mar dentro dele, gerações de mar. Ele tem pescado lagostas desde sempre, agora transplantado para a cidade, onde anda pisando duro e age como se a terra fosse uma concessão que ele fez. Quem em seu juízo perfeito pensaria que eu viraria a esposa de um pescador de lagosta, saindo com ele no barco entre o Bronx e Long Island, recolhendo redes? Mas aqui estou eu.

– Não – digo. – Eles vão cortar pedaços meus, e preciso de todas as minhas partes.

– Você não precisa das partes com câncer – diz ele. – Não acho que precise desse câncer.

Apenas sorrio, porque Sabujo não sabe o que eu sei: que, por mais estúpido que pareça, às vezes você tem que conviver com as coisas que não quer, tipo câncer, e fazer isso te ajuda a ir mais fundo na vida do que você já foi antes. Se todos nós vivêssemos para sempre, digo a ele, a vida não teria nenhum sentido. Assim, por que não abraçar esse fato, nos preparar para ele, amar o que é?

– Quem precisa de significado quando temos esta vida? – diz ele.

Ele estende a mão, abarcando tudo – o prédio de apartamentos residenciais, os pedaços de céu azul elétrico entre os telhados, o parque do outro lado da rua, onde as crianças gritam de felicidade nos balanços, e, a quilômetros dali, o mar, que ele afirma poder ouvir.

Mas ele não sabe. Estou num ponto em que sou *apenas* significado. Não terei um corpo por muito tempo mais, porém certamente terei um monte de significado.

À noite, aninhado junto a mim, ele murmura:

– Blixie, não quero que você morra.

E não há nada que se possa responder a isso. Então apenas estendo a mão pela vastidão do cobertor e toco Sabujo.

As mãos dele são grandes luvas quentinhas, mas, de algum jeito, seu formato é delicado como estrelas. Sabujo é feito de poeira de estrelas, com certeza.

nove

MARNIE

— Como estão as coisas? — Sylvie me pergunta ao telefone, dois dias depois.

Estou desempregada, mal-amada e atualmente vivendo debaixo das cobertas, lendo números antigos da revista *People* e comendo grânulos de flan instantâneo direto da caixa, é assim que estão as coisas.

Também estou passando por um pequeno fascínio com partículas de poeira suspensa. Eu sei, eu sei. Elas são fantásticas. Mas são realmente *mais do que fantásticas*. Elas têm muito a nos ensinar sobre nós mesmos, essas partículas. Se ficar parado por um longo tempo, eles param de cair, mas, se se mover de novo, agitar o braço no ar ou bater o pé nas cobertas, então elas começam a rodopiar outra vez, como estrelinhas. Como universos inteiros. Faz você pensar — e se o nosso mundo e todo o sistema solar estão contidos apenas na partícula de poeira de alguém? E se formos insignificantes assim?

Arremesso lencinhos na parede; caminho pelo apartamento e danço ao som de uma música selvagem até que o vizinho de baixo bata no teto com o cabo da vassoura.

Talvez eu possa ficar assim para sempre, suspensa entre os mundos.

Mas o que eu digo é:

— Ah, bem, na verdade, estou sentindo de tudo um pouco.

— Já está procurando outro emprego? — pergunta ela.

Quando não digo nada, ela continua:

— Farei algumas ligações para você, se quiser. Quando estiver pronta. Você realmente é uma professora muito boa, sabe? Não tem nada a ver uma coisa com a outra.

Mais tarde, ligo para Natalie e conto a história toda para ela, e ela me coloca no viva-voz para que ela e Brian possam, ambos, me animar.

Eles dizem as coisas certas — coisas que sei que diria a uma amiga que me ligasse com essa história: uau, que ano difícil você está passando; é claro que não está maluca; você vai conhecer outra pessoa; a gente te ama; pode se mudar de volta para casa. Mordo os nós de meus dedos enquanto eles falam comigo, para que não me ouçam chorando.

Tenho que dar um jeito em tudo, mas no momento estou com dor de cabeça e preciso de uma soneca. Além disso, preciso assistir às partículas de poeira iluminadas pelo sol poente antes que fique escuro demais para enxergá-las.

Então certo dia, sem nenhum aviso, meus pais aparecem.

Meus pais moram a quase quinhentos quilômetros de distância; quando eles aparecem de visita, isso quer dizer que aviões e carros de aluguel estiveram envolvidos. E isso não acontece sem algo em torno de um milhão de conversas antes do fato. Mas aqui estão eles, batendo na porta, chamando meu nome como se esperassem me acordar de um coma. Por um longo momento, penso que talvez esteja alucinando as vozes deles. Chegou a esse ponto? E aí me dou conta. Ah, é claro. Eu deveria saber. Natalie e Brian contaram para eles o que aconteceu.

Abro a porta, hesitante, subitamente consciente de que estou coberta de farinha e chocolate e usando um quimono japonês pequeno demais que meu pai trouxe do Japão para mim quando eu tinha treze anos. Estou com uma pantufa de coelho e uma meia, e meu cabelo é uma zorra emaranhada porque deixei a trança de quatro

Aprendiz de Casamenteira

dias atrás virar algo selvagem, como um arbusto espinhoso em que você daria a volta na floresta.

Andei fazendo bolos. Cupcakes com mensagens dentro deles, se quer mesmo saber. Como biscoitos da sorte, só que em cupcakes.

Quando, contra todas as expectativas, Noah voltar para mim, ele ficará muito surpreso ao morder um cupcake de chocolate e ver a mensagem: VOCÊ ESTÁ AGORA COM O AMOR DA SUA VIDA.

Talvez isso pudesse ser um empreendimento. Cupcakes com Mensagens. Terei que criar um nome melhor, claro, mas primeiro tenho que achar um jeito de colocar pedaços de papel na massa do cupcake sem que fique tudo molhado. Andei matutando sobre isso há dias e, até agora, nada parece funcionar.

Minha mãe coloca a mão sobre a boca. Seus olhos se enchem de lágrimas enquanto ela e eu absorvemos por completo o horror de minha situação. Meu pai me puxa para seus braços e me abraça. Começo a chorar.

– Temos tentado fazer contato com você – diz ele, numa voz abafada. – Por que não atende o telefone? Estamos ligando há dias. Estávamos doidos de preocupação. Sua mãe, por fim, disse que deveríamos comprar as passagens de avião e alugar um carro e vir ver pessoalmente o que está acontecendo.

– Eu queria chamar a polícia – diz minha mãe. – Como pôde fazer isso com a gente?

– Desculpem, me desculpem, do fundo do coração, perdão – digo.

Mas é sério, faz tanto tempo assim? Talvez eu tenha perdido a noção do tempo.

Eles entram no apartamento com cautela, como se estivessem adentrando uma cena de crime. De súbito, tudo parece horrível: o sol brilhando no balcão onde eu deixei cair ovo, creme de leite e farinha. E os pedacinhos de papel em todo lugar, com seus ditos simplistas, parecem idiotas e infantis. Pelo canto do olho, vejo que minha mãe apanhou do chão um onde se lê: QUEM LIGA PARA O QUE OS OUTROS PENSAM? SEJA VOCÊ!

Ela entrega o papel para o meu pai e me encara com seus olhos arregalados, trágicos.

— Marnie? Docinho? O que está acontecendo?

— É uma... uma ideia... uma ideia de negócios...

— Uma ideia de negócios? — Meu pai adora ideias de negócios. Ele olha para o pedacinho de papel e depois para mim, e de volta para o papel, que está todo lambuzado de chocolate.

— Joga isso fora, Millie — diz ele, numa voz baixa.

A lata de lixo está superlotada e a janela tem manchas de poeira. A pia está cheia de latas de sopa, colheres e um copo de papelão de café com algo verde flutuando. Eu estava analisando aquilo mais cedo, aquele mofo verde. Mofo é vida, afinal. E agora que olho ao meu redor, vendo o lugar com os olhos deles, também noto que há um sapato de salto vermelho no meio do piso e a foto de Noah e eu em Lake Tahoe esmigalhada no chão junto ao aquecedor. (Sim, esmaguei a foto com o sapato de salto, e daí? Foi um momento simbólico muito satisfatório.)

Eu me aproximo e tento catar o máximo possível dos detritos da minha vida para esconder deles. Mas não consigo esconder de forma alguma, e, agora que Natalie contou para eles que perdi meu emprego, eles também podem ver que não saí e coloquei outro no lugar. Logo vão falar para mim que, quando os MacGraw perdem o emprego, é aí que *se esforçam mais ainda*; eles começam a fazer telefonemas, enviam pencas de currículos e contatos. É aí que um MacGraw *acelera fundo*.

— E então, o que houve com o seu celular? — minha mãe quer saber.

Olho em torno. *Cadê meu celular*, afinal? Como é que posso tê-lo negligenciado? Ah, sim. O celular. Bom, a verdade é que devo ter esquecido o carregador no trabalho no dia em que saí, e honestamente nunca mais pensei nele até este momento. Não é de se espantar que ninguém tenha me ligado. Eu conversei com Sylvie e Natalie na semana anterior e, em seguida, não me dei ao trabalho de recarregar o celular. Eu tenho sido tão... tão deprimente. Talvez esteja sofrendo do que chamavam antigamente de um colapso nervoso. Não sei de

Aprendiz de Casamenteira

verdade no que consiste um desses, mas isso não significa que eu não esteja sofrendo um.

— Ah, meu bem — diz minha mãe.

Espero que ela diga as coisas que não consegue evitar dizer desde que eu estava terminando o Ensino Fundamental: *Endireite as costas, penteie o cabelo, por que não lavou a louça?* É ainda mais assustador ela não dizer nada disso. Pelo contrário, ela franze os lábios e põe mãos à obra para fazer as coisas se conformarem aos padrões estabelecidos pela civilização.

Meu pai, claramente designado como abraçador oficial, aproxima-se outra vez e me aperta, dizendo:

— Você precisa de um pouco de carinho.

Devem estar preocupados mesmo, se ele não vai começar a perguntar por que ainda não arranjei outro emprego, ou o que fiz de tão horrível para ser mandada embora, ou o que estou pensando em fazer agora.

Ninguém diz nada que pudesse aborrecer.

Fecho os olhos em gratidão. Meus pais estão aqui e posso parar de fugir de seja lá o que for que me pegou, porque eles vão tomar conta de mim agora, de modo que não preciso mais ser adulta comigo mesma.

Eles embalam minhas coisas, doam a mobília, limpam o apartamento, fazem os telefonemas necessários, vendem meu carro velho para um cara da mesma rua.

E, simples assim, acabou.

Vão me levar de volta para casa, de volta para a nave-mãe, para reparos.

dez

MARNIE

Quando você desmorona e se muda de volta para casa amargando uma grande desilusão amorosa, todo mundo caminha em ovos ao seu redor até que um dia eles te bombardeiam com todas as opiniões que vinham guardando para si.

Mas aqui vem o que eu não esperava: na verdade, não me incomodei com as opiniões deles. Estou de volta ao subúrbio de Jacksonville, que é o meu lugar, de volta à casa em estilo rancheiro dos anos 1960 em amarelo pastel no beco sem saída onde cresci, a dois quarteirões de um riacho de águas escuras numa direção e o prédio baixo e cor-de-rosa de tijolos da escola de ensino básico na outra. Carvalhos antigos, pingando musgo espanhol, guardam sentinela entre as palmeiras, como sempre fizeram. Nada ruim de verdade poderia acontecer com você por aqui – desde que tenha o bom senso de entrar durante a tempestade elétrica diária que chega por volta das cinco da tarde.

Meu pai tem certeza de que preciso encontrar outro emprego, mas ele é paciente e está disposto a me ajudar. Ele diz que preciso de algo com segurança! Convênio médico! Um plano de aposentadoria! Ele fala com Rand Carson, meu antigo chefe na Casa do Caranguejo & Marisco quando era adolescente (eu era a principal garota marisco, aviso desde já) –, e, quando faço uma careta e digo a meu pai que *os mariscos fritos de novo, não!*, ele me diz que estou na fila para um cargo muito melhor: gerente do salão. Posso mandar na molecada dos mariscos enquanto outra pessoa paga meu plano de saúde.

Aprendiz de Casamenteira

Minha mãe tem uma vida muito diferente em mente para mim, como sua coadjuvante. Ela declara muito contente que "somos unha e carne" enquanto fazemos a ronda em sua vida social e seus afazeres: visitas à piscina, à loja, à biblioteca, à academia, ao almoço com as amigas dela, e aí todo o circuito de novo no dia seguinte. Eu sou a filha pródiga, recebida de volta na vizinhança, elogiada por como cresci, por meu belo sorriso. E é verdade: abro um sorriso brilhante para todas as pessoas que minha mãe conhece, o que é quase todo mundo na cidade. As vizinhas que estão lá fora regando seus gramados precisam vir correndo só para dar uma olhada em mim, assim como Rita, a operadora de caixa no mercado Winn-Dixie, e Drena, que corta e arruma os cabelos da minha mãe *desde sempre* no Salão Do or Dye, na Hyde Park Avenue. Todas olham para mim com expressões levemente de dó no rosto. Então elas conhecem a história toda. É claro que conhecem, mas elas entendem.

E ainda tem a minha irmã, que mora a menos de um quilômetro dos meus pais, numa nova subdivisão que tem o tipo de casa dos sonhos que a renda de dois profissionais de tempo integral pode oferecer. Ela está para sair de licença-maternidade quando eu chego, e é o exemplo perfeito de como uma pessoa perfeita pode fazer uma vida perfeita. Eu sei, eu sei: estou usando a palavra *perfeita* vezes demais, e nenhuma vida *é perfeita*, mas quando estou com Brian e Natalie na casa aconchegante deles, com a barrigona aconchegada dela, e os móveis todos estofadíssimos e confortáveis, e as paredes pintadas em tons discretos de cinza e bege com frisos brancos e as janelas todas limpas e tudo parecendo pacífico e tranquilo, eu penso que isso – *isso aqui!* – é o que todo mundo esperava que fosse cair magicamente no meu colo também. Eu mesma não vejo isso, francamente; com uma casa dessas, eu estaria pintando as paredes com cores *de verdade*, cores da família do vermelho ou turquesa, e pendurando arte moderna nas paredes.

Certa manhã, estou tomando café com meu pai no pátio, só nós dois, quando ele me pergunta o que eu me vejo fazendo com a minha vida, então digo a verdade para ele.

— Bem, eu tenho muitos planos, na verdade. Gosto bastante daquela ideia de fazer cupcakes com pequenos ditos dentro deles, tipo biscoitos da sorte, sabe, mas com cupcakes. E eu também gostaria de escrever cartas de amor para pessoas que não conseguem pensar nas palavras certas. Ah! E eu também *adoraria* fazer fantasias. Talvez fazer um filme de animação com *bonequinhos* em fantasias. Eu podia escrever os roteiros. Ou, digamos, eu ficaria feliz, ãh, trabalhando numa livraria, porque poderia ajudar as pessoas a encontrar os livros que precisam ler para seja lá o que as esteja incomodando.

Ele dobra seu jornal e sorri para mim.

— Nós deveríamos tentar encolher essa lista e ver quantas dessas opções podem ser monetizadas — diz ele. — Quando estiver pensando no que fazer com a sua vida, seja lá qual for a sua ocupação, ajudaria pensar em *dinheiro*.

— Além disso, você vai pensar que isso soa absurdo — digo para ele —, mas é possível que eu seja uma casamenteira. Quero dizer, tive alguns casos de sucesso nisso, então é algo que talvez eu possa fazer.

Ele se levanta e desarruma meu cabelo em seu caminho para o trabalho.

— Patinha, vou dizer outra vez. Você é um ser humano fascinante, mas a vida não é isso. Você tem que ganhar dinheiro.

Não passa despercebido por mim que isto — a casa dos sonhos de Natalie e Brian —, *isto* é a recompensa por ir à escola e de fato se dedicar a uma habilidade que as pessoas desejam e pela qual estejam dispostas a pagar. Você consegue conhecer uma pessoa legal, e daí se ele talvez *não seja* a pessoa mais criativa, engraçada, bonita que você já conheceu, um cara que queira tocar violão a noite toda e escrever canções de amor para você, e aí faz omeletes às três da manhã, como o cara com quem eu me casei por engano — mas, em vez disso, ele é o outro tipo de homem: um provedor, um homem bom, forte, ético, que pensa no futuro. No seu futuro.

Aprendiz de Casamenteira

Ah, você vê como é comigo? Vê como Noah entra se esgueirando? Ele alugou um tríplex na minha cabeça com suas canções de amor palermas e seus óculos de sol Ray-Ban e um armazém de memórias, como aquela do jeito com que ele declarava ter uma entrega especial para mim de mil beijinhos e aí beijava meu corpo todo, de cima a baixo, cada centímetro meu. Nós dois rindo até que... bem, até que parávamos de rir.

Não tem sentido pensar nisso, entretanto. Estou na minha vida real agora. De volta ao ponto de onde comecei, e onde vou catar os caquinhos.

Meu quarto, ainda pintado de rosa, cheira a ser criança de novo. A luz ainda entra na diagonal pelas cortinas de algodão cor-de-rosa, do mesmo jeito que sempre entrou, uma diagonal tão familiar que poderia estar, de fato, instalada em meu DNA – com o som das dobradiças na porta do meu quarto, soando como uma nota musical, e a luz amarela do corredor iluminando até o sótão.

Tarde da noite, depois de meus pais irem dormir, encontro o rumo da sala de estar, o espaço habitado e confortável onde não preciso fingir sobre nada. Ali está o mesmo tapete de retalhos desgastado, as estantes de livros lascadas e um sofá velho de veludo cotelê marrom que te abraça quando você se senta, como se estivesse muito contente em vê-lo.

Bem-vinda, Marnie, o sofá diz para mim, e eu afundo um pouco mais em suas almofadas macias, permitindo-me cair sob seu feitiço de segurança e familiaridade.

– É tão bom que enfim tenha recobrado o juízo e voltado para casa – diz minha amiga Ellen certa noite, quando ela, Sophronia e eu nos reunimos para tomar uns drinques e jantar. Estou em casa há apenas três dias, mas minha mãe diz que preciso sair, e provavelmente tem razão.

Ellen e Sophronia estão trabalhando para uma seguradora no centro de Jacksonville e saindo com vários homens do mundo corporativo. Elas me dizem que têm uma vida social que as mantém sempre em movimento: Segundas de Margarita, Quartas Absurdetes e Quintas Sedentas. E aí temos ainda os fins de semana: festas na praia, com muita cerveja e dança. Intrigas de namoros, esse tipo de coisa.

Mal consigo me lembrar desse mundo. Talvez nunca tenha feito parte dele de fato, pensando bem.

– Ah, você deveria vir com a gente, definitivamente – diz Ellen. – Vai ser bom botar a cara no sol de novo, expulsar aquele cara do seu sistema.

Sophronia dá uma olhada carregada de significados para ela e as duas me olham com expressão triste.

– Então... Você já o superou mesmo, o que acha? – pergunta Ellen.

– Já. Ah, já! Totalmente. Superei, superei, tá superado – digo. Fico feliz por elas não poderem ver o nó que se formou em minha garganta.

As duas se esticam por cima da mesa e me abraçam ao mesmo tempo, e me lembro de como eu gostava delas no ginásio, antes de irmos para escolas diferentes no segundo grau e eu me perder e elas se tornarem parte do pessoal popular na escola delas. Os Descolados.

Elas ainda são as descoladas, e talvez passar um tempo com elas fosse uma boa ideia, agora que estou de volta aqui.

Bebemos algumas cervejas, flertamos com alguns caras, e aí eu fico cansada e triste e digo a elas que preciso ir num lugar.

O sofá de veludo cotelê está dizendo o meu nome.

Natalie e Brian vêm para jantar no meu primeiro fim de semana em casa.

Descubro que eles agora são os melhores amigos dos meus pais. Fico chocada, *chocada!*, em descobrir que os quatro têm rituais juntos.

Aprendiz de Casamenteira

Têm o jantar de domingo, e aí, na maioria das tardes de sábado, meu pai e Brian jogam golfe enquanto minha mãe e minha irmã saem para fazer compras ou vão a uma matinê. Também que minha irmã cozinha a mais para meus pais nas segundas e quartas, e minha mãe manda um pouco de bolo de carne toda semana.

Mais espantoso, para mim, é o fato de que eles se reúnem pelo menos uma vez a cada duas semanas e jogam paciência juntos. Há um sistema de pontuação complicado que ninguém consegue explicar direito para mim, não sem rir tanto que acabam desistindo. Eu fico ali parada, atônita, enquanto minha mãe e minha irmã tentam me contar os detalhes, com meu pai e Brian inserindo pequenos comentários úteis aqui e ali.

– ... e se você tiver mais do que um certo número de cartas...

– Cartas vermelhas!

– Não, não só cartas vermelhas, quaisquer cartas... as cartas vermelhas só dão mais pontos.

– Bem, sim, a menos que seus adversários tenham um número ímpar de cartas pretas.

– Paciência? – digo. – Mas isso não... se joga... sozinho?

Eles riem até cair dessa ideia excêntrica. Sinto um lampejo de irritação misturado a inveja, sabendo que jamais vou me entrosar tanto com eles; nunca farei parte desse grupinho aconchegante de verdade.

Natalie pega meu braço e diz:

– Deixa para lá. É um jogo bobo.

Minha irmã parece uma propaganda a favor da gravidez e do casamento feliz, como se fosse a coisa menos cansativa do mundo. Seus cabelos loiros, antes longos, agora estão na altura do queixo e cortados num ângulo agudo que destaca ainda mais seus olhos azuis. E, embora ela esteja definitivamente exibindo algo imenso e redondo na frente do corpo, o resto dela parece perfeitamente magro e regular, como se alguém tivesse vindo e aleatoriamente colado uma bola de basquete por baixo da camisa dela.

E Brian – alto, bonito, de cabelos escuros, Brian, a personificação das qualidades do marido e pai, defendendo o estandarte dos homens bons no mundo todo – me conta sobre a corajosa trajetória de Natalie ao longo da gravidez.

– Ela tem sido tão corajosa! – diz ele, sorrindo agradavelmente para ela. – Todo aquele negócio de enjoo matinal de que algumas mulheres reclamam? Com a Nattie, não. Ela fez caminhadas, nadou e trabalhou em tempo integral. Estou lhe dizendo, o parto vai ser moleza.

– Bem – diz minha mãe. – Não vamos tentar a sorte, não é?

Meus olhos encontram os de Natalie e nós sorrimos. Se as pessoas têm temas, este é o da minha mãe: não preveja nada de bom, senão não acontece.

– Marnie não quer ouvir sobre isso tudo – diz Natalie com rapidez. – Vamos conversar sobre como é incrível ela ter se mudado de volta a tempo de ser titia mão na massa.

– É claro que quero ouvir sobre isso tudo! – digo. – Eu perdi tanta coisa. E olha só você: ele tem razão, está absolutamente linda! Você faz a gravidez parecer divertida.

– Bem – diz ela –, a gravidez é, sociológica e cientificamente, a coisa mais interessante que eu já fiz. Quando se pensa no que está acontecendo aqui dentro! Tipo, sabia que as mulheres recebem um suprimento de sangue cinquenta por cento maior quando estão grávidas? Cinquenta por cento!

– Impressionante – diz minha mãe, revirando os olhos. – Talvez devesse se sentar e descansar. Tirar o peso dos pés.

Ela olha para mim.

– Por favor, não deixe ela começar com isso. Ela começa a falar sobre tampões mucosos e ingurgitação dos seios e sei lá o que mais. Gametas... do que era que estava falando semana passada? *Gametas?*

– Foi logo no começo que eu te falei sobre os gametas – diz Natalie, alegremente. – Agora estamos em tampões mucosos e ingurgitação dos seios.

Minha mãe joga as mãos para o alto.

Aprendiz de Casamenteira

– Na minha cozinha, não! Não teremos esse tipo de conversa antes do jantar!

Natalie diz:

– É a vida, mamãe. Biologia.

– Biologia coisa nenhuma. Nem todo mundo quer ouvir sobre essas coisas. É como se achasse que foi você que inventou ter filhos!

– Espera, pensei que você tivesse inventado ter filhos – falo para Natalie. – Essa não é uma das suas realizações? E eu, por mim, agradeço muito por isso.

– Agora vocês duas estão se unindo contra mim – diz minha mãe, mas ela está sorrindo. Começa a picar alface-americana e jogá-la numa tigela com cenouras e aipo. (O rosto de Noah surge diante de mim e diz: *Nem para ser alface-roxa? Ou romana?*)

Os homens, é claro, foram lá para fora com uma bandeja de hambúrgueres e suas cervejas. Eu os observo junto à churrasqueira, meu pai ouvindo Brian e depois rindo enquanto brindam com suas garrafas de cerveja.

– Ei, queria cortar alguns vegetais para grelhar – digo.

Minha mãe responde:

– Não precisa. Temos salada e já basta.

– Mas *eu gosto* de vegetais grelhados – digo a ela.

Natalie pisca para mim. Ela vai até a geladeira e pega couve-flor, brócolis e pimentões, e me entrega uma tábua de corte e uma faca, tudo enquanto me conta sobre o plano de parto que ela e Brian montaram: sem epidurais, sem monitores fetais, sem luzes fortes. Também haverá música suave de flauta, uma doula e uma parteira. Brian vai cortar o cordão umbilical, que eles enterrarão. A equipe deve se comunicar apenas em sussurros.

Minha mãe solta a faca.

– Bom, acho que você deveria apenas se certificar de seguir o que eles te disserem para fazer. Embora tudo isso seja uma boa ideia *na teoria*, por favor, não ignore a possibilidade de uma boa epidural se alguém vier te oferecer.

– Não vou tomar uma epidural – diz Natalie.

— Não é bom ser rígida com essas coisas — diz mamãe. — Se a maternidade te ensina *alguma coisa*, é como ser flexível. Quando você é pai ou mãe, não tem controle. Nenhum. Pode muito bem já começar a se acostumar com isso desde agora, mocinha.

Natalie se vira para mim, abrindo seu sorriso larguíssimo e muito falso.

— E aí? Hora de um assunto novo. Como é estar de volta?

— Bom — digo, depressa demais.

— Só *bom?* — diz minha mãe. — Não temos nos divertido? Meu Deus, a gente fez de tudo!

— Não! Digo, sim, a gente se divertiu. Tem sido maravilhoso!

Natalie me dá seu sorriso encantador, "esse aqui é exclusivo para você". Como se *soubesse* dos meus sentimentos contraditórios enquanto troto atrás de nossa mãe como uma criancinha outra vez.

— Você tem azeite de oliva? — pergunto.

— Não, não temos azeite de oliva. Use óleo de milho. Fica bom — diz minha mãe. — E não precisamos desses vegetais. Eu falei que tem salada.

— Não, tudo bem. Vou dar uma corridinha e busco azeite no mercado — digo.

— No *mercado*! — diz minha mãe. — Ah, pelo amor de Deus! Francamente! Você comeu isso a vida toda.

— Eu sei, mas é que não tem o *sabor certo* para a marinada...

Natalie, me dando um cutucão na lateral do corpo e escondendo um sorriso, finge se abaixar em busca de proteção, e, de fato, minha mãe explode:

— Pela madrugada, qual é *o problema* dessa geração? Vocês todos! Existem apenas *certos alimentos* que podem passar pelos organismos delicados de vocês? Não podem comer queijo americano... ah, não! Nem vegetais em conserva! Nem *pão*! O bom e velho pão de forma, não pode! Ouvindo vocês falarem, parece que dá para a pessoa *morrer* se comer pão! E agora o *óleo de milho*, o pobre coitado do óleo de milho, tem que ser substituído pelo *azeite de oliva*, que sai a dezoito dólares o vidro!

Aprendiz de Casamenteira

Olho para Natalie, que estreita os olhos para mim e levanta uma sobrancelha.

Viu?, dizem os olhos dela. *Viu o que estava perdendo?*

Brian entra para pegar outra cerveja, olha para minha mãe e sorri para mim, e volta lá para fora.

— Bom — minha mãe diz para mim, com um suspiro profundo –, me dê os vegetais. Vou fervê-los e colocar um pouco de margarina e sal neles. Está bom assim.

— Mãe, deixe a Marnie fazer os vegetais do jeito que ela quer, sim? — diz Natalie. — Você sabe que eu não vou comer margarina. Faz mal para o bebê.

— Não vou ficar aqui ouvindo isso! — diz minha mãe. — Margarina não faz mal para bebês!

— Mãe, dá pra parar? Eu leio um monte de blogs sobre nutrição, e sei do que estou falando. E aí, Marnie, você tem notícias do Noah? Onde ele está, afinal? — pergunta Natalie.

Minha mãe respira fundo e balança a cabeça.

— Ah, lá vamos nós. Pelo amor de Deus, nós não vamos conversar sobre ele! Eu só quero que essa noite seja *agradável*. Aqui estamos nós, todos juntos pela primeira vez em tanto tempo, e quero que a gente se divirta. Discuta coisas *divertidas*. Não o Noah!

— Coisas divertidas, tipo margarina? — diz Natalie, e então se aproxima e tira a bebida de mamãe da mão dela e começa a massagear-lhe o pescoço. — Ah, sim — diz ela. — É bem aqui, né? Ah, sim, posso sentir o nó. *Este aqui* é o Nó do Noah. Achei.

Minha mãe fecha os olhos e inclina a cabeça para a frente e para trás, e Natalie continua apertando o mesmo ponto. Tomo um gole do meu vinho para não dizer nada — porque, francamente? Minha mãe tem um *Nó do Noah?*

Mamãe abre os olhos e diz para mim:

— Docinho, não vamos beber demais agora, antes do jantar. Você e eu não comemos muito no almoço hoje, lembra?

— Eu não estou...

Meu pai vem até a porta deslizante de vidro nesse instante para dizer que os hambúrgueres estão prontos, e minha mãe agita as mãos como costuma fazer quando as coisas estão acontecendo depressa demais para ela, e começa a juntar os pratos de papelão e os utensílios de plástico. Estendo a mão para pegar a tigela de salada, mas ela diz que sou a convidada de honra e não deveria ter que trabalhar, e digo a ela que isso é ridículo, carregar uma tigela de salada não é trabalho, e também que não preciso ser a convidada de honra.

– Ah, você! – diz ela. – Estamos só tentando cuidar de você, docinho. Só quero fazê-la se sentir à vontade aqui outra vez. E ah, minha nossa, vocês duas me distraíram tanto que eu me esqueci de cozinhar seus vegetais.

– Tudo bem – digo. – Eu vou colocá-los na churrasqueira.

– Podemos comer só a salada, por favor? Será que dá para fazer a minha vontade nisso, pelo amor de Deus?! – diz minha mãe, marchando porta afora.

Natalie me dá uma olhada de "o que é que se pode fazer".

Lá fora, o calor me golpeia como uma fornalha. O sol do fim da tarde ainda irradia diretamente sobre nós e o ar está espesso de umidade, como algo em que seria possível chafurdar. Brian ajusta o guarda-sol do pátio para que minha mãe fique na sombra enquanto come, e minha irmã dispõe as velas de citronela enquanto meu pai acende os repelentes de inseto. É como uma dança que todos eles executam, todos cientes de seus papéis.

– Senta aqui do meu lado – diz Natalie, dando tapinhas no meu braço.

E Brian me passa o prato de hambúrgueres dizendo que eu deveria ser a primeira a pegar. Meu pai sorri para mim do outro lado da mesa, levanta o copo como se fosse me fazer um brinde.

Ele se levanta, parecendo formal e dominado pela emoção. Sinto um pequeno pulso de alarme quando ele pigarreia.

– Para nossa Marniezinha querida, a sobrevivente! Eu só queria dizer, Patinha, que você recebeu uns golpes duros, mas eu sabia que ficaria bem no momento em que abriu aquela porta para o seu

Aprendiz de Casamenteira

apartamento em Burlingame e eu vi que estava assando bolinhos. Assando bolinhos! Não é o que nós falamos, Millie? Essa garota vai cuidar de si mesma. Ela só precisava estar de volta no meio da família e dos velhos amigos!

Há um tilintar de copos enquanto eles brindam e depois passamos a circular a comida – a salada e os hambúrgueres bem passados (meu pai tem um pavor de malpassado que rivaliza com o que as pessoas sentem de palhaços de circo e cascavéis) – e, por um momento, ficamos todos ocupados com nossos pratos, e me pergunto o que aconteceria se de repente eu irrompesse em lágrimas.

Talvez seja a nebulosidade gerada pelo vinho se misturando com o excesso de umidade e a discussão sobre vegetais e azeite de oliva (azeite de oliva!), e também a tensão no céu, que agora posso ver estar se preparando para a performance de seu evento vespertino – uma tempestade elétrica violenta. Mas também tem algo a mais, algo imenso e dolorido tomando forma dentro de mim, o que significa estar aqui com esses dois casais que se conhecem tão bem que até suas briguinhas – aquelas que me fazem parar e colocam meu coração para palpitar – são uma rotina para eles. Eles se alvoroçam, discutem, beijam e, de alguma forma, simplesmente continuam adiante com a vida, acumulando agravos e depois perdoando a si mesmos e uns aos outros várias e várias vezes. Ninguém vai se levantar e dizer: *Quer saber? Eu não aguento mais.*

E eu sou uma forasteira, e, no entanto, essas pessoas ao meu redor são a minha tribo, as pessoas que têm direito, por nascimento, DNA e tipo sanguíneo, a ter opiniões sobre a minha vida.

– Você está bem? – murmura Natalie.

E eu queria poder me levantar e dizer a verdade a eles, que é: minha mãe não tem *direito algum* a ter um Nó do Noah! Um Nó do Noah! Isso significa que eles andaram discutindo ele e eu a tal ponto, que Natalie sabe com precisão onde o nó fica e como alegrar minha mãe a ponto de se esquecer dele. E olha só, eu diria para ela – *olha só* para o nosso pai, que está tão encolhido perto de Brian, como se já estivesse abdicando ligeiramente do próprio lugar como líder da família. Brian, em breve, vai administrar o portfólio dele e seu plano de manutenção do gramado, agendará os ajustes da fornalha e, quando for o caso, sugerirá casas de repouso.

E eu... eu sou apenas um objeto danificado que todos eles estão tentando consertar e levar de volta para a área de vendas. Eles me amam e vão ficar comigo enquanto encontro os pré-requisitos necessários para o que eles estimam ser uma vida feliz: um novo emprego, um novo homem, um novo carro e, mais tarde, mobília, uma casa, alguns bebês. Parece que vou precisar de um auxílio infinito.

Nesse meio-tempo, dizem eles, eis aqui a história que estamos te dando: Califórnia foi um equívoco. Sua vida até este momento tem sido toda um equívoco longo e borrado, mas, por sorte, você está seguindo em frente. Nós te resgatamos bem a tempo.

Minha vida na Califórnia, minha condição de adulta, dobra-se, resiliente, sobre si mesma como um mapa e se esvai, na pontinha dos pés. Ninguém além de mim a vê sumir.

onze

MARNIE

Certa noite, passo na frente da porta do quarto dos meus pais e posso ouvi-los discutindo. É quase meia-noite e ela está dizendo:

— ... precisa de mais tempo, ela está se recuperando. Você *não vê*?

Logo, é claro que paro em meu caminho e me sento no chão do lado de fora do quarto.

Ele diz:

— Ela tem que voltar ao mundo lá fora. Ela precisa botar a cara no sol. Aconteceu algo ruim com ela, sim, mas ela não pode permitir que isso a abale. Não pode deixar que isso a paralise.

— Ted, o que aconteceu com ela não foi só "algo ruim" — diz minha mãe. — Foram dois golpes pesados que ela sofreu. Perder o marido e o emprego.

Por um momento, parece uma discussão fascinante, como se estivessem falando sobre outra pessoa, ou sobre a Teoria dos Golpes Pesados. Eu adoraria me juntar à conversa. *Será mesmo* que preciso de mais reabilitação emocional, ou será que preciso botar a cara no sol? Qual seria o sentido dessas opções? O que as pesquisas dizem a respeito disso? Luta ou fuga? Repousar ou trabalhar?

— Você *sabe* do que ela precisa — diz minha mãe naquela voz de certeza que ela usa. — Precisa é encontrar um cara com quem sair.

— Millie, pelo amor de Deus, essa *é a última* coisa de que ela precisa! Por que você sempre age como se isso fosse resolver todos os problemas? Ela precisa encontrar a si mesma antes! E por que sou o único feminista nessa conversa? A menina precisa de uma carreira. Aí, se ela quiser, pode encontrar um cara.

— Você não sabe de nada. Ela precisa de amor.

— Tá bom, vamos lá. Talvez ela encontre um cara legal no trabalho. Mas, primeiro, ela precisa arranjar um emprego.

— Escuta — diz minha mãe, e fico surpresa pela súbita intensidade na voz dela —, *não ouse* tirar isso de mim! Ted, neste momento, temos *duas* filhas na cidade, e quero manter as coisas assim! Imagine como a vida seria bacana se *as duas* pudessem morar permanentemente na vizinhança e ter maridos bacanas, e aí os filhos delas pudessem crescer como primos, e todos seriam melhores amigos, e todos eles viriam para cá nas tardes de domingo, e poderíamos instalar uma piscina...

— *Uma piscina?* — diz ele.

— E um balanço, e a gente podia cuidar dos bebês pras meninas, você e eu. E acho que podemos convencer Marnie a ficar por aqui, a menos que comece a pressioná-la para arranjar um emprego! Ela vai sair por aí sozinha de novo, e teremos que nos preocupar com ela como eu me preocupei todas as noites enquanto ela estava na Califórnia. Cada uma das noites, Ted, eu me preocupei! Mas... se ela conhecer *um cara* por aqui, talvez os dois fiquem.

— Ai, meu Deus do céu... Você perdeu o juízo.

— Não! Estou certa sobre isso, Ted MacGraw. Aconteceu várias e várias vezes com as minhas amigas. Se seus filhos se apaixonam por alguém local, eles ficam por perto. É o amor, não o trabalho, que mantém uma pessoa por perto.

— E como é que você planeja fazer isso acontecer?

— Bem, aí é que está. Eu não posso planejar.

— Bem, eis aí.

— Bem, eis aí *você*.

— Apague a luz, sim? Tenho que acordar cedo. *Alguém*, nessa casa, tem que trabalhar.

Estou me levantando, prestes a partir para o sofá para poder pensar nisso com mais conforto, quando ela diz baixinho:

— Eu ouvi um negócio interessante hoje.

Paro.

Aprendiz de Casamenteira

— Não consigo nem imaginar o que pode ter sido.

— Se vai agir assim, não vou te contar.

— Parece que vou agir assim, sim. Por favor, estou implorando, apague a luz. Você já fez minha pressão subir tanto que nem vou conseguir dormir.

— Tá bom.

— Tá bom.

— Boa noite. Espero que tenha *sonhos maravilhosos*.

— Obrigado. Com certeza, eu tentarei.

— E, quando a nossa filha se mudar para longe porque *você* a empurrou para trabalhar...

— Ah, Millie, você está me deixando maluco, sabia? Vá lá, pode me contar, assim nós dois podemos dormir um pouco.

Foi uma sorte ele dizer isso, porque estava pensando que teria que bater na porta e exigir que ela contasse para todos nós.

— Jeremy está de volta à cidade — diz ela. Então começa a falar muito, muito rápido, antes que ele possa contê-la. — Ele voltou há seis meses, quando a mãe adoeceu, e agora é um fisioterapeuta com uma clínica de verdade e está morando com a mãe. É um cara legal, e ela gostava muito dele, e acho que essa pode ser a resposta que estávamos procurando.

— Quem estava procurando? — diz meu pai. — Não, Millie, é sério, *quem*?

O sofá está me chamando. Eu me levanto e saio na ponta dos pés antes de ter que ouvir minha mãe explicar ao meu pai sua ideia, muito equivocada, de minha vida amorosa.

Certo, então: Jeremy Sanders foi meu namorado no último ano do Ensino Médio, que é o primeiro ano em que namorados talvez venham a significar alguma coisa — como se eles pudessem muito bem ser uma parte real do seu futuro. Meus pais certamente pensavam assim, pelo menos. Apesar de Jeremy e eu não termos tido algo completo, imenso, loucamente apaixonado rolando entre nós, éramos bons juntos, aquele tipo de bom – companheiro, meigo, adorável – que os pais costumam pensar que será suficiente para sua vida toda.

Ele era sarcástico e esperto, e eu também, e como nenhum dos dois se encaixava com os desejáveis, nos divertíamos muito zombando de tudo o que importava ao pessoal popular. Nós sobrevivemos ao Ensino Médio apenas com nosso sarcasmo.

Então, certo dia, depois de não termos feito nada além da nossa rotina de beijos por meses, ele disse:

– Acho que a gente deveria levar a nossa amizade para outro patamar.

Eu era apenas moderadamente bonitinha na época. Ele também era bonitinho, de um jeito sutil: ele tinha cabelo escuro e olhos bonitos e um leve bigodinho que claramente precisaria de anos para crescer até virar algo melhor, e eu não entendia por que ele não se sentia embaraçado de sua pouca espessura a ponto de raspá-lo até que ele pudesse ser magnífico. Mas era assim que Jeremy era. Ele não ligava para imperfeições. Ele era meio que normal demais, para dizer a verdade. Além daquele bigode inadequado, tinha um corpo de menino bem padrão de alguém não atleta – um pouco gordinho – e mãos que suavam quando eu as segurava, cabelo oleoso e espinhas nas bochechas. Não que eu fosse estonteante no departamento de aparências, entende? Eu tinha cabelo loiro com um tom definitivamente esverdeado por causa do cloro na piscina, e usava aparelho dentário e óculos. Eu achava meus joelhos muito pontudos e ossudos, e meus pés grandes demais.

Por toda a nossa volta, nossos colegas de classe estavam trepando feito coelhos, e me pareceu uma loucura estarmos ali, sentados no carro dele certa tarde no estacionamento da escola, e estarmos conversando sobre sexo como se poderia conversar sobre ir ao Taco Bell ou tentar algo mais drástico, como o Hardee's. Deveríamos ou não? Eu me recostava na janela, de frente para ele, com as pernas dobradas sob o corpo.

Aprendiz de Casamenteira

Ele apresentou a ideia de sexo de maneira calma e científica, como se fosse um experimento. Nada mais do que isso.

– Ceeeeerto – falei. – Eu topo, mas você tem que comprar as camisinhas.

O rosto dele empalideceu.

– Ou poderia pegar emprestado de alguém, acho – falei.

Ele ficou olhando pelo para-brisa. Estava chuviscando, as janelas começavam a embaçar, e em breve não conseguiríamos enxergar para dirigir.

– Sei lá – disse ele. – Eu meio que queria fazer agora mesmo.

– Sexo? Queria fazer sexo agora mesmo, neste minuto? No seu carro? Está doido?

– As pessoas fazem sexo em carros.

– Eu sei, mas normalmente fazem isso no escuro. Para que todos os outros humanos não vejam. Tipo, a polícia acaba se envolvendo se vê os outros fazendo sexo num carro.

Ele virou em seu lugar, batucando os dedos na alavanca do câmbio.

– Mas, enfim, eu não disse que *tinha que ser no carro*. Poderíamos ir a algum lugar, talvez.

– Bem, não vamos para a minha casa. Minha mãe entra e sai de lá o dia inteiro.

– Poderíamos ir para a minha casa. Minha mãe está no trabalho e meu pai está no hospital de novo.

– Os seus pais têm camisinha?

– Como é? – Ele me encarou. – Eca! Não posso acreditar que disse isso.

– Bem… se ninguém tem, então você vai ter que ir comprar. Eu *não vou* fazer sexo com você sem camisinha.

– Eu sei, eu sei.

Olhei para ele e senti o princípio de um interesse.

– Você sabe usar uma camisinha?

– Sei. Na aula de educação sexual, eles nos mostraram com uma banana.

Eu faltei nesse dia, então ele imitou puxar algo por cima de uma banana imaginária e isso me fez cair na risada.

— Não sei, não — digo para ele. — E se a gente fizer e não der certo, e aí não formos mais nem amigos?

— Andei pensando nisso, e esse é um dos meus argumentos pelos quais a gente *deveria* fazer. Somos bons amigos, sempre seremos bons amigos, e se a coisa der errado... tipo, se não gostarmos ou algo assim... nós dois podemos rir a respeito. É no que nós somos bons, em rir das coisas.

— Não acha que deveríamos estar loucamente apaixonados para podermos passar por isso?

— Passar por isso! — disse ele. — Você acha que vai ser algo *ruim*? Eu acho que vai ser incrível, e daí já teremos tirado isso do caminho para, quando terminarmos com outras pessoas, algum dia, já sabermos o que fazer. Pelo menos uma vez na vida estaremos na frente.

Dirigimos até a farmácia, e ele entrou — eu me recusei a ir com ele —, e aí saiu logo em seguida e disse que foi apavorante demais. Ele conhecia as pessoas que estavam lá. Uma das amigas da mãe dele estava comprando xampu bem naquele instante, de fato.

Daí não fizemos sexo naquele dia, e me lembro de me sentir um pouco decepcionada quando ele me levou para casa. Quer dizer, se fosse mesmo importante para ele, será que não teria arranjado um pinguinho de coragem?

Por isso — e agora chegamos à parte trágica para Jeremy e eu —, duas semanas depois ele desfilou até onde eu estava, na frente do meu armário da escola, e disse, pelo canto da boca:

— Então, amoreco, consegui a mercadoria. Encomendei umas camisinhas pelo correio, entende, e elas chegaram ontem; de alguma forma, estamos com dez caixas do negócio. O bastante para durar pelo resto de nossas vidas.

Ele fingiu fumar um charuto imaginário.

O problema é que isso foi *duas semanas todinhas depois*, o que é uma eternidade quando se tem dezessete anos, e tudo tinha mudado. Eu havia, contra todas as chances, sido retirada da obscuridade por um

Aprendiz de Casamenteira

cara que era tanta areia para o meu caminhãozinho que chegava a ser patético. Brad Whitaker, um cara de quem Jeremy e eu passamos boa parte do semestre tirando sarro, tinha me chamado para sair! Não levemos em consideração o fato de que eu não tinha visto nenhuma ação até esse momento; agora estava prestes a alcançar algo que se aproximava de ser legal. E, como expliquei cuidadosamente para Jeremy, eu estava apaixonada.

Jeremy ficou devastado, o que me deu a sensação de ser alguém terrível. Tivemos uma cena feia e ele disse que eu estava cometendo um erro gigantesco, que eu era uma traidora da causa da ironia e do sarcasmo e da inteligência humana normal, e, aliás, *boa sorte* para namorar um cara que não consegue diferenciar a própria bunda de um buraco no chão. E mais – ele não pôde resistir, teve que destacar isso –, ele tinha comprado um suprimento vitalício de camisinhas *por minha causa*, e agora o que ele deveria fazer com elas? Vendê-las para Brad Whitaker?

Claro, disparei de volta. Por que você não faz isso?

Eu estava naquele estágio tonto do primeiro amor, da primeira paixão, e portanto me encontrava imune à dor de Jeremy. Só queria me distanciar dele. Estava na véspera de um dos grandes momentos da vida, e por que ele tinha que fazer eu me sentir tão culpada?

Mais tarde, naquela mesma semana, perdi a virgindade no quarto de Brad Whitaker enquanto os pais dele trabalhavam, ao som de Backstreet Boys. Lembro de me sentir levemente confusa com a intensidade transpirante do sexo, toda a contorção e empurra-empurra, o jeito como a sensação era mais de um evento atlético do que o que eu vinha imaginando com base nos beijos apaixonados dos filmes aos quais assistira. Jeremy e eu jamais teríamos conseguido fazer algo tão mortalmente sério. Teríamos morrido de rir.

Entretanto, eu estava orgulhosa de mim mesma por não ter reclamado da dor e da decepção e também por não me incomodar com o fato de que, de modo geral, Brad Whitaker não parecia ligar nadinha para mim. Só fiz o que se faz naqueles momentos da sua vida em que você está tentando se forçar a ser algo que não é: fiquei mais esperta, me esforcei mais, encurtei minhas saias, comecei a usar o cabelo num rabo de cavalo lateral (tem que confiar em mim quando digo que isso era ultradescolado) e me habituei a abaixar os olhos e manter a boca numa expressão que me deixava com cara de encantadoramente entediada.

Não adiantou nada. Brad revelou-se um cara narcisista de partir o coração, uma verdadeira dor de dente em forma de gente, e *se esqueceu* de que os meninos deviam levar suas namoradas para o baile de formatura, levando outra garota em meu lugar. Pude ser a Mulher Traída e todo mundo ficou com pena de mim, e minha mãe disse:

— Você deveria ter ficado com aquele Jeremy Sanders. *Aquele, sim*, era um cara bacana!

Então, que ótimo. Simplesmente ótimo. Ele se mudou de volta para casa.

Maravilha.

doze

MARNIE

Uma semana depois, estou na casa de Natalie pintando um mural na parede do quarto da bebê, decidindo que uma cena com um corniso florido desabrochando, uma colina verde e um jardim de tulipas roxas seria perfeito para dar as boas-vindas a Amelia Jane ao mundo, assim que ela resolver chegar, claro.

Natalie estava na cozinha reorganizando a prateleira de temperos, mas quando levanto a cabeça, vejo-a apoiada no batente da porta do quarto da bebê, segurando a barriga e espremendo os olhos para a parede. Acho que ela não gostou muito desse mural. A ideia dela era pintar o quarto da bebê de *cinza*. Cinza! Pode imaginar o que isso pode fazer com a psique de um recém-nascido?

— Você me faria um favor imenso, imenso? — diz ela.

— Levá-la para o hospital porque o trabalho de parto começou agora?

— Pare — diz ela. — Acredite ou não, tenho que ir ao dentista para fazer uma limpeza nos dentes, e honestamente não caibo mais atrás do volante. E aí, pode me levar?

— Como é que você marcou uma consulta para limpeza dos dentes *agora*? E se estivesse em trabalho de parto? E se já tivesse tido a bebê?

— Eu sei — diz ela. — Minha consulta era, na verdade, para três semanas atrás, mas o dentista saiu de férias e precisaram remarcar.

Natalie não parece muito bem ao entrar no carro, reclinando-se bem para trás para poder acomodar a barriga enorme sem batê-la no painel.

— Como estão as coisas? — falei.

— Cala a boca.

Dou partida no carro e prendo o cinto de segurança.

— Ameeeeeliaaaa! Você ouviu o que a sua mãe acabou de dizer para mim? Não tenha medo de sair daí, bebê. Ela é uma senhora muito bacana mesmo. É só que você está apertando alguns dos órgãos vitais dela, meu bem.

Natalie rosna para mim.

Dou meia-volta com o carro para seguir rumo à Roosevelt Boulevard e fico surpresa quando ela grita comigo que estou indo depressa demais e que há buracos na estrada que não estou sentindo, mas eles estão lá e a estão MATANDO. Reduzo a velocidade, obediente.

E aí ela diz:

— AI!

— Está para ter o bebê?

— Não – diz ela. – São contrações de treinamento. É falso.

Ela respira fundo, ofegante.

— Porque estou dizendo: já que já estamos no carro e tudo o mais, talvez devêssemos ir para o hospital.

Ela nem responde a isso, apenas recosta-se com as mãos na barriga protuberante, parecendo sofrer a dor mais intensa que um humano já suportou, soltando pequenos suspiros arfantes pela boca.

— Dói muito? – pergunto.

Passamos por uma madeireira e uma fila de lojas.

— Posso encostar aqui, se quiser.

— Por favor. Estou me concentrando. Isto não é dor. Não usamos a palavra *dor*. Tem algumas...

— Algumas o quê?

— Marnie. Por favor. Fica. Quieta.

Enfim chegamos às instalações médicas – um edifício baixo e comprido de estuque com bananeiras e arbustos de azaleia plantados na frente – e eu estaciono bem na porta, saio e dou a volta para ajudá-la. Mas ela me afasta com um aceno e então – simples assim – ela se desequilibra e cai na calçada com um baque alto.

Aprendiz de Casamenteira

— Ai, não, não, não! Ai, minha nossa! — grito, e me abaixo para ajudá-la. — Não se mexa. Vejamos... ah, merda... você caiu de barriga? Bateu a cabeça?

— *Não*, não bati a cabeça. Acalme-se, pode ser? Foi a minha bolsa que fez aquele barulho.

Ela está deitada de lado no canteiro de flores, a cabeça pousada num ramo enorme de palmeira, olhando para mim com os mesmos olhos calmos de sempre. Não está espumando pela boca, nem sangrando, nem dando à luz. É apenas Natalie, deitada ali como se fosse seu desejo. Em seguida, ela começa a tentar se levantar e não consegue.

— Talvez você não devesse se mexer. Sério, Nat. Talvez tenha quebrado alguma coisa.

— Pare de gritar — ela sibila para mim, o que é esquisito, porque tenho quase certeza de que não estou gritando. — Eu tô bem — diz ela. — Só me ajude... só me ajude a levantar, pode ser? E não chame atenção.

— Tá, aqui, segure-se em mim. Você consegue se segurar?

Eu dou a volta para o outro lado dela e me ajoelho, mas não consigo ver por onde a segurar, e ela está *tão grande*, mas bem aí as mãos grandes de um homem aparecem no meu campo de visão e alguém num jaleco branco está gentilmente amparando minha irmã por debaixo dos braços e levantando-a aos poucos, até ela estar de pé, e então ele apoia o corpo gigantesco dela contra o seu até que ela consiga se estabilizar. Eu ainda estou no chão, catando todo o conteúdo da bolsa dela que se esparramou por todos os lados, e não consigo ver o rosto dele, só que tem cabelo escuro, e ela parece estar se apoiando nele enquanto a leva para dentro.

— Pronto — ouço ele dizer. — Você está bem?

— Eu tô bem — diz ela, o que é tão falso que nem chega a ser engraçado. Mas só a minha irmã mesmo.

Termino de apanhar todos os batons e moedas e uma embalagem de lencinhos e então corro para alcançá-los. Um jato de ar-condicionado atinge meu rosto quando abro a porta e posso ouvir Natalie dizer:

— Nooossa, está um gelo aqui!

— Ridiculamente frio — concorda ele, e é aí que olho para o rosto dele, e é Jeremy Sanders segurando minha irmã.

Jeremy Sanders! Claro que é ele! Eu quase rio. Primeiro, penso que isso é tudo uma armação elaborada pela minha mãe para nos reunir. Ela é uma bisbilhoteira cheia de caminhos misteriosos. A cor parece fugir do rosto dele quando vai abaixando minha irmã sobre um banco perto dos elevadores. Assim que a ajeita, ele se apruma e olha para mim com olhos arregalados.

Eu devo parecer tão chocada quanto ele.

Ouço a mim mesma dizendo:

— Oi, como vai você?

— Marnie. — Ele parece aturdido. Mas logo consegue se recuperar e diz: — E, ah, minha nossa, essa é a Natalie? Oi! Uau. Você está bem? Foi um belo tombo que tomou. Aqui, pegue o meu jaleco. Está tremendo.

Ele começa a tirar seu jaleco branco, o qual, noto, diz JEREMY SANDERS, DF no bolso, num bordado. Seja lá o que isso queira dizer. Algo oficial, pelo jeito.

— Não — diz Natalie.

Ela está de volta ao seu eu de sempre, vigorosa e competente, acenando para dispensá-lo, agradecendo por ter tomado conta dela, mas dizendo que precisa chegar ao consultório do dentista, e ela está bem, de verdade, ela está muito bem — foi só um tombinho, apenas isso. Nada para se preocupar. Ela vai apenas descansar aqui por um segundo, recuperar o fôlego e aí já vai embora.

Eu continuo roubando olhadinhas para ele. Jeremy parece mais velho, claro — mas de um jeito bom, de homem maduro. Minha mente imediatamente se enche com a memória de seu desleixo, seu inconformismo, seu sarcasmo relaxado. Não sobrou nada disso. Ele obviamente se tornou um membro ativo e participante da sociedade. Quem teria imaginado?

Aprendiz de Casamenteira

— E aí, cara, que bom ver você! — digo. — Então você é um DF agora? Que bom!

— Sou — diz ele, e sorri para mim com dentes brancos e alinhados. Nunca reparei como os dentes dele eram tão brancos e alinhados.

— E me desculpe, mas *o que é* um DF? — digo.

— Fisioterapeuta — ele e Natalie dizem ao mesmo tempo, e ela agarra a barriga enorme e solta um berro.

— Ãh, eu diria que a sua irmã parece estar em trabalho de parto. Acho que deveríamos chamar uma ambulância. Aquela queda foi feia — diz ele, baixinho.

— NÃO! — ruge Natalie, levantando uma das mãos enquanto aperta o abdômen com a outra. Observamos, fascinados, e depois de um momento ela se endireita e diz: — Eu tô bem. Estou preparada para isso.

— Ela é uma guerreira — digo a ele. — E aí, ainda está morando por aqui? Ou se mudou de volta?

Ele arrasta os olhos para longe de Natalie e se volta para mim.

— Voltei há uns seis meses. Minha mãe está chegando numa idade mais puxada e precisava de ajuda extra... E você também está de volta? Ou só de visita para...? — Ele gesticula para Natalie.

— O bebê? Não! Eu voltei. Estou em casa. Agora. De novo.

Dou de ombros e faço uma dancinha ridícula para mostrar como sou despreocupada. Estou começando a me arrepender por estar com uma calça jeans manchada de tinta e com o cabelo enfiado num coque bagunçado, embora ele com certeza tenha me visto com aparência pior.

— Não, totalmente — diz ele, o que não faz nenhum sentido, na verdade, mas quem liga? Ele torna a olhar para Natalie, que está no banco estremecendo e respirando com dificuldade, e seus olhos se arregalam, alarmados. — Mas é sério. Deveríamos chamar uma ambulância.

— Não! Isso... é... um trabalho de parto falso — Natalie consegue dizer. — Se as contrações fossem reais, aí... minha professora de Lamaze... disse...

De súbito, ela não consegue mais falar e seu rosto empalidece, e ela desmorona contra a parede, ofegando.

Jeremy olha para mim.

— Não sei o que a professora de Lamaze disse, mas tanto faz. Ela não está aqui, e nós estamos. Acho que precisamos fazer alguma coisa. Então... estou pensando em hospital, que tal?

— Definitivamente.

— Definitivamente *não* — diz Natalie, ressurgindo do fiasco respiratório. — Não é assim que funciona. Você tem o início do trabalho de parto por um longo tempo antes de começar o trabalho de parto ativo... e eu *não tive* o trabalho de parto inicial. Então isso aqui não pode ser...

Nesse instante, ela parece horrorizada quando um jato imenso de líquido se espalha por todo o chão.

— Minha bolsa estourou! — diz ela. — Ai, meu Deus, não foi isso que eu planejei!

— Tááá certo. É isso. Hora da ambulância — diz Jeremy, pegando o celular.

Natalie, contudo, que ainda gostaria de mandar no mundo todo mesmo enquanto está parindo uma criança, não vai aceitar isso quieta.

— Não. O que deveríamos fazer é... limpar isso tudo aqui — diz ela um tanto lentamente, em sua voz de novo normal. — Quando o líquido amniótico se rompe, você ainda tem tempo.

Era como se estivesse lendo isso em algum livro técnico.

— Natalie, meu bem, Jeremy tem razão. Vamos para o hospital, docinho.

— Mas o plano de parto! — diz ela. — Não quero ambulância! Leve-me no seu carro. E ligue para o Brian. Diga a ele para trazer minha mala, as bolas de tênis e os pirulitos.

Aí outra contração começa e ela precisa parar de falar.

— Deus do céu — diz Jeremy. — Com certeza vou chamar a ambulância.

E ele começa a apertar números.

Minha irmã levanta a mão e, assim que a contração termina, diz:

Aprendiz de Casamenteira

– Pegue o telefone dele, Marnie! Eu dou conta! Eu treinei e me preparei, e eu sou a rainha-guerreira, e estou PRONTA. Não se meta no meu caminho, porque eu...

Aí ela para. Cai de volta no banco. Começa a respirar pela boca. Os olhos se arregalam de pânico.

Logo depois dessa contração, vem outra.

E mais uma.

Jeremy, mais bonito e mais no controle do que eu já vira até então, me dá uma olhada cheia de significado e, então, discreto, conta toda a situação para o operador do serviço de emergência. Quando desliga, sugere que eu ligue para meus pais e o marido de Natalie. Faço o que ele sugeriu. Ninguém atende, mas deixo recados para todos.

Enquanto esperamos, ele me diz que vai dar tudo certo e, de alguma forma, eu acredito. Entre as contrações, Natalie ainda grita sobre seu plano de parto e para eu ir pegar o carro, e depois nos dá algumas das informações que ela aprendeu na aula para parturientes – informações que não parecem mais se aplicar ao caso, se quiser saber minha opinião.

– A rainha-guerreira não vai ficar feliz com você nem comigo – murmura ele.

Estou surtando, mas digo a coisa mais sábia em que consigo pensar, que é:

– Quando ela tiver um bebê saudável no final, tudo isso será perdoado.

Então, cruzo os dedos.

treze

BLIX

Na manhã do meu funeral irlandês, também conhecido como Bota-Fora da Blix, acordo e encontro o anjo da morte no meu quarto.

Então tá.

— Oi — digo para o anjo. — Eu sei que está na hora. Posso lidar com esse negócio de morrer. Vou morrer na festa, se é o que devo fazer, embora isso provavelmente vá chocar alguns dos convidados. Mas não eu. Eu estou pronta quando a morte estiver.

Em seguida, me deito e fecho os olhos e peço que um pouco de luz branca cerque Sabujo, eu e todo o bairro do Brooklyn e depois, por via das dúvidas, o país todo e o mundo. Abençoo o planeta todo. Estrelinhas indo para todo lado.

O anjo da morte rodopia pelo teto alto, se assenta numa das rachaduras do gesso lá em cima, aquela que parece um focinho de cachorro. Aquela deve ser minha preferida de todos os tempos.

Sabujo se movimenta ao meu lado, gemendo um pouquinho no sono. Então se senta e dá aquela limpada na garganta épica que faz toda manhã, um misto de latido e fungada, tão alto que poderia parar o trânsito. Sempre me faz rir, como se Sabujo fosse composto apenas de fleuma e tabaco antigo, produtos de sua juventude transviada, quando por acaso eu sei, com certeza, que ele é feito de água do mar, café forte e patas de lagosta.

Estendo a mão e esfrego as costas dele quando termina, e Sabujo se vira e me dá uma olhada que não consigo interpretar muito bem, o que é estranho, porque sei interpretar *todas* as expressões de Sabujo.

Aprendiz de Casamenteira

Sempre soube. Ele é o homem com menos mistérios do planeta, e é por isso que as coisas funcionaram tão bem entre nós.

Ele está olhando para mim.

— Você não vai melhorar, né?

— Não sei. Suponho que ainda possa acontecer um milagre. Qualquer coisa pode acontecer.

— Está crescendo. Você deu um nome para o seu tumor, e agora está maior. Não acha que talvez tenha lhe dado muito amor? Você o incentivou. — Em seguida, ele balança a cabeça. — Olha só eu, falando assim. Como se fosse real. Blix! Por que diabos você não pode usar todo o seu... sei lá... seu *poder* para impedir isso de acontecer?

— Ah, Sabujo, meu bem, todo mundo em algum momento tem que fazer sua transição, e eu fiz o que pude, mas talvez tenhamos que encarar que Cassandra é o meio de eu partir. Vem pra cá, velho bobo, e deixa eu te amar um minutinho.

Ele diz não, mas aí se aproxima e me abraça. Aposto que era um belo espécime mais novo, porque ainda tem os ombros mais fortes e largos, e os lóbulos mais macios e as bochechas mais vermelhinhas, e uma luz nos olhos que você não vê na maioria dos humanos hoje em dia.

Uma vez ele me disse:

— Sabe, eu tinha um belo tanquinho quando era jovem.

E eu disse para ele:

— Ficar se gabando dos seus brinquedos não cai bem num velho.

A verdade é que ele ainda é um homem lindo.

— Por que você quer me deixar? — diz ele, a voz toda embargada.

Não consigo falar por um minuto. Apenas esfrego as costas dele em círculos, fechando os olhos apertado e absorvendo Sabujo — o cheiro dele, o jeito como seus músculos se movem sob minhas mãos, a respiração pesada que lhe escapa aos solavancos.

Esta, penso eu, *é a minha vida. Estou vivendo a minha vida. Agora mesmo. Este é o momento que temos.*

Afago a cabeça dele e olho no fundo de seus olhos. Não há resposta. Eu não quero deixá-lo, mas acredito que todos nós criamos nossa própria realidade, então devo ter planejado isto. Não consigo decifrar por que aconteceu desse jeito, e dói tentar, para dizer a verdade. Sei somente que algumas doenças não foram feitas para serem curadas, e que Sabujo e eu – e Marnie, também, e todos que eu conheço – estamos envolvidos em algum tipo de dança de nossas almas e estamos aqui para ajudarmos uns aos outros. Então digo isso para ele, que me beija, e então, em sua voz normal, diz que sou sua lunática preferida, e talvez eu possa fazer um feitiço para fazer as lagostas simplesmente pularem para fora do mar para ele não ter que arrastá-las para a festa hoje, que tal isso? E já que estou com a mão na massa, eu podia fazer um feitiço para as costas dele pararem de doer, e para ambos vivermos para sempre aqui nessa casinha perfeita de tijolinhos que ameaça despencar à nossa volta todos os dias, mas que até agora não despencou.

– Certo, vou tentar fazer as lagostas irem diretamente até você – digo. – E também estou com outro projeto novo sobre o qual não te contei. Mas preciso contar.

– Espero que seja você continuar viva.

– Xiiiu. Eu acho que Marnie e Patrick têm que ficar juntos. Estou trabalhando nisso.

Ele recua de leve.

– Marnie e *Patrick*? Você perdeu o juízo?

– Não, ela é a pessoa certa para o Patrick. Estou convencida disso. Eles têm que ficar juntos. É disso que tudo isso se trata, Sabujo. Tudinho. Eu ter conhecido Marnie na festa. Patrick ter vindo morar aqui, para começo de conversa. Quem sabe até que ponto do passado isso vai?

– Ah, não – diz ele. – Pra que está fazendo isso? Blix! Não é possível que queira atormentar o coitado do Patrick mais do que ele já foi atormentado.

– *Atormentar?* Amar não é um tormento – digo com firmeza. – Confie em mim. Esses dois são o par perfeito. Eu soube no instante em que a vi, só não sabia que sabia.

– Blix.

Aprendiz de Casamenteira

— Sabujo.
— Ele não quer amor. Ele está ferido. — Ele se levanta da cama, fingindo rabugice. — Patrick só quer ser deixado em paz.
— Essa é a coisa mais ridícula que já me disse. Todo mundo quer amor, e aqueles que menos parecem querer são os que, na verdade, mais *precisam* dele. Lembra-se de quando você veio até mim pela primeira vez? Ãh? Lembra disso? Você não sabia que queria amor.
— É, mas, com todo o respeito às suas habilidades casamenteiras, não vamos nos esquecer de que Marnie casou com Noah. E aí? É ele que ela quer.
— Bem, ela se casou com ele mesmo. Mas ele a deixou. O universo trabalha de maneira misteriosa, Sabujo, e sei o que estou fazendo. Você só precisa confiar em mim.
Eu o abraço e rio.
Ele começa a agitar as mãos no ar em torno da cabeça, como se houvesse mosquinhas incomodando-o. Sabujo só consegue ir até certo ponto nesse tipo de conversa. E de fato ele já está se vestindo agora, e vai até a porta do quarto para sair, resmungando outra vez sobre como ele tem que ir buscar as lagostas, e eu o relembro que Harry disse que *ele* traria as lagostas, aí digo:
— Tá bem. Acho que precisa voltar para a cama para uma atençãozinha especial.
— Blix. Eu não quero.
— Ô Sabuuuuujoooo...
— Não.
— Ôôôô Sabuuuuujoooo...
— Não, não, não.
Mas ele está de pé na porta do quarto outra vez, tentando esconder seu sorriso.
Mexo os dedos como se estivesse soltando um pó mágico. Chamo Sabujo mais para perto com o indicador.
— Sabujo, Sabujo, Sabujo!
— Droga, Blix! O que você tá fazendo comigo?
— Você saaaaaabe...

Ele vem até a lateral da cama e estendo a mão e levanto sua camisa, desabotoando a calça cargo que ele acabou de abotoar.

— Blix, não... não vai... aaaaaah!

E então ele vem para a cama, caindo, na verdade, e ri, surpreso, daí rolamos nós dois e coloco meu nariz junto do dele, e daí – e isso é um esforço, deixe eu te dizer – eu me arrasto por cima dele e fico ali sentada, montada nele. E lentamente, lentamente a luz volta para dentro de Sabujo, e ele se entrega para mim. É quase como aquele momento em que você está salteando cogumelos e eles cedem e se entregam a você, e a alquimia está completa.

Sabujo e eu somos assim fazendo amor. Cogumelos na panela.

Como fazemos há muito tempo, nos tempos bons e ruins, na saúde e na doença, tudo aquilo. Nunca se sabe quando será a última vez.

Ele não foi meu primeiro amor, nem o segundo, terceiro, quarto, nem mesmo o trigésimo quarto. No entanto, Sabujo, como vim a perceber – Sabujo, simples, descomplicado e direto –, é o amor da minha vida.

E, quando lhe digo isso, ele fecha os olhos com força e, quando torna a abri-los, a luz de seu amor quase me cega.

Lola vem para me ajudar a me preparar para o funeral. Estou lavando tigelas e bandejas enquanto ela abre os pacotes de serpentinas, tiaras e confetes que sobraram de nossa última festa, no começo do verão.

— Sei lá – diz ela. – Por algum motivo, não creio que serpentinas sejam adequadas para um funeral, sabe?

— Tudo deve ser apropriado. Estou mudando as regras dos funerais, lembra? Vou me despedir com um festão. Serpentinas e tudo o mais. Pessoalmente, estarei usando uma tiara e espero que você também. Inclusive, gostaria de morrer usando uma tiara.

Ela vira para mim e sorri, melancólica.

— Ah, Blix, você não está morrendo. Eu já vi gente prestes a morrer, e eles não se parecem em nada com você. Não estão lavando

Aprendiz de Casamenteira

tigelas para um jantar comemorativo, para começar. E não estão pensando em sexo.

— Ah, minha nossa, você ouviu a gente?

— Se eu *ouvi*? Está brincando? Mas é claro que ouvi. Eu estava passando pela calçada e pensei: a voz desse Sabujo parece... espera, é *por isso* que o apelido dele é Sabujo? É, não é? Ele uuuuuuiva que nem... ah!

Ela cai na risada.

— É isso. Ele é um sabujo velho.

— Deus, sinto falta disso.

— Sexo? Sente mesmo?

— Sinto.

— Não, quero dizer, de verdade mesmo?

— Já disse que sim. Mas faz tanto tempo que isso provavelmente me mataria. Deve estar tudo ressecado lá embaixo.

— Ah, isso não é desculpa. Eles têm solução para isso agora. Na farmácia. E você podia estar fazendo sexo, sabe? Sabe que podia. — Não consigo resistir a dizer isso. — Falando nisso, como não me contou sobre aquele cara que vem te buscar? Ele dormiria com você num instantinho.

— Ah, ele. — O rosto dela se anuvia. — Você o mandou, não foi?

— Claro que mandei. Não *ele*, em si. Nem sei quem ele é. Eu só joguei para o universo que você precisava de alguém para amar de novo. Então me conte, por que é tão sigilosa em relação a ele?

— Quer saber a verdade?

— Quero, droga! Você me conta de tudo, e agora, subitamente, está guardando tudo desse cara só para você. Não pense que não reparei como tem sido má comigo.

— Bem, não te contei isso porque não quero que dê importância demais. Ou jogue seu pozinho mágico por cima. Ele é um amigo, tá bem? Do passado. Nada além disso.

— Aham — digo.

A verdade é que me concentrei bastante em fazer com que ela encontrasse alguém que pudesse ganhar sua confiança, alguém que ela talvez conhecesse de antes, porque Lola é um pouco covarde no que diz respeito a conhecer um novo homem. Eu escrevi no diário; entoei cânticos; joguei moedas de *I Ching*. Fiz alguns feitiços também, só para garantir. E enviei orações ao universo. É um mix.

– Viu? Aí está, você está fazendo de novo. Bancando a casamenteira quando não tem nada ali. Desculpe. É só torcida sua desta vez, Blix.

Apenas sorrio.

Pouco antes de o funeral começar, Patrick manda um recado de que não pode vir. Está se sentindo pugoroso, é o que ele diz.

Pugoroso, ou feio feito um pug. Um código para Patrick pensando que é feio demais para estar em meio a boa companhia. É a palavra que usamos entre nós. Patrick não é apenas tímido, é que ele tem uma desfiguração, sabe – um rosto com cicatrizes e a mandíbula deslocada. Ele esteve num incêndio, sua cozinha explodiu por causa de um vazamento de gás, e num instante ele foi de relativamente bonito e bem ajustado, diz ele, para uma fera medonha. São as palavras dele para si mesmo, não as minhas, porque a luz que os olhos de Patrick emitem transformam seu rosto. Você vê aquela luz e nem nota a mandíbula e a pele dele, tão esticada em alguns pontos que fica quase translúcida. A luz dele faz você se esquecer de tudo isso.

Mas é assim que ele descreve a si mesmo, como uma fera medonha, porque *ele* é o único que não consegue enxergar essa luz, e periodicamente tenho que descer até o apartamento de Patrick, o qual ele mantém sempre escuro e com cheiro de mofo, além de cheio com computadores velhos e um gato ranzinza, e me sento lá com ele e tento falar sobre a luz que outras pessoas enxergam nele e também que ele tem uma alma que qualquer um amaria.

Patrick parte meu coração. Prometeu que viria para o Bota-Fora.

– Vou descer para vê-lo – digo a Houndy e Lola, e eles trocam um olhar entre si, mas ninguém tenta me impedir.

Aprendiz de Casamenteira

Visto minha saia comprida de lantejoulas e Lola me ajuda a fechar o zíper por cima de Cassandra, e aí visto a túnica roxa e o xale que tem rendas e espelhos costurados para todo lado, até na franja. Lola afofa meu cabelo, que está todo espetado – e lá vou eu, descendo as escadas, até o antro de Patrick lá embaixo.

– Hoje eu não consigo, Blix – diz ele, do outro lado da porta, quando bato.

– Meu bem, preciso que venha para o meu funeral – digo. – Abra a porta só um pouquinho. Tenho uma coisa que preciso te contar.

Depois de um tempo, ouço umas cinco trancas sendo abertas e aí ele me deixa entrar no apartamento, e caminho por ali, abrindo todas as cortinas e acendendo as luzes. Ele está ali no meio da escuridão, vestindo o que sempre me diz ser seu uniforme de trabalho: calças largas de moletom e blusa de moletom grande demais. Patrick agora é um sujeito magro, de ar frágil, alguém que mal projeta uma sombra, e é o que ele pretende, acho, definhar até que seja apenas uma mancha no mundo, tão pequeno quanto um chiclete na calçada. Ele não pode mais ser amado, me disse uma vez, então agora não quer incomodar ninguém. Seu trabalho é horrível, escrever sobre doenças e sintomas, e, assim, ele está mergulhado em problemas e não quer incomodar as pessoas do mundo com sua carência enorme, gigantesca. Eu entendo, entendo, sim.

– Patrick – digo. – Meu bem.

– Não consigo. Escute, eu amo você e acho fantástico que esteja dando essa festa incrível...

– Não é só uma festa incrível, como diz. É *um funeral*. Um funeral irlandês.

– Seja lá como for, você não me quer por lá tendo um ataque de pânico. Eu estragaria o clima.

– Nós ficaremos juntos. Podemos fazer nossa dança, e aí você não precisa entrar em pânico.

Certa vez, quando estávamos só nós dois, inventamos uma dança na qual usávamos chapéus que puxávamos para baixo quase até eles cobrirem nossos rostos, e aí os jogamos para o alto. Nós devíamos estar bêbados quando inventamos essa dança, mas poderíamos ficar bêbados outra vez, digo a ele. Pego sua camisa havaiana no armário, que contém exatamente três camisas, todas penduradas de modo meticuloso e espaçadas com regularidade entre si.

— Você fica devastador nesta camisa, e sabe disso. Então pode vestir isso e seu chapéu de palha, e nós vamos dançar e beber. As pessoas *precisam* de você lá. Se você não estiver lá, terei que responder a noite toda: cadê o Patrick? Cadê o Patrick? Pense em como isso será para mim. Vai estragar minha noite toda ter que explicar a sua ausência.

Ele apenas continua a olhar para mim com tristeza, sacudindo a cabeça.

— Patrick — digo. — Meu bem. Não podemos desfazer as cicatrizes e as queimaduras. Não temos como voltar para aquele dia, então temos que descobrir como seguir adiante depois dele.

Eu me aproximo e toco seu rosto com gentileza; toco o lugar em sua bochecha que é quase afundado, e a parte lisa e clara perto de seu olho, onde a pele ficou esticada. Pego a mão dele e continuo segurando-a.

Ele fica em silêncio, imóvel, enquanto faço isso. Um louva-a-deus humano.

— Não podemos encontrar juntos um jeito de estar no mundo, apesar do incêndio?

Ele inclina a cabeça para trás e fecha os olhos. E eu pego sua mão e, com muito cuidado, muito devagar, a arrasto até Cassandra, onde ela repousa sob minha camisa, e levanto minha camisa com muita gentileza, colocando a mão dele nessa bola que é o tumor e para a qual nem Sabujo quer olhar ou tocar. Coloco a mão dele em torno de Cassandra e digo a ele o nome dela. Estou apavorada que ele vá recuar, se encolher, que eu verei o horror em seus olhos antes que ele se afaste.

Em vez disso, o que passa pelo rosto dele é compaixão. Ele não tira a mão. Ele diz:

— Ah, Blix — como se num suspiro lento.

Aprendiz de Casamenteira

— Todos nós somos quebradinhos — digo a ele. — E todos temos que dançar, ainda assim.

Ele inspira num chiado.

— Eu assusto *criancinhas*, pelo amor de Deus.

— E, mesmo assim, ainda temos que dançar.

— Eu... eu não sei, não.

— Além disso, não queria ter que apelar aqui, mas acho que isso realmente é um funeral. Acho que esta é a noite em que vou morrer.

— Droga, Blix! Do que está falando?

— Eu tenho algumas evidências que não vou esmiuçar agora. Mas estou só dizendo que deveria vir e passar um tempo conosco. Senão, terei que assombrar você pelo resto da sua vida.

Então eu o beijo, beijo todas as partes cobertas de cicatrizes em seu rosto, beijo suas pálpebras e sua testa, e aí volto lá para cima, e não fico surpresa — nem um pouquinho surpresa — quando, uma hora depois, ele aparece na festa e dançamos juntos, ele em sua camisa havaiana e calça de moletom, e eu em minhas lantejoulas e paetês, com Cassandra chacoalhando feito um bebê numa bolsa.

Os archotes a essa altura eram chamas luminosas contra o céu noturno escuro, e as pessoas se reuniam em volta do braseiro onde Sabujo está assando as lagostas que ele e Harry conseguiram, de algum jeito, tirar do mar hoje. Jessica chega com potes de manteiga derretida e Sammy, que voltou recentemente da visita a seu pai, está tocando seu violão no cantinho. Há grupinhos de pessoas em todo lugar, gente tocando música e gente só conversando, e ai, tanta gente, e Lola surge aqui e ali, distribuindo pratos de coisas, servindo mais vinho. Há um barril de chope no canto e Harry o bombeia como se fosse um instrumento musical.

Estou rodopiando por ali no meio de tudo — muito devagar, muito gentilmente —, e estou sorrindo quando acontece. Sorrindo, como se a vida fosse só continuar desse jeito iridescente, e sempre seria um corpo, e Sabujo sempre terá um corpo, e nós temos tempo para muitos outros funerais antes que o finalzinho chegue.

Mas não. Ocorre uma comoção súbita perto do braseiro e primeiro acho que tem gente demais tentando colocar lenha. Mas não – alguém está caído no chão, e outras pessoas estão reunidas em volta e alguém diz:

– Rápido! Ligue para a emergência!

Lola se vira para me encontrar e, quando nossos olhares se encontram, sei que o pior aconteceu.

– Sabujo – ela diz para mim, sem voz.

E é verdade. Abro caminho aos empurrões na multidão, e ali está ele. Meu Sabujo.

Deitado no chão de barriga para cima e sem respirar; quando chego perto, ele já está morto, mas ninguém sabe disso ainda, apenas eu sei, porque vejo seu espírito partindo, e posso ver o rosto dele ficando mais cinzento, seu tom rosado se desvanecendo como em um truque de mágica, e alguém me empurra para o lado e faz reanimação nele – pela segunda vez, me dizem –, e Sabujo se foi de seu corpo, mas parte dele ainda está ali comigo. Eu o sinto indo embora, sinto Sabujo se distanciando, mas primeiro ele fica por ali dizendo que me ama, e aí logo está pequeno a ponto de caber nas dobras do meu xale, onde me apegarei a ele para sempre.

As pessoas estão todas murmurando, a multidão é como uma maré, dobrando-se e ondulando, reunindo-se e afastando-se. Há mãos em mim, pessoas tentando me levar para longe dele, e boa sorte para elas, porque não posso ser levada para lugar nenhum. E então há o som de uma sirene, o tropel de botas no terraço conforme os paramédicos chegam e fazem seu trabalho, debruçando-se sobre ele, persuadindo-o a voltar, tentando usar suas máquinas para convencê-lo. Mas ele está no meu xale, tenho vontade de dizer para eles. Não está onde possam alcançá-lo, não de verdade.

Lola me conduz para longe, mas insisto em ir na ambulância. É difícil demais, diz ela, mas sou firme nisso. Preciso ir. E ela diz que virá também, nesse caso. Temos que estar lá com Sabujo, apesar de não ser o Sabujo. Não mais.

Sabujo/não Sabujo.

Aprendiz de Casamenteira

Passo por todo mundo no caminho até lá embaixo, pego as mãos deles, olho no fundo dos olhos deles, e vejo todo o amor refletido em resposta. Todo o amor incrível, sensacional. O universo de estrelas. A dança de verão.

Anjo da morte, você bagunçou tudo. Você buscou a pessoa errada.

Em algum lugar, eu sei, um bebê deve estar nascendo – uma vida chegando, uma vida saindo. E sinto as duas coisas, a alegria de ambas. Sabujo me observa em meio à névoa, Sabujo tão perto que ainda pode estender a mão e me tocar. Ele sente muito. Está feliz, mas sente muito.

E eu, dizendo: não se preocupe, estou chegando em breve, por favor, me espere, Sabujo, amor, espere, porque estarei aí, eu prometo.

catorze

MARNIE

Envio uma mensagem de texto para Brian quando a ambulância chega.

— Tá tudo bem, vai ficar tudo bem — eu me ouço dizer.

Dois paramédicos pulam de dentro do veículo e entram no prédio atrás de Natalie, que agora ofega a cada contração e oscila de leve no banco. Seus lábios me parecem um tanto brancos e suor escorre de sua testa, apesar de ela apresentar calafrios.

É difícil, para mim, soltá-la, mas esses caras sabem o que estão fazendo. Eles se agacham perto dela, medem sua pulsação e pressão sanguínea e fazem um monte de perguntas.

— Para quando é o bebê? Quando comeu pela última vez? Vai para qual hospital? Qual é o intervalo entre as contrações? Quando a sua bolsa rompeu?

E daí eles a colocam numa maca e a levam para dentro da parte traseira da ambulância e um paramédico prende um monitor de oxigênio no dedo dela e o outro começa uma intravenosa. O rádio estala com notícias de outras pessoas, mas eles estão focados em Natalie. Um deles fala no aparelho por um minuto, mas não consigo prestar atenção ao que ele está dizendo.

Eu me sento ao lado dela, tentando não surtar bem na sua frente. Também estou tentando ajudá-la a respirar durante as contrações, o que ela não vem fazendo lá muito bem. Ela parece prestes a desmaiar.

— Certo, Natalie, meu nome é Joel e vou te ajudar a controlar sua respiração — diz um deles, inclinando-se para perto do rosto de Natalie. Ele é jovem e bonitão, com olhos bondosos e mãos grandes e capazes. — Acho que está hiperventilando, meu bem, então vamos tentar respirar beeeem devagaaaar, tá bom? Vai... com... calma... assim... isso.

Ele demonstra como respirar lenta e profundamente, e entrega a ela um saco de papel para colocar sobre a boca.

— Minha esposa acabou de ter bebê — ele me diz. — Confie em mim, ela vai ficar bem.

— Eu *não estou...* — diz Natalie, e solta um berro que não ouço vindo dela desde que tirou um B menos num trabalho de pesquisa sobre leões-marinhos no sétimo ano.

Joel me diz, tão tranquilo como se estivéssemos discutindo o tempo:

— É, essa foi uma das grandes. Certo, Natalie, vamos nos preparar para aguentar a próxima. Elas estão vindo a cada quarenta segundos agora, então só descanse por um minutinho... e agora, se prepare!

— Vamos para o hospital? — pergunto para ele, que assente.

— Só quero estabilizá-la antes — responde, segurando o pulso dela.

Natalie de repente faz o som mais sobrenatural que já ouvi — e fico atônita quando o outro paramédico, Marcus, fecha a porta traseira da ambulância e se aproxima de nós. Joel entra em ação num pulo e começa a tirar as calças de Natalie, que estão molhadas devido ao incidente do rompimento da bolsa e, por isso, difíceis de tirar, e Joel gesticula para que eu o ajude, porque de uma hora para outra parece que estamos com muita pressa.

Ele troca uma palavrinha que não consigo ouvir com o outro paramédico, que pega uma bandeja de alguma coisa numa gaveta. Temos toalhas, tecidos e algumas coisas prateadas com cara de equipamento. Sei lá, mas *acho* que estamos prestes a fazer um parto aqui. Os olhos da minha irmã estão fechados e seu rosto está todo espremido.

— Respira... Lá vem outra contração — diz Joel. — Está ótimo... está se saindo muito bem, Natalie.

De súbito, me ocorre que Brian possivelmente vai perder o nascimento do próprio filho, a menos que chegue aqui bem rápido. Eu me viro para dizer isso a Joel, como se houvesse algo que ele pudesse fazer: atrasar as coisas, algo assim, quem sabe? Mas, antes que eu possa dizer isso, Natalie começa a gritar como nunca e Joel gesticula para mim, e entendo que chegou a hora. *Chegou a hora.* Não vai haver uma viagem até o hospital — nós faremos o parto desse bebê agora mesmo, no estacionamento, só esses dois caras e eu.

Bem, na maior parte, os dois paramédicos.

Mas eu também estou aqui. Ninguém vai se virar para mim e dizer: *Oi, moça? Pode sair daqui, por favor? Acho que você não tem autorização para esse tipo de atividade, não é? Você fez a prova de como realizar um parto? Não? Então me desculpe, mas vai ter que sair.*

E eu não sei nada sobre isso! De fato, nem sei o que a pessoa deveria ler para se preparar para algo assim. É como aquele sonho em que você se inscreve numa matéria da escola e aí se esquece por completo dela, então não leu nada do material indicado, e agora se deu conta do seu erro, mas está tarde demais para desistir...

— AAAAAAUUUUURRRRR — diz minha irmã.

Pego a mão dela e, quando olho para baixo, vejo que ali está o topo da cabeça do bebê. Tipo, saindo de dentro dela.

— Coroando. Ela está coroando — diz Joel. — Incrível, né?

O rosto da minha irmã está todo vermelho e contorcido, e seus olhos estão espremidos. Tenho um pensamento ridículo — o de que ela não vai gostar do fato de que não pôde ter o plano de parto que queria. Ela foi muito enfática sobre a coisa toda. Natalie é esmagada por outra contração, e grita e agarra minha mão, apertando-a tanto que estou quase certa de que meus dedos vão ficar pretos e cair até quarta-feira.

Joel a instrui a dar um último empurrão — *Agora um dos grandes, um empurrão longo!* — e então, meu Deus, de algum jeito um ser humano minúsculo, cinzento, manchado e coberto de algo que parece ricota sai deslizando, guiado pelas mãos capazes e enluvadas de Joel. Um bebê! Ai, meu Deus, uma menininha! De olhos abertos! Olhando ao redor! E as mãozinhas, fechadas em punhos apertados, as pernas dobradinhas e agora se esticando, chutando, berrando, respirando como uma campeã. Joel a segura na curva do braço.

Aprendiz de Casamenteira

Olho para Natalie e os olhos dela estão cheios de lágrimas, e meu rosto está todo molhado. Meu coração está num galope e minhas mãos parecem que vão começar a sangrar em breve nos pontos em que as meias-luas das unhas de Natalie as pressionaram.

— Bom trabalho — diz Joel, baixinho.

E Marcus sorri e arranca as luvas. Os dois estão tão calmos e são tão metódicos que injetam calma no ar. Puro amor. Ouço aquela voz outra vez — *você é amor; você vai ficar bem.* E minha sobrinha — Amelia Jane — está agora olhando ao redor com olhos azul-marinho arregalados, emitindo sons baixinhos de protesto, o corpinho pequenino cada vez mais rosado, como se ela estivesse debaixo de alguma luz cósmica. Ela tem uma franja de cabelos escuros, bracinhos e perninhas, e dedinhos com polegares — todo o equipamento mais importante —, e está consciente e alerta. Seus olhos enevoados grudam nos meus e estou encantada, aturdida, pensando: *Como pode ser? Como algo assim acontece ao nosso redor todos os dias, e simplesmente continuamos com a nossa vida como se não fosse nada fora do comum?*

Os dois caras estão ocupados fazendo coisas médicas oficiais, limpando Natalie, cobrindo-a. Joel entrega o bebê para mim, o que me dá um susto. *Eu?* Está falando sério? Olho ao redor, aventuro-me a sair de meu transe. Uau. Estamos numa ambulância, parados no estacionamento do consultório do dentista. Lá fora, há carros buzinando, vozes de pessoas passando pela ambulância a pé, distraídas. Em algum lugar lá fora está Jeremy; será que ele voltou lá para cima para ajudar alguém com uma dor nas costas?

Porém aqui, neste casulo, aboletada nos meus braços em um cobertorzinho, está minha sobrinha, redonda e rosada, e tão assustada quanto eu.

— Aqui, deixe-me entregá-la para a mãe — digo.

Natalie está apoiada agora, quase sentada, a expressão aturdida sumiu de seu rosto. Ela pega a bebê de mim e nossos olhares se encontram.

Joel diz:

— Linda bebê. Você fez um excelente trabalho. Rapaz, esses são os meus dias favoritos, quando posso ajudar um bebê a chegar ao mundo.

Depois de um tempinho, percebo que a ambulância está se movendo. Marcus nos levando para o hospital. Mas devagar. Sem sirenes. Nosso lugar seguro itinerante está se movendo, levando conosco todos os equipamentos de que poderíamos precisar.

— Olha o que a gente fez! — diz Natalie, e seus olhos estão fixos nos meus. — Você é a melhor irmã do mundo, do mundo! Como sabia... que devia estar aqui... que eu precisava de você?

Nós duas olhamos para baixo, para essa vidinha que acabamos de trazer ao mundo. Meu coração está tão cheio que parece que vai derramar para fora de mim.

— Sabe, de todas as nossas façanhas, tenho que dizer que essa é a melhor que já aprontamos — digo a ela. — Apesar de não ter sido o plano de parto que você tinha em mente.

— É — diz ela —, mas só porque não achei que pudesse fazer esse dar certo.

Acho que eu poderia morrer só por causa disso.

Naquela noite, a família toda vem para o quarto de hospital de minha irmã, onde ela preside lindamente, vestindo uma camisola adorável cor de pêssego que comprei na loja de lembrancinhas, e seu cabelo está limpo e brilhante. Ela está mais radiante do que nunca, com a pele orvalhada e iluminada por dentro — e a pequena Amelia... a pequena Amelia, toda rosada, encontra-se deitadinha e contente nos braços da mãe, fazendo biquinho com os lábios cor-de-rosa.

Joel, o delicioso paramédico, aparece em certo ponto com um buquê de flores e toda minha família fica caidinha por ele. Ele explica que quase nunca tem a chance de fazer partos, e que ele mesmo ficou, na verdade, uma bagunça quando sua própria esposa entrou em trabalho de parto. E isso faz todo mundo rir, e minha mãe quer convidar a ele e a toda sua família para jantar, mas meu pai põe

Aprendiz de Casamenteira

discretamente a mão no braço dela antes que possa de fato fazer o convite.

Brian, sentado ao lado de minha irmã, está claramente apaixonado pela cena toda. Fiquei um pouco preocupada que ele fosse se sentir excluído de tudo, mas ele não parece ter se incomodado nem um pouco. Ele recebeu uma menininha perfeita, sem nem ter que suportar um dos gritos agudos de minha irmã, gritos esses que nunca, jamais serão mencionados por ninguém, embora vão viver em algum bolsão de minha memória até o final dos tempos.

— Ela parece o seu irmão — minha mãe diz ao meu pai.
— Joe? Acho que você só está dizendo isso porque ele é calvo.
— Não. Olhe o queixo dela. É o queixo do Joe.
— Mas isso é só porque ele perdeu os dentes numa pancada jogando hóquei de rua. Pessoas sem dentes, como a Amelia, por enquanto, têm o queixo assim.

Para minha surpresa, minha mãe ri. E meu pai encaixa a cabeça sobre o ombro dela e, por um momento, ambos estão sorrindo para a bebê. Parece impossível acreditar que este é um casal que se comunica sobretudo por discussões. Ocorre-me que talvez isso seja o que o casamento acaba se tornando no final. Você tem que aguentar os momentos ruins para poder chegar a esses momentos de pináculo em que a vida te entrega uma estrela brilhante.

Nem fico surpresa quando Jeremy aparece, trazendo balões. Ou quando meus pais o saúdam como o filho perdido que nunca tiveram. Também não é chocante que ele e eu deixemos o hospital juntos, saindo para jantar e, depois disso, vamos para a casa da mãe dele, onde nos sentamos na varanda telada em que passamos milhares de horas fazendo dever de casa e fofocando sobre os outros.

Ele cresceu e se tornou um homem bem-humorado e de boa aparência que cuida de sua mãe, e subitamente me arrependo de ter partido seu coração, mas acho que todos nós precisamos ter nossos corações partidos em algum momento, então talvez eu tenha na verdade lhe feito um favor. É algo que precisamos saber sobre nós mesmos, como esse coração se parte e torna a crescer.

Meu próprio coração, dado a Noah, agora se agita em algum lugar lá no fundo, se espreguiça, boceja, olha para seu relógio e se vira, tentando voltar a dormir. Mas está com um olho aberto, reparo.

Sem demora, durante uma taça de vinho, abordamos os anos na faculdade e nossas decisões profissionais (as dele, boas; as minhas, questionáveis). E então, porque é isso o que se faz sob essas circunstâncias, revisitamos nosso término, lançando uma nova luz sobre ele, mais filosófica, mais compreensiva.

Depois de Jeremy debochar de mim por me apaixonar por Brad Whitaker, digo para ele:

— Já pensou que talvez pudesse ter lutado um pouco mais por mim? Tipo, você poderia ao menos ter me dito que gostava de mim. Talvez me pedido para não sair com ele.

— Ãh, eu não estava munido aos dezessete anos para ter esse tipo de conversa — diz ele.

— É, bom, você me tratava como se eu fosse só um dos seus camaradas, e eu, honestamente, não fazia ideia de que gostasse de mim.

Ele sorri, e seu olhar sustenta o meu por muito mais tempo do que o necessário.

— Não mesmo? — diz ele. — É, eu sei que não era nenhum Príncipe Encantado, o que é uma pena. Por outro lado, sou eu quem está sentado aqui com você esta noite, enquanto ele é só um perdedor solto no mundo, *longe* de você. Então talvez o cara legal acabe triunfando no final, sabe?

Ele me fitava tão diretamente que tive de desviar o olhar.

Em seguida, Jeremy diz:

— Eu, hum, ouvi por aí que você passou por poucas e boas. Não temos que conversar a respeito se não quiser, mas...

— Ah — digo. — Bom. É. Basicamente, aquela situação clássica de "abandonada no altar". Não foi o ideal.

— Bem, isso com certeza é uma droga.

Ele olha para mim como se quisesse ouvir o que aconteceu, e não só para poder tripudiar um pouco sobre meu parco discernimento.

Aprendiz de Casamenteira

Então completo a história, a versão mais longa, incluindo os dois anos que Noah e eu ficamos juntos, a empolgação do noivado, e ele chegando atrasado ao casamento e nossa conversa horrível no gramado, blá-blá-blá, e aí conto a ele sobre a lua de mel e os macacos gritando, porque a essa altura está se tornando A História Que Eu Conto sobre Meu Casamento, e sempre recebe uma risada e um gesto de empatia, dependendo de como eu contar.

Com ele, confesso a parte que não contei a ninguém além de Natalie: como desmantelei o vestido de noiva – porque ele é a única pessoa que entenderia algo tão bizarro e acharia isso engraçado. Com certeza, ele ri em todos os pontos certos – e faz algo que agora me lembro que ele costumava fazer quando era mais novo: ele meio que franze o nariz e fecha os olhos antes de rir. É apenas um tiquezinho, mas vê-lo fazer isso alegra meu coração.

E depois as coisas mudam um pouco. Jeremy olha para mim sem ter que desviar o olhar. Ele diz que este é um dia memorável, porque não apenas estivemos presentes no milagre do nascimento, como ele ainda pôde me ouvir contar sobre um cretino que é, talvez, ainda pior do que o cretino por quem o larguei no último ano do Ensino Médio.

Quando ele vem para o sofá onde estou sentada e coloca a mão em meu braço, escorrego um pouco mais para perto e acaba que, graças a Deus, ele andou aprendendo a beijar durante esses anos, porque me dou conta de que não sou beijada há um bom tempo, e preciso muito disso.

Ainda é um beijo um tanto cauteloso, claro, porque é Jeremy – e também porque eu já o magoei antes, e assim talvez ele esteja sabiamente se contendo, mas me jogo no ato, beijando-o com tanta paixão quanto me é possível, sem me conter *nem um pouquinho*, só para mostrar a ele como pode ser, e daí... meu Deus, em pouquíssimo tempo, estamos ambos sem fôlego e chocados com o fogo que geramos.

Ele olha para mim, surpreso, e vejo seu pomo de adão subir e descer. Ele cheira a loção pós-barba e minha mente vacila brevemente, voltando ao banco traseiro de carros no Ensino Médio, o hálito quente de meninos e o aroma pesado de sexo – seria Old Spice? Alguma outra coisa?

– Então... – diz ele, a voz áspera. – Você quer... digo, sei que é estranho, com a minha mãe dormindo no andar de cima, mas éramos bons nisso de nos esgueirar e...

– Sim – digo. – Quero.

Ele recua, olhos arregalados.

– É? Mesmo? – Ele pisca, e acho que talvez vá perder a coragem. Mas aí ele diz: – Tá bom, então! Tá bom. Vamos lá!

E ele me leva para o andar superior, para seu quarto de infância, e, juro, é como se o tempo tivesse parado por aqui, com a cama de solteiro e os cartazes antigos de Harry Potter.

– Cara, seu quarto! – digo. – Meu Deus, tudo continua igualzinho, exceto os lençóis de *Guerra nas Estrelas*. Como foi que você não mudou nada?

Ele olha ao redor como se visse tudo pela primeira vez também, e passa os dedos pelo cabelo.

– Sou um caso perdido, eu sei. Acho que pensei que ia me mudar em algum momento, então por que comprar coisas novas? – Ele parece muito preocupado. – É esquisito aqui, né? A questão é: é esquisito *demais* pra você? Esquisito a ponto de desistir? Teremos que ir ao supermercado antes de poder rolar algo entre a gente, você acha?

– Não – digo. – Não! Mas, sério isso? *Harry Potter?*

– Todo mundo sabe que Harry Potter é legal, e, além do mais... – Ele passa os braços em torno de mim e coloca o rosto junto do meu, sussurrando: – Para falar a verdade, os lençóis de *Guerra nas Estrelas* estão lavando. Estarão de volta na cama da próxima vez que vier para cá.

Eu rio enquanto passo os braços em volta do pescoço dele.

– Bem, com certeza posso ver que não traz muitas mulheres para casa.

Ele fica sério.

Aprendiz de Casamenteira

— Não. Bem... acho que não. Minha mãe estando aqui e tudo o mais.

Jeremy começa a plantar beijinhos ao longo do meu maxilar, descendo para o pescoço. Com a mão direita, ele desabotoa minha blusa.

— E será que você... ou melhor, nós... podemos parar de rir para fazer sexo? Vou precisar pegar um saco de papel para respirar dentro, porque risos histéricos estragam de verdade um cenário de sedução.

— Ah, rapaz... Isso aqui *é* um cenário de sedução?

— Bem, *eu tô tentando* – diz ele, e sua mão dá a volta para soltar meu sutiã, e tento ficar séria, o que só me faz começar a rir outra vez. – Será que dá? Pra parar?

Ele me conduz, de costas, até a cama, e caímos sobre o colchão com ele por cima de mim. Ele diz:

— Não posso acreditar quanto tempo esperei isso.

E eu digo:

— Eu também. – Como era de esperar.

É só um pouquinho desconfortável, mas estou me perguntando se a vida teria sido completamente diferente se tivéssemos feito isso há muito, muito tempo – naquele dia, lá atrás, quando ele *não comprou* camisinhas. Se eu pudesse voltar no tempo, insistiria para tentarmos outra farmácia.

É nisso que estou pensando deitada ali debaixo dele e olhando nos olhos de Jeremy – e então, de repente, não estou mais pensando em nada. Sexo tem um jeito de tomar o controle, todas as partes do corpo acordando e assumindo suas posições.

Depois, penso em como é gostoso ficar ali nos braços dele, como se o tempo não tivesse passado. Aperte um botão e BINGO, você está de volta à segurança.

Quando volto para casa naquela noite, me dou conta de que também estou dormindo no meu quarto de infância, com os mesmos cartazes e lençóis. Não somos tão diferentes, no final das contas, ele e eu. Os feridos, porém vivos, voltando para casa para se curar.

quinze

BLIX

Então eu não morro.

Não morro naquela noite, e não morro na semana seguinte, nem na semana depois dessa. De fato, nunca tive mais apetite, ou uma noção mais penetrante do que significa estar viva. Tudo isso parece tempo extra, como os dias que são acrescentados a uma viagem de férias porque a companhia aérea cancelou o voo.

Há uma espécie de santidade nesses dias, nesse momento, mesmo doloroso como é.

Talvez eu devesse apenas seguir a maré. Talvez ainda exista algo que eu devesse realizar.

Ou talvez, quando a morte veio me buscar, Sabujo deu um pulo e passou na minha frente. Ele é um malandro, aquele lá.

Ah, bem, mas se você, como eu, acredita que não existem enganos, então é certo que eu deveria estar aqui.

O verão termina e Brooklyn recebe setembro. Estou cansada. A correnteza doida da vida continua ao meu redor. Uma fita viva de humanidade existe lá fora, voltando à vida agora que o calor do verão se dissipou um pouco; há risos e portas batendo, e sirenes e carros com o escapamento estourando, e conversas e discussões na rua e escapando pelas janelas. Os crisântemos de Sabujo florescem em seus vasos no terraço, como se ele estivesse mandando um oi. As noites começam a esfriar, e Sammy volta para a escola e só retorna para casa depois das seis, todos os dias, porque está num programa pós-aula. Patrick ainda está escrevendo sobre doenças,

Aprendiz de Casamenteira

mas ele sobe para me ver de vez em quando, se sabe que ninguém mais estará aqui.

Nesse tempo extra que recebi, desço a escada levando bolos, picles e cogumelos delicados para ele, e uma vez um Prosecco que precisava que ele provasse – mas, não importa com que frequência eu abra as cortinas dele e esfregue sua cabeça, não importa quantas vezes eu o abrace e desfrute sua presença, não tenho certeza de se qualquer coisa do que disse já convenceu Patrick de que ele merece amor.

Às vezes o universo tem suas próprias ideias, e preciso aceitar o fato de que posso esgotar meu tempo aqui no planeta, e tenho que torcer para poder observar as pessoas quando estiver no reino invisível. Eu me pergunto se isso é verdade, se eu as verei e ouvirei. Se serei capaz de me comunicar do além.

Respiro fundo, bem fundo – inspirando a cidade ao meu redor, todos os seus sons e vozes e as buzinas dos carros e as risadas e incertezas da vida no planeta Terra. E então uma voz diz para mim: *Não existe nada mais importante do que isso.*

Certa manhã, abro caminho até os degraus da entrada. Tenho problemas no nervo ciático, estou com dor na área do peito, um braço que parece estar pegando fogo e meus olhos estão ardendo. Não consigo dormir desde as quatro da manhã, aquela hora mais sombria, então assim que clareou fui lá para fora, onde posso assistir à vida acontecendo na rua à minha frente, e talvez ser curada pela dissonância de personalidades e buzinas de carro. Quero parar de pensar na dor como um problema que preciso resolver.

Estou sentada ali em minha almofada azul florida pensando sobre finais quando reparo em um homem descendo pela calçada. Ele balança uma mochila atrás de si e eu o observo vir na minha direção, porque é mais esforço do que se desviar, francamente, e porque tenho uma sensação formigante de que algo está para acontecer.

Ele parece elegante e desalinhado ao mesmo tempo, movendo-se de um jeito que lembra um animal, os braços balançando e as pernas compridas em sua bermuda cáqui a passos largos pela rua, olhando ao redor como faria um turista. Ele se aproxima cada vez mais até eu finalmente ter que colocar a mão sobre a boca ao ver quem é.

– Noah? – digo, e não consigo nem ficar de pé, não consigo me segurar nem mais uma hora, porque de súbito estou tão cansada, e eis aqui Noah para me segurar quando eu cair.

Talvez ele seja o milagre pelo qual eu vinha esperando, o salvador que surgiu para me consolar, para me prestar seus respeitos, para dizer adeus. Não seria incrível se, depois de todo nosso histórico familiar, o universo tivesse enviado *ele*, e ele acabasse sendo a pessoa que me ajudaria?

Ele chega mais perto, olhando para mim de trás de uma franja de cabelos compridos, e não estou enxergando muito bem, mas sinto seu choque ante minha aparência. Todo o terror.

– Tia Blix, o que aconteceu com você? – diz ele. – Olhe só para você! O que...? Ah, está doente?

– Estou – digo. – Na verdade, estou prestes a cair morta. É por isso que está aqui.

– É por isso que estou aqui? – diz ele. Ele não me abraça. Passa a mão pela cabeleira e olha ao redor. – Você está morrendo? – pergunta. Umedece os lábios em um gesto nervoso. – Não deveria estar num hospital? Quem está cuidando de você?

Ele olha para os dois lados da rua, como se esperasse que uma equipe de médicos e profissionais de saúde com seus estetoscópios fosse surgir de trás dos arbustos e lhe dizer que tudo está sob controle. Quase chego a rir.

– Não, meu bem. Não precisa de hospital. Estou morrendo – digo. – Algo bastante normal de se fazer no fim da vida. Venha, sente-se comigo. Estou contente em vê-lo.

– Tia Blix, acho que precisamos chamar um médico para você.

– Que inferno. Sem médicos, querido.

– Mas os médicos poderiam te ajudar!

Aprendiz de Casamenteira

— Estou morrendo há algum tempo, já, e não tenho nenhuma intenção de ver um médico agora. Sente aqui, por favor. Segure minha mão.

Ele parece tão triste, tão amedrontado. Se pudesse, voltaria a fita, rebobinaria a si mesmo caminhando para trás pela rua, descendo de volta os degraus da estação, entrando de novo no metrô, talvez voltando até o aeroporto e a África, o avião voando em marcha a ré. Mas ele se senta, empoleirado nos degraus, e pego sua mão na minha, e ele me deixa segurá-la. Envio um fluxo abundante de amor e energia para ele.

Ah, meu sobrinho-neto. Como nos amamos quando ele era pequeno, mas, como pode acontecer com tanta facilidade, com o tempo e a distância, as coisas se degeneraram entre nós depois. Eu me lembro de que ele veio visitar Sabujo e eu quando tinha dezenove anos e era todo cheio de si. Fiquei chocada com a transformação nele. Era bem o filho de sua mãe àquela altura – arrogante e crítico, me desafiando a respeito de todas as minhas crenças, rindo de nós por sermos velhos hippies, como nos chamou.

Pior, senti os primeiros sinais de uma vaidade frágil nele, como se as aparências fossem tudo o que importava, da mesma maneira que Wendy estava reformando nossa antiga mansão sem nenhuma curiosidade pelo passado ou atenção aos detalhes que tornavam a velha casa linda. É só cimentar por cima do que você não gosta. É o que minha família parece dizer.

E desdenhe nos outros aquilo que você, pessoalmente, não compreende.

Mas agora talvez tenhamos outra chance. Sem dúvida, é isso o que a presença dele aqui significa.

— Bem, então... o quê? — diz ele. — O que posso fazer?

— Você pode facilitar minha passagem para o outro lado — digo. — É o que estou torcendo para que faça.

— Espere aí. A minha mãe sabe quanto você está doente?

— Não. Ninguém da família sabe. Eu quis assim. Mas agora você estará aqui, e espero que fique comigo enquanto acontece. E vai ser a coisa mais gentil que poderia fazer por mim.

— Eu não posso. Eu não...

— Xiu. Pode, sim. Tudo vai ficar bem — digo a ele. — Saiba ou não, você foi enviado para cá e agora que está aqui, pode ficar comigo enquanto me vou. Pode levar alguns dias, mas está chegando em breve. E, docinho, isso vai ser bom para você. Algo fundamental na sua vida que você precisa saber.

O lindo rosto dele parece bastante incerto. Quase sinto vontade de estender a mão e beliscar suas bochechas entre os dedos, como fazia quando era pequeno.

— Mas... quando? — pergunta ele. — Digo, quando vai acontecer?

— Bem, é isso que a gente não sabe. Pensei que seria agora, mais ou menos. Mas não foi. Acho que eu devia estar à sua espera. O universo te enviou.

Os ombros dele desmoronam. Fecho meus olhos e o cerco de luz branca para poder perdoá-lo por ser o filho de sua mãe. Ele é uma criança, um noviço, o que J. K. Rowling chamaria de um trouxa. Inadequado para a tarefa que se aproxima, mas talvez ele chegue lá.

— Aqui. Vamos começar com isso. Leve-me para dentro de casa — digo.

— Certo — diz ele, e consegue apoiar meu braço enquanto caminhamos devagar escada acima.

É engraçado como eu desci a escada totalmente sozinha — devagar, mas ainda assim —, e agora tenho que me apoiar nele para subir. Paro quando necessário, o que é um milhão de vezes, porque esta pode ser minha última olhada neste lindo cenário, a minha vida aqui, que amei de todo o coração.

— Você... você acha que vai sofrer? — pergunta ele.

— Ah, meu querido, decidi não sofrer — respondo. — Sofrimento é opcional.

Aprendiz de Casamenteira

Chegamos ao topo dos degraus e Noah abre a grande porta de madeira. Vejo nosso reflexo brevemente no vidro, conforme ele nos flagra sob a luz do sol enquanto a porta se abre. Os odores de café da manhã, pisos de parquê, das cortinas esvoaçando. Os sinos de vento tilintam acima de nós, um conforto.

– Vai ficar tudo bem, de verdade – digo a ele. – Não estou com medo e quero que também não sinta medo.

dezesseis

MARNIE

O verão virou setembro, o que em Jacksonville significa que chegou o Verão 2.0. Os dias ainda são claros e quentes, as noites são cheias dos sons elétricos de insetos zumbindo e lampejos de raios causados pelo calor, o ar ainda está úmido feito a boca de um cachorro e, sim, ainda estou morando com meus pais e passando meu tempo com Natalie, Brian e a bebê.

E agora tem o Jeremy.

Vamos correr na praia; jogamos baralho com meus pais; passeamos no carro dele como fazíamos no Ensino Médio. É igual a quando éramos adolescentes, exceto pelo fato atordoante de que agora somos adultos que também fazem sexo.

Tem algo muito doce e descomplicado nesses dias — em estar com um cara que fala a sua língua, que te amava mesmo quando você usava aparelho nos dentes e seu cabelo estava esverdeado do cloro. Conhecemos o cheiro da casa um do outro. Em que armário ficam os copos e em quais gavetas estão os talheres. Ele já gosta da minha família. Eu já gosto da mãe dele.

Nesses dias, às vezes já é meio-dia quando penso em Noah.

Outra coisa positiva é que Jeremy me chamou para trabalhar com ele em seu consultório, o que felizmente aposentou de vez a conversa de eu ter que ser gerente de salão na Casa do Caranguejo & Marisco. Por isso, agora, três vezes por semana — nos dias em que não estou ajudando Natalie com a bebê —, coloco uma saia, uma blusa e saltinhos, e vou brincar de recepcionista, sentada no

Aprendiz de Casamenteira

consultório decorado com muito bom gosto, falando ao telefone e guiando os pacientes dele.

Os pacientes me contam quanto o amam, porque, pelo visto, ele é simplesmente mágico com as mãos, como diz uma mulher. Ele faz as dores nas costas e no joelho desaparecerem.

Sinto uma pontinha de ciúme quando ela diz isso, o que, para mim, é um sinal certo de que estou me apaixonando. Afinal, ele está naquela sala de exames olhando para *o corpo das mulheres*, e não apenas isso, está pensando em como fazer seus músculos e tendões relaxarem. E é comigo que ele vai dormir!

Sinto um certo arrepio quando o vejo fazer todas as coisas que ele fazia – o jeito como joga o cabelo para tirá-lo dos olhos, aquele franzido no nariz, e como às vezes ele esfrega as mãos uma na outra quando está prevendo algo maravilhoso. Ele nunca apreciou beijos longos e profundos, mas é o mestre em minibeijos divinos, por todo o meu maxilar, toda uma trilha deles.

O que posso dizer? Sei que é cedo demais para fazer qualquer pronunciamento de grandes proporções – não estou doida nem nada –, mas, como Natalie sempre diz para mim, ele e eu parecemos mais e mais um casal a cada dia que passa.

E ela deve saber do que fala. Nós visitamos Brian e ela à noite, depois do trabalho, e nos tornamos um adorável grupo: dois casais comuns e felizes na sala da família, com os caras conversando sobre esporte e Natalie e eu sentadas com eles, ninando a bebê. Nós quatro passamos a bebê uns para os outros como se ela fosse uma bandeja de felicidade da qual todos compartilhássemos.

Eu te digo, é como se tivesse passado por uma porta chamada Normalidade, a porta que eu sempre tentava encontrar.

Na maioria das noites, quando deixamos Natalie e Brian, voltamos para a casa dele e conversamos com a mãe de Jeremy por um tempinho, e depois, porque ele é o melhor filho do mundo, ele a ajuda a se ajeitar na cama lá em cima com os cigarros, a bolsa de água quente, o livro e o copo de *club* soda com limão e seu sonífero.

Eu o espero no térreo porque a sra. Sanders é meio tímida e, desde que o marido morreu, gosta das coisas feitas do jeito dela.

    Quando temos certeza de que ela está dormindo, vamos até o quarto dele na ponta dos pés e nos deitamos na cama. (Sim, ele tem os lençóis de *Guerra nas Estrelas*.) É um pouco como ser criança de novo, porque temos que cochichar, uma vez que o quarto da mãe dele fica logo ao lado. Jeremy diz que provavelmente ela está ciente de que fazemos sexo no quarto dele, mas diz que não há necessidade de "esfregar na cara dela", segundo suas palavras, já que ela não aprova sexo antes do casamento. Ele sempre tem que me lembrar de não fazer nenhum ruído sexual, tapando minha boca com a mão, e muitas noites, para falar a verdade, parecem não valer o esforço, então apenas ficamos ali deitados, as mãos castamente uma na outra, enquanto lemos nossos livros antes de dormir. De manhã, tenho que correr para ir embora antes que ela acorde.

    Mas vale a pena. Ele e eu ainda não nos acertamos sexualmente, mas vai rolar. Ele faz massagens maravilhosas nas minhas costas, e, entre isso e todos os beijinhos suaves, fico bem excitada com ele. E todo casal precisa trabalhar em *algum aspecto* da relação.

    — Vai ser muito melhor quando eu tiver a minha própria casa — diz ele. — Só preciso abordar essa ideia com muita delicadeza com minha mãe, mas vou fazer isso. E talvez possamos pegar um quarto de hotel em algum momento, se quiser.

    Tarde da noite, às vezes eu fico acordada e observo seu rosto calmo e sem marcas enquanto ele dorme. Ele pode ter sido meu sarcástico melhor amigo quando éramos adolescentes, mas agora ambos recebemos mais lições de humildade da vida (LDH, é como ele chama) e aqui estamos nós, versões mais suaves e gentis de nossos eus antigos, esperando para ver o que a vida irá nos servir.

    Tenho noção de que ele é o contraponto do Noah, que ele jamais me acordará no meio da noite para ficar na fila para um show da Lady Gaga. Que ele nem sabe que seu carro é irremediavelmente sem graça, ou que seu corte de cabelo não estaria à altura dos padrões californianos. Ele jamais vai ficar bêbado num restaurante e

Aprendiz de Casamenteira

começar a dançar samba em torno das mesas até sermos expulsos, como Noah fez quando nos conhecemos. Ele nunca vai jogar fora uma caixa de água tônica porque a que eu comprei não era de marca, o que também é coisa do Noah.

Mas ele quer filhos. Ele ama a mãe. Ele me ama. *E* ele aprecia o bolo de carne da minha mãe.

E estou assistindo eu me apaixonar por ele.

Certo dia, estou trabalhando no consultório dele – e arrumei as revistas, limpei a janelinha entre meu cubículo e a sala de espera – quando ele vem andando lá dos fundos. Está na hora do almoço, e não temos nenhum paciente.

– Então – diz ele, se apoiando contra o batente com os braços cruzados. Ele está com seu jaleco branco, bonito, profissional, bem passado, com o nome bordado em vinho, e sorri para mim. – Então – repete ele, nesse tom pseudocasual que usa quando as coisas são mais importantes do que ele gostaria –, quando acha que vai superar esse outro sujeito?

Dou uma risada desconfortável.

– Noah?

Ele franze o nariz.

– Por favor. Não diga o nome dele no consultório. Este é um espaço sagrado.

Jeremy olha ao redor e percebo que seus olhos estão mais sérios do que já vi desde o dia do incidente das camisinhas, no Ensino Médio.

– Seja franca comigo aqui. Antes que eu invista ainda mais de mim mesmo nesse relacionamento, tem de me dizer que algum dia vai realmente se esquecer dele.

– Eu acho... bom, acho que, de todas as maneiras que contam, eu já me esqueci dele – digo, cautelosa.

Tenho uma certeza razoável de que estou dizendo a verdade.

— Não – diz ele. – Não funciona assim. Você foi casada com o cara! Ele fez algo horrível com você. Faz só alguns meses, e as pessoas não se recuperam rápido assim.

— Mas eu me recuperei. Eu trabalho bem depressa.

Então conto a ele sobre Blix, que disse algumas palavras que me direcionaram para a felicidade – um feitiço que de repente parece ter se realizado de uma forma que nenhum de nós esperava. E aqui estou eu. Cheguei à porta da felicidade, digo, graças a algumas palavras lançadas ao universo que alguém entoou para mim. Por um momento, me ocorre que deveria ligar para ela e avisá-la sobre como tudo deu certo. Mas aí aquele pensamento se dissipa; Blix pode não ver isso como a vida grandiosa que ela me prometeu que eu teria. Por que decepcioná-la?

Olho para Jeremy, que balança a cabeça de um jeito cômico, como se tivesse água nos ouvidos ou algo assim.

— Ah, Deus! Por favor, não me diga que estou baseando toda a minha futura felicidade na ideia de universo de alguma vidente!

Então eu rio e o beijo bem ali no consultório, bem no rosto liso e barbeado, mas aí o telefone toca e preciso voltar para minha mesa para atendê-lo. Ele fica ali me observando enquanto remanejo algumas consultas. Eu o observo pelo canto dos olhos, e de repente sinto toda a dúvida que pesa sobre ele, e sei que, para ele, eu sou o bastão de beisebol e ele é a bola. E, bem, me parte o coração, só isso, o fato de ele duvidar de mim.

Toco no assunto com Natalie, minha facilitadora e terapeuta pessoal, no dia seguinte. O que quero saber é o seguinte, digo a ela: alguém (digamos, eu) pode realmente estar pronto para seguir adiante depois de uma decepção amorosa em tão pouco tempo? Ou estou apenas enganando a mim mesma?

— Bem – diz ela. Natalie está ocupada trocando a fralda de Amelia, de modo que está de costas para mim. – Bem, é claro que *é possível*.

Aprendiz de Casamenteira

Qualquer coisa pode acontecer no que diz respeito ao amor. Como *você* se sente?

— Eu sinto... sinto como se estivesse no lugar certo. Onde devia estar.

Ela vira e me dá um sorriso enorme.

— Ah, fico tão contente em ouvir você dizer isso, porque é o que acho também. Você e Jeremy têm uma química tão boa! Brian e eu estávamos falando disso ontem à noite, na verdade.

— É sério?

— É, vocês se dão tão bem. E ele é engraçado e bonitinho, e você parece muito, muito saudável e feliz. Está melhor do que eu vejo há anos.

— Estou. Quer dizer, acho ele ótimo. A única coisa é que, eu só... bem, não fico nervosa nem com medo por perto dele. Sabe do que estou falando? Eu não me sinto... agitada. É apenas confortável. Então é assim que o amor é?

Ela olha para mim como se soubesse de algo muito sábio que ainda não entendi.

— Claro que é. É um alívio tão grande estar com um cara que te ama mais do que você o ama, não é?

E, ai, meu Deus, acho que ela acertou em cheio. É disso que se trata: ele me ama mais do que eu o amo. De fato, ele é meio que como um filhotinho de cachorro perto de mim, sempre querendo me agradar. Então *é isso* que disparou meu pequeno, minúsculo senso de hesitação: ele me adora e, embora possa fazer uma lista de todas as qualidades maravilhosas dele e saiba que ele é perfeito para mim, não estou sofrendo do jeito que costumo sofrer quando estou apaixonada.

Ela ainda está falando.

— É assim com o amor maduro, sua tonta. E é maravilhoso! Você vai ver. É uma coisa a menos para ter que se preocupar. Ele não está pensando em outra pessoa, ou prestes a perceber que não te ama mesmo, no final das contas.

Natalie pega Amelia no colo, que chuta com as perninhas roliças e abana os braços. Ela é tão adorável que tudo o que consigo fazer é me impedir de ir até ela e tirá-la dos braços de Natalie.
— Uau — digo. — Você tem razão.
— Só uma coisinha: como é o sexo? Isso te diz o que precisa saber, como sempre falo.
— Boooooom, tem a mãe dele...
— Ah, é mesmo. Você está com aquela mãe dele toda certinha no quarto ao lado, né? Certo, então ele tem que arrumar uma casa. E daí tudo ficará perfeito. E, para te dizer a verdade, o sexo acaba perdendo a prioridade como coisa mais importante do mundo todo. Você vai ver.

Olho para minha irmã, que é possivelmente a pessoa mais sortuda no mundo inteiro, conseguindo celebrar a mundanidade diária do casamento sem um pingo de arrependimento. Ela me mostrou as mensagens de texto que ela e Brian trocam, e elas são todas sobre quem vai buscar leite e será que deveriam comer tacos no jantar, e se ela levou o carro ao mecânico. Nem uma única declaração de amor eterno.

Quando vamos para a sala de estar, ela coloca Amelia em seu balanço eletrônico e nos sentamos no sofá bebendo Coca Diet enquanto a bebê adormece com o ruído baixo do balanço. O ar-condicionado é um zumbido suave e distante, e o motor da geladeira volta a funcionar. Lá fora se vê o azul vivo e reluzente que é a piscina deles; aqui dentro, assisto a um raio de luz de sol tremular pelo espesso tapete bege de Natalie.

— Olha só para ela — murmura Natalie.

Eu me viro para a bebê, relaxada no balanço, parecendo um saco de arroz. Ambas rimos baixinho, e eu digo:
— Quero um desses. Também quero fazer isso.
— Sabe o que seria a coisa mais legal do mundo? Se você também tivesse um bebê e pudéssemos criar as duas crianças juntas, e fosse igualzinho quando éramos pequenas, brincando de casinha, só que agora temos caras de verdade aqui também. Maridos.

Aprendiz de Casamenteira

— Isso seria legal *mesmo* — digo.

Nós duas começamos a falar sobre como Jeremy e eu podíamos comprar uma casa nesse bairro quando estivermos casados — não é cedo demais para isso, de jeito nenhum, diz Natalie — e, daí, quando for a hora certa, podíamos começar a ter filhos, e blá-blá-blá, algo sobre os rapazes jogarem tênis e Natalie e eu ficarmos juntas o tempo todo, com noites de churrasco, e envelhecer, e eu mal consigo escutá-la porque meu sangue está martelando nos ouvidos e talvez eu esteja empolgada demais em me encaixar em algum canto. E logo eu me levanto e dou um mergulho na piscina dela; fico deitada de barriga para cima na água fria e refrescante, olhando para o céu azul, azulzinho, com nuvenzinhas brancas que parecem exatamente as de um desenho de uma criança.

E esta, eu acho — não, eu *sei* —, *esta* é exatamente a sensação de ser feliz.

dezessete

BLIX

Ainda sou eu. Ainda sou eu. Estou morrendo, mas ainda sou quem sou.

Acho que vejo minha mãe, sinto a mão dela em minha testa. Mas então não é minha mãe, com certeza; é Lola quem está aqui comigo.

E Patrick. Sinto a mão dele segurando a minha.

— Você tem que continuar partindo seu coração até ele se abrir — digo para ele. — Rumi disse isso.

Sabujo, de algum lugar, me diz que o coração de Patrick já foi partido mais do que qualquer coração pode aguentar.

— Xiu – digo. – Há tanta luz ainda para você, Patrick.

Eu o escuto dizer:

— Blix, não faço ideia do que está falando. Quer um pouco mais de lascas de gelo?

Não quero.

— Amor – digo para ele. – É disso que estou falando.

Ah! A lua está aqui outra vez. E o mar. Nosso sangue e o mar têm o mesmo pH.

Noah sabe disso? Aposto que Patrick sabe.

Lola foi embora de novo. Ela diz que não vai demorar.

Ele sabe tão pouco, o coitado e belo Noah. Quer que eu tenha profissionais aqui, em vez de meus amigos. Não quer saber da morte. Como ela pode ser parte de uma vida bem vivida. Ele se senta em minha cama ao lado de Patrick e toca violão, o cabelo caindo sobre seu belo rosto, mas não ouço tanto a música quanto a sinto. É como se meus ossos estivessem fazendo o som. *Plim, plim, plim.*

Eu me ouço dizer:

Aprendiz de Casamenteira

— Sabujo.
E Noah ri e diz:
— Sabujo?
Então sei que devo ter falado em voz alta. Engraçado como alguns sons existem, mas não chegam aos nossos ouvidos.
Adoro ouvi-lo dizer aquele nome.
Lagostas, penso.
— Sim, eu me lembro. Sabujo trouxe lagostas para todos nós daquela vez em que estive aqui.
Ele canta isso no ritmo de alguma coisa que quase me lembro o que é.
Patrick diz que Sabujo era um bom homem. Ele quer saber se consigo ver Sabujo agora, e Noah diz que a morte não funciona assim.
A luz me circunda e estou do lado de fora da antiga escola de ensino básico na minha cidade natal, e uma menina chamada Barbara Anne me oferece um chocolate; sorrio para ela e estendo a mão para aceitar, e meu braço bate em alguma coisa. Uma pessoa. Sabujo? Não, Patrick.
— Estou aqui — diz ele.
Sólido, quente. Estou caminhando pelo desfiladeiro, olhando para as estrelas. Talvez eu seja uma estrela. Achava que nos transformávamos em estrela ao morrer. De poeira de estrelas para poeira de estrelas, alguém me disse.
Quando contei isso ao Sabujo, ele disse:
— Não. Estrelas, não. Eu quero virar uma batata frita.
Os olhos dele enchem minha cabeça. Seus olhos risonhos. *Você está vindo, meu amor? Eu tenho que continuar esperando você?*
Tudo é amor. Apenas amor.
Não tenha medo. Não se apegue. É como ioga, aquelas posturas mais difíceis: se você resistir, dói.
Não dói simplesmente abrir mão. É Sabujo falando agora em minha mente.

Não consigo pensar em como. O que você solta, o que faz com que o "abrir a mão" aconteça? A escuridão me cobre, mas ainda não consigo abrir mão. Tem mais alguma coisa que preciso fazer.

– O que eu faço... depois? – Noah diz.

Você chama o IML, cabeça de bagre. Esse cara realmente não sabe de nada, né? Sabujo outra vez. *O que ele acha que se deve fazer?*

Patrick diz que sabe o que fazer.

– Eu chamei minha mãe – Noah diz, perto do meu ouvido.

Quanto tempo se passou? A voz dele está próxima demais, me faz cócegas.

– Ela disse que tenho que chamar o médico para você. Ela insiste nisso. Você precisa de cuidados médicos, e rápido.

Não. Não. NÃO.

Patrick, diga a ele.

Patrick diz não.

Ai, Deus. Vai ser esse o meu último pensamento? Meu último pensamento nesta terra será NÃO? Quero pensar em algo pacífico, não como Wendy está me dirigindo da Virgínia, como minha família pensa que minha morte deveria ocorrer. Por que eles não podem me deixar morrer como eu quero morrer? Preciso ir AGORA. Como faço para morrer?

Patrick e Noah estão discutindo. Noah diz que talvez haja mais alguma coisa que eles possam fazer. Para ganhar mais tempo. Não consigo ouvir o que Patrick diz, mas ouço seu tom de voz: baixo, amoroso, gentil.

Patrick sabe que não quero mais tempo. Não, a menos que possa ter eras.

Marnie. É isso, é no que vou pensar. Eu a embrulho em amor e luz. Envio a ela uma mensagem: *Amor é a única coisa que importa.* Quero impedir os homens de falar; quero contar a Patrick sobre ela, mas algo me diz para não fazer isso, que Noah ouviria. Que coisa engraçada é o amor, e esses dois homens sentados aqui, um o passado e o outro, o possível futuro.

Havia tanta coisa que eu ainda queria fazer.

Aprendiz de Casamenteira

E então estou no teto, lá no alto, olhando para mim mesma lá embaixo, um corpinho perfeito e destroçado lá na cama, belo e estranho. Aquele corpo meu, tão útil e corajoso, embrulhado agora num vestido branco. O vestido que escolhi e fiz Noah me ajudar a colocar. Patrick também está na cama, olhando para mim. Sinto quando ele nota que não estou mais lá. Ele estende a mão e toca a minha, curva meus dedos em sua mão grande, a mão que foi queimada.

Obrigada, digo. *E agora está na hora. Tanta coisa deixada por fazer. Tanto que eu ainda quero sentir e saber.*

Mas já abri mão.

dezoito

MARNIE

Acordo no meio da noite, sentada na cama, assustada, notando que meu coração dói.

O ar parece cortante no quarto, como se houvesse um cheiro desconhecido. Como se uma vela tivesse se apagado em algum lugar. Quero acordar Jeremy, só pela companhia. É muito gostoso virar durante a noite e encontrar alguém do meu lado na cama de novo.

Entretanto, não o acordo. Fico ali, ansiando por algo que não consigo definir bem.

O que me acordou?

Felicidade. A felicidade me acordou, mas tem outra coisa. Algo sobre a vida parecer tão frágil. Algo sobre o amor ser a única coisa que importa.

Vou até a janela e olho para o breu da noite lá fora. Passa uma estrela cadente e assisto, insegura, pensando se é, na verdade, o rastro de um avião. Mas não, é uma estrela. Apagando-se, provavelmente de milhões de anos atrás. Não é o que dizem? Que, quando olhamos para as estrelas, estamos vendo o passado?

dezenove

MARNIE

O envelope é da firma de advocacia de Brockman, Wyatt and Sanford, e, quando chega na casa de meus pais, parece ter passado pelo pior que o sistema postal tem a oferecer.

Eu o apanho pelo cantinho, meio rasgado e manchado, e o levo para dentro com o resto da correspondência. Faz um milhão de graus lá fora, e estou empolgada porque esta noite Jeremy e eu vamos conversar sobre tirar férias juntos, só nós dois. Ele diz que deveríamos alugar um conversível vermelho e subir o litoral pela Geórgia, indo por Savannah e chegando a Charleston.

E... bem, há alguns indícios de que Jeremy possa me pedir em casamento. É o que Natalie acha, e só falar sobre isso a deixa tão feliz que eu concordo, apesar de ter dito a ela que parece loucura, e de alguma forma até meio vulgar, ter *dois* pedidos de casamento em um ano, de dois homens diferentes.

Ela disse:

— Não é vulgar se isso quer dizer colocar sua vida no rumo certo. E, de qualquer maneira, é uma ótima história que você pode contar aos netos quando estiver comemorando com Jeremy suas bodas de ouro. O ano em que se casou com dois homens. Acho que será uma história maravilhosa.

Entro na cozinha rasgando o envelope e seguro a carta numa das mãos enquanto abro a geladeira para pegar a jarra de chá gelado e depois um copo no armário. Os pássaros estão cantando numa balbúrdia junto do comedouro — provavelmente reclamando do calor —, e paro para observá-los enquanto beberico meu chá.

Quando olho para baixo, o nome de Blix salta a meus olhos.

"Querida senhorita MacGraw... Estou lhe escrevendo porque nossa firma de advocacia representa o espólio de Blix Marlene Holliday..."

Espólio?

Blix morreu?

Ai, meu Deus! Blix morreu.

Afundo numa das cadeiras da cozinha de minha mãe. Coloco a carta na mesa e fecho os olhos por um instante, lembrando-me da noite do casamento, quando ela disse que estava no fim da vida, e eu não a fiz confessar o que ela queria dizer com isso. Tanto tempo atrás.

Sempre tenho a intenção de entrar em contato com ela – honestamente, tinha mesmo – para contar sobre o Jeremy e que estou morando em Jacksonville agora e que vou ficar bem, e para lhe agradecer por todos os desejos de uma vida grandiosa e tudo aquilo... mas, bem, tenho sido terrível. Tanta coisa me aconteceu em tão pouco tempo, e eu não a mantive a par de nada disso. Mas, na verdade, por que deveria? Ela era tia-avó de Noah, e, sim, ela foi bondosa comigo, mas ela pertencia *a ele*. E mesmo enquanto digo isso para mim mesma, sei que é apenas uma desculpa que estou dando, porque me sinto muito culpada. Toda essa nova vida na Flórida: será que ela, de algum jeito, sabia que seria aqui que eu terminaria? E, droga, nunca nem soube que ela estava doente.

E agora ela está morta.

Merda.

Apanho a carta outra vez e passo os olhos rapidamente por ela.

"Nossa cliente, Blix Holliday, recém-falecida, nomeou a senhorita em seu testamento como proprietária de um bem pertencente a ela, uma casa em Berkeley Place, no Brooklyn, em Nova York..."

Solto a carta.

É claro que é um engano. Tem que ser. Com certeza Blix deixou a casa para Noah, e a agência do correio a enviou para mim porque ele está em algum lugar esquecido da África, sem nenhum endereço para correspondência... ou talvez ela tenha deixado para nós

Aprendiz de Casamenteira

dois, durante os vinte minutos, mais ou menos, que fomos marido e mulher, e nunca tenha se dado ao trabalho de alterar o testamento e tirar meu nome de lá.

Mas não. Pego a carta e leio um pouco mais. Sou a única proprietária da casa, segundo o sr. Sanford.

Eu, a srta. Marnie MacGraw.

O sr. Sanford insiste para que eu vá ao Brooklyn assim que possível. Imediatamente seria bom, já que há decisões que precisam ser tomadas por mim.

Decisões.

Ele termina a carta com: "Sei que isso deve ser uma surpresa para a senhorita, srta. MacGraw, exatamente o que minha cliente desejava. Ela falou comigo muitas vezes sobre sua grande esperança de que fosse morar no Brooklyn e cuidar da casa. Mais recentemente, logo antes de morrer, ela instou comigo para que insistisse sobre a urgência de vir ao Brooklyn de imediato para rever os termos do testamento e participar das decisões pendentes que devem ser tomadas. E pediu que eu lhe assegurasse de que suas despesas serão totalmente pagas. Ela deseja que você fique na casa enquanto estiver aqui tomando providências. Também devo lhe dizer que existem inquilinos morando na casa, e eles estão ansiosos para conhecê-la. E, se conhecia Blix, que foi uma querida amiga minha, também sabe que ela gostava de fazer as coisas a seu modo, e ter seus desejos respeitados. Sinceramente, Charles F. Sanford, Exmo."

Minha nossa. Coloquei a carta na mesa e esfreguei a cabeça. Blix está me convocando. Daquela vez, ela me convidou e eu recusei – agora ela *insiste* para que eu vá, agora que já é tarde demais. Tarde demais para vê-la, digo.

Mas por quê? O que ela quer comigo?

Quase posso ouvir a voz dela: *Esta é sua aventura. Pegue-a.*

Será isso? Uma aventura, bem quando não preciso de uma? Olho pela janela. Uma libélula dança além do vidro.

Naquela noite, entrego a carta para Jeremy, que a lê até o final e então recomeça e lê outra vez. Ele está prestes a embarcar numa terceira leitura quando tiro a carta de suas mãos. Seu rosto está com uma expressão tão desaprovadora que sinto que deveria guardar Blix de volta na segurança de minha bolsa, aninhada entre meus óculos escuros e a bolsinha que contém meus materiais de arte.

– Suponho então que você esteja planejando ir ao Brooklyn para isso – diz ele, na voz mais sem inflexão que já foi usada.

É claro. Ele é uma pessoa pragmática, e isso não faz sentido para qualquer um que não tenha conhecido Blix.

– Bem... sim. Fiz uma reserva para sexta-feira.

– Sexta-feira!

Ele suspira. Sei o que ele está pensando: aqui estamos nós, em nosso restaurante preferido, numa noite em que deveríamos estar conversando sobre conversíveis, praias e ilhas – e agora temos que lidar com *isto*. Decisões que não têm nada a ver com a gente. Uma casa sobre a qual também nunca pensamos. E uma viagem. Inquilinos. Brooklyn. Nova York, porra. Quem liga para isso? E... o pior de tudo para ele, imagino, é o fato de que a tia-avó de meu ex-marido, um homem cujo nome eu aparentemente nem tenho permissão de falar na frente de Jeremy, de algum jeito voltou à minha vida, ainda que de forma indireta. Para ele, deve parecer que o próprio Noah acaba de lançar uma granada de mão em nosso relacionamento.

– Mas como a gente sabe se isso não é um golpe? – diz ele. – Talvez existam problemas legais. Complicações. Quero dizer, no que está se enfiando, de verdade? Você nem *conhecia* ela.

Remexo meu copo de chá gelado.

– Não é um golpe. E eu a conhecia, sim.

– Ela nem tinha seu novo endereço – aponta ele. – Como vocês poderiam ser próximas?

– Isso é mais culpa minha do que dela. Eu não mantive o contato. Não sabia que ela estava ativamente morrendo, senão teria mantido. Ela me deixou essa propriedade como algo bom. Um gesto bacana. Não é uma punição.

Aprendiz de Casamenteira

Ele está sorrindo.

— Certo. Talvez não esteja vendo algo, mas ainda não sei por que ela não deixaria essa casa para a família dela. Não é o que as pessoas fazem? Sem ofensa, mas por que deixar isso para a ex-esposa do sobrinho-neto?

— Bem, eu acho... acho que ela gostava de mim.

Dou de ombros.

Ele come mais de seu hambúrguer e depois afasta o prato.

— Além disso, estávamos planejando uma viagem tão divertida! Pensei que *quisesse* subir o litoral de carro comigo.

— Eu quero – digo. – E faremos isso quando eu voltar. Porém, antes tenho que ir ao Brooklyn e ver isso do prédio.

Pego duas das batatas fritas dele.

Na cabine em frente à nossa, um homem e uma mulher estão em seu primeiro encontro e, sem nem prestar atenção ao que estão dizendo, quase sinto a necessidade de ir até lá e dizer a eles que são perfeitos juntos. O ar ao redor da mesa deles cintila de leve. Fico espantada ao me dar conta de que essa é a primeira vez em muito tempo que notei alguém se apaixonando, que vi faíscas.

— Você não vai querer *morar* no Brooklyn, né? Porque eu não me vejo como morador da cidade grande, e achei que você também não quisesse isso.

Ele dá uma risada seca.

— Jeremy, não seja ridículo! Ninguém está falando de *se mudar* para o Brooklyn. Eu vou dar uma olhada na casa, mais provavelmente colocá-la para vender e voltar. Sabe... – Eu me debruço adiante e abaixo a voz. – Isso pode ser ótimo para mim. Eu poderia vender a casa, pegar um dinheirinho, e isso me daria um recomeço aqui. Um dinheirinho para uma casa aqui. Sabe?

— Certo – diz ele. Seu rosto se suaviza um pouco, voltando a seu estado não paranoico. – Bom, então... – Ele engole em seco. – Seguindo essa linha. Andei pensando nisso e não preparei um discurso nem nada. Mas...

Ele estende a mão e pega a minha do outro lado da mesa, quase derrubando o vidro de catchup.

— Mas, bem, quando você voltar e tudo o mais, o que acha de ficarmos noivos? Eu sei que é muito cedo e tudo...

O rosto dele está tão cheio de medo e receio que faz meu coração parar.

— Ah, Jeremy! Sério? Você está falando *sério mesmo*?

Ele empalidece, como se eu tivesse recusado.

— Bom, sei lá, é que pareceu que tudo está indo na direção certa, e pensei que talvez...

Mas aí ele tem que parar de falar porque estou indo para o lado dele da cabine e, quando chego lá, coloco minha boca na dele com firmeza. Ele tem sabor de sal, batatas fritas e hambúrguer. Quando enfim o solto, meu coração está martelando, e o rosto dele brilha e ele me dá um sorriso tão enorme, que vejo minha vida resolvida exatamente como esperava, desdobrando-se gloriosamente diante de mim. Vamos trabalhar juntos todo dia no consultório dele, e vamos voltar juntos nas noites de semana para nossa própria casa, tirar os sapatos, colocar uma música, sorrir enquanto preparamos o jantar juntos, e nos fins de semana vamos pedalar e comer *brunch* com a minha família, e eu vou cuidar da mãe dele, e ele vai tomar cerveja com meu pai e Brian, e, uau, é uma vida segura e já com tudo incluso, e tudo o que preciso fazer é dizer sim.

Então, digo.

— Sim.

Ele está rindo enquanto mantenho meus braços ao redor de seu pescoço, beijando-o dos dois lados do rosto.

— Puta merda — diz ele.

Jeremy beija meu nariz e meus cílios. E por fim eu sossego e volto para meu lado da cabine, e ele enxuga a testa, sorrindo para mim, e diz:

— Não esperava esse tipo de reação. Uau!

Depois de sentarmos e sorrirmos um para o outro por um tempo, desfrutando essa nova decisão, ele diz:

Aprendiz de Casamenteira

– Então você vai para o Brooklyn e, quando voltar, o que me diz de contarmos para nossas famílias que vamos nos casar e aí procuramos uma casa? E vamos morar juntos? Fazer o famoso test-drive?

– Claro! Sim! O famoso test-drive!

Pelo visto, não consigo me conter.

– Então... estamos noivos? Estamos noivos. É isso o que isso tudo significa?

– Acho que significa que estamos noivos, sim – digo. – É assim que acontece.

– Uau – diz ele. – Quem diria que era fácil assim?

É muito, muito fácil quando é o certo. Fico sentada ali, segurando a mão dele, e a única coisa de que tenho certeza é que tudo vai dar certo.

vinte

MARNIE

Minha família não ficou muito contente em ouvir sobre meu recém-descoberto edifício no Brooklyn, nem sobre minha viagem para lá. Estão tão chateados que nem contei a eles a parte que os deixaria felizes: que Jeremy e eu estamos noivos agora.

Em vez disso, apenas escuto enquanto dizem que não sei nada sobre o mercado de imóveis, que nunca sequer visitei o Brooklyn, que essa herança vem de uma mulher que, na melhor das hipóteses, mostrou-se uma possível excêntrica (isso veio de Natalie, que viu a fusão mental de Blix enquanto esperávamos Noah chegar para o casamento) e, na pior, uma intrometida psicopata que está tentando envolver gente inocente em seus negócios imobiliários suspeitos (isso veio de meu pai, que disse saber como o mundo funciona).

Mas me mantive firme com eles e aqui estou, três dias depois, aterrissando no Aeroporto Internacional JFK, esperando o traslado que vai me levar até o metrô, depois tentando usar um aplicativo no celular para descobrir qual linha me levará até Park Slope, no Brooklyn. Pelo visto, devo encontrar a Grand Army Plaza. E encontro. Consigo me virar na cidade, quando preciso. Estive em San Francisco várias vezes, muito obrigada, e posso *com certeza* encontrar meu rumo numa cidade que tenha um mapa. E nenhuma colina muito íngreme.

Minha mãe fica me mandando mensagens de texto:
Você já pousou?
Está em segurança?

Aprendiz de Casamenteira

NÃO USE O METRÔ!!!! Minha amiga Helen Brown diz que é MUITO perigoso.

Infelizmente, o traslado nunca chega e uma mulher num casaco marrom equilibrando uma criança de colo e um bebê me diz que não devo pegar o metrô desde o aeroporto mesmo – "Você vai ficar aqui *uma eternidade*, confie em mim; deveria esperar na fila do táxi, em vez disso!" – então é para lá que vou, e, de fato, todos os nova-iorquinos ali pareciam também estar se dirigindo para o Brooklyn. Liderados por um homem numa touca preta que talvez faça parte de uma trupe de comediantes e que faz piadas pelo canto da boca numa voz rouca, estão todos se divertindo, reclamando do serviço lento, do fato de que está começando a chover, e também discutindo se os Mets vão ou não vão ganhar a World Series. Uma mulher com uma mecha azul no cabelo entra na fila atrás de mim, chocando-se contra meu braço ao equilibrar a mala, e me lança um breve sorriso de desculpas.

E neste momento minha mãe envia uma mensagem de texto aos berros, toda em maiúsculas: *AI, MEU DEUS! ASSISTINDO AO JORNAL. ALGUÉM FOI ESFAQUEADO NUMA BOATE ONTEM À NOITE EM NYC. NÃO VÁ PARA NENHUMA BOATE!!!!!!*

Desligo meu celular rapidamente e o coloco de volta no bolso do casaco. E então faço aquela coisa que faço de vez em quando, me concentrando – a coisa que faz os faróis ficarem verdes e os táxis aparecerem, e de repente já é a minha vez para pegar o táxi.

Funciona em todo lugar.

O Brooklyn, exatamente como San Francisco, é tão superlotado que o táxi é forçado a serpentear pelo tráfego, centímetro por centímetro. O motorista está quase em coma de tão indiferente e, por fim, depois de ele ter que pisar no freio para três bicicletas, além de contornar outro carro que de repente apenas estaciona no meio da rua estreita demais, ele me deixa no endereço que lhe dei e me diz que lhe devo oitenta e sete dólares. Ele parece bem sério a esse respeito. O que é tão ridículo que não consigo pensar em nenhuma opção além de pagar. Ele agradece, me ajuda com minha mala e vai embora. Por um momento, fico ali, atordoada na calçada, olhando ao meu redor.

Supostamente, estou na firma de advocacia Brockman, Wyatt and Sanford, mas as únicas placas visíveis são da City Nails (manicures e pedicures estão a vinte e cinco dólares, um preço bom) e Brooklyn Burger (agora com pães sem glúten). A rua toda cheira a hambúrguer fritando, com uma pilha de lixo apodrecendo perto da calçada e o perfume forte de uma mulher de cara enfurecida que caminha a passos rápidos direto em minha direção, sem nem se incomodar em dizer *com licença*.

Aprumo os ombros e entro num corredorzinho desbotado. A placa de diretório está sem nenhum A, mas, ao que parece, devo ir para o quarto andar para ver BROCKMN, WYTT, AND SNFORD. Quando a porta do elevador se abre com um rangido, há uma recepcionista de cabelo magenta num vestido preto que aperta uma campainha para me deixar entrar, parecendo bem aborrecida. Uma plaquinha na frente dela diz que seu nome é LaRue Bennett.

Dou a ela meu melhor sorriso da Flórida.

– Olá! Meu nome é Marnie MacGraw, e estou...

– Como é?

Ela me estuda. Vejo que tem uma tatuagem de rosa no punho. Começo outra vez.

– Meu nome é Marnie MacGraw e estou aqui para pegar as chaves do apartamento de Blix Holliday, ou da casa, ou enfim...

– Blix Holliday? Tem algum documento?

– Ah. Claro.

Coloco minha mala no chão e abro a bolsa, que está cheia com minha passagem, a embalagem de chicletes, minha escova de cabelo e... bem, tudo, exceto minha carteira, que parece ter desaparecido. Encarno minha mãe e logo entro em pânico – os nova-iorquinos perversos já roubaram minha carteira! –, mas aí, depois de esvaziar

Aprendiz de Casamenteira

tudo no balcão com LaRue Bennett observando, lembro de ter colocado a carteira de volta no bolso quando saí do táxi. O suor está começando a escorrer entre meus seios quando tiro minha identidade e a entrego para ela, que dá um suspiro. Possivelmente estava torcendo para que minha carteira tivesse sumido para sempre.

Ela dá uma olhada e a empurra de volta para mim.

– Certo, bem. Charles não está aqui. Ele já saiu para o fim de semana. Volta na segunda-feira.

– Ah – digo. – Ah.

Passo meu peso para o outro pé.

– Bem, ãh, acabo de chegar da Flórida. Ele disse que eu devia vir para cá assim que possível. Pelo jeito, eu herdei a casa de Blix Holliday, e acho que devo tomar providências.

– Mas ele está fora.

– Você pode entrar em contato com ele? Quer dizer, estava torcendo para que talvez pudesse ao menos pegar a chave da casa. Acho que era para eu ficar lá.

O rosto dela está impassível.

– Existem algumas estipulações no testamento que ele precisa discutir com você antes.

– Estipulações?

Ah, sim. Aparentemente, Blix não fez um blá-blá-blá direto... ela fez as coisas ao jeito dela... blá-blá-blá... só na segunda-feira...

Posso ver a boca de LaRue Bennett se mexendo, mas meu cérebro de repente virou estática. Há! Será que eu achei mesmo, de verdade, que tinha conseguido escapar da minha sorte de sempre, e que tinha mesmo *herdado* um prédio em Brooklyn, Nova York? *É claro* que há estipulações! Sou a maior idiota que já existiu, caindo nesse tipo de coisa sem parar, a vida toda. Pensando que Noah ia se casar mesmo comigo! Pensando que era minha vez de ser Maria na apresentação de Natal! Pensando até que Brad Whitaker me levaria ao baile de formatura!

E é óbvio que as *estipulações* acabarão sendo que Blix não deixou a casa para mim, no final das contas, o que, para mim, agora que penso a respeito, não tem absolutamente nenhum problema. Só queria saber disso antes de pagar a passagem de avião e a viagem de táxi de quase noventa dólares, mais gorjeta, para chegar a um lugar que cheira a lixo e hambúrguer. É provável que ela pretendesse deixar a casa para Noah de qualquer forma, mas ele estava casado comigo quando ela escreveu o testamento, então meu nome foi colocado ali por acidente. Isso devia acontecer o tempo todo.

— O que devo fazer agora? — digo, olhando para a sala ao meu redor e começando a entrar levemente, bem pouquinho, em pânico. Talvez eu devesse deixar para lá esse negócio todo e apenas voltar para o aeroporto e pegar um voo de volta para a Flórida. Voltar para aquele restaurante, pedir outro milk-shake e outra batata frita, e fingir que isso nunca aconteceu. Mais tarde, ainda neste ano, vou me casar com Jeremy e ter um bebê.

LaRue suspira.

— Vou tentar entrar em contato com Charles e ver o que ele pode fazer por você. Vá se sentar.

As cadeiras têm uma cara boa mesmo. Cadeiras acolchoadas com uma mesa ao estilo rainha Anne entre elas. Revistas de arquitetura. Pinturas botânicas na parede. Vou até a cadeira mais próxima e desabo nela enquanto LaRue desaparece no santuário interno.

Meu telefone apita.

Espero que não esteja já se transformando numa hipster do Brooklyn. HUE Jeremy.

É. Minha roupa ficou toda negra no minuto em que entrei no Brooklyn.

Depois do que parece uma eternidade, LaRue volta com a notícia de que conseguiu falar com Charles e ele a autorizou a me entregar a chave.

— Também há uma carta, mas ele diz que quer estar com você para a leitura. Ele vai vê-la segunda-feira de manhã e repassar os detalhes. Pode estar aqui às dez da manhã?

— Tá bem.

Eu me levanto e pego o envelope pardo que ela oferece com um tilintar de chaves dentro. Lá fora, ouço sirenes se aproximando cada

Aprendiz de Casamenteira

vez mais e o berro de buzinas, o guincho de freadas. Ruídos quentes e deteriorados da cidade.

Eu queria estar em casa, boiando na piscina da minha irmã, ouvindo o zumbido dos cortadores de grama.

vinte e um

MARNIE

— É aqui — diz o taxista que está me levando ao prédio de Blix. Ficamos presos no tráfego incessante numa avenida imensa e lotada por um bom tempo, passando por tudo, desde butiques ridiculamente caras até lojas de comidas naturais gigantescas, pequenos restaurantes e cafés com placas escritas à mão nas vitrines anunciando chá *matcha* e vitaminas com couve. Porém, depois de algum tempo, ele entra numa rua lateral arborizada e se aproxima da calçada para me deixar descer. Estou em frente a uma série de casas altas de tijolinho, todas amontoadas umas nas outras e pairando perto da rua, com escadarias amplas levando até o patamar de entrada.

Então é aqui que Blix morava. Respiro fundo e olho para o endereço, escrito numa folha de papel que LaRue Bennett me deu. O prédio de Blix parece um pouco desgastado, francamente, com sinos de ventos meio enferrujados pendurados no pico da cumeeira, acima da porta, e algumas flâmulas de orações tibetanas esfarrapadas pendendo do parapeito.

Na porta ao lado, que é mais próxima do que se imaginaria, uma mulher mais velha está sentada nos degraus da entrada, tomando uma lata de Coca e me observando.

— Está perdida? — pergunta ela para mim.

— Na verdade, não. Quer dizer, acho que não! Acho que este é o lugar que estava procurando.

Ela se levanta. Deve estar nos seus sessenta ou setenta anos, mas está usando calças de ioga e uma blusa de moletom que diz TIBETE LIVRE e tênis vermelhos, e seu cabelo grisalho encontra-se ajeitado em cachos em torno do rosto como se fosse a avozinha meiga de alguém.

— Seu nome é Marnie, por acaso?

— É!

— Ah, pelo amor de Deus. Marnie MacGraw! Estava à sua espera. Meu nome é Lola! Lola Dunleavy!

Ela corre pelos degraus de cimento até mim e estende os braços para me abraçar.

— Lola. Sim — digo, lembrando vagamente de Blix falar sobre sua amiga que morava na casa ao lado.

— Você é exatamente como eu imaginava! — diz ela.

Seus olhos, em seu ninho de rugas, são brilhantes. Ela agarra minha mão e parece prestes a cair no choro.

— Você deve estar cansada, pois acabou de sair do avião, e eu devia parar de falar e deixar você entrar, mas, ah, meu bem! Foi tão triste a morte dela, ainda não consegui superar. Embora tenha que dizer que ela partiu como queria. Se tem que ir, e era evidente que estava na hora, ninguém fez isso com mais estilo do que Blix Holliday. — Ela faz silêncio por um instante, fecha os olhos brevemente e depois abaixa a voz, aproximando-se. — Então você sabe tudo o que está rolando? Digo, fez *um reconhecimento da área*?

Quando ela diz *reconhecimento da área*, suas sobrancelhas se erguem num pico.

— Acho que sim. Quer dizer, peguei as chaves.

Arrasto meus olhos para longe dela e enfio a mão no bolso do casaco.

— Do escritório do advogado? Ah, bom. Eu teria entregado as chaves para você pessoalmente, mas acho que estamos fazendo as coisas do modo oficial agora. Apesar de que... — ela dá uma olhadela para a casa, gesticulando como se ela pudesse nos ouvir —, não sei o que, exatamente, está acontecendo. Quero dizer, neste momento.

— Entendo — concordo. Parece que ninguém sabe.

— Então talvez eu devesse deixar você sozinha, para poder entrar e descobrir as coisas? Ou quer companhia?

— Bem... Acho que eu vou... abrir a porta... talvez... e entrar?

— Certo! – diz ela, animada. – E daí, se precisar de qualquer coisa mais tarde, pode sempre me chamar. Posso ajudá-la a iluminar as coisas se...

— Claro.

Ela me acompanha degraus acima.

— Blix nunca gostou de usar a fechadura mais nova – diz ela. – Ela não gostava de nenhuma fechadura, na verdade. Sempre vinha para cá e encontrava tudo aberto. Uma vez o cara do correio passou... acho que era o correio... e abriu a porta e chamou o nome dela, e ela respondeu: "Tudo bem! Pode entrar! Estou na banheira!". Essa era a nossa Blix.

A porta não se abre quando viro a chave. Olho para o molho de chaves que tenho na mão e começo a testar outras. Algumas nem entram, outras entram, mas ficam travadas no lugar. Há um ruído vindo lá de dentro, passos vindo na direção da porta.

— Ah, minha nossa – diz Lola, baixinho. – Então ele está aqui mesmo. Agora provavelmente o perturbamos.

— Ele?

— Você não sabe, né? – Ela se debruça mais para perto de mim e coloca a mão em concha sobre a boca. – O *Noah* está aqui.

— Noah?

Nesse instante a porta se abre de súbito e macacos me mordam se Noah não está de pé na minha frente, olhando de mim para Lola com uma expressão de choque, embora seja difícil adivinhar quem está mais chocado, eu ou ele. Sinto os joelhos tremerem, só um pouquinho.

— Marnie? *Mas que diabos* está fazendo aqui, mulher?

Ele está sorrindo, os olhos espremidos até virarem fendas estreitas.

Não consigo encontrar palavras, então apenas o encaro como se ele fosse uma miragem. Está de calça jeans e um moletom preto, segurando uma garrafa de cerveja e um violão, é claro.

Isso vai estragar tudo, tudo. Toda a minha recuperação, tudo.

Aprendiz de Casamenteira

— Poderia te perguntar a mesma coisa — consigo dizer. — O que *você* está fazendo aqui? Não deveria estar na África?

É quando Lola, que no final não é o ser humano mais corajoso do planeta, toca em meu braço e diz baixinho que talvez esteja com algo fervendo no fogão e que estará disponível mais tarde, caso eu precise dela. Ouço-a dizer *ai minha nossa, ai minha nossa* enquanto se dirige para sua casa.

E então torno a olhar para Noah, que sorri para mim como o gato que está prestes a pegar o passarinho.

— É tão bom te ver! — diz ele. — No entanto, temo que, se você veio para ver minha tia Blix, chegou tarde demais. Mas talvez já saiba disso.

— Sei, sim — digo com suavidade, colocando a mala no chão. — Fiquei muito triste em ouvir isso.

Ele tagarela sem parar. Blá-blá-blá. Quer saber por que estou aqui e não em Burlingame, e digo a ele que estou morando em Jacksonville de novo há algum tempo já. (O que ele saberia se se desse ao trabalho de olhar meu *feed* do Facebook. Quero dizer: quem não faz isso com uma ex? Eu saberia de tudo a respeito dele se ele se incomodasse em postar alguma coisa. A última vez que postou foi para dizer que o sol da África era quente. E isso foi logo depois de partir para lá.)

E assim ele continua, sem parar, e eu francamente estou passando por uma experiência extracorpórea. Como é que ontem ainda estava em segurança e apaixonada, e ficando noiva *outra vez*, e agora estou de pé numa escadinha no Brooklyn, olhando para a cara do Noah? Noah, de quem agora percebo que senti saudades — e ainda sinto — com um desespero além de toda a razão. O que é algo horrível de se perceber.

Enquanto isso, ele ainda está falando e agora, pelo jeito como me encara, é evidente que me fez uma pergunta e espera a resposta. Reviso os últimos segundos da fita em minha mente e me dou conta de que ele quer saber por que estou morando em Jacksonville.

— Motivos complicados envolvendo certas obrigações financeiras de um apartamento caríssimo, creio eu — digo.

— Mas você tinha três meses! Eu paguei minha parte do aluguel por três meses.

— Sim, mas, como talvez esteja ciente, esses meses se passaram. — Estou sorrindo.

— Sim, e daí era para você arranjar alguém com quem dividir o apartamento.

— Bem, não arranjei. Quer mesmo ficar aqui na porta e discutir a problemática situação dos colegas de apartamento no norte da Califórnia, ou posso entrar?

— Claro, claro! — diz ele, colocando-se de lado e se achatando contra a parede para eu poder passar por ele.

Quando roço contra Noah, várias de minhas células mais alertas reparam que ele é algo que todas já gostaram. Elas, conveniente e traidoramente, se esqueceram de que não somos mais Time Noah. Somos do Time Jeremy.

— Você trouxe uma mala, então acho que isso significa que... que está planejando *ficar*? Eu vou poder desfrutar a sua companhia por mais do que uma tarde?

— Por alguns dias.

— Isso é maravilhoso — diz ele. — Se soubesse que estava vindo...

— Bom, não podia exatamente te avisar, já que nem sabia que estava aqui!

— Não, não. Não estou dizendo que deveria ter avisado. É que é uma surpresa, só isso. Uma surpresa muito boa, incrível, maravilhosa. Aqui, entre por aquela porta — diz ele, indicando com a cabeça. — Blix tem o primeiro e o segundo andares.

Sinto como se estivesse com jet lag, embora tecnicamente ainda esteja no mesmo fuso horário. Talvez tenha entrado em algum tipo de distorção temporal estranha. Conforme entramos na sala de estar de Blix, fico atordoada com os pisos de parquê de carvalho, as paredes de tijolo à vista, a luz vinda das janelas panorâmicas, a

Aprendiz de Casamenteira

arte em todo lugar. É lindo, de um jeito decadente, vibrante, a cara da Blix. Comento a respeito, e ele diz:

— Você quer um tour? Nunca visitou uma casa de tijolinhos do Brooklyn, né?

— Eu adoraria um tour.

Noah fica lançando olhadelas esquivas para mim enquanto mostra o apartamento dela — a sala de estar e os dois quartos ficam no primeiro andar, e a grande cozinha com sala de jantar no segundo, com um escritório, um corredor e uma escadaria que leva ao terraço. Aquele corredor, ele me diz, também dá para outro apartamento de dois quartos. Uma mulher mora lá com o filho dela, diz ele. Ela é bem atraente. Cabelo cacheado incrível, um belo corpo. (Ele sempre tem que comentar sobre o corpo das mulheres, porque, diz ele, é disso que se trata a vida: notar a beleza ao redor.)

— Também tem um cara no porão — diz ele. — Meio que recluso. Algo errado com as mãos e o rosto dele. Blix colecionava personagens, sabe. — Ele inclina a cabeça fazendo charme. — Talvez, agora que penso nisso, você até seja um deles.

Será?

— Tem tanta luz aqui — digo. A cozinha é espantosa, com duas janelas imensas dando para o Brooklyn todo: prédios, jardins nos terraços, condomínios em construção a quarteirões daqui. Lá fora, ouço sirenes, ruídos de impacto, vozes, buzinas de carro.

— E aí, quer subir no terraço? — diz ele. — Podíamos pegar uma cerveja ou algo assim, e depois você pode explicar por que está aqui para ver minha velha tia, que por acaso está morta.

— E você pode me contar por que ainda não está na sua temporada de quatro anos na África.

— Ah, bom, a África... essa é uma história muito longa e esquisita, de grandes bizarrices — diz ele, abrindo a geladeira de modelo antigo, ovalado no topo e pintado de turquesa.

Tudo nessa cozinha parece velho e desgastado, e possivelmente pintado à mão — uma mesa de madeira cheia de marcas no centro e um balcão que acompanha a parede —, algo que parece ter vindo de uma cozinha do interior da França, mais ou menos na virada do século. Do último século. Há uma pia de pedra-sabão no canto e um fogão a gás, vasinhos com ervas secas e flores e velas queimadas pela metade em pires por todas as superfícies – e as paredes estão pintadas de uma cor próxima do vermelho, maravilhosa, com frisos brancos em torno de janelas e armários. O piso é gasto e arranhado em alguns pontos. Há louças empilhadas na pia e copos de café pela metade na mesa.

– Eu tenho tempo de sobra para ouvir, e, quanto mais bizarro, melhor – digo para ele.

Ele me entrega uma cerveja com um rótulo desconhecido do Brooklyn e aponta o caminho para o corredor e uma escadaria íngreme. Empurra a porta no topo até abrir e, de súbito, estamos num terraço inacreditável, com vasos cheios de gramíneas de um lado, cercando um braseiro e uma mesinha baixa. Há uma churrasqueira a gás mais para o canto e vários sofás estofados de vime, um par de espreguiçadeiras e um cesto de basquete portátil. Tenho que prender o fôlego. A vista do horizonte do Brooklyn é meio que espetacular. Posso ver terraços por toda a minha volta, com jardins e tanques de água. Grandes janelas me olhando em resposta, inexpressivas, refletindo o sol.

– Há quanto tempo está aqui? – pergunto.

– Estou aqui há... humm... três semanas, talvez?

– Você estava aqui quando ela... quando ela morreu?

– Estava. Embora ela preferisse que disséssemos *quando ela fez sua transição*.

– Eu nem sabia que ela estava doente. Meus sentimentos.

– Obrigado. É. Eu também não sabia. Só quando vim para cá. E daí descobri que ela estava morrendo. Ela estava doente há meses, talvez até anos, sem contar nada. Mas aí, quando cheguei, ela quis que eu ficasse para acompanhar sua passagem, sabe.

Ele abre minha cerveja e depois a dele, e coloca o abridor na mesa.

– Ela era engraçada. Guardava esse tipo de coisa como um segredo, acho. Não queria compaixão. É claro que ela e eu não éramos

Aprendiz de Casamenteira

tão chegados, como você sabe. – Noah olha para o terraço em volta e balança a cabeça. – Ela sempre foi apenas minha tia Blix, doidinha, dizendo coisas tão esquisitas que era difícil prestar atenção. Mas nunca se sabe, né? O que vai acontecer com as pessoas a quem você, de alguma forma, pertence.

– Estranho que *você*, de todas as pessoas, me diga isso.

Ele ri um pouco pelo nariz.

– Certo. É justo.

Ele olha para mim por um longo momento e fico surpresa em ver como seus olhos estão tristes.

– Você tem todo o direito de estar fula comigo – diz ele. – Foi horrível o que fiz com você, e quero que saiba que eu me chutei muitas vezes.

Eu me sento num dos sofás de vime, sentindo-me tonta.

– Sério? Chutou, é?

– Bem, deixe-me esclarecer. Eu me chutei *pelo modo* como lidei com aquilo.

Então é isso. Ele não se arrepende de ter ido. Só se arrepende da maneira como aconteceu. Legal.

Ele ri de novo.

– Por favor. Não vamos falar disso. Não pode levar a nada de bom.

– E aí, o que aconteceu na África? Por que não está lá ainda? Teve que largar a África também, não foi?

Ele faz uma careta diante da minha piada.

– Sim. A África. Então.

Noah se senta no sofá em frente ao meu e começa a descolar o rótulo de sua cerveja, como sempre faz, e se lança numa história que envolve Whipple inscrevendo os dois para ensinar música a crianças como parte de uma bolsa que ele recebeu, mas aí, como diz ele, *a burocracia aconteceu*. Whipple, de modo muito típico, não preencheu toda a papelada que eles precisavam e depois de um período longo e demorado de desviar, enrolar e tentar passar por outros canais, eles enfim foram expulsos do país.

— A mesma porcaria de sempre do Whipple – diz ele, suspirando. – Divertido, mas suspeito. Por um mês, mais ou menos, nos escondemos viajando, tentando evitar a deportação. Mas era meio arriscado, e daí... bem, decidi que já bastava e... bem, achei melhor voltar para os Estados Unidos, e cheguei aqui no Brooklyn pouco antes de Blix morrer. Acho que ele ainda está fazendo mochilão por lá, tentando não ser preso.

Noah fica em silêncio, tirando algo do sapato. Em seguida, olha diretamente para mim e meu coração dá um salto não autorizado.

— Ela gostava de você, né? – diz ele. – É por isso que você tá aqui.

Olho para baixo, subitamente tímida.

— É, acho que gostava. Ela foi bacana comigo.

— Eu sei. Aquela festa horrorosa na casa da minha mãe. O jeito como ela ficou lá, conversando com você o tempo todo. Deus, minha mãe ficou tão fula por você não estar circulando! Nenhum de nós circulou muito, acho. Você sabia que isso é um dever do convidado, segundo minha mãe? Pelo visto, você não pode apenas ir e se divertir, você tem *responsabilidades*.

— Acho que ouvi alguma coisa nesse sentido.

— É, bom... foda-se! Eu saí e joguei bilhar com Whipple porque não conseguia aguentar mais ouvir minha mãe e todos os amigos falsos dela. E... não aconteceu alguma outra coisa ruim?

— Sim. A situação da torrada com molho de coalho.

Ele joga a cabeça para trás e ri.

— Ah, sim. Minha mãe disse que você não quis comer porque é esnobe.

— Não, eu não quis comer porque quem, diabos, sabe o que era aquilo! Nós não temos essas coisas na *maison* MacGraw, em Jacksonville, Flórida. Você podia ter me avisado, sabe, que haveria um teste sobre práticas culinárias britânicas. Mas *você sequer* estava por perto. Tive apenas a Blix para me defender.

— Então foi assim que tudo começou – diz ele, distraído. – Foi quando tudo se desfez. Whipple e eu estávamos jogando bilhar e ele começou a me contar sobre essa bolsa incrível e me convencer

Aprendiz de Casamenteira

a embarcar nessa com ele, e eu estava pensando na necessidade de mais uma grande aventura. Você estava conversando com minha tia Blix lá fora na neve, se me lembro direito. E tudo foi colocado em movimento.

— *Foi isso?*

— Aquele foi o momento.

— Então está me dizendo que, se não tivéssemos nos separado naquela festa, teríamos só tido nossa cerimônia de casamento normal e você teria ficado comigo? Porque, devo dizer, isso é absurdo, e você sabe.

— Bem, quem vai saber com certeza? — diz Noah. Ele olha diretamente nos meus olhos. — Tudo o que quero dizer é que eu amava você, sabe. Realmente achei que quisesse me casar.

— Até não querer mais — digo, e ele ri.

— É, até não querer mais. Foi mal.

— Devemos concluir então que, no esquema geral das coisas, eu te perdi, mas ganhei sua tia-avó?

Ele coloca as mãos atrás da cabeça e olha para o céu.

— Talvez. Ah, diabos... Tem muita coisa de que me arrependo, sabe, quando penso nela. Nossa família não foi muito boa com ela. Eu tentei compensar no final, mas nunca nos conectamos de verdade, não importava quanto eu tentasse. Ela sempre foi... bem, você sabe... doidinha. — Ele faz uma pausa. — Escuta — diz de repente. — Quer jantar? Ainda não comi nada hoje além de um sanduíche de pasta de amendoim. Conheço um lugarzinho ótimo na Nona Avenida que tem hambúrgueres incríveis e tal. Umas cervejas locais. Gente bacana. Porque, já que nós dois estamos aqui, podemos muito bem nos divertir, certo? Sem guardar mágoa por toda aquela merda que aconteceu.

Eu me dou conta de que também faz tempo que não como.

— Tá bom.

— Você não está mesmo muito brava comigo, então?

— Não muito — digo. — Acho que estou tendo uma Reação de Raiva Insuficiente, na verdade.

— É. Provavelmente deveria estar furiosa. Mas fico contente que não esteja.

Ele se levanta e espreguiça, dando-me uma vista de sua barriga chapada e a calça jeans baixa. Dói, essa familiaridade longa e profunda com ele, a *showdebolice* dele, e enfim tenho que desviar o olhar, então tomo o último gole de minha cerveja e olho para as luzes do Brooklyn em vez de para Noah.

Era para eu estar aqui. Era para eu estar aqui. Respiro fundo, enchendo os pulmões com o novo desconhecido. Devia ligar para o Jeremy. Tenho tantos sentimentos que terei que separá-los mais tarde.

— Ei, enquanto comemos — diz ele —, pode me contar tudo o que está rolando com você, e por que apareceu do nada na porta da Blix hoje.

Acho que é aí que me ocorre que ele não deve fazer ideia de que Blix deixou a casa para mim. Esse pensamento chega à minha nuca primeiro e de lá dá a volta até a frente do meu cérebro, como um inseto contornando um caminho tortuoso e estressante.

É quando a porta para o terraço se abre com um estrondo e um menino de uns dez anos, uma cabeleira loira e um par de óculos redondos pretos de plástico sobe em disparada, quicando uma bola de basquete e gingando por toda a área. Ele faz menção de saltar para a borda de um vaso enorme, mas só nota nossa presença quando está fazendo os últimos cálculos mentais e, quando isso se dá, fica tão assustado que não consegue a altura de que precisa. O vaso de cerâmica cai e se espatifa no chão, esparramando terra para todo lado.

— Sammy, meu camarada! Que raios está fazendo? — diz Noah.

— Ah! Desculpem! — O menino para e parece instantaneamente horrorizado.

— Tudo bem, sem problema. É só um vaso. Você me assustou, só isso.

— Eu limpo tudo.

— Não, vá pegar vassoura e pá e eu cuido disso. Não quero que você se corte. — Noah se vira para mim — Este é o Sammy, nosso adorável delinquente juvenil residente e quebrador de cerâmica. A mãe dele é a Jessica, aquela de quem eu estava te contando. E Sammy, essa aqui é a Marnie.

Sammy me dá oi e tira o cabelo dos olhos, depois sai correndo e volta com a vassoura e a pazinha, e Noah e eu colocamos mãos à obra, varrendo todos os cacos, enquanto Sammy bate a bola de basquete no outro canto do terraço. Dou espiadelas na direção dele, porque ele é cativante – como uma corujinha séria com passos de dança legais.

– Ei, Noah, adivinha só! – diz ele, depois de alguns minutos. – Meu pai vem me buscar amanhã cedo, e vamos para Cooperstown passar o fim de semana lá!

Noah dá um rosnado falso.

– O que tem de tão bom em Cooperstown? Você não gosta de *basquete* nem nada assim, gosta?

– Gosto, sim! Você sabe que eu gosto! E vamos ficar numa pousada e comer panquecas no café da manhã, e ele disse que talvez tenha até uma piscina.

A mãe dele aparece nesse momento. Ela é magra e linda, e veste jeans e um cardigã cinza, e suspira muito. Ela olha para Sammy como se a qualquer minuto ele fosse se transformar em algo que vai desaparecer.

Noah nos apresenta – *Jessica, essa é Marnie; Marnie, Jessica* –, e ela oferece a mão para um aperto.

– Ah, Marnie! – diz ela. – Eu ouvi Blix falar de você! Ah, minha nossa, é tão horrível o que aconteceu... sinto falta dela todos os dias. – Ela olha para Sammy e abaixa o tom de voz. – Ele também sente. Ele a adorava. Não havia ninguém como ela.

Sammy está ouvindo nossa conversa e se aproxima, dançando em torno do braseiro como um passarinho prestes a alçar voo.

– Sammy, está na hora do banho, e você precisa entrar e fazer sua mala – diz ela. Suas sobrancelhas estão franzidas. – Espera aí. Você quebrou esse vaso?

– Foi sem querer.

– Foi um acidente – diz Noah. – Não tem problema.

Mas ela está claramente preocupada com o fato de Sammy ser descuidado, e agora ele destruiu esse vaso que foi da Blix, e aqueles eram os gerânios vermelhos do Sabujo plantados lá dentro, e tudo, diz ela, triste, parece estar se partindo ao redor deles – e neste momento meu celular começa a vibrar no bolso; ficaria tão delirantemente feliz em poder escapar dessa conversa, exceto pelo fato de que, quando olho para o telefone, vejo o rosto de todos os membros da minha família sorrindo e acenando – todos eles, mais Jeremy –, querendo fazer uma chamada de vídeo comigo. É como se de repente estivessem bem aqui no terraço comigo.

Entro correndo, desço as escadas, passo pelo corredor e entro derrapando na cozinha de Blix antes que eles possam ver onde estou e – ai meu Deus – com quem estou.

– *Oi!* – digo.

E lá estão todos eles, disputando uma posição na frente da telinha: Natalie levantando Amelia, que sopra bolhinhas – *Olha, tia Marnie, eu falo com cuspe!*, diz Natalie numa voz de bebê –, e minha mãe e meu pai espiando das laterais, tentando me fazer um milhão de perguntas. Todos eles de uma só vez.

– Onde você está agora?

– Essa é a casa da Blix mesmo? Me mostra a cozinha!

– É antiga? Parece bem antiga!

– Não me diga que aquelas paredes são vermelhas!

– Você parece cansada, docinho. Aposto que queria poder vir para casa!

E Jeremy, o último, sorrindo de um jeito irresistível.

– Está se divertindo? Gostou da casa?

Ouço Noah descendo do terraço e corro com o celular para o primeiro andar, na direção da sala de estar, e me sento no chão, o mais distante possível da janela.

– Ah, sim, é adorável! – digo para Jeremy, e, se meu rosto está empalidecendo ou ficando vermelho, qualquer um dos dois, posso apenas torcer para que ele não consiga ver na luz fraca da sala de

Aprendiz de Casamenteira

estar. Da cozinha, ouço Noah jogando nossas garrafas de cerveja no lixo e assobiando.

– Só queríamos ter certeza de que está bem, de que conseguiu chegar e tudo o mais – diz meu pai. – Além disso, docinho, só para você saber: tivemos uma reunião de família e decidimos ensinar a Jeremy o jogo de paciência quádruplo hoje à noite.

– É, estou atolado até o pescoço – Jeremy grita, longe da câmera.

– E como você está, meu bem? – diz meu pai.

– Estou bem. Sem muita coisa para contar por enquanto.

O rosto de minha mãe agora domina a tela do celular.

– VOCÊ PODE ME VER, MEU BEM?

– Posso, mãe! Posso, sim, te vejo bem. Também te ouço.

– Então nos diga só isso: VOCÊ VAI PODER VENDER ESSA CASA, O QUE ACHA?

Levanto a cabeça e vejo Noah de pé na entrada da sala de estar, os braços cruzados. E se eu achava que ele parecia chocado quando bati na porta de entrada mais cedo, isso não é nada comparado a como ele olha para mim agora.

vinte e dois

MARNIE

Então. Aqui vamos nós.

Quando desligo, Noah entra de vez na sala de estar, caminhando tão deliberadamente que é como se o chão fosse feito de pedrinhas pontiagudas. Seus olhos estão arregalados, brilhantes, chocados. Ele senta no chão diante de mim e balança a cabeça.

— Certo, Marnie — diz ele, devagar. — Por que não me conta o que tá acontecendo? O que você está fazendo aqui?

Engulo em seco.

— Ai, Deus. É tão confuso e complicado... Eu pensei que você soubesse o que estava acontecendo, mas... bem, parece que sua tia Blix deixou essa casa para mim quando morreu. Você não sabia disso?

— Não, eu não sabia! Como é que eu ia saber disso? — Ele apoia as costas no sofá e esfrega o rosto vivamente com as duas mãos. — Ela deixou esta casa. Para você. Minha ex. Ah, meu Deus. *Não acredito nisso.*

Ele abaixa os braços e me encara por um longo momento.

— Por que ela faria isso? Com a minha mãe?

— Não sei. Estou tão chocada quanto você.

Noah pega o celular e olha para ele.

— Ah, caralho. Eu deixei no silencioso e estou com, vejamos, ãh, nove, dez... não, *treze* ligações da minha mãe desde ontem. E três mensagens de texto dizendo que tenho que ligar para ela imediatamente. — Ele suspira e coloca o telefone de volta no bolso. — E minha mãe não acredita em mensagens de texto. Então isso quer

Aprendiz de Casamenteira

dizer que ela está *mesmo* desesperada. Caralho, caralho, caralho de asa! O que eu faço?

— Espera. É sério? Você não olha o seu celular?

— Correção: eu olho meu celular, mas mantenho no silencioso porque, se não fizer isso, fico maluco com minha mãe tentando entrar em contato comigo o tempo todo. Confie em mim, isso é só um pouquinho a mais de ligações do que costumo receber dela. Minha política é ligar de volta a cada cinco ligações dela.

— Noah! E se houver algum problema de verdade?

— Vou descobrir em algum momento. Minha mãe é *insana*. Você sabe disso. — Depois de um instante, ele diz: — Antes que eu ligue para ela, pode por favor me dar o passo a passo disso? Como foi que isso tudo aconteceu? Você *falou* com a Blix?

— Não. Recebi uma carta de uma firma de advocacia.

— Uma carta. Preciso saber um pouco mais do que isso, não é? O que a carta dizia, Marnie?

— Apenas que eu havia recebido esta propriedade no Brooklyn e que deveria vir para cá assim que possível, porque havia algumas coisas que precisavam ser feitas. Algumas decisões.

— *Algumas decisões.*

— Isso.

— E *que tipo* de decisões?

— Noah, *não sei* que tipo de decisões. Estipulações, acho. Coisas das quais preciso ser informada ou fazer, ou... sei lá. É por isso que estou aqui. Dizia que eu deveria vir assim que possível.

Ele não diz nada por um longo tempo depois disso, apenas fica olhando para o nada. Noah dá piparotes com o polegar contra o indicador, um hábito nervoso que ele exibia em reuniões, na época em que fomos professores juntos. Antes de tudo. Quando ainda estávamos nos apaixonando.

Mas lembro a mim mesma que, definitivamente, não estamos mais nem de longe nos apaixonando. Ele me deixou. Ele não se arrepende disso. E *eu* herdei esta casa. E por quê? Porque talvez isso seja tudo parte da vida grandiosa que Blix achava que eu deveria ter. Mas não posso dizer exatamente isso a ele.

Ele se levanta e começa a caminhar em círculos pelo meio da sala, esfregando o cabelo.

— Mas você esteve em contato com ela desde o casamento? Você *sabia* que ela ia fazer isso? Conversou com ela?

Suspiro pesadamente para mostrar a ele que estou chegando ao fim da minha paciência com esse interrogatório.

— Olha. Eu falei com ela uma vez. Uma vez. Mas ela não me disse nada sobre isso. Juro. E eu nem sabia que ela estava doente, quanto mais morrendo.

— Diga a verdade. Só para eu saber. Você de algum jeito a convenceu a fazer isso para se vingar de mim?

— Noah! Você sabe que eu não sou assim.

— Mas agora você vai vender a casa? É o que a sua mãe disse. "Você vai poder vender essa casa?", essas foram as palavras exatas dela. Ela estava praticamente gritando. Então é isso o que você planeja, certo?

Não digo nada.

— É. É o que está planejando. Ai, meu Deus. E isso é o que é tão irônico. Se vender a casa, e então? Vai pegar o dinheiro e se mudar para alguma casa de três quartos no subúrbio, não vai? Você *nem liga* para a casa. — Ele continua balançando a cabeça, incrédulo. — Inacreditável demais. Simplesmente incrível. Mas essa era minha tia Blix, em resumo. Indo para a direita quando você esperava que ela fosse para a esquerda. Sempre mantenha todos na dúvida.

Ele para de andar e suspira.

— E, quer saber? O que mais sinto aqui? A conversa que estou prestes a ter com a minha mãe. Ela terá um milhão de coisas pelas quais me culpar nesse cenário. Confie em mim.

— Bem. Eu me sinto mal por você.

Ele ri.

— Não sente, não. Isso é tudo inacreditável pra caralho, sabia? Fui eu quem esteve aqui quando minha tia-avó morreu, e, de algum

Aprendiz de Casamenteira

jeito, ela consegue *não me dizer absolutamente nada* sobre a casa ou o que vai acontecer, então é claro que *presumo* que posso ficar por aqui, porque ela vai pertencer à minha família... e aí *você* aparece.

Ouve-se um ruído alto lá de baixo.

– O que foi isso? – digo.

Ele passa as mãos pelo cabelo.

– Eu falei pra você. Tem um cara morando lá embaixo. Ele tem uma vida. Às vezes, deixa cair alguma coisa.

– Qual é o nome dele?

– Patrick Delaney. Ele é deficiente, uma deficiência grande. Vítima de queimadura. Não sai muito.

– Acho que vou dar uma caminhada. Ver se ele está bem.

Não consigo aguentar olhar para o Noah nem mais um minuto. Agora ele volta a caminhar de um lado para outro.

– Espera. Acabo de pensar numa coisa. Você acha que é possível ela ter deixado a casa para nós dois antes de nos divorciarmos, e daí minha carta ainda não chegou, porque eu estava na África, e o que minha mãe quer é me contar que tem uma carta para mim da firma de advocacia? Será que tem alguma possibilidade de ser isso o que está acontecendo?

– Talvez – digo. – Na verdade, tenho uma reunião marcada com o advogado na segunda-feira, às dez. Por que não vem comigo e talvez possamos obter algumas respostas?

– Tá bom – diz ele, após um momento. – Pelo menos posso dizer isso para a minha mãe.

Levanto-me do chão e vou lá fora, fechando a porta grande e pesada. Apesar de já ser noite, ainda está claro por causa do luar, e tem bastante gente lá fora, passeando com seus cachorros, falando nos celulares. Há um café quatro portas acima na rua, cheio de gente com cachecóis e jaquetas. Desço os degrauzinhos até o apartamento no porão. A escada é estreita e escura, e é provável que esteja infestada com as baratas e os ratos de Nova York, mas corajosamente bato na porta, mesmo assim. Mantenho os olhos nos meus pés, só para garantir caso algo tente correr por cima deles.

Nenhuma resposta, então bato de novo. E de novo. E mais uma vez. As janelas têm grades. Estremeço.

Enfim, ouço uma voz abafada lá de dentro:

— Pois não?

Coloco minha boca junto da porta.

— Ãh... Patrick? Olha, meu nome é Marnie. Eu sou... amiga da Blix, acho que posso dizer isso. Ou talvez sobrinha-neta por casamento. Mas *amiga* soa melhor. Enfim, estava lá em cima e ouvi uma pancada. Só queria conferir se está bem.

Faz-se uma pausa e depois a voz diz, mais abafada do que antes:

— Eu tô bem.

— Certo – digo. – Bom... boa noite, então.

Outra pausa. E aí, quando já desisti de ouvir mais alguma coisa vinda dele, escuto, mais próximo da porta desta vez:

— Bem-vinda ao Brooklyn, Marnie. O Noah está com você?

Apoio-me na porta, fechando os olhos; a pergunta quase me põe de joelhos. A pergunta e a gentileza na voz dele.

— Está – digo, enfim. – Bem, não no momento, mas ele está lá em cima. Acho que vou até o café buscar algo para comer. Quer vir?

— Desculpe, mas não posso.

— Bom, tudo bem. Posso trazer algo para você, então?

— Não. Obrigado. Escuta, Blix tem o meu número lá em cima. Ligue se precisar de alguma coisa.

— Obrigada. Posso te dar meu celular? Caso você precise de alguma coisa?

— Claro. Coloque na caixa de correio, sim?

Quando volto lá para cima, Noah foi para o quarto dos fundos e fechou a porta. No entanto, ainda posso ouvi-lo falando, sem dúvida, no telefone com a mãe. A voz dele sobe e desce e, quando passo por lá, escuto: *estou tentando explicar para você, ela tá aqui agora mesmo!*

Aprendiz de Casamenteira

O quarto maior, na frente da casa, com suas paredes de cor siena, está aberto, então vou para lá e fecho a porta. O quarto é meio que surreal, com cartazes para todo lado e uma grande cama de casal empelotada, uma colcha *kantha* e todo tipo de bricabraques em todas as superfícies, além de cristais e bandeiras pendurados pelas paredes, pequenas obras de arte, obras que sem dúvida Blix amava e que ainda parecem guardar um pedaço dela.

Fico ali deitada, olhando para o teto, que está iluminado pela luz da rua. Daria para gravar um filme neste quarto, de tão claro.

O teto tem uma fissura que parece um esquilinho comendo um burrito. *Não desista. Tudo vai dar certo*, diz o esquilinho.

Tudo está se desenrolando exatamente como era para ser.

Passa-se muito tempo antes que eu consiga fechar os olhos e dormir.

E esse é o final do primeiro dia.

vinte e três

MARNIE

Noah parece já ter saído quando acordo de manhã, o que é praticamente uma bênção divina.

Tomo um banho na fabulosa banheira com pés da Blix e daí subo para a cozinha, onde tenho que procurar a cafeteira (ela tem um aparelho de pressão que parece ter algumas peças fundamentais faltando). Quase não há comida alguma na geladeira, apenas sacos de chocolate amargo e coisas verdes e empapadas, possivelmente lentilhas, e algumas garrafas que parecem ser suplementos dietéticos. E, é claro, cerveja. Pencas e pencas de cerveja.

Por sorte, quando estou prestes a planejar uma jornada ao mundo exterior em busca de comida, ouço uma batida na porta dos fundos.

— Oláááá! — chama Jessica.

Abro a porta e a encontro ali de pé, vestindo um quimono cor-de-rosa florido e calça jeans, o cabelo molhado preso num daqueles coques divinamente bagunçados.

— Ah, oi — diz ela. — Só estava me perguntando se você gostaria de tomar café da manhã comigo. — Ela faz uma expressão triste. — A verdade é que meu ex, o pai de Sammy, veio buscá-lo hoje cedo e isso é sempre duro para mim, então seria bom um pouco de distração. E estou supondo que talvez queira sair daqui também.

— Eu adoraria.

— Bom, ótimo. Posso te mostrar a vizinhança! Park Slope é ótimo, sabe?

Pego meu suéter fino, feito para o tempo da Flórida, e ela corre até seu apartamento para pegar seu suéter de verdade, e então me

Aprendiz de Casamenteira

conta sobre todos os lugares legais aqui por perto. Quando estamos saindo, Lola acena para nós da escada na porta ao lado e grita:
— Está tudo bem com você, Marnie? Ajeitando-se?
— Estou muito bem, Lola! — grito.
Ela responde:
— Venha para cá uma hora! Tenho histórias para te contar!
Jessica murmura:
— Ela e Blix, que dupla! Sempre nos degraus aqui fora conversando com todo mundo que passava. Brincando com os bebês, convidando os velhos para virem se sentar com elas. Blix conhecia todo mundo.

É um lindo dia aqui fora — quente para primeiro de outubro, diz Jessica, e a calçada está cheia de gente: crianças em uniformes de futebol indo para jogos, famílias com carrinhos de bebê, grupos de rapazes todos vestidos de preto com zíperes como decorações, um sujeito na esquina que parece fazer palestra para um prédio de tijolos, um cara arrumando baldes de flores na frente de um mercadinho. Carros se arrastam pelas ruas, parando com um guincho quando as pessoas estacionam em fila dupla e saem num pulo para passar em várias lojas, disparando avalanches de buzinas e praguejando, irritados — e apesar de tudo aquilo me fazer pular de susto, Jessica não dá atenção alguma ao que está havendo.

Quero desacelerar e absorver isso tudo, pausar em algum lugar e apenas observar por um tempo, mas Jessica segue caminhando num ritmo acelerado, discursando alegremente sobre o pai de Sammy, que a traiu quando eles ainda estavam casados, e que agora está morando com aquela mulher. E agora o juiz disse que Jessica deve dividir a custódia com ele! Pode imaginar? Ela tem que compartilhar os fins de semana, um sim, um não? O tempo precioso que tem para ficar sozinha com *seu próprio filho*, o tempo em que eles estão livres das responsabilidades da escola e do trabalho — e agora ela tem que dividir *isso* com seu ex, o sacana, o cara que ela chama de Babacossauro?

— Sei o que deve estar pensando, e tem toda razão: eu deveria superar isso. Ele é pai do Sammy, e Sammy precisa vê-lo, *mas...* e esse é um belo *mas*... ele perdeu alguns de seus privilégios quando me traiu, e como é que posso superar isso? Enfim! – Ela olha para mim e vejo que está toda inflada de raiva, arrogante e bela em seu ultraje. – Você também tem umas coisas complicadas, pelo que entendi. Todas as pessoas da Blix têm. Quer dizer, você estava com o *Noah*, para começo de conversa.

– Complicado mesmo – digo.

Ela diz:

– Ei, qual é a sua política quanto a esperar na fila por uma mesa? Tem um lugar excelente, que eu amo, mas é preciso uma paciência monumental por ser tão incrível, e também tem milhares de resenhas no Yelp.

– Eu topo esperar – digo, embora meu estômago esteja roncando. Fico surpresa que ela não tenha ouvido.

– Ótimo. Porque é *o melhor lugar* para se comer ovos em Park Slope! Você gosta de ovos, né? E é comida do Sul, sei que você vai gostar. Combina com seu sotaque. Ah, aqui estamos! Viu que bonitinho? Chama-se Gema!

Com certeza, chegamos num lugarzinho minúsculo que tem cerca de trinta pessoas andando na porta, bebericando canecas de café e papeando. Lá dentro, posso ver que há umas cinco mesas pelas quais disputaremos. Mas colocamos nosso nome na lista e então ela sugere que caminhemos por ali, dando uma olhada nas lojas. Tento me resignar ao fato de que só tomarei café na metade da semana que vem.

– Sei que deve ser muito pior para você, mas ainda não consigo acreditar que Blix não está mais aqui – diz ela. – Sinto tanta saudade dela, é como se minha própria avó tivesse morrido ou algo assim. Eu a via todo santo dia! Sammy não conseguia sair de casa sem passar pela casa dela. Ela era *tudo*.

– Você a conhecia há muito tempo? – digo.

– Desde que Andrew se foi. Eu a conheci naquela mesma semana. Então são... três anos? Mas parece muito mais tempo, porque ela sempre foi a pessoa com quem eu podia conversar sobre tudo. Ela foi,

Aprendiz de Casamenteira

tipo, minha guru e minha avó, e minha terapeuta e minha mestre de Reiki, além de melhor amiga, tudo numa só. Mesmo enquanto estava doente, ela manteve-se atualizada com todo mundo.

– Eu... eu nem sabia que ela estava doente. Eu a conheci no Natal do ano passado e daí ela veio para o meu casamento... mas é isso.

– Ah, minha nossa, ela te amava muito. Ela contou a todo mundo sobre você! Todo o bairro do Brooklyn provavelmente sabia que você vinha para cá. E aí Noah apareceu logo antes de ela morrer, então pensei que isso talvez significasse que você não viria, no final das contas. Mas não conseguia ficar sozinha com ela nunca para perguntar, sabe? Espero que não se incomode que eu saiba de tudo isso. É assim que as coisas são quando você é uma das pessoas de Blix. Todos nós parecemos estar conectados, de alguma maneira.

– Tenho que admitir que eu não sabia *que era* uma das pessoas da Blix.

– Não? Há um punhado de nós. Conheci a maioria delas no funeral barra bota-fora que ela deu para si mesma. Você sabia dessa?

– É uma tristeza, mas estou completamente por fora de tudo.

– Eu vou te colocar por dentro, então – diz ela. – Tem o Patrick, lá embaixo. Ele é uma pessoa incrível, artista e escultor, mas não sabe mais desde que ela morreu. Você viu a escultura dele na sala de estar da Blix, a mulher levantando as mãos até o rosto? Inacreditavelmente linda. Uma pena ele não fazer mais isso.

– Ele parou porque ela morreu?

– Ah, não. Ele já tinha parado antes mesmo de ela morrer. – Ela olha para mim e ri. – Estou falando demais. Desculpe! Mas então, Blix deixou a casa para você, é isso? Ela te deixou o prédio?

– Surpreendentemente, sim.

Ela para de caminhar de maneira tão abrupta que duas pessoas quase trombam nela.

– Como Noah está aceitando isso?

– É meio que uma bagunça – digo. – Noah e a mãe dele acreditam que deveria ser *ela* a receber a casa, e eu meio que concordo, se quer saber da verdade. E, sem ofensa, mas não quero realmente morar aqui, então acho que vou vender.

— Ah, não! — O rosto dela se altera. — Você vai vender e ir embora?

— Bem... é, digo, aqui não é realmente *a minha casa*, sabe? Eu tenho uma vida em outro lugar. Na Flórida.

Ela analisa meu rosto.

— Eu nem tinha pensado nisso. É claro que você tem uma vida! Ah, cara! Isso seria como se alguém em... sei lá... *Oklahoma* ou outro canto me deixasse uma casa e esperasse que eu pegasse tudo e fosse para lá.

— Parece meio aleatório mesmo.

Ela passa a bolsa para o outro ombro e franze os lábios.

— Tenho que te dizer que isso é a cara da Blix. Fazer algo assim. Sem aviso, sem explicação. Todos nós chamamos isso de "ser blixado". Embora na maior parte das vezes o resultado seja ótimo, depois que a poeira assenta.

— Há! Então eu fui blixada? — digo.

— Você, minha querida, foi *muito blixada*. E provavelmente nem terminou de processar seu término com Noah ainda. Isso leva uma eternidade para passar e você terá que começar tudo de novo, agora que ele está bem na sua fuça outra vez, te lembrando do passado. Ele está sendo... esquisito? Está, não está? Ele está esquisito. Posso perceber. Só pelo jeito como ele estava ontem à noite.

— Ele está sendo meio esquisito — digo. — Mas entendo. Ele está em choque.

Ela franze a testa.

— Posso te dizer uma coisa, muito embora provavelmente devesse só manter minha bocona fechada e ficar de fora disso?

— Pode.

— Ela não queria que ele nem a família dele ficassem com o prédio. Ela o deixou para você de propósito.

— Sério?

— É, ela não ficou lá muito feliz quando ele apareceu. — Ela para por completo na frente de uma loja como se tivesse pisado no freio.

Aprendiz de Casamenteira

— Ei, esta é uma das minhas lojas preferidas – diz, no mesmo tom animado que vem usando o dia todo. – Quer entrar e olhar os casacos? Talvez vá precisar de um.

— Certo – digo –, embora a Flórida realmente não exija muitos casacos.

— Bem – diz ela, cantarolando –, nunca se sabe o que vai acontecer quando a Blix está envolvida! Você pode descobrir que ela quer que fique por aqui.

— Entretanto, como ela está morta, não tem muito como fazer com que isso aconteça – digo.

— É o que você pensa – diz Jessica.

Entramos e ela vai diretamente para os casacos e começa a passar por todos os tons de cinza, preto e marrom. E então, de súbito, sem aviso, para de se mover e olha para a frente, enrijecendo.

Sigo seu olhar e vejo que um homem a está encarando e abrindo caminho até nós, e atrás dele vem Sammy. Se Jessica fosse um gato, suas costas estariam arqueadas e ela estaria chiando.

— Andrew! – diz ela, e seu rosto assume uma expressão zangada. – O que raios está fazendo aqui? Não deveria estar a caminho de Cooperstown?

Ela olha ao redor.

— E cadê a sua namorada, hein?

Jessica estende a mão e a coloca no braço de Sammy como proteção. Sammy tem uma expressão arrasada no rosto; posso vê-lo murmurando para ela:

— Tá tudo bem, mãe, tá tudo bem.

O homem parece envergonhado, como se tivesse sido flagrado fazendo alguma coisa, o que é exatamente como a impressão que passa. Sammy, empurrando o cabelo comprido demais para longe dos olhos, afasta-se dela e diz:

— Vai com calma, mãe. Tá *tudo bem*. Nós só queríamos comer antes, e agora estamos procurando luvas.

Ela se vira para o ex.

— Se eu soubesse que a sua namorada não cozinha para você, Andrew, *eu mesma* poderia ter dado o café da manhã para ele.

— Não tem problema. Tomamos café descendo a rua. Eu sempre gosto de comer nessa vizinhança.

Andrew coloca a mão na cabeça de Sammy, o que, noto, Jessica registra como uma possível violação, e Sammy abaixa a cabeça, sentindo-se miserável e chutando algo no chão.

— E então, *cadê ela?*

Andrew resmunga alguma coisa e os dois ficam se olhando zangados, e aí ele abaixa a cabeça, sorri e guia Sammy para onde eles estavam antes, a seção de luvas.

— *Tchau!* — diz ela. — E não volte para casa mais tarde do que combinamos, tá? Temos que manter o cronograma combinado, Andrew.

Ela se vira para mim.

— Você se incomoda se sairmos daqui?

Sammy me implora com o olhar. A mim! Como se eu pudesse ajudar.

— É claro que não me incomodo — digo. E sorrio para o filho dela.

— Desculpe, isso foi constrangedor — diz Jessica. — Aquele homem é fisicamente incapaz de se ater a um plano, mesmo que tenha sido feito por ele.

— Então eu não sou a única *processando* um ex — digo com leveza, e fico contente quando ela ri.

— Afe! Não, eu vou processar esse cara pelo resto da minha vida, se não tiver cuidado — diz ela.

Quando voltamos ao Gema — depois de ziguezaguear pela rua enquanto ela aponta os melhores lugares para cerveja, para roupa do Leste Asiático, para joias, para hambúrgueres, para muffins, para café, para tudo —, de algum jeito chegou nossa vez de comer e nos aninhamos numa mesinha ínfima perto dos fundos.

O garçom se aproxima, um cara gostosão com uma touca de lã preta e óculos vermelhos de plástico, e peço uma omelete de queijo com bacon, café, torrada integral e mingau, e ela diz que quer o mesmo. Assim que ele se vai, ela diz:

Aprendiz de Casamenteira

– Certo. Já estabelecemos que estamos ambas lidando com nossos ex, que estão na cara da gente no momento, mas não conheço de fato a história entre você e o Noah. Antes de podermos ser grandes amigas, quer me contar o que aconteceu entre vocês?

Então eu exponho a história de sempre – o casamento, a lua de mel, o abandono, a coisa toda, menos o desmanche do vestido de noiva –, e, quando aparece uma garçonete e coloca dois cafés na mesa, subitamente sei que ela terminou recentemente com o garçom e eles não conseguiram refazer as coisas entre eles, mas há um homem descendo a rua que seria perfeito para ela. Talvez ela devesse tirar o avental e reservar uns minutinhos para ir dar um encontrão nele. Ela podia fazer a coisa parecer casual. Ou talvez o cara venha nessa direção. Ele precisa de café da manhã. Precisa de um abraço. Precisa dela.

Na mesa ao lado, um casal está se apaixonando. Lá fora, um golden retriever correu pela calçada e está lambendo o rosto de uma criança de colo. Uma criança de colo que ri e diz:

– Mamãe, quero catioro!

Minha cabeça está engraçada. É como se houvesse uma luz dourada se esparramando sobre tudo, como xarope de bordo despejado sobre panquecas.

Olho para cima e Jessica está sorrindo para mim, curiosa.

– Jessica – digo –, você precisa voltar com o Andrew. Sabe disso, né?

vinte e quatro

MARNIE

A névoa de xarope de bordo permanece comigo. É como se eu me movesse numa bruma cheia de brilho. Todos os momentos se destacam, de alguma forma. Tudo é brilhante, claro e gravado em meu cérebro como se fosse continuar para sempre em minha memória. Mesmo quando Jessica ri e me assegura que ela *não vai* voltar com Andrew. Não, obrigada, nem agora, nem nunca.

— Ele. Está. Dormindo. Com. Outra. Pessoa — ela me informa, fria.

— Mas vocês são o par perfeito — digo a ela. — Vocês combinam perfeitamente. Não vê isso?

Ela ri. Depois paga a conta do café da manhã e voltamos caminhando para casa — e, pelo caminho, ela diz:

— Você e Blix com sua conversa de "volta pro Andrew"! Estou começando a ver por que ela queria que você ficasse com esta casa, só para *você* poder retomar o negócio dela sobre Andrew e eu. Vamos lá, diga a verdade. Ela combinou isso com você?

— Não — digo, e tenho aquela sensação de tontura e tremedeira de novo, como se o ar oscilasse.

— Bem — diz Jessica —, *não posso* perdoar um cara que foi infiel! Desculpe, mas esse é um fator decisivo, puro e simples. Ponto-final. Sem desculpas. Não dá pra voltar atrás.

Eu tento me lembrar exatamente o que Blix disse sobre todas as pessoas em sua comunidadezinha maluca. Com certeza ela mencionou Lola e Jessica. Mas disse apenas que todos eles precisavam de amor, e que todos tinham medo de recebê-lo.

Aprendiz de Casamenteira

Porém, a questão é que quase posso senti-la ao meu redor agora mesmo, senti-la pensando que Jessica e Andrew foram feitos para ficarem juntos. Talvez seja disso que se trata essa sensação vaga.

– Escute – digo –, um dia liguei para ela quando estava sofrendo horrores, quando Noah foi embora. E pedi a ela que fizesse um feitiço para ficarmos juntos de novo. Deu para perceber que ela não achava aquilo uma boa ideia. Ela disse que enviaria algumas palavras para eu ter uma boa vida, energia, amor...

– Isso porque ela provavelmente não achava que Noah fosse o cara certo para você. Também não consigo imaginá-la concordando em manipular o caminho de alguém desse jeito.

– E então... logo depois disso, perdi meu emprego, o que foi uma droga, mas daí me mudei de volta para casa e me apaixonei de novo por Jeremy, meu namorado do Ensino Médio. Então! Esse foi, sem dúvida, o feitiço que ela enviou, certo?

– Bom... parece que sim.

– Só que agora... Bem, agora recebo a notícia de que ela faleceu e que me deixou a casa, e venho para cá, e aqui está o Noah! Ele está de volta na minha vida. Então... bem, o que quero saber é: será que *esse* é o feitiço? Será que era isso que ela pretendia que acontecesse?

Ela me encara.

– Uau. É assim que essas coisas são. Pode ser que o feitiço esteja funcionando. Pode ser que não. Não sabemos.

– Gosto de pensar que acredito no livre-arbítrio.

– Acho que Blix diria que você tem que confiar no que te faz feliz – diz ela. – Ela estava sempre me dizendo isso: confie na alegria. Isso é livre-arbítrio, não é?

Meu telefone apita nesse instante com uma mensagem. Esperava que fosse de Jeremy, mas é de um número que não reconheço.

Marnie, aqui é o Patrick. Do andar de baixo. Desculpe pelos ruídos ontem à noite. O gato derrubou um vaso, que caiu na impressora, afogando o motor. Seguiram-se clarões de luz. Faíscas. Tem uma nova impressora sendo entregue na segunda-feira. O gato pede desculpas. Falei para ele que não pode continuar se safando por ser bonito. Ele está à procura de um novo apartamento.

Jessica observa meu rosto.

— É o Patrick — digo a ela.

Sorrio e digito de volta para ele:

Nossa! Certifique-se apenas de que sua carteira esteja a salvo quando ele decidir se mudar.

E ele digita:

Tarde demais. A carteira já sumiu e, por coincidência, as latas de atum estão chegando por atacado.

Alguns minutos depois, ele escreve: *Aliás, bem-vinda a esta casa! Blix me contou sobre você. Contente por enfim estar aqui. Espero que goste. É uma loucura, mas no bom sentido. Acho.*

A névoa dourada ainda está ao meu redor quando volto para a casa de Blix, onde encontro Noah praticando com o violão na sala de estar, e a névoa ainda está lá, mesmo quando ele me vê e quer me contar de novo sobre como ajudou Blix a ir para o lado de lá e como sabia que ela deveria ter chamado profissionais de saúde, mas, em vez disso, se voltou para ele — ELE —, e como se sente mal porque mesmo fazer *aquilo* para ela não foi, pelo visto, o suficiente. É certo que ele andou cismando a respeito disso a noite toda, mas estou nessa *névoa* que não se parece com nada do que já vi antes, sabe, e tudo parece tão repleto de significados.

A névoa permanece comigo durante as mensagens de texto (sim, TRINTA E SETE) enviadas por familiares e Jeremy, perguntando o que planejo fazer, se já coloquei a casa à venda, quando vou voltar para casa, e, aliás, nem me conte que você gostou do Brooklyn, porque *nós não somos gente de Nova York.* (Essa veio da minha irmã, que diz estar segurando o bebê enquanto escreve, e só queria que eu pudesse de alguma forma ouvir os gorgulhos que a bebê faz quando minha irmã diz meu nome para ela.) Jeremy digita a mesma coisa repetidas vezes: VEM. PRA. CASA.

A bruma dourada atinge seu auge quando saio e vejo, por acaso, um carro estacionar na casa ao lado e um senhor idoso sair e ir até a varanda onde Lola o espera. Ele passa o braço em torno dela, e Lola se afasta um pouquinho, move os quadris de certa maneira, e os dois descem os degraus juntos. Ela entra no carro sem nem olhar em minha direção.

Noah sai sozinho naquela noite e eu peço delivery e como em meu quarto, papeando com Jeremy no celular. Digo a ele que o Brooklyn é grande, sujo e complicado. Ele me diz que foi correr na praia, que ainda está tão quente que ficou tentado a nadar, e também que jantou com Natalie e Brian.

— E adivinha só? Fui eu quem enfim fiz a Amelia dormir — diz ele. — Ela colocou a cabecinha no meu ombro e fiquei dando voltas em torno da mesa de jantar até ela pegar num sono profundo.

— Isso é tão bacana — digo.

Quero contar a ele sobre a névoa dourada, mas não tenho palavras. Ela pode fazer parte da magia, e Jeremy não acredita em magia.

Entretanto, a névoa havia desaparecido quando Noah e eu chegamos ao escritório de Charles Sanford na manhã de segunda. Charles Sanford, um homem de ótima aparência com cabelo tão esticado para trás que poderia ter sido alisado com manteiga, analisa nós dois sentados do outro lado de sua mesa e agita seus papéis e abaixa seus óculos e então diz uma porção de coisas em uma voz muito advocatícia que confirma o fato de que Blix Holliday de fato deixou sua casa para mim.

Deixou para mim. Só para mim.

— Entretanto, há uma estipulação — diz o sr. Sanford numa voz baixa e cuidadosa, olhando para mim. — E é que você, Marnie, terá que concordar em morar na casa por três meses antes que ela seja considerada oficialmente sua. O que quer dizer que você só pode colocá-la no mercado após o final desse período. Blix não queria que você simplesmente vendesse a casa e fosse embora.

Noah exala ruidosamente.

— Então não é minha, a menos que eu more lá? – digo.
— Por três meses – diz o sr. Sanford.
Três meses. Três meses.
— É uma estipulação incomum – diz ele –, mas Blix não era uma pessoa muito comum, era? – Ele dá de ombros. – O que posso dizer? Foi como ela escreveu o testamento. Não precisa começar esse período neste exato instante, é claro. Pode colocar seus assuntos em ordem e voltar...
— Mas, quando eu voltar, será por três meses – digo.
— Isso. Correto. Talvez precise de algum tempo para pensar a respeito.

Eu fico seriamente interessada nas tachinhas douradas decorando a cadeira acolchoada em que estou. Deslizo meus dedos por elas várias vezes, acompanhando as concavidades. A luz na sala é arroxeada. O tapete é fofo sob meus sapatos. Há uma teia de aranha minúscula no canto esquerdo superior do teto, perto da janela. Meu cérebro está ticando o fato de que três meses significa que eu estarei aqui até o final do ano, basicamente.

Três meses, três meses.

Minha família toda vai ficar tão chateada! E sentirei saudades de Jeremy. Tirar um tempo de três meses longe dele não é algo que teria escolhido. Ah, e tinha Amelia também. Estava começando a me situar na Flórida, começando a me sentir conectada e segura. Droga, estava *feliz* por lá... e, depois de uma infelicidade grande, enorme, isso pareceu um presente gigantesco.

Blix, o que foi que fez comigo? Vou precisar de um casaco. E suéteres. E do que vou viver?

E ai, meu Deus, ainda tem o Noah.

Olho para ele. Ele segura uma folha de papel na sua frente, que, por acaso, sei ser uma lista de perguntas que sua mãe lhe pediu para fazer.

Ele começa, a voz pesada e séria. Poderia existir um testamento mais atual em algum lugar? Como sabemos se Blix estava mentalmente sã? Esse testamento pode ser contestado? Blá-blá-blá.

Aprendiz de Casamenteira

Quando ele pergunta a Charles Sanford à queima-roupa se tive alguma influência nos termos desse testamento, e quando exatamente fui informada a respeito dele, eu me arrepio e emito um ruído de protesto. Mas Charles Sanford é paciente, explicando que não tive nada a ver com os termos do testamento, embora possa ver que ele está irritado com Noah e a família dele, e, de qualquer maneira, tem um zumbido alto nos meus ouvidos que significa que mal consigo prestar atenção ao que está sendo dito. Empenho-me em esfregar as tachinhas na cadeira e me perguntar o que raios Jeremy vai dizer quando ouvir a notícia.

Será que eu *quero* isso?

Quer. Quer, minha querida. Você quer isso.

De alguma maneira, enquanto estava sendo consumida pela minha própria ansiedade, Charles Sanford parece ter encontrado a combinação de palavras certa para forçar Noah a se calar, e daí todos dizemos mais algumas coisas e pelo visto concordei com tudo, porque estou assinando papéis, e está escurecendo lá fora, como se o sol tivesse sumido, o que *não acho* que tenha a ver com o fato de que acabei de assinar um documento legal bem assustador, mas nunca se sabe.

Uma tempestade elétrica está chegando, diz LaRue. Alguém quer café? Ou uma garrafa de água? Mas não, respondemos que estamos satisfeitos.

– Espere, mais uma pergunta. E se ela *não morar lá* por três meses? – Noah diz, numa voz que parece vir do fundo de um poço, distorcida e esquisita. – O que acontece com a propriedade, então?

Charles Sanford pigarreia e começa a olhar os papéis.

– Ela tinha muita certeza de que Marnie cumpriria com as estipulações. Você sabe como sua tia-avó era. Havia pouquíssimas coisas sobre as quais tinha dúvidas. Mas, num documento à parte enviado pouco antes de ela morrer, ela disse que, se Marnie não aceitasse os termos, a casa iria para diversas instituições de caridade, escolhidas por Blix.

– Instituições de caridade – disse Noah, sem expressão.

Ele olha para mim em choque. Dou de ombros.

– Sim, senhor Spinnaker. Eu sei. – Charles Sanford pigarreia de novo. – Ela deixou uma quantia em dinheiro para você. Não o valor que esperava, tenho certeza, mas ainda assim... sua tia-avó mencionou certa vez que você é o herdeiro de uma fortuna familiar deveras avantajada, então talvez não tenha julgado necessário provê-lo em seu próprio testamento.

– Bem... Isso ainda veremos – diz Noah numa voz tão baixa e derrotada que sinto pena dele.

Eu o vejo como um menino de mãos dadas com a tia-avó, e talvez ela esteja lhe dizendo alguma coisa, e ele olha para o rosto dela. Tia Blix. *Beije sua tia Blix, Noah.*

Charles Sanford olha para ele com gentileza.

– Por favor, saiba que esse tipo de coisa acontece o tempo todo. Não há explicações para o que as pessoas querem que seja feito com seus bens quando se vão.

Ele se volta para mim.

– E aqui, Marnie, tenho uma carta particular que ela solicitou que lhe entregasse para ser aberta quando quiser. Há outra carta no cofre para quando os três meses tiverem terminado.

Estendo a mão e pego a carta. Ainda me sinto aturdida. Talvez não seja tarde demais para dizer que mudei de ideia. Em um segundo, poderia mudar de rumo e minha vida voltaria ao normal.

No entanto, não posso evitar notar que continuo em silêncio.

Charles Sanford empilha toda a papelada e se levanta para sinalizar que a reunião terminou.

– Se não tiverem mais perguntas, vou preencher os documentos necessários e colocar as coisas em movimento. Marnie, fique à vontade para entrar em contato sobre qualquer dúvida que lhe ocorra, ou caso tenha algum problema daqui por diante. Como optou por aceitar os termos do testamento, Blix forneceu um estipêndio para você bancar suas despesas. Eu sugeriria abrir uma conta num banco por aqui e cuidarei para que os cheques sejam depositados na conta conforme necessário. Blix também queria que você soubesse

Aprendiz de Casamenteira

que ela já pagou os impostos da propriedade pelos próximos cinco anos, e também forneceu alguns presentes para os inquilinos, que distribuirei.

O sangue pulsa tão forte em meus ouvidos que mal consigo ouvir o que ele está dizendo.

Está na hora de ir, pelo visto. Noah, caminhando ao meu lado, lê seu celular.

— Só para você saber, tenho certeza de que meus pais vão querer contestar o testamento — diz ele.

Estamos na sala de espera a essa altura. Charles Sanford franze a testa.

— Eles podem tentar, é claro, mas eu lhe garanto que é um desperdício de tempo e dinheiro. Sua tia-avó sabia como deixar claros os desejos dela.

Nesse momento, ouve-se o estrondo de um trovão e Charles Sanford diz:

— Oi, Blix.

Todos riem.

— Vocês dois têm meus mais profundos sentimentos por essa perda — diz Charles, depois aperta nossas mãos e diz que entrará em contato.

Não existe táxi no mundo que possa conter Noah e eu ao mesmo tempo logo depois dessa reunião, então me certifico de recusar o táxi que ele chama assim que saímos. Ele é um hematoma gigantesco em forma de homem no momento, trocando com fúria mensagens de texto com a mãe, e sinto que estou num sonho do qual não consigo acordar.

Decido tentar a sorte com o trovão, os raios e a chuva que respinga ao redor. Despeço-me dele com um aceno e começo a descer a rua, puxando o suéter por cima da cabeça.

Assim que chego a uma Starbucks – um ponto de referência familiar! –, entro correndo e me encontro cercada por um zilhão de pessoas ensopadas pela chuva, todas digitando em seus celulares e pedindo *chai lattes* magros.

Estou tremendo e lendo a placa, tentando resolver o que pedir, quando uma mulher perto de mim diz, cortante:

– Você está em fila?

– Desculpa, o quê?

– Eu *falei:* você *está em fila* ou não?

– Ah, você quer dizer se estou *na* fila? Estou, ah, sim, estou sim – digo. – Pensei que estivesse perguntando se estava em fila *no site*, tipo, na internet.

Ela me encara, balança a cabeça e dá meia-volta, resmungando sobre *certas pessoas*.

Ãh. Então as pessoas em Nova York ficam *em fila* em vez de *na fila*. Bom saber.

Depois de pegar meu *chai latte*, encontro uma poltrona no cantinho que um cara com um notebook acabou de deixar vaga e me afundo nela. Vou morar nesta cidade por três meses.

Na mesa ao lado da minha, duas mulheres conversam, debruçando-se adiante, intensas como se não houvesse mais ninguém no mundo. Uma delas tem cabelo de um roxo profundo, e as duas estão com casacos que parecem ter sido feitos de paraquedas pretos costurados juntos. E, aliás, elas estão apaixonadas, e mais tarde é provável que saiam e adotem um cachorro.

Eu preciso de um casaco, provavelmente. E um emprego. E um par de luvas quentes. Mais roupas pretas para poder me encaixar.

Tomo um gole do *chai.* E, de súbito, simples assim, sei que não quero ficar no Brooklyn. Quero ir para casa.

Este não é um bom lugar para se morar. É sujo; é barulhento; é impessoal – e, pelo amor de Deus, nem sabem como produzir uma tempestade elétrica decente! Gosto que minhas tempestades cheguem no final da tarde, depois de um acúmulo de umidade e calor, de modo que, quando a tempestade vem, você fica grato por ela. Ela

Aprendiz de Casamenteira

cumpre sua missão, expulsando o ar grudento, e segue em frente, e o céu fica limpinho em seguida. Mas isso... isso é um chuvisco cinza e constante, com explosões intermitentes, que parece poder se prolongar pelo dia todo. Quem precisa disso?

Batuco com as unhas na mesa, empurrando todas as migalhas para um montinho. Talvez eu devesse voltar ao escritório de Charles Sanford e dizer para ele que cometi um erro terrível. Eu direi a ele que simplesmente não estou pronta para isso.

Este foi um presente incrível, totalmente demais, e fico muito agradecida pela bondade de Blix, mas, infelizmente, não estou à altura dele. Mas... obrigada.

Que o lugar vá para uma instituição de caridade, e eu pegarei o próximo voo para casa amanhã. Mais tarde, ainda nesta semana, contarei para minha família a boa notícia de que vou me casar com Jeremy.

Iremos para Cancún na nossa lua de mel, como Natalie e Brian fizeram. Daqui a alguns anos, teremos um filho, depois outro, com sorte do sexo oposto ao do primeiro, e decorarei a casa e o jardim e entrarei para a APM e participarei de grupos de carona para as crianças, mantendo um calendário organizado por cores na parede da cozinha e podendo dizer coisas como: *Meu bem, você fez seu dever de casa?*

Eu meio que amo essa ideia. E daqui a trinta anos, mais ou menos, estarei lá para ajudar meus pais quando eles precisarem se mudar para uma casa de repouso. Jeremy fechará seu consultório de fisioterapia, e talvez voltemos a Cancún para nosso quinquagésimo aniversário, quando tivermos oitenta anos. E diremos: *Nossa, o tempo voou!*, como todo mundo sempre fez, na história deste planeta. E daí morreremos realizados e as pessoas dirão: *Eles tiveram sorte.*

Essa é a vida, não é? Uma pessoa poderia fazer isso. Haverá tantos, tantos momentos bons nesse tipo de vida.

Então por que tenho a sensação de que, neste exato minuto, estou numa encruzilhada, tentando me decidir entre o conhecido e o desconhecido? Entre a cidade e os subúrbios? Entre o risco e a segurança? Já não fiz essa escolha? Disse ao cara que me casaria com ele! Eu o beijei bem ali na lanchonete, e vi a expressão feliz na cara dele, e quanto ele ficou surpreso – e agora tudo o que preciso fazer é dizer para ele que há um imóvel pequenino que está atrasando um pouco as coisas.

Blix, me desculpe, mas já decidi tudo isso sobre a minha vida. E agora você veio me dar um presente que vai estragar minha vida toda, e me desculpe, mas é um erro enorme, imenso! Não sou a pessoa que você achou que eu fosse. Não quero uma grande, grandiosa vida.

Sei que, se eu ligar para Natalie bem agora e contar a ela tudo o que aconteceu, ela nem vai precisar pensar a respeito. Diria que eu devo correr, não caminhar, de volta ao escritório de Charles Sanford neste minuto e insistir para que rasgue todas as páginas com a minha assinatura. E me recusar a sair até que o último pedacinho da minha assinatura tenha sumido.

Estou prestes a ligar para ela, quando me lembro de que carrego na bolsa uma carta de Blix. Com o coração martelando, eu a tiro e abro, sabendo, de alguma forma, que ela mudará tudo.

vinte e cinco

BLIX

Querida Marnie,

    Meu bem, faz uma hora que saí de um telefonema com você. Você me pediu um feitiço para trazer Noah de volta, um pedido que me dilacerou lá no fundo. Você o ama. VOCÊ O AMA. Primeiro, achei que devia dar uma olhada no meu livro de feitiços – é, tenho mesmo um, mas é mais uma piada do que qualquer outra coisa, porque os melhores feitiços simplesmente acontecem, sem nenhuma necessidade de ajuda externa – mas aí eu pensei: que diabos, vou tentar encontrar a coisa exata que você poderia beber ou comer e que te transformaria num ímã para o Noah outra vez. Talvez agisse apenas como um feitiço placebo, mas funcionaria, porque é assim que tudo funciona. Eles funcionam com base na CRENÇA. E um pouco de energia direcionada. Eis a verdade, docinho: somos todos seres energéticos em corpos físicos, e pensamentos se tornam realidade mesmo, então é preciso se certificar de pensar no que quer, e não no que não quer.

    Mas aí me ocorreu: tem outra coisa que eu poderia fazer em vez disso, um remédio imediato – poderia te dar a minha casa.

    Minha casa engraçada, esquisita, maluca no Brooklyn. Devo te avisar: ela tem um problema no encanamento. Os pisos são tortos em alguns dos cômodos. Ela está cheia de inquilinos que não têm vidas perfeitas. O interruptor do primeiro andar pisca às vezes, e em uma ocasião lançou uma faísca em mim. Eu mandei outra de volta. Tem uma telha solta no telhado. Um galho de árvore bate nas janelas do andar de cima quando chegam as tempestades. O que mais? Ah, sim, um dos vasos no terraço balança, apesar de supostamente estar cimentado no lugar. O sol nascente pode brilhar bem nos seus olhos, mesmo com as cortinas de bambu totalmente abaixadas. A lua cheia te acordará se dormir no quarto da frente. Ainda assim, é ele que eu recomendaria. É o melhor, porque você pode ouvir os sons do mundo lá fora, e isso a manterá ancorada e sã.

É uma casa bagunçada, indulgente, turbulenta, cheia de amor e travessuras. Houve muitos momentos bons por lá, e talvez você já saiba da verdade: que momentos bons geram outros momentos bons. Portanto, há muitos mais por vir. Essa casa quer ser sua.

E eu quero que ela seja sua. Você e eu somos pessoas bagunçadas, indulgentes e turbulentas, exatamente como a casa. É isso o que compartilhamos, Marnie querida. Espero que você fique.

Porque, sabe, estou morrendo. Tenho essa coisa cancerígena, tumorosa crescendo dentro de mim – está aqui comigo há meses, e sei que o fim está chegando em breve. Não contei a muita gente, porque às vezes as pessoas acham que eu deveria buscar tratamento, como se tratamento fosse algo com que eu quisesse desperdiçar meu tempo. Não quero ter partes minhas extirpadas, não quero ser queimada, fatiada e envenenada em nome da "melhora". Quero o tipo de tratamento em que o universo olha e diz: *Oi, Cassandra!* (Cassandra é o nome que dei a meu tumor. Achei que merecia um nome.) Acho que o universo deveria ter dito: *Cassandra,*

Aprendiz de Casamenteira

você sabe que aqui não é seu lugar. Saia da barriga da Blix, sim?, e evapore de volta à atmosfera. Vá fazer parte de uma geleira, ou de um ninho para um esquilo, ou volte para o lugar onde estava antes de vir para cá. Meiga Cassandra, se matar nossa Blix, você também vai morrer, porque Blix tem todos os nutrientes para você. Então, pense nisso.

Mas o universo não cumpriu nada disso, e Cassandra, aparentemente, não pensou nas consequências, e cresceu grande e forte, e se aninha perto do meu coração quando nos deitamos juntas, e sei que ela logo será a maior parte de mim.

Então estou entusiasmada pelo que sei que pode acontecer. Estou chamando meu advogado e preparando um testamento que deixará essa bagunça toda de casa para você. Meu coração bate mais depressa quando penso em como vai ser para você! Sei que a casa vai colocar sua vida num novo rumo, da mesma forma que fez comigo. Sei que você e eu estamos, de muitas maneiras, conectadas, e talvez você sinta isso quando chegar lá.

Pense em mim dando-lhe as boas-vindas. Pode fazer isso? Veja-me no terraço, ou sentada na mesa surrada da cozinha tomando chá, ou lá fora, na rua, conversando com as pessoas que passam. Sou a buzina dos carros, o ônibus que faz a curva na esquina, os sanduíches do Paco's, do outro lado da rua. Sou tudo isso. E você também, embora talvez ainda não o veja.

Eu sei, eu sei, isso virá como um choque para você, receber uma casa de alguém que pensa que não conhece. Mas eu te conheço. Sempre te conheci. E me vejo em você, acredite ou não.

E eis aqui o principal de tudo o que sei sobre você: eu disse, quando nos conhecemos, que você está no rumo de uma vida grande, grandiosa, e é aqui, Marnie, que vai encontrá-la. Haverá amor e surpresas em abundância aqui, te prometo. Esteja aberta ao que não parece possível, e ficará atordoada com o que pode acontecer. Querida, este é seu momento.

Com amor por várias vidas,
Blix

P.S.: Você ficará por pelo menos os três meses necessários para que consiga superar o choque? Por favor? Até mais, meu amor!

vinte e seis

MARNIE

Leio a carta três ou quatro ou dez vezes, dobro-a com cuidado e a coloco de volta na bolsa.

Por diversão, faço o exercício que Blix me mostrou na festa de noivado – aquele em que você envia um pouco de energia para alguém que você nem conhece e observa o que acontece.

Escolho um bebê numa cadeirinha alta, batendo seu copo na mesa diante dele. Eu o imagino banhado em luz branca e felicidade – e espero para ver o efeito. E, sim, ele para de bater e olha ao redor, e seus olhos encontram os meus e ele ri alto.

Eu fiz um bebê rir! Isso é tão legal.

Depois que a chuva para, vou até uma loja de departamentos comprar um suéter para substituir o molhado que estou usando. Meu olhar se prende a um cardigã longo e volumoso, uma túnica de tricô preta, três pares de leggings, um vestido preto curto com cortes vermelhos, quatro *pashminas*, umas meias grossas, calcinhas e sutiãs para duas semanas (a maioria sensual, só porque eu quis) e uma touca azul de tricô. A balconista está passando as roupas no caixa enquanto olho o expositor de joias ao lado do balcão, e é quando uma mulher atrás de mim na fila – uma mulher mais velha, com olhos gentis e enrugados – diz:

– Você tem que comprar aquele medalhão de turquesa ali. Olha só o formato dele. Acho que é seu amuleto da sorte.

Assim, é claro que o compro, mas tenho aquela sensação esquisita de novo – a sensação de xarope de bordo. Um amuleto de boa sorte. Exatamente o que preciso. Quando me viro para mostrar a ela que comprei o medalhão, ela já passou para o outro caixa e não olha para trás.

Lá fora, o tempo clareou de maneira dramática, e, acima dos prédios altos, posso ver fiapos de nuvens brancas correndo pelo céu. O ar parece limpo e fresco. Coloco o cardigã e entro na agência bancária mais próxima e começo a preencher a papelada para abrir uma conta.

Pelo jeito, vou ficar.

Não é que o Brooklyn de repente pareça lindo, ou que eu sinta menos falta da minha família, ou que tenha chegado a alguma decisão crucial. É como se pudesse sentir a presença de Blix em tudo ao meu redor, suas palavras aterrissaram em minha alma, de alguma forma... e quero desfrutar disso pelo máximo de tempo possível.

Três meses de repente parecem não ser nada.

Pequenas férias da minha vida, talvez, antes de ela sair roncando em seus trilhos normais – na direção de casamento, filhos e, sim, cortadores de grama.

Tenho uma chance de dar uma pausa. Sinto-me como aquela mulher para quem enviamos energia daquela vez na festa de noivado – e, igualzinho a ela, levantando a cabeça para ver quem a chamou –, e é isso o que estou fazendo agora.

Envio uma mensagem de texto para Patrick, sem motivo algum: *Acabo de comprar o suéter mais pesado que já tive na vida. Pergunta: a vida é realmente possível para uma pessoa meio estranha do Sul se dar bem aqui?*

Depois de um longo tempo, ele responde: *Suéter é um bom começo, embora dezembro possa ser gelado. Diabos, novembro pode ser gelado! E mais, o Bklyn é hospitaleiro com esquisitões. É o pessoal normal que tem mais dificuldades.* PORÉM: *você fala "tu"? Pode ser mais difícil de assimilar se você fala "tu".*

Aprendiz de Casamenteira

Eu não falo "tu". Minha temporada no norte da Califórnia tirou isso de mim rapidinho. (Aliás, bela pontuação! Dois-pontos e aspas! 😊)

Então eu diria que você tem ótimas chances. (Já me disseram que sou um pontuador extraordinário.)

Se eu conseguir me dar bem aqui, consigo me dar bem em qualquer lugar, foi o que ouvi dizer.

Isso é em Manhattan. Se dar bem no Brooklyn não garante nada.

Então eu preciso de um casaco?

Podpah. (Isso é gíria local para "sim, com certeza".)

Imaginei.

Vou até a Uniqlo e compro um daqueles adoráveis casacos estilo paraquedas. Em roxo-escuro. Por que não?

Daí volto para casa a pé, experimentando meu papel de garota comum do Brooklyn passeando pelo bairro.

Vou ficar! Vou realmente morar aqui por três meses. Sinto-me como se estivesse no topo da montanha-russa, prestes a começar a disparada pela qual paguei o ingresso e esperando não ter um treco.

É uma longa caminhada até a casa de Blix, mas não estou disposta a entender o sistema de metrô ainda, e o dia está bonito demais para um táxi. E, afinal, o que mais tenho para fazer além de andar? Quero apenas olhar para tudo, todos os salões de manicure e casas de tijolinho aparente e prédios residenciais anódinos e restaurantes, tudo grande e ruidoso e cheio de vida comum. Por algum tempo, tento contar quantas pessoas sorriem para mim, o que não são muitas, mas quem liga? Ocorre-me que, quando o lugar é lotado assim, você não pode se dar ao luxo de sorrir e papear com todo mundo. Ficaria exausto em dois quarteirões.

Vejo uma mulher varrendo seus degraus, e os braços morenos em seu vestido floral parecem majestosos. Um ninho de pássaros está empoleirado numa árvore gingko. Uma folha na calçada tem formato de coração.

E essas três coisas parecem ser Blix dizendo:

– Bem-vinda. Agora você chegou.

Minha família inteira, é claro, perde o juízo quando conto a notícia de que vou ficar por um tempo. Mas estou preparada para eles.

Minha mãe chama a cláusula de abominável e manipuladora, e diz que Blix provavelmente estava clinicamente louca. Meu pai diz que eu deveria ir para casa e deixar o advogado da família analisar os documentos.

– Ninguém pode te manter aí contra sua vontade – diz ele. – Acredite em mim, vou descobrir como pode vender a propriedade e ainda ficar em casa.

– Não é bem assim! – digo, mas eles não querem aceitar esse tipo de conversa.

Quando consigo falar com Natalie ao telefone, tento uma abordagem diferente. Começo pela boa notícia de que acabo de passear pelo Brooklyn e as pessoas sorriram para mim, e que, embora seja sujo e barulhento por aqui, também é meio que incrível e cheio de histórias – e que Blix talvez tivesse certa razão quando disse que eu precisava estar aqui.

– *Como é que é?* – diz minha irmã. – Não, não pra tudo isso! O que aconteceu com nosso plano de ter bebês e ficar à toa junto da piscina? Você disse que estava feliz aqui! Por que está deixando essa mulher, que está *morta*, aliás, mudar toda a sua vida?

– Não é mudar toda a minha vida – digo.

Mas a verdade é que não tenho tanta certeza. Remexo no amuleto da sorte que estou usando em volta do pescoço e escuto a diatribe de minha irmã, que fica mais estridente a cada segundo. O negócio das irmãs é que elas têm toda a sua história podre na ponta dos dedos.

Ela percorre os maiores sucessos da minha vida desajustada: meu histórico assumidamente duvidoso de dar para trás, mudar os planos, não ir até o fim. Como, infelizmente, não é de se espantar que as coisas vão de mal a pior na minha vida – presumo que ela está querendo dizer meu casamento, meu emprego –, uma vez que me permito ser levada pela visão que os outros têm para mim. Cadê minha determinação? O que eu defendo?

Pense na Amelia! Pense no Jeremy! Eu não ligo para o fato de que as pessoas de lá *precisam* de mim? Nossos pais!

Eu sento e escuto, olhando ao redor para a cozinha iluminada, minhas sacolas de compras no chão, meu casaco novo, meu lindo suéter branco que ela não verá. O sol entra pela janela da cozinha. As plantas de Blix nos peitoris ainda estão gloriosamente floridas..

Finalmente, eu me animo o bastante para dizer a ela que estou com uma panela no fogo e tenho que desligar.

Tento outra tática com Jeremy, simplesmente estabelecendo os fatos. Não vou voltar para casa de imediato. É preciso uma residência de três meses para receber a herança. Ficarei por aqui. Tudo está bem. Nós ficaremos bem.

– Opa, opa, opa – diz ele. – Espera aí. Nunca ouvi falar de nada parecido.

– Pois é – digo. – Também não. Mas aí está. É assim que as coisas são. Não precisa ser um problema. Isso só adia um pouco as coisas para nós, só isso.

– Mas espere aí. Isso parece uma situação esquisita, não é? Ter algo incomum assim incluído no testamento? Por que você acha que ela fez isso?

– Bem, *ela* era incomum.

– Isso simplesmente não soa como algo muito bacana de se fazer com alguém. Sabe? Sem querer ofender, porque sei que gostava dela, mas um presente com esse tipo de condição parece bem... suspeito.

– Posso ver esse modo de enxergar as coisas – digo lentamente para ele, mas o que estou pensando é que é extraordinário o modo como a luz do fim da tarde se enviesa pela janela da cozinha e bate no topo marcado da mesa marrom. Eu amo essa mesa. A solidez e o peso dela. E a geladeira turquesa. Adoro que esse espaço todo parece conter a personalidade de Blix... e como é que algo assim acontece?

– Você pode vir para casa para visitar, o que acha? Ou talvez eu deva ir até aí te ver...

— Tá bom – digo. Balanço a cabeça para voltar à conversa.
— Tá bom você vir para visitar, ou tá bom eu ir até aí te ver?
— Qualquer um dos dois – digo, bocejando.
Ele fica quieto por um momento. Em seguida, diz:
— Olha. Desculpe por eu não ser muito bom no telefone, mas só queria que soubesse que isso me deixa um pouquinho triste. E, caso não saiba, eu amei ter você trabalhando comigo logo na sala ao lado, só de saber que estava lá, de verdade. E a minha mãe vai sentir saudades de ter você para conversar, porque você sabe exatamente como fazer as pessoas se sentirem bem, sabe? Todos nós precisamos de você aqui. Meus pacientes, minha mãe, *eu*.
— Bem – digo –, obrigada.
— E isso é temporário *mesmo* – diz ele. – Né?
— Ai, meu Deus! Sim, temporário, com certeza! Muito provisório!
— Porque eu te amo, sabe. Vou ficar muito solitário sem você!
— Eu também te amo – digo. – Nós vamos conversar todos os dias. Estou com saudades. – E aí acrescento: – Vai ser solitário ficar aqui sem você também.

E então, não era de imaginar? Quando eu desligo e me viro, Noah está logo ali, ao lado da geladeira. Merda, eu nem ouvi quando ele entrou aqui. Ele pega duas cervejas e oferece uma para mim, inclinando a cabeça e parecendo achar muita graça.
— Uau. Isso foi tão meigo – diz ele, sarcástico. – Mesmo. Você tem que me dizer quem é o cara de sorte.
— Na verdade, era o meu noivo – digo.
— Desculpe, como é? Seu *noivo*? E entãããão... há quanto tempo está divorciada, e já tem outra pessoa na fila? – Ele está sorrindo. – Que foi? Você tinha um cara na reserva ou algo assim?
— Ah, Noah, pare com isso. Não é assim. Ele é meu antigo namorado e nós reatamos e temos muito em comum, então... decidimos recentemente nos casar.
— Seu antigo namorado. Quem poderia ser? Deixe eu ver se me lembro do panteão de caras.

Aprendiz de Casamenteira

Ele leva o dedo ao queixo, exagerando na pantomima de alguém pensando. Seus olhos estão brilhando de riso.

– Espere. Torço para que não seja aquele que te deu um bolo no baile de formatura!

– Não. Por favor, pare. Você está passando vergonha.

– Ai, meu Deus! É o cara em quem *você* deu bolo para sair com o gostosão! É ele, não é? Reatou *com ele*?

– Por que está fazendo isso?

– Porque estou curioso. Porque me importo com você. Fiz algo terrível com você e me sinto incrivelmente culpado por isso, então fico contente em ver que está bem. Só isso. E também... estou com um pouco de ciúmes, talvez. Você superou tudo meio que... *depressinha*, se quer a minha opinião.

– Suponho que ache que eu ainda deveria estar sofrendo por você.

– Teria sido bacana ter no mínimo um período de seis meses de sofrimento. Acho que, para um relacionamento de dois anos, a pessoa deveria receber seis meses de sofrimento.

– Há!

Ele está me olhando como se me visse pela primeira vez. Beberico a cerveja que ele me entregou, e daí digo que vou ver se Jessica está em casa, e *ele* diz que nós nunca chegamos a ir até aquele bar e hamburgueria na outra noite, e por que não vamos comer *agora*? E a verdade é que eu estou com fome, e não consigo pensar num bom motivo para não ir, e então vamos até lá. Fico na intenção de perguntar para ele quando, exatamente, ele pretende sair da casa agora que sabe que ela não será dele. Porque com certeza era esse o plano. Mas a conversa, em vez disso, vai para todo canto – Whipple, África, tocar música e como é realmente morar no Brooklyn – e nunca chego a perguntar.

Certo, sei que isso é superficial de minha parte, mas todas as minhas terminações nervosas e eu havíamos meio que esquecido como é estar com um homem tão bonito que todo mundo para e olha. É tão injusto. Será que se separar de mim e ir para a África tinha que acabar *melhorando* a aparência dele? E já que estamos nesse assunto, com que idade as aparências vão deixar de importar para mim?

Mas, bem, aqui estamos nós – eu, meus nervos e ele –, e estamos rindo e conversando, e ele está dando audiência, contando suas histórias magníficas e sendo a alma da festa. E de vez em quando os olhos dele encontram os meus e ele sorri, e escavo todo o restinho de sanidade e força que possuo, dizendo para mim mesma: *Dessa vez, não.*

Quando voltamos a pé para casa, com ele sorrindo e pegando meu braço, rindo sobre as pessoas no bar e sendo tão charmoso e encantador como Noah sabe ser, seguro as pontas e me contenho. Deixo que meus passos marquem o ritmo enquanto caminho: dessa. Vez. Não. Dessa. Vez. Não.

E mais tarde, deitada ali sozinha no escuro, eu resolvo que amanhã direi a Noah que ele precisa ir embora.

Na manhã seguinte, acordo com uma batida na porta do meu quarto.

– Por favor, vá embora – digo, sob o monte de travesseiros e cobertas.

– Isso não é um jeito muito gentil de falar com o homem que está te trazendo café da manhã.

– Ãh, obrigada, mas eu não tomo café da manhã.

– Oi? Mas é a refeição mais importante do dia – diz ele. – Eu também fiz a minha especialidade: panquecas alemãs.

Ele abre a porta com o ombro.

– Vamos lá, eu te conheço, e não estou comprando essa de que não quer pelo menos dois pedaços de uma panqueca alemã perfeita! Olha só para ela!

Fazer panquecas alemãs era a especialidade dele quando estávamos juntos. Elas são um preparado espantoso com açúcar de confeiteiro. Irresistíveis. Agora ele está trazendo-as numa bandeja com café à parte. Bacon. Um guardanapo dobrado. Ele é um cara

Aprendiz de Casamenteira

rico, filho de uma mulher que prepara torradas ao molho coalho, por isso com ele sempre se trata da apresentação.

O rosto de Noah está corado por todo o esforço a que ele se submeteu.

– Pensei que talvez você apreciasse uma lembrança de tempos mais felizes. Apenas isso. É só café da manhã. Se quiser mesmo, eu vou embora.

– Tudo bem – digo, ranzinza.

– Vá mais para lá. Vou me juntar a você.

Ele fica ali enquanto eu contemplo se me movo ou não. E então ele diz:

– *Se não se incomodar.*

Eu me arrasto para o outro lado da cama e ele se senta e coloca a bandeja no meio de nós. Enfio os pés por baixo e arrumo as cobertas em torno de mim. Isso não é nada bom.

– Hum, por que tá fazendo isso? – pergunto a ele.

As panquecas estão mesmo perfeitas – redondas e douradas, com manteiga derretida escorrendo por cima. E o bacon está exatamente como eu gosto, quebradiço. Meu estômago ronca em apreciação, o traidor.

– Porque esse é o meu jeito de pedir desculpas. Estou pedindo perdão com panquecas. Eeeee... também preciso pedir um favor.

– O quê?

Ele sorri para mim.

– Que tom de voz! É só que eu meio que *preciso* ficar aqui, então me ouça, por favor. Eu prometo que serei um bom colega de quarto, e vou me comportar e não dar festas muito loucas. Farei panquecas e limparei depois. E consertarei vazamentos nas torneiras. Sabe. Esse tipo de coisa. Eu até abaixo a tampa da privada noventa e cinco por cento das vezes, o que é algo em que nunca tive sucesso antes.

– Não, Noah. Essa é uma ideia absurda. Não podemos morar na mesma casa. Não vai funcionar. Você precisa sair.

— Mas eu não tenho *para onde ir* – diz ele. Seus olhos reluzem, como se ele soubesse como se fazer adorável. – Vamos lá, Marnie. Nós estamos bem.

— Ligue para a sua família. Volte para a Virgínia e more com eles, como eu tive que fazer com a minha família. Faça o que fazem quando ficam sem dinheiro, se é que isso já aconteceu com algum de vocês. Mas ficar aqui não é uma opção. Você sabe que não vai dar certo.

— Não posso ligar para eles. Realmente estraguei tudo na África, e eles estão fulos.

Ele começa a afagar meu braço. Eu o puxo para longe.

— Então dê aulas. Você tem certificado de professor.

— Eu não tenho licença para dar aulas aqui. E estou com *burnout*. Não quero dar aulas. *Por favor*, Marnie. Eu comecei algumas aulas em setembro e pretendo ficar aqui enquanto termino.

Não digo nada.

— Tá, me escute. Olhe para as coisas por esse lado. Este é um experimento social massivo, tá? Não, não, não revire os olhos. Escute! Nós fomos bons amigos antes de virarmos namorados, e fomos namorados por um tempo antes de morarmos juntos e decidirmos nos casar. E aí eu estraguei tudo, de cima a baixo, mais do que já estraguei qualquer outra coisa na vida toda. E claramente, por causa desse tropeço, nós nunca mais ficaremos juntos, *juntos de verdade*. Você tem outra pessoa agora, e respeito isso. Então que tal se apenas tivéssemos *este momento* no Brooklyn, na casa da minha tia-avó? Só esse período, essa fatia de tempo pequenininha enquanto você espera para herdar de verdade este lugar. Seremos legais um com o outro. Seremos amigos de novo, repararemos todos os buracos em nosso relacionamento. E aí... bem, quando estivermos velhos, grisalhos, decrépitos e casados há um século com outras pessoas, talvez a gente olhe para trás e diga: *Uau, foi tão legal aquilo que a gente fez de morar juntos e, bem, apesar de estarmos divorciados e termos toda aquela bagagem*. Pode ser, tipo, uma prática espiritual: nós dois aqui, na casa da Blix. Acho que ela pensaria que isso é algo bem legal de fazermos. Um ponto-final.

Aprendiz de Casamenteira

— Não sei, não... não sei, não...

Não consigo olhar nos olhos dele. Vou ao banheiro e faço xixi, e em seguida encaro meu reflexo no espelho rachado, sujo e ondulado do banheiro.

Ele fala através da porta.

— Eu mencionei que farei panquecas? E também estou acrescentando aqui o fato de que matarei todas as aranhas.

— Não tem aranha nenhuma! — digo para ele, mas já perdi. Eu sei que vou dizer sim. Eu só queria saber com certeza *por que* estou aceitando. É para agradá-lo? Ou para evitar ficar sozinha? Ou ele tem razão, e nós poderíamos colocar um ponto-final em nosso relacionamento?

E então eu tenho a certeza do que é isto.

Eu não terminei de verdade com ele.

O lugar onde ele vive no meu coração... bem, ele ainda está lá. Ainda se sacudindo por ali. E estava tudo bem, já que eu não o estava vendo. Soterrei muitas emoções. E agora eu realmente, realmente preciso superá-lo.

Então talvez isso faça o serviço.

Depois de muito tempo, retorno ao quarto.

— Está bem. Você pode ficar. Mas, Noah, eu odeio isso. De verdade. Acreditando que isso seja algo bom ou não, estou saindo com outra pessoa. Alguém legal que está me esperando...

— Eu sei, eu sei — diz ele. — Acredite, respeito isso. De verdade.

— Noah. Nem pense.

— Nenhuma gracinha, nenhum arrependimento. Só nós.

— Tá bom — digo, e ele dá um soco no ar e se aproxima e me dá um beijo, um beijo casto no rosto.

Mas há uma história por trás daquele beijo, e nós dois sabemos que poderíamos recair em nossa história antiga. Ele me dá um olhar cheio de significado e apanha a bandeja com os pratos, e leva sua arrogância, seus beijos e seu magnetismo e sai, deixando um leve rastro de possibilidade. Eu ouço quando ele sobe os degraus para a cozinha, ouço os pratos indo para a pia, e só então exalo, e depois desabo na cama e me flagro em lágrimas.

Não tenho certeza de por que estou chorando, para dizer a verdade. Talvez eu esteja chorando porque há algo em mim que não parece capaz de abrir mão dele, ou talvez eu esteja finalmente chorando por Blix que, a despeito de como todos falam sobre ela no tempo presente, está morta mesmo. E estou chorando porque o legado que ela me deixou – esta casa, todos esses personagens, esta vida – é algo que eu jamais teria escolhido e não pretendo manter.

É isso. Estou chorando pelo engano de Blix. Ela estava muito equivocada a meu respeito...

vinte e sete

MARNIE

Mais tarde naquele dia, quando Noah saiu, Lola traz brownies, cookies, duas abóboras e um par de meias tricotadas à mão com coraçõezinhos.

— As meias são porque vai esfriar por aqui, e as abóboras são porque pensei que deveríamos decorá-las — diz ela. — Os brownies e cookies são autoexplicativos.

Ela sorri para mim e vejo que ela tem olhos cinzentos sorridentes que se enrugam lindamente, como se se aninhassem num cruzamento de linhas. Com cara de avó, a pele rosada e meiga completada por uma névoa de cabelos grisalhos fofos como algodão.

— Blix e eu sempre fazíamos as abóboras juntas — diz ela. — As crianças virão no Dia das Bruxas, sabe? E por crianças, quero dizer os hipsters e os filhos *deles*. Muito divertido.

Pisco lentamente. Ainda faltam semanas para o Dia das Bruxas! Por que estamos fazendo isso agora?

Lola sorri e passa por mim, subindo para a cozinha.

— E então, como está se ajeitando? — pergunta ela, por cima do ombro. — É um lugar ótimo para se morar, não é? Tão Blix!

Ela olha ao redor sorrindo animadamente, como se essa casa fosse uma velha amiga que ela precisava ver.

— Fico contente por você estar aqui — digo, uma vez que estamos as duas na cozinha.

Lola está tirando a capa cinzenta que combina com seus olhos e pendurando-a numa das cadeiras da cozinha. O jeito como ela olha ao redor para a cozinha deixa óbvio que ela pertenceu muito mais a Lola do que a mim.

— Ah! — diz ela, estendendo os braços para os lados como se pudesse abraçar o cômodo todo. — Uau, então ela ainda está aqui, não está? Eu a sinto pela área toda!

— Vou fazer um pouco de chá — digo.

— E depois vamos trabalhar nessas abóboras. Quer?

É ela quem vai buscar a chaleira no armário e a enche de água e coloca na boca de trás do fogão.

— Conte-me sobre segunda-feira. Você recebeu a notícia, suponho?

— A notícia? Ah, quer dizer o negócio dos três meses.

Ela me olha com atenção.

— Sim, isso mesmo, claro. Ficou surpresa? Acredite em mim, isso dos três meses não foi ideia minha. Eu disse para Blix que era loucura. Falei para ela que você já tinha a sua vida em outro lugar. E falei que, quando você dá uma casa para alguém, ou simplesmente *dá*, ou não dá. Você não tenta entregar *toda uma vida* para a pessoa na barganha. Mas não dava para discutir com ela. Acho que já sabe disso, a essa altura.

Ela abre uma gaveta e extrai de lá facas que parecem alarmantemente afiadas e as leva até a mesa.

— Lola — falei, baixinho. — Você entende que eu não *conhecia* de verdade a Blix, né? Eu tive talvez um total de três conversas com ela na minha vida inteira. E aí ela vai e faz isso. Não sei o que pensar. Noah tinha certeza de que o lugar iria para ele e a família, e não posso dizer que discordo.

O rosto dela fica sombrio e ela apanha uma faca e agita no ar.

— Não! Blix não iria querer ouvir nada disso! Ela chama Noah de patife retrógrado, e confie em mim nisso, ela não queria que ele acabasse com essa casa. E tenho que te dizer, em algum lugar, seja lá em qual reino ela estiver, ela sabe que você está permitindo que ele fique aqui agora, e provavelmente estará revoltada, tentando fazê-la mudar de ideia. Se é que existe algum jeito de te alcançar do pós-vida, eu não colocaria isso além do alcance dela.

Aprendiz de Casamenteira

— Espera — digo. — É porque ele quis o divórcio? Porque...

— Não. É coisa de muito tempo atrás. A família inteira dela sempre foi tão condescendente, desde que o pai dela morreu. Ele foi o defensor dela — diz Lola. — Blix era puro amor, e eles não conseguiam enxergar isso. Eles a trataram com tanto desrespeito que ela se encheu. De jeito nenhum Blix ia deixar a casa dela para eles!

Ela me entrega uma faca.

— Você é boa nisso? Nunca fiz sem Blix, então estou só fingindo que sei o que faço. Mas o principal é que a Blix diz que *conhece você*. Ela é inexplicável, sempre fazendo o que menos se espera. Eu digo para ela: "Blix, ninguém vai se beneficiar quando você sai por aí tentando refazer a vida toda de alguém sem a permissão da pessoa", e aí ela diz: "Eu tenho meus motivos para o que eu faço". Sinto que todos os meus trinta e tantos anos com ela foram, e ainda são, uma grande discussão. Em meio à diversão, claro.

— Você sabe que sempre fala de Blix no tempo presente?

— Isso porque ela está bem aqui com a gente. Eu sei que você também sente.

Enfio a faca em uma das abóboras, tirando o cabo, e a coloco na mesa. Não faço isso desde que era pequena, mas adorava recortar desenhos nas abóboras. Minha mãe sempre me dizia para cortar olhos e bocas em triângulos, mas eu gostava de fazer espirais e rococós.

— Sabe do que vou sentir falta? — diz Lola, após um tempo. — Parece maluquice, mas são os jantares. Blix e Sabujo davam os melhores...

— Sabujo, o pescador de lagostas? O que aconteceu com ele?

— Ele foi o amor verdadeiro dela. Eles ficaram juntos por mais de vinte anos, mas aí, no verão, ela estava dando uma festa para se despedir de todo mundo porque sabia que morreria em breve, e Sabujo morreu bem na festa. Caiu morto, assim mesmo.

Ela tira os óculos e enxuga os olhos com um guardanapo.

— Nossa!

— É, foi um choque imenso para ela. Para todos nós. Acho que ele não podia encarar a ideia da vida sem ela, então foi primeiro. Eles eram uma coisa juntos. As únicas pessoas que já vi cuja prioridade era apenas ser feliz, não importava o que viesse. A maioria das pessoas não tem o dom para isso, entra dia, sai dia, sabe? Mas eles tinham. Eles dançavam. Eles faziam jantares. Ah, meu Deus, aqueles jantares e festas! Blix era uma cozinheira maravilhosa, mas era ainda melhor em saber quem precisava estar lá para compartilhar daquilo com ela. Ela conhecia gente na rua e fazia amizade. Eles recebiam músicos, poetas, pessoas sem-teto, lojistas. As pessoas vinham várias vezes.

Seus olhos brilham de lágrimas. Ela se levanta para servir o chá em xícaras e as traz para a mesa.

— E eles faziam praticamente de tudo — diz ela. — Isso era o que mais me espantava. Nunca pensavam que estavam velhos demais, ou que estavam doentes. Tinham todas as dores e incômodos habituais, e Blix, como se viu, tinha aquele tumor. E, no entanto, ela estava lá fora no mar, mergulhando pelada, mesmo aos oitenta e tantos! Viajando para todo lugar. E aí teve o ano em que ela aprendeu sozinha a tocar gaita e ia para os bares e tocava. Em bares! Bem ali com os jovens, os hipsters, como se ela fosse um deles. E não era que ela estava fingindo ser uma senhorinha fofa, não. Ela arrumava os parceiros certos para eles, dava-lhes conselhos e os arrastava para casa com ela. Comprava presentes para eles. E Sabujo... ah, aquele Sabujo!... ele distribuía lagostas como se elas não passassem de pedras antigas que ele tinha encontrado por acaso na praia.

— Eu adoraria ser assim.

Ela coloca as mãos no colo e olha melancolicamente para mim.

— Sabe, quando você observa pessoas assim vivendo, começa a se dar conta de que o resto de nós está apenas contando os dias até a morte chegar. *Eles* eram os especialistas em viver.

Eu corto em formato de cornucópia no centro da minha abóbora.

— Ela me resgatou na casa dos pais de Noah no Natal. Eu meio que fiz papel de idiota e ela chegou e consertou tudo para mim. Ela me fez rir. Contando histórias escandalosas, me fazendo rir.

O rosto de Lola se espreme enquanto ela trabalha nos olhos de sua abóbora. Ela faz os olhos padrão da lanterna de abóbora, dois triângulos.

Aprendiz de Casamenteira

— Ah, sim! Eu ouvi sobre isso. Ela estava tão entusiasmada quando voltou. Ficou atônita em te encontrar. Ela me contou como você a fazia se lembrar de si mesma na sua idade. — Lola inclina a cabeça para mim como se tentasse ver se sou parecida com Blix, mas sei que não sou. — Acho que ela voltou para casa cheia de ideias sobre você.

— Mas olhe só para mim, Lola! Você pode ver que não sou nada parecida com ela! Nada! Ela entendeu tudo errado. Eu sou a pessoa menos... *capaz* que conheço. Não sou nem sequer corajosa. Nem o menor tantinho.

Jogo meu braço num gesto amplo e derrubo minha xícara de chá, e tenho que correr para a pia em busca de uma esponja para enxugar tudo.

Lola move os jornais para o lado e diz:

— Nada disso importa para Blix. Sou a melhor amiga dela, mas ela está quilômetros na minha frente. Pelo amor de Deus, eu fui secretária do Conselho de Ensino por quarenta e dois anos, um lugar que Blix não aguentaria nem por um segundo. E — ela abaixa a voz e se debruça mais para perto de mim — sabe com quantos homens eu dormi na minha vida? Um, precisamente! O homem com quem fui casada por quarenta e sete anos, um administrador da ferrovia. Não dancei nas ruas. Não fui mergulhar pelada, e se tivesse ido, acredite, os policiais teriam aparecido e me levado presa. Nós simplesmente temos que confiar no que Blix enxerga em nós, talvez.

Em seguida, sua expressão muda.

— Além disso, você não é uma casamenteira? Ela me disse que você é uma casamenteira.

— Não sei... sou? Quer dizer, às vezes eu meio que vejo quando as pessoas deveriam ficar juntas. Mas não é... eu não sei de fato como fazer acontecer, sabe? Só sei que *deveria* acontecer.

Lola sorri.

— Acho que uma das coisas para as quais você deve se preparar é que você não vai poder continuar comum. Ela disse que você tem uma vida grande à sua frente.

Faço uma careta.

— É, ela me disse isso também. Mas temo que haja algumas coisas que ela não sabia a meu respeito. Digo, eu fico agradecida e tudo sobre receber a casa, mas não posso ficar aqui – digo para ela. – Eu me envolvi com meu antigo namorado do Ensino Médio. Estou para casar quando voltar para casa. Ele é um fisioterapeuta com consultório na Flórida, e temos toda uma vida planejada. Blix não sabia que isso estava acontecendo, entende?

Lola ainda sorri seu sorriso inabalável e assente, movendo a cabeça para cima e para baixo, como se nada do que estou dizendo fizesse a menor diferença.

— Aliás – diz ela, como se tivesse acabado de ser instruída a dizer isso –, já conheceu o Patrick? Você precisa ir ver o Patrick.

Eu gostaria de conhecer o Patrick, mas Patrick é conhecido por não vir para o lado de fora. Assim, no dia seguinte, faço alguns cookies e desço e bato na porta dele.

Passa-se uma eternidade e ouço apenas silêncio do lado de dentro. Finalmente, digito para ele:

Ei, Patrick! Você tá por aí? Estou nos seus degraus. Com cookies.

Tentador. Mas não estou no meu melhor hoje, como diria Oprah.

Eu já mencionei que são cookies com GOTAS DE CHOCOLATE? E que eu mesma os fiz, com minhas próprias mãos?

Marnie...

E eles estão QUENTES e ACABARAM DE SAIR DO FORNO.

Marnie, alguém já te explicou que sou medonhamente feio? Desfigurado e casmurro, e introvertido e possivelmente malcheiroso? Difícil saber, já que somos só eu e o gato aqui embaixo, mas um de nós definitivamente ESTÁ UM POUCO PASSADO.

Patrick, alguém já explicou A VOCÊ que cookies com gotas de chocolate transcendem tudo isso e muito mais?

Aprendiz de Casamenteira

Tudo bem. Estou abrindo a porta. Mas você foi avisada. Além disso, alerta de spoiler: sou muito melhor por escrito do que em pessoa. Então, ajuste suas expectativas devidamente.

E então, lá está ele. Ele é franzino, com um blusão de moletom preto dos Mets – o capuz levantado, mesmo dentro de casa – e calças de moletom. Seu rosto está semiescondido pelo capuz, mas posso ver os olhos azuis. Algumas cicatrizes. Cabelo escuro.

– Oi – digo. – Cookies.

Estendo a bandeja.

– Oi, cookies – diz ele. – Patrick.

Aí ficamos ali parados. Por fim, ele diz:

– Ah, suponho que queira entrar, apesar de eu estar fazendo tudo o que posso para você se sentir indesejada.

– Bem... – Eu rio um pouco. – Bem, pensei que iria. Mas se estiver tudo bem. Não preciso ficar muito tempo.

– Claro. Entre no palácio. Você é a dona desse prédio agora, creio eu.

Antes que eu possa protestar que não estou ali como *proprietária do edifício*, ele se afasta com um floreio e eu entro num corredorzinho azulejado que leva para sua sala de estar, que tem um cheiro incrível – como canela, açúcar e maçã.

O local parece mais uma biblioteca de computadores do que um lar. Acompanhando uma parede, vê-se uma mesa de compensado com três computadores piscando, diversos teclados e uma cadeira de escritório com rodízios. Os monitores todos têm linhas e mais linhas de escritos neles. Do outro lado do cômodo, sobre uma área de tapete bege, há um sofá de couro preto com alguns livros e revistas empilhados em ângulos retos. E uma mesinha de centro. Há luminárias e esculturas intrigantes por todo lado.

– Você tem obras de arte tão incríveis! – digo, feito uma idiota.

– E tantos computadores!

— É. Eu trabalho em casa para não ter que impor minha presença aos cidadãos estadunidenses. É um serviço público que realizo, e parece que isso requer eletrônicos. As esculturas são de uma encarnação anterior.

Eu me viro e olho para ele. Mesmo com o capuz levantado, posso ver que está sorrindo – e, sim, é um sorriso torto, danificado, num rosto com um nariz arruinado. Ele parece áspero e maltratado. Sinto-me respirar fundo, o que pode soar para ele como se arfasse, mas absolutamente não era isso.

— Ah! E que tipo de trabalho você faz? – digo.

Minha voz soa falsa até para mim, provavelmente porque estou preocupada que ele vá pensar que fiquei chocada por sua aparência, quando *não fiquei*. Eu estava só respirando, mas como vou explicar isso para ele sem soar como se fosse mentira? Olho para ele, desamparada, esperando que venha me resgatar.

Patrick olha diretamente para mim e deixa a falta de jeito se fazer presente na sala conosco antes de responder.

— Na verdade, eu assusto as pessoas dizendo para elas qual doença elas provavelmente têm com base em seus sintomas. Tipo, se for até o website e digitar que suas costas doem, eu sou o cara que te pede para clicar em outros sintomas até que, em algum momento, eu direi que você pode estar com câncer nas costas ou que seus rins estão explodindo.

— Na verdade, isso é incrível, porque posso ser uma de suas melhores clientes – digo. – Estou sempre acordada no meio da noite lendo sobre tumores cerebrais e coisas assim.

— Obrigado – diz ele. – É bom estar aqui para te ajudar com suas leituras de conteúdo leve.

Ele solta um suspiro e me preocupo se o estou entediando. Sério, isso é tão difícil, e quero tanto que ele goste de mim!

— E você? – diz ele, educadamente. – Blix me disse que é meio que uma casamenteira.

— Ai, meu Deus. Ela disse *para todo mundo* que eu sou uma casamenteira? Eu não sou, sério mesmo.

Aprendiz de Casamenteira

— Bom. Foi o que ela disse. "Estou deixando a minha casa para a Marnie, e ela é uma casamenteira, então acho que será muito feliz aqui." Citação direta.

— Uau. E Blix te contou a parte em que ela só botou os olhos em mim de fato em duas ocasiões? Ela te contou que nem *me conhecia* de verdade?

Ele me dá um olhar brando.

— Tá tudo bem. Eu sei, melhor do que ninguém, que a Blix tinha o jeito dela. Não vou pedir para me mostrar sua carteirinha do sindicato das casamenteiras nem nada do tipo.

— É que é tão maluco. Não faço ideia de por que estou aqui. Estou sempre explicando para as pessoas que eu nem a conhecia de fato, que sinto que sou uma impostora recebendo essa casa dela. Meus pais estão consternados. Tipo, quem é essa senhorinha e por que ela não podia deixar essa casa para a própria família? Por que ela escolheu a mim? Eles parecem pensar que é algum tipo de punição e que preciso ter muito, muito cuidado!

Ele está olhando para mim com um meio sorriso, ou o que parece ser um meio sorriso. Difícil dizer, com o blusão de moletom e o fato de que o rosto dele não é exatamente igual ao de outras pessoas.

— E você está? — diz ele. — Tendo muito, muito cuidado?

— Não segundo os padrões deles, tenho certeza. E, também, e se ela me deixou o prédio para eu poder achar parceiros para todo mundo, e no final eu nem sou boa nisso? Ela podia ter deixado para o Noah.

— Eu acho... bem, quer saber meus pensamentos mais verdadeiros, sem censura?

— Se quero? Quero, sim. Conte para mim. Pensamentos sem censura.

— Bem, meu primeiro pensamento é que a Blix nunca fazia *nada* que não quisesse fazer, e quando ela te conheceu, posso te dizer uma coisa: você causou uma impressão forte nela. Não sei se demonstrou suas abundantes habilidades casamenteiras na frente dela, ou se ela apenas as discerniu, mas ela ficou encantada por você, e foi isso. Fim da história. Quando ela decidiu que você precisava da casa, você receberia a casa e mais ninguém poderia ficar com ela.

— Mas é tão... surpreendente. Quem faz algo assim?

— Blix Holliday faz algo assim. Além disso, ela não achava que Noah devesse ficar com a casa, nem nenhum dos parentes dela da Virgínia. Ela me disse isso várias e várias vezes. E agora realmente não vou dizer mais nada.

— Eu estou aqui há menos de uma semana, e, no entanto, cada uma das pessoas com quem conversei certificou-se de me dizer como ela tinha pouca consideração por Noah. Até ele me diz isso. Deve ter sido épico. Talvez seja você quem vai me contar o porquê...

— Mais nada. Eu fiz um voto.

— Voto?

— Um voto de silêncio no que diz respeito a criticar outras pessoas, particularmente pessoas casadas com a pessoa com quem estou conversando. E que estão atualmente também morando com o mesmo indivíduo. É uma política minha.

— Bem, não estamos praticando *esse* tipo de *morar junto* – digo. E quando ele continua olhando para mim, completo: – *Não é assim*, de forma alguma. Acredite. Ele só está ficando aqui porque está matriculado em cursos e também estamos fazendo um experimento para demonstrar que conseguimos morar juntos pelos três meses sem matar um ao outro. É para que, quando estivermos velhos, possamos olhar para trás e ver que fomos bons um para o outro. Um tipo diferente de rompimento.

Ele sorri para mim.

— Eu definitivamente não vou comentar sobre nada disso.

Ele me leva até a cozinha, que não passa de um fogãozinho minúsculo, pia e geladeira, todos amontoados num cômodo do tamanho de um closet, ao lado da sala de estar. Uma torta de maçã está sobre o balcão, faltando um pedaço.

— Vamos comer cookies, então? Ou prefere um pouco de torta? Talvez os dois?

— Os cookies são para você – digo, e ele ri.

Aprendiz de Casamenteira

— Um voto para os dois, então!

Ele corta uma fatia de torta para cada um e empilha alguns cookies em pratos de papelão e ficamos de pé na cozinha, comendo. A torta está primorosamente amanteigada e doce, com maçãs azedinhas e uma crosta folhada. Meio que incrível, na verdade. Não consigo parar de elogiá-la.

— É, venho fazendo experiências com as crostas ultimamente. A velha questão de banha ou manteiga, sabe? Dessa vez, usei manteiga. Fica mais folheada com banha, acho, mas...

— Ai, meu Deus! Eu voto por essa torta. Manteiga, sempre.

— Vou anotar aqui — diz ele.

Ficamos quietos devorando nossa torta, quando digo:

— Você mora aqui há muito tempo?

Ele franze a testa. Sob o tom esverdeado da luz fluorescente no teto, posso agora ver mais do rosto dele. É um choque, de leve, ver que a pele do rosto dele é esticada ao redor de seu olho esquerdo, deixando-o mais rosado e liso como a parte interna de uma concha. O outro olho é normal, olhando para mim com certa pose.

— Bom, três anos e meio, acho que faz agora. Você está com sede? É do tipo de pessoa que toma leite com torta?

— Não, eu tô bem — digo. — E então... conhecia a Blix antes disso?

— Não. Eu a conheci do lado de fora do museu de arte certo dia. Estava passando por, digamos, um momento um tanto desafortunado, e de súbito lá estava ela, mandando em mim, mesmo eu sendo um desconhecido. Ela conversou comigo por um tempo e depois disse que eu precisava vir morar no prédio dela.

— Sério? E você veio? Você se mudou para cá apenas porque ela te disse para vir?

— E você não veio para cá porque ela falou para vir?

— Bem. É, acho que foi, quando você coloca as coisas assim...

— Pois é. Ela sabe sobre onde as pessoas deveriam estar. E então, tenho permissão para fazer a grande pergunta? Agora que comprou um casaco, posso presumir que isso significa que pretende se tornar uma brooklynista de vez? Vai ficar?

É quando me ocorre, realmente, que minha decisão de vender o lugar afeta a vida dele de verdade. E se ele tiver que se mudar?

Deposito meu prato no balcão.

— Eu me sinto esquisita dizendo isso, mas não acho que vá ficar, de fato. Meio que tenho uma vida para a qual voltar. E não sou uma pessoa da cidade grande, sabe? Blix escreveu no acordo que eu preciso ficar por três meses, então é claro que eu farei isso...

— É, eu sei sobre os três meses.

— Sério? Ela contou tudo para todo mundo?

— Todo mundo? Não sei se *todo mundo* no Brooklyn sabe, mas nós, os amigos mais próximos dela, com certeza sabemos.

— Então as pessoas ficarão chateadas se eu não ficar aqui. Estaria abandonando o plano dela. É isso mesmo?

— Não que todos esperássemos que tudo continuaria igual para sempre. Se esta não é a vida que você quer, então não deveria sentir que precisa levar essa vida. Não creio que Blix pretendia que fosse uma prisioneira aqui.

— Mas ah, cara, eu me sinto culpada. É óbvio que ela acreditava que eu fosse continuar com a casa.

— Ah, Marnie, pela madrugada, não coloque esse peso sobre você. Talvez ela tenha te dado a primeira opção na casa, mas, se não a quiser, apenas temos que confiar que ela estará agindo no reino invisível e trará a próxima pessoa que deveria ficar com ela. Que tal isso?

Eu o encaro até ele pedir que eu pare de olhar para ele. Patrick diz que não suporta quando as pessoas o encaram. Em seguida, fala:

— Mas, enfim, a última coisa que Blix desejaria de você é culpa. Fique com a casa ou passe-a adiante para outra pessoa. Faça o que achar melhor. É isso o que ela teria desejado. Faça o que te deixar feliz.

— Mas o que você vai fazer se eu vender?

Ele se enrijece.

— O que *eu* vou fazer? Ou ficarei por aqui ou irei para outro lugar. Assim como Jessica e Sammy. Somos seres humanos muito portáteis,

Aprendiz de Casamenteira

sabe? Sei que pareço alguém sem muitas opções, mas até eu posso encontrar outro lugar para morar.

Sinto meu rosto corando.

– Desculpe. Não quis dizer...

– Chega de desculpas ou culpa nesta conversa. Já preenchemos a cota.

Nesse instante, um gato tigrado entra correndo, miando como se estivesse no meio de uma conversa e precisasse contar algo a Patrick imediatamente.

– E quem é *este aqui*? É você o sujeito que rouba a carteira do Patrick e encomenda latas de atum pela internet?

Eu me abaixo para afagá-lo, e ele corre até mim, esfregando-se em minhas mãos.

– Este é o Roy. Ele é o verdadeiro inquilino aqui, e está atrás dos seus cookies. Sou eu quem sente saudades da Blix, e ele é quem pensa que deveríamos ter cookies e provavelmente fritar uns peixes e limpar a caixa de areia com mais frequência.

Endireito o corpo.

– Você sente falta dela. Meus sentimentos. Deve ser uma perda imensa.

Ele se vira um pouco, olhando para a sala de estar.

– Sinto. Muito mesmo. E, apesar de ter sido ótimo te conhecer, temo que de fato precise voltar a alarmar a população sobre a artrite reumatoide.

– Ah! É claro – digo. – E, Patrick, muito obrigada. Foi... foi mesmo muito bom te conhecer.

Quero dizer a ele que ele está longe de ser medonho, que a luz que sai dos olhos dele acaba comigo, mas como dizer essas coisas? Então estendo minha mão e, depois de apenas um instante de hesitação, ele a aperta. A mão dele é coriácea e posso sentir o sulco onde é provável que novos tecidos tenham sido enxertados. Sinto um tremor involuntário me percorrer, e Patrick olha diretamente nos meus olhos.

– Está vendo? – diz ele. – Eu alerto as pessoas, mas elas se surpreendem toda vez, mesmo assim.

E então acontece o pior, que é, conforme estou recuando para fora da cozinha, virar-me depressa demais para a porta de entrada e tropeçar num trecho de tapete, chocando-me contra uma escultura que está em cima da estante, e ela desaba sobre a bancada de computadores, quicando uma vez e depois se partindo no chão.

– Ah, não! Ai, meu Deus! Ai, me desculpe, mil perdões! – digo.

No entanto, mesmo enquanto ele encolhe os ombros e me diz que eu não deveria me preocupar com isso, noto que está indo para a cozinha, provavelmente procurando toalhas de papel ou uma vassoura. Digo que vou varrer os pedaços, mas Patrick fica repetindo:

– Eu não deveria ter deixado essa obra ali, podia ter acontecido com qualquer um.

– Não, sou eu, eu sou atrapalhada demais! – digo a ele. – Sinto muito, me desculpe!

Sinto que estou prestes a começar a chorar. Estou triste demais e meio maluca, mas por fim não há nada a fazer além de ir embora. A cota de desculpas do dia todo foi esgotada, e tenho que deixar este homem triste e engraçado varrendo cacos de uma escultura que ele deve ter feito com todo o coração e alma e que agora quebrei para sempre.

vinte e oito

MARNIE

Na semana seguinte, Jessica me leva para Aulas de Brooklyn. Pelo visto, não tenho me saído muito bem em me brooklynizar.

Tudo porque me referi ao metrô como trem. Quero dizer, sabia que era o metrô, mas imaginei que as palavras *trem* e *metrô* fossem intercambiáveis. São a mesma coisa, não? Não, não são. Daí eu falei que Lola estava varrendo os degraus, não a entradinha. Mais tarde, chamei a loja do Paco na nossa rua de "loja de conveniência".

Isso trouxe Jessica degraus abaixo depressinha, batendo à porta, levantando o celular e rindo.

— Ninguém nunca disse a palavra *bodega* pra você? — disse ela.

— Pensei que uma bodega fosse meio que um bar, talvez um bordel — falei, o que a fez se aproximar e me abraçar, de tanto que ria.

— Certo. Qual é o queijo que colocam nas redondas? E, por redondas, quero dizer pizza.

— Redondas são pizza?

— Não. Pizzas são redondas. Vamos lá. Que queijo é?

— *Mozzarella*.

— Não! Ai, meu Deus. É *muçarela*. Pode chamar de *muça*, se quiser. *Não diga mozzarella* num restaurante por aqui. Prometa para mim. E nunca deixe ninguém ver você comendo pizza com garfo e faca, não importa quanto esteja quente ou o tamanho da sua fome. A vergonha e o ridículo serão eternos.

Então hoje, o dia de folga dela, estamos andando no metrô — onde você usa um bilhete de trem, mas Deus nos livre chamar a coisa toda de *trem*.

— Ainda prefiro dirigir um carro mesmo — digo a ela. — Exceto aqui, onde acho que ficaria maluca e começaria a dirigir na calçada.

— Você é muito californiana, floridiana. Os metrôs são muito melhores para observar as pessoas, embora seja muito importante que você não faça contato visual direto. A melhor parte é que pode aprender treinos de ginástica no metrô quando as aulas das crianças voltarem.

O dourado brilha tanto que quase me cega.

Sei o que isso significa. Significa que Jessica vai começar a falar sobre Andrew de novo. Ela pensa que está reclamando dele, mas, quando a observo falando, tudo o que vejo é a aura rosada em torno dela, e o jeito como seu rosto se ilumina quando ela fala dele. Ah, mas há um coração tão ferido por baixo dessa luz!

Tudo bem. Ela vai ficar bem.

Mais tarde, dou dinheiro a um homem sem-teto, que me diz ter um segredo para mim. Ele já foi presidente dos Estados Unidos, murmura ele, mas eles o forçaram a dormir do lado de fora da Casa Branca, no parque, por isso ele renunciou. Ele diz que tem algumas coisas que as pessoas não deveriam ter que aguentar, especialmente quando estão muito famintas, então vou até o Brooklyn Muffin e compro um sanduíche para ele, e quando saio de lá e o entrego para ele, Jessica balança a cabeça e diz que sou igual à Blix.

Voltando para casa, estamos na Bedford Avenue quando vejo uma floricultura adorável, com vasos de crisântemos e outras plantas na calçada. O nome da loja, escrito na porta em letras brancas, é BROTOU UM LANCE. E eu sei que preciso entrar lá.

— Sabe do que mais? Pode voltar para casa se quiser, mas tenho que comprar flores para Patrick.

As sobrancelhas de Jessica se erguem em pequenos picos.

— Você tem que comprar *flores* pro *Patrick?*

— Isso. Eu levei cookies para ele no outro dia e...

— Espera. Você levou *cookies* para ele?

— Dá pra parar? Sim, levei alguns cookies com gotas de chocolate porque queria conhecê-lo, e estávamos conversando, e as coisas ficaram animadas, e eu derrubei uma das esculturas dele de cima de mesa e a despedacei.

– Ah, não!

– Ah, sim! Foi meio que horrível, na verdade. Então venho tentando pensar em como me redimir com ele. E talvez flores fossem uma boa. É meio que monótono dentro do apartamento dele.

– É? Ele nunca me convidou a entrar.

– Além de esmagar as obras de arte dele, acho que cometi pelo menos outros quinhentos erros com ele.

– Ele é durão. Somente a Blix tinha o toque mágico com ele. Nunca consegui levar uma conversa com Patrick. – Ela passa a bolsa para o outro ombro e diz: – Olha, se não se incomodar, vou direto para casa. Sammy vai descer do ônibus escolar em breve, e tenho que encontrar com ele. Mas boa sorte com o seu projeto com Patrick.

Ela franze o nariz.

– Você é meiga, sabia? – Jessica começa a descer a rua, vira e aponta para mim. – O queijo na pizza, vai!

– Muça!

– E como a gente come pizza?

– Com as mãos!

O interior da Brotou um Lance é glorioso – tudo tropicalmente fragrante e úmido, com verde para todo lado, além de picos de flores: rosas, tulipas, gérberas, crisântemos. O lugar perfeito para alguém da Flórida. Orquídeas formam uma torre num canto do refrigerador suavemente iluminado, parecendo pássaros em preparação para a decolagem. Respiro fundo e tento pensar em qual seria a melhor flor para Patrick: a gérbera ou o crisântemo? Uma orquídea para ele cuidar ou um buquê de rosas?

Por fim, levo um buquê de rosas vermelhas e amarelas para o balcão principal e espero na fila para ser cobrada pela operadora de caixa levemente estressada. Duas mulheres estão de pé junto ao balcão parecendo descontentes, e a de cabelos escuros diz para a outra:

— Vamos lá! Nós teremos um bebê por causa dele, e quero agradecer. Eu escrevo a carta para ele, se não quiser escrever.

A outra, que está de rabo de cavalo e uma *pashmina* que estou cobiçando, cruza os braços e diz:

— Não! As flores já bastam. Mais do que bastam. Se escrever para ele, acredite em mim, ele vai querer visitar o tempo todo. Eu conheço esse sujeito. Ele vai ficar se metendo na nossa vida.

— Umas margaridas e uma cartinha muito breve e simpática então. Ele nem sabe ainda que o teste de gravidez deu positivo. Acho que ele merece saber *disso*.

A com rabo de cavalo fecha a cara e desvia o rosto. Nossos olhares se encontram e ela ri, de súbito.

— Você acredita nessa conversa? — diz ela para mim. — Como agradecer seu doador de esperma e garantir que ele saiba que é *apenas* o doador do esperma.

— Bem — digo. — Que tal isso? E se você mandar as flores para ele com um cartãozinho dizendo "Obrigada pelos nadadores fortes! Acertaram em cheio"?

Elas olham uma para a outra e sorriem. A primeira mulher pega a caneta e escreve minha mensagem no cartão, e as duas me dão um "toca aqui".

Depois que elas se vão, o próximo na fila encomenda um buquê gigantesco. A operadora de caixa, que, a essa altura, já me contou que seu nome é Dorothy e que ela é, na verdade, a dona da loja, está tentando fazer o buquê perfeito para ele. Ele está com uma expressão sombria e infeliz, com uma aura turva. A mulher atrás dele na fila ri e diz:

— Uau, cara! Diga-me uma coisa: você está encrencado em casa ou é apenas uma pessoa fantástica?

Vejo Dorothy se encolher um pouco e o homem olhar para os próprios sapatos e resmungar em voz baixa e pavorosa:

Aprendiz de Casamenteira

– Nenhuma encrenca. Minha esposa morreu de câncer de mama dois meses atrás e toda sexta eu coloco um buquê no túmulo dela.

Faz-se um silêncio horrível enquanto ele estende a mão e apanha o buquê. Dorothy agradece e aperta a mão dele. Ninguém sabe para onde olhar e eu não sei de quem sinto mais pena – dele ou da cliente. Ela ficou pálida e tenta dizer algo para ele, tenta pedir desculpas, mas ele se vira para o outro lado bruscamente e sai, a cabeça baixa, ignorando todos nós.

– Ufa – diz alguém.

Dorothy enxuga a testa.

– Você não sabia – digo para a mulher.

Ela coloca a cabeça entre as mãos.

– Por que eu sempre, *sempre* faço esse tipo de coisa? Deveria ser proibida de sair de casa! *Qual é o meu problema?*

– Você não tinha má intenção – digo. – Ele sabe disso. Ele teria sido mais bacana sobre a coisa toda, mas ele mesmo está um desastre agora.

– É isso. Vou fazer um voto de silêncio – ela diz para mim.

Dorothy responde:

– Ah, não precisa fazer isso. Vai ficar tudo bem. As pessoas têm que se aguentar o melhor que podem, sabe?

– Venha para cá e cheire essas gardênias – digo. – Elas vão alterar a sua química cerebral.

– Vão, é? – diz a mulher, e dou de ombros.

Não faço ideia, na verdade. Digo a ela que *talvez* alterem. Ela ri. Assim que ela vai embora, com todos os outros clientes e seus problemas, Dorothy se vira para mim e diz:

– E então, quando pode começar?

– Começar o quê?

– A trabalhar aqui. Posso te convencer a arrumar um emprego aqui?

– Bem... – Eu olho ao redor. Sério? Será que eu deveria trabalhar? E então sei que sim, definitivamente deveria. Poderei vir para cá todos os dias e cheirar as flores e conversar com as pessoas. – Temo que eu não saiba muito sobre arranjos de flores – digo.

Dorothy encolhe os ombros.

— As flores, eu posso te ensinar. O que estou precisando é de uma pessoa para ouvir a história. Quando pode começar?

— Bem... tá bom — digo para ela. — Posso começar amanhã, acho.

Dorothy dá a volta no balcão e me abraça. Ela manca um pouquinho e tem cabelos grisalhos lisos afastados do rosto, e um sorriso supermeigo que transforma seus olhos cansados.

— Venha amanhã às dez, tá bem? Podemos repassar alguns detalhes. Não posso pagar muito, mas a gente dá um jeito. Meio período está bom?

— Está. Meio período está ótimo!

Já andei meio quarteirão quando me lembro de que preciso avisá-la de algo crítico; volto correndo para a loja e a chamo.

— Dorothy! Só tem uma coisa: eu vou me mudar no final do ano, então isso é temporário! Tudo bem?

Ela sai, segurando o caule de uma rosa.

— Como é? Ah! Não tem problema, não — diz ela. — Tanto faz.

E pronto. Estou empregada.

Escrevo para Patrick:

Estudando Brooklyn hoje com Jessica de professora. Pizzas são redondas! Trem é metrô. Loja de conveniência é bodega. #vaisaber

Cê tá se saindo ótima. Cuidado, senão logo estará dizendo isquece, parça.

Também posso, acidentalmente, ter arranjado um emprego numa floricultura.

Não sabia que as pessoas podiam virar floristas por acidente. Você está feliz com isso?

Acho que sim. Também acho que preciso fazer uma porção de coisas nova-iorquinas. Carnegie Hall, clubes de jazz, a Ponte do Brooklyn, ver o Empire State, um show da Broadway, a Times Square.

(Patrick estremecendo involuntariamente, mal consegue digitar) Informe na volta. Aplaudirei dos assentos casmurros, dentro da minha masmorra.

Aprendiz de Casamenteira

Você não viria?
Marnie? Oi? Pensei que tivesse explicado para você que sou introvertido.
#feio #recluso #irremediavelmentemisantropo
  E o que posso dizer em resposta *a isso*, exceto o que digo, que é:
  Abra a sua porta quando tiver uma chance. Deixei um presente pra você. Uma tentativa patética de compensar a linda escultura que destruí. Embora nada possa compensar, eu sei.
  Marnie, Marnie, Marnie. Você não precisava fazer isso. Aquela escultura era de outra época. Outro Patrick, que não existe mais. Não vale a pena pensar nisso. Você me fez um favor. #foracomovelho

vinte e nove

MARNIE

Certa noite, enquanto guardo a louça do jantar e Noah senta-se à mesa olhando o celular, ele diz:

— Eu só quero que saiba que perder você foi a pior coisa que já me aconteceu.

Olho pela janela para as luzes do Brooklyn. Posso ver o interior dos apartamentos de outras pessoas – eu as vejo gesticulando; um homem e uma mulher conversam numa janela; em outra, um homem levanta um haltere bem no alto. Meu estômago afunda até os joelhos.

Com dificuldade, consigo dizer:

— Noah, corta essa. Você não acredita nisso nem enquanto está dizendo.

— Acredito, sim – diz ele. – É verdade. E agora outro cara está com você. Eu perdi, e a culpa foi toda minha.

Ele balança a cabeça e sorri para mim.

— Não fui feito para ser marido. Fodido demaaaais da cabeça.

— Demais – concordo.

Noah diz mais uma porção de coisas depois disso.

Ele diz: Perdão por dizer isso, mas não acho que você esteja nem remotamente apaixonada pelo cara com quem está saindo agora.

Ele diz: Lembra aquela vez que acordamos no meio da noite e já estávamos no meio do sexo, mas ambos estávamos dormindo e nem soubemos como aconteceu?

Ele diz: Este tempinho é meio que como um segredo nas nossas vidas. Um tempo fora do tempo. Juntos, mas separados.

— Juntos nada – digo, com dificuldade.

Aprendiz de Casamenteira

— Você contou para a sua família que estou aqui?
— Claro que não.

Ele sorri e se aproxima e tira o prato das minhas mãos e o coloca na prateleira do alto, que eu estava me esforçando para alcançar. Ele é o Noah, então não *se aproxima* e pega o prato – ele meio que *desliza* até mim. E, quando pega o prato, sua mão roça na minha muito, muito de leve. E então, depois que ele coloca o prato no lugar dele, Noah fica ali, de pé, tão perto que posso ver os pontinhos de sua barba nascendo, posso sentir sua respiração como se ele estivesse respirando meu próprio ar. Os olhos dele estão nos meus e eu sei, pela expressão em seu rosto, o que vai acontecer a seguir. Ele vai se abaixar e me beijar.

Preparo-me para resistir ao beijo. Penso o mais forte que consigo: *Não não não não.*

Em seguida, para minha surpresa, ele dá meia-volta e retorna para a mesa, onde pega o celular e, me dando um aceno breve, sai de casa. A porta da frente bate após sua passagem.

Estou tremendo. Pego um copo de água na pia. Do outro lado da rua, um homem numa janela está dançando. Um homem dança e eu estou aqui de pé tomando água e, de alguma forma, agora sei que é apenas uma questão de tempo até Noah e eu chegarmos à parte do beijo.

Nunca desejei tanto uma pessoa na minha vida.

Jeremy me liga no dia seguinte, a caminho do trabalho. Percebo que estou no viva-voz do carro dele, porque posso ouvir todo o tráfego de Jacksonville – os zunidos dos caminhões passando e os trechos dos rádios de outras pessoas conforme ele passa por elas. Eu também estou a caminho do trabalho, caminhando pela Bedford Avenue, estudando as pessoas que passam apressadamente.

— Oi! Como você está? – digo assim que atendo.

Como sempre faz, Jeremy mergulha diretamente na lista de coisas que tem feito desde a última vez em que conversamos. Ele foi nadar ontem à noite. Jogou damas com a mãe. Comeu costelinhas de porco no jantar. Foi dormir cedo.

— Como estão os pacientes? Alguma história boa?

— Bem, a senhora Brandon veio cedo ontem e você sabe como ela é. Coitadinha, o ciático dela ainda está incomodando, e ela culpa o tratamento, então perguntei se estava tomando o anti-inflamatório, e ela disse que não, porque lhe dá dor de estômago, e eu falei que ela deveria tomar probióticos ao mesmo tempo, e ela disse que já ouviu falar neles, mas não sabia se eram seguros.

— Poxa — digo.

— Ah, mas olha só. Você ficará feliz em saber que mandei limpar os tapetes da sala de espera. Ficou bonito. Um cara veio e disse que podia limpar o consultório todo por cinquenta dólares, e não sabia se era um preço bom ou não, mas não acho que a administração do prédio tenha limpado os tapetes em todo esse tempo desde que estou aqui. Você reparou como eles estavam imundos?

— Creio que não — respondo.

— Bem, estavam pavorosos. Pensei que tivesse notado.

— Mas parece que estão limpos agora — digo.

— Estão. Ah, estão, sim.

Deixo passar um instante de silêncio e depois digo:

— Ei, adivinha só? Arrumei um emprego!

— Arrumou um emprego? No Brooklyn? Por que faria isso?

— Porque... porque acho que vai ser bom, para mim, estar mais perto das pessoas, e uma mulher numa floricultura me perguntou se eu queria trabalhar lá porque estava meio que conversando com os clientes de lá, e ela...

Paro de falar porque me dou conta de que ele estava tentando me interromper o tempo todo.

— Não, eu sei como é um emprego — diz ele. — Mas o que estou me questionando é... por que está se integrando a essa comunidade, se vai embora daí muito em breve?

— Bem, são três meses. Posso trabalhar por três meses, não posso?

Aprendiz de Casamenteira

— Não sei. Pensei que estaria ocupada preparando a casa para ser vendida ou algo assim. Não saindo para trabalhar em... que mesmo? Alguma loja?

— Uma floricultura.

— Isso, uma floricultura. Percebe que estou contando com a sua volta, não é?

Ele ri, uma risadinha rígida que soa completamente falsa.

— Eu disse para a mulher que estarei aqui apenas até o final do ano — esclareço. — Não se preocupe. Eu vou voltar.

— Bom – diz ele, e finge um rosnado. – É bom voltar. Porque tem *alguém* nessa ligação que está ficando muito, muito solitário sem a namorada por perto.

Cogito a ideia de deixar meu celular cair num bueiro.

Depois disso, levo um tempinho para levar a conversa de volta a um terreno sólido. Ele me diz que o clima ainda está quente, que espera ver Natalie e Brian hoje à noite, que acha que Amelia se parece comigo. E então conta, empolgado:

— Ah! Eu contei para a minha mãe sobre o nosso noivado. Eu sei, eu sei que combinamos de não contar para ninguém até depois, mas ela estava tão chateada outro dia que eu quis animá-la um pouco. E funcionou! Ela está superfeliz. Flutuando de alegria.

— Ah, sabe de uma coisa? Acabei de chegar no trabalho! – digo. – Tenho que ir! Um bom-dia pra você!

Clico o botão e enfio o celular de volta na bolsa. Não estou nem perto da Brotou um Lance, mas não aguento mais.

O que quero saber é o que aconteceu com o antigo menino sarcástico do Ensino Médio, meu velho amigo desajustado, aquele que conseguia me fazer rir com seus comentariozinhos ácidos. Cada vez fico mais ciente de que aquele cara passou por algum tipo de limpeza desafortunada ou uma situação de desprogramação.

Vou ter que encontrar um jeito de trazê-lo de volta.

Na floricultura naquele dia, ajudo uma mulher a escolher um buquê para um homem a quem ela amava, mas que a deixou quando descobriram que ela não podia ter filhos, e daí se casou com outra pessoa e agora aquela mulher acaba de ter um bebê e... bem, ela quer que eles saibam que ela está feliz por eles, que ela está genuína, trágica, plena e confusamente feliz por eles. Depois que monto o buquê que ela solicita, faço um para ela também, e pago por ele do meu bolso. Acho que ela precisa das flores mais do que o casal, francamente.

Tem o cara que entra e me conta, orgulhoso, que acaba de pedir a namorada de nove anos em casamento e que hoje, por acaso, também é o dia em que ela deu à luz os trigêmeos deles, e agora ele quer enviar três buquês de rosas cor-de-rosa para ela. Ele desaparece enquanto estou fazendo os buquês e eu o encontro sentado no chão, a cabeça entre as mãos, soluçando.

— Como é que mereço isso? – diz ele para mim, sem parar.

E uma senhora idosa num vestido largo e suéter que vem buscar um cravo vermelho e paga por ele em moedas. Ela compra um toda semana, e é tudo o que pode pagar, ela me diz. É para se lembrar de seu filho, que levou um tiro. Conta para mim sobre sua vida, e como quando ele tinha cinco anos disse a ela que sempre tomaria conta dela quando crescesse.

Um homem com olhos risonhos pede margaridas para a namorada e escreve:

"Estarei com você para sempre – ou, pelo menos, até ser deportado".

Fico destruída com cada história que ouço.

Uma tarde estou em casa, falando ao telefone com minha mãe, que me conta sobre o progresso na perpétua discussão com meu pai sobre como pendurar o papel higiênico – ela vota que a ponta tem que ir por baixo – no instante em que a campainha toca.

Quando vou atender, há um senhor mais velho e sorridente com olhos de um azul profundo de pé na entradinha. Ele segura um saco

Aprendiz de Casamenteira

de papel pardo e o saco parece se agitar em sua mão. Usa a outra mão para estabilizar e *acho* que o escuto falando com o saco.

— Olá? — digo.

— Ah! Oi. Estava apenas tentando acalmar um pouco as meninas aqui.

— As meninas?

Talvez seja por isso que as pessoas não devam abrir a porta sem investigar os antecedentes de seja lá quem estiver lá fora.

— Desculpe — diz ele. — Eu me chamo Harry. Apertaria a sua mão, mas acho melhor segurar firme esse saquinho. Mas, enfim, eu era amigo do Sabujo, e não sei por que, mas fui olhar as armadilhas dele hoje e encontrei essas belezinhas, e pensei... bem, sabia que você estava morando aqui agora, e pensei que talvez... sabe... você gostasse de lagosta, e como essas são do Sabujo, na verdade, eu... ãh... pensei em trazê-las para cá e ver se você queria.

— Ah! — digo. Isso é um alívio. — Lagostas! Que maravilha!

— É. Bem, são para você. Sinto que Blix... e Sabujo... gostariam que ficasse com elas.

Ele tem aquela expressão que todo mundo tem por aqui quando menciona Blix e Sabujo: triste, porém sorrindo. Lembrando-se de alguma coisa.

Eu o convido a entrar para uma xícara de chá, mas ele diz que não pode. Aponta para um caminhão ligado junto da calçada. Uma mulher acena para mim do banco do carona. Assim, agradeço a ele e levo o saco de lagostas se contorcendo lá para cima, luto para enfiar o saco na geladeira e fecho a porta com força.

Escrevo para Patrick.

A geladeira está possuída por um saco alarmantemente ativo de criaturas marítimas com garras e caudas. Um presente do amigo do Sabujo. Ajuda, por favor!

Que tipo de ajuda você deseja? Dica de quem entende: ouvi falar que algumas pessoas gostam delas com manteiga derretida e limão.

Será que eu posso... poderíamos... preciso de ajuda com todos os aspectos deste projeto. Captura, cozimento, consumo.

Ah, bem. No interesse da boa vizinhança, convido você a trazer as criaturas marítimas aqui para baixo. Também acredito que Blix tenha algumas panelas formidáveis para lagostas. Podemos resolver esse problema.

Acaba que há quatro feras vivas dentro do saco, na verdade, quando finalmente desço até a cozinha de Patrick, e elas não estão interessadas em passar seu tempo à toa e quietas enquanto nos preparamos para fervê-las no fogão.

Nenhum de nós dois cozinhou uma lagosta antes, então procuramos um vídeo no YouTube ensinando como fazer isso e tomamos uma taça de vinho para nos fortificar enquanto assistimos a ele. Ao que parece, é preciso ferver a água e então pegar essa *coisa*, esse animal, e jogá-lo na água fervente. Ele pode emitir um ruído quando isso acontece.

Tomo um gole profundo de vinho.

– Certo, vou voltar lá para cima e fazer uma salada enquanto você mergulha as lagostas, e daí eu torno a descer quando elas estiverem prontas.

Ele diz:

– Não quero mergulhar as lagostas.

– Bem, alguém precisa fazer isso.

Ficamos ali sentados, fitando o monitor do computador. Ouve-se um estrondo vindo da cozinha e nos viramos um para o outro.

– Elas estão assumindo o controle – cochicha ele. – Elas vão tentar *mergulhar a gente* na água fervendo.

– Temos que ir dar uma olhada.

– Não deixe elas te atraírem para a panela. Isso é o mais importante.

Vamos para a cozinha a tempo de ver as quatro lagostas rastejando pelo chão, agitando as garras para nós.

– Mas que diabos?! – diz ele. – Elas estão tentando fugir! O vídeo *não falava nada sobre essa parte!*

Aprendiz de Casamenteira

— Eu acho que nós teremos que apanhá-las – digo. Uma foi para trás do fogão. – Temos que persegui-las. E, por *nós*, espero que saiba que estou falando de você.

— Espera aí, por que eu?

— Em primeiro lugar, porque o apartamento é seu, e em segundo, porque eu sou uma covarde reconhecida, e você, não. Além disso, elas agora me parecem baratas gigantes.

— Tá bom – diz ele, sombrio.

Patrick coloca uma luva térmica e começa a correr atrás das lagostas, enquanto elas seguem se movendo, andando em círculos. Ele enfim pega uma e a segura no ar, fazendo uma mesura zombeteira.

— E agora, o que devo fazer com esse monstro?

— Coloque-a na pia. Ou melhor, não. Ela vai escapar da pia... coloque-a na banheira.

Leva outros vinte minutos para pegar outras duas, e aí temos que mexer o fogão para poder capturar a última, e a essa altura estamos rindo tanto que não conseguimos parar de pé.

E temos uma banheira cheia de lagostas que não conseguimos nem pensar em comer.

O jantar termina sendo pizza, e as lagostas passam um dia e uma noite de luxo na banheira de Patrick até Paco vir e levá-las embora.

Eu não trabalho na Brotou um Lance às sextas, o que é bom, porque isso significa que Sammy pode esperar aqui à tarde semana sim, semana não para que o pai venha buscá-lo para o fim de semana juntos. Jessica tem que trabalhar; além disso, ela nunca melhorou nisso de ser gentil quando Andrew vem buscar o filho deles.

— Você acha que o meu pai e a minha mãe vão ficar juntos de novo algum dia? – Sammy me pergunta um dia desses.

Olho de esguelha para ele. Ele tem uma expressão indiferente no rosto por trás dos imensos óculos redondos, mas posso ouvir a ansiedade em sua voz. Ele fica batendo na mesa da cozinha com o lápis.

— Bem, o que você acha? — digo, ganhando tempo.

— Acho que eles ainda se amam. Os dois estão sempre me perguntando um do outro. Meu pai diz "Como está sua mãe? Ela fala de mim?". E minha mãe diz: "O que ele disse pra você sobre o término dele com a fulaninha?".

— Hum...

— Blix disse que eles ainda se amam. Eles *combinam*, é o que ela disse.

Sammy desenha um círculo na mesa onde uma gota de leite foi derramada.

— Sério? Ela disse isso?

Olho para ele com interesse. Eles *combinam mesmo*, quero dizer para ele. Com certeza deveriam ficar juntos. Fico contente em ouvir que Blix também achava isso.

— É. Acho que ela ia fazer um feitiço ou algo assim para eles, mas... bem, aí ela morreu.

Ele dá de ombros, desvia o olhar.

— Ela fazia muitos feitiços?

— Fazia — diz ele. — Tipo, uma vez, quando não conseguia achar minha mochila, ela estalou os dedos e disse que poderíamos *imaginar* a mochila, e daí eu saberia onde ela estava, mas poucos minutos antes não teria me lembrado disso nunca. Então isso me faz pensar que ela lançava feitiços nas coisas.

— Sério?!

— É, e uma vez o metrô estava demorando e demorando, e Blix disse que ia colocar um feitiço nele, e daí ele viria no mesmo instante. Mas ela disse isso meio que como uma piada. O metrô teria vindo de qualquer jeito, sabe?

— Verdade.

— É por isso que eu gosto de vir aqui e ficar à toa. Porque às vezes, se eu fechar os olhos, acho que a Blix também está por aqui ainda.

Ele coloca seu copo de leite de um jeito preciso na mesa e vira o rosto para mim. Seus olhos estão bem abertos e sábios; como muitos filhos únicos, ele é mais velho do que sua idade real.

Aprendiz de Casamenteira

– E então, acredita em todas aquelas coisas em que Blix acreditava?
– Do que está falando, especificamente?
Ele me olha de cima a baixo.
– Ah, sabe como é. – Ele agita a mão no ar. – Como ela podia fazer as coisas acontecerem. Lançar feitiços, coisas assim.
– Não tenho muita certeza.
Ele me lança um olhar avaliador.
– Ela disse para a minha mãe que você era uma casamenteira. Então acho que você podia reuni-los de novo. Como vai saber, se nem sequer *tentar*?
– Não sei, não, Sammy. Digo, a sua mãe tem muita certeza de que não quer ter nada a ver com o seu pai neste momento, de maneira que talvez tenhamos que esperar para ver. Não tentar alterar as coisas. Sabe? Se tiver que ser, eles vão encontrar o caminho. Certo?
Ele me dá uma olhada com tanto desprezo que quase dou uma gargalhada.
– Minha infância está praticamente terminada! – diz ele. – Já estou nos dígitos duplos. E se eles só ficarem juntos depois que eu estiver adulto? Essa seria a coisa mais estúpida do mundo todo.
– Mas o seu pai não está... morando com outra pessoa?
– Não! Aí é que está! Minha mãe sempre gostou de dizer isso, mas ele não estava, na verdade. Ele tinha uma namorada que dormia lá de vez em quando, mas acho que ela foi embora, porque nunca mais a vi, e, quando pergunto a ele sobre ela, ele fica muito quieto. Diz que não é nada com que deva me preocupar.
Ele se afunda na cadeira e olha para mim por debaixo da franja.
– A Blix tinha um livro de feitiços. Você podia usar isso e talvez aprendesse como fazer uma porção de coisas. Ele podia ajudar você.
– Ouvi dizer que ela tinha um livro, mas nunca o vi.
– Está bem ali – diz ele. Então se levanta e aponta para uma estante de livros no canto, cheia de cadernos de receitas. – Este é o livro que ela me mostrou quando procurou um jeito de acabar com a minha dor de garganta.

E, de fato, tem um livro chamado *A Enciclopédia de Feitiços* bem ali, para qualquer um ver, um livro que eu, nem sei como, nunca tinha notado. A encadernação do livro tinha uma foto de uma trepadeira com flores vermelhas. Francamente, não parece lá muito legítimo. Acho que um livro de feitiços de bruxas real pareceria algo secreto, com hieróglifos. Não seria possível ler o título do outro lado da sala.

Nesse instante a campainha toca e ele se levanta num salto e agarra sua mochila.

— Não conte ao meu pai — diz ele. — E pense nisso. Leia o livro! Por favor, por favor, por favor!

Depois que ele sai, termino de tomar meu chá. Periodicamente, olho para o livro e penso em pegá-lo na prateleira e olhar para ele, só para ver se... sabe...

Mas algo me detém. Vou lá fora, varro a entradinha, depois vou buscar salada de frango na bodega do Paco para o jantar, e me flagro assistindo a uma conversa muito animada entre os clientes regulares sobre que tipo de gente lê o *New York Daily News* e que tipo de gente lê o *New York Post*, e se você pode identificar a diferença só de olhar para as pessoas. Paco, na minoria, sustenta que não é possível, e olha para mim em busca de apoio para sua posição.

Eu dou de ombros e ele ri de seu engano.

— Como é que você vai saber? *Você* é uma imigrante — diz ele. — Agora, a Blix... ela teria conversado o dia todo sobre isso.

Todos ficam quietos. É como se cumprissem um minuto de silêncio por Blix.

— Ela era *la maga*. Nossa feiticeira — diz Paco, baixinho.

E enxuga os olhos.

trinta

MARNIE

Eu não sou uma *maga*, portanto, não vou fingir saber como essas coisas acontecem. Mas duas noites depois, estou voltando para casa, vindo da Brotou um Lance, e vejo Noah se aproximando da direção oposta – perambulando, na verdade, aquele caminhar sensual de que me recordo – e o ar se enche de faíscas de alguma coisa, e quando chegamos na porta de entrada, meu coração martela como se fosse se partir com a agitação. Ele pega minha mão e nós praticamente caímos para dentro, esmagados contra a parede, nossos corpos pressionados um contra o outro e a boca de Noah dominando a minha.

Tudo em que consigo pensar é *ai, meu Deus*.

A porta bate; ele a fechou com o pé, e o barulho daquilo faz nós dois abrirmos os olhos.

As mãos dele estão no meu cabelo, tirando uma presilha que usei para prendê-lo no alto. Ele diz junto ao meu pescoço:

– Você me deixa maluco! Ficar perto de você, mas sem que esteja apaixonada por mim, está me matando.

Meu celular toca bem nesse instante e eu o retiro do bolso da calça jeans, olhando para ele. Natalie.

– Escuta, tenho que atender – digo, e ele me solta com um gemido, e entramos no apartamento. Ele sobe para a cozinha.

– Como vai você?

Sento-me no chão e escuto enquanto ela se lança numa litania de reclamações. Brian trabalha demais; ela está solitária em casa com a bebê. Ela precisa de mim por lá. Ninguém faz companhia para ela durante o dia. E ela se desculpa, mas sente-se traída por minha decisão de ficar no Brooklyn, mesmo que por três meses. É como se tivéssemos nos reunido e feito um plano maravilhoso para nossas vidas, e daí eu fui e mudei tudo. Dei para trás. E agora ela acaba de ouvir do Jeremy que até arranjei *um emprego* aqui – e como é que é isso?

Escuta, eu quero dizer para ela, *eu estou... eu estou... caindo de novo.*

Noah volta ao primeiro andar com um prato de uvas e um pouco de queijo. Ele se senta ao meu lado e começa a descascar uvas e pendurá-las na frente da minha boca muito sugestivamente, o que me faz rir.

– Isso não tem graça – diz Natalie. – Você nem me contou sobre o emprego! Como pude ficar sabendo por *ele*?

Noah começa a desafivelar minhas sandálias e tira uma do meu pé. Estou com um pouco de dificuldade para respirar.

– Tenho que ir – digo para ela. – Eu te ligo de volta.

E daí – bem, é como se tivéssemos enlouquecido, arrancando as roupas um do outro e aí fazendo amor bem ali, no tapete da sala de estar da Blix, e é como se não tivesse passado tempo nenhum; era dele que eu vinha sentindo falta, de sua boca e suas mãos, e de sua respiração contra meu rosto; tenho cerca de um milhão de sentimentos, porque ele é tão familiar e excitante, sexy e enfurecedor – mas daí acaba. E, no segundo em que terminamos, enquanto ele está saindo de cima de mim, sou atingida pela compreensão de que sou a pior pessoa de todos os tempos. O rosto de Jeremy surge na minha frente, seus olhos muito abertos e magoados, e odeio tê-lo traído.

Mas, quer saber? Mesmo enquanto estou me sentando, pegando minhas roupas no ar frio, sentindo-me ao mesmo tempo culpada por causa de Jeremy e decepcionada comigo mesma, há uma grande parte de mim que quer bloquear todos os pensamentos e viver no clarão cegante desse momento.

E é o que faço. Eu simplesmente faço. Talvez fazer amor com Noah seja algo que é ruim, mas necessário. Talvez eu vá compreender depois o que estou fazendo. Talvez não consiga pensar nisso agora.

Aprendiz de Casamenteira

Noah fica no meu quarto aquela noite e na noite depois dessa e na noite depois dessa, e a lua do lado de fora da janela brilha sobre nós, o ar frio penetrando pelas fissuras onde o caixilho da janela não chega a encontrar a moldura, e galhos arranham o prédio como num filme de horror. Essas são as primeiras noites frias de verdade. Ele coloca os braços ao meu redor e ficamos ali deitados a cada noite depois de fazer amor antes que o sono nos domine; escuto a respiração dele e olho do meu travesseiro para a lasquinha de lua.

Algo parece tão inevitável nisso tudo, como se ele fosse um hábito antigo que simplesmente não vai embora. Eu não vou me perguntar se é amor, ou se posso confiar nele, ou se essa é a coisa certa a se fazer, no sentido da vida toda. Porque não é. Deus sabe que não está nem perto de ser a coisa certa.

Sinto-me horrível. Eis Jeremy na minha cabeça: *Você vai fazer isso comigo de novo?*

Fecho meus olhos. Durante o dia, digo a mim mesma para parar. Digo a mim mesma que isso é simplesmente minha necessidade de resolver o passado antes de poder verdadeiramente aceitar minha vida adulta com Jeremy. E talvez este seja um pequeno momento isolado no tempo – *um ponto-final*, é isso – e vou tirar Noah completamente do meu organismo e poderei seguir em frente.

O fato é que isso é só algo que estou fazendo por enquanto.

Estou dormindo com meu ex.

E, assim como o emprego na Brotou um Lance, assim como a casa no Brooklyn, assim como o sol se enviesa por entre as árvores que estão rapidamente perdendo suas folhas – é tudo apenas temporário.

Um tempo fora do tempo.

Talvez eu tenha me esquecido de me perguntar qual é a motivação *do Noah*.

E aí uma noite, quando estou quase dormindo, ele me pede se pode ver a carta que Blix escreveu para mim – só por curiosidade, sabe? De repente, estou muito desperta, alerta. Pontadinhas ínfimas disparam atrás dos meus olhos, como o início de uma dor de cabeça, e as recuso. É disso que ele está atrás, a carta de Blix? O pensamento de que ele pode tentar usá-la contra mim passa pelo panorama de minha mente.

— Mas por que não? — diz ele. Está apoiado num cotovelo, deslizando os dedos pelo meu braço, me fazendo um pouco de cócega.

— Só quero *ler* a carta. Ver o que a minha tia-avó e minha esposa tinham em comum.

— Não. É particular. Foi só para mim. E, por favor, não se esqueça de que sou sua ex-esposa.

— Mas ela era *minha* tia-avó, e não me deixou uma carta. Eu me sinto... bem, eu queria tê-la conhecido melhor. Estou tendo um momento, só isso.

Eu me sento na cama. O sono desapareceu.

Ele ri, vendo a minha cara.

— Tá, esquece! Esquece que falei alguma coisa. Volte a dormir.

Mas é claro que eu não consigo. Ele fecha os olhos, mas eu o encaro por tanto tempo que ele finalmente abre os olhos e solta um suspiro alto, exasperado.

— Marnie, pelo amor de Deus. Qual é o seu problema? Só pedi se podia...

— Sei o que pediu. Mas é intrusivo. E perturbador. Você quer esta casa, não é? É disso que se trata, na verdade. Você acha que se ler a carta vai descobrir algo que pode significar que eu não deveria ficar com a casa. É isso o que tá rolando.

Coloco meu rosto bem junto do dele, olhos nos olhos.

Ele recua, afastando minhas mãos dele com tapinhas.

— Para! Nem sei do que está falando.

— Sabe, sim.

Ele se joga de costas na cama e coloca as mãos atrás da cabeça.

— Tá bom, para ser uma lunática e eu te conto.

Noah respira fundo.

— Meus pais estão *muito perturbados* com a forma como o testamento foi decidido. Como você sabe. Então a minha mãe... foi ideia *da minha*

Aprendiz de Casamenteira

mãe... ela pensou que, já que estou aqui, *uma via* que deveríamos tentar seria ver o que a Blix disse para você na carta. Apenas isso. Ela me pediu que lhe pedisse se poderia ler a carta, sabe, só para ver.

— Uma *via? Uma via?* Está vendo? Sabia que isso não estava tudo às claras.

Ele se levanta num cotovelo.

— Bem, e daí, no que isso te incomoda? Digo, você vai vender este prédio mesmo. Não se importa nada com ele. E não estou defendendo a minha mãe, porque você *sabe* que não estou cem por cento de acordo com Wendy Spinnaker em *nada*, mas ela me disse que existe pelo menos uma chance de que você não vá querer ficar por aqui durante os três meses inteiros, já que é uma *floridiana*, então eles deveriam ficar de olho num modo de impedir que a casa vá para uma instituição de caridade. E ela imaginou se eu podia talvez só pedir a você para ver a carta. Tá bom?

— Aham — digo. — Certo. Claro. Estou surpresa por ela não estar enchendo o local de armadilhas para me convencer a sair daqui.

— Não dê ideias. Agora, podemos voltar a dormir, por favor?

Desabo em meu travesseiro e passo os dez minutos seguintes me revirando de um lado para outro.

Finalmente, digo:

— Noah, acho que preciso dormir sozinha esta noite.

— Ótimo — diz ele.

Ele se levanta e volta para seu quarto antigo, e eu fecho a porta depois de sua passagem, trancando-a. Em seguida, tiro a carta de minha bolsa e me sento no chão, lendo-a outra vez.

A carta, a voz de Blix, mexe com meu coração.

Eu disse, quando nos conhecemos, que você está no rumo para uma vida grande, grandiosa... Querida, este é seu momento.

Eu me sento ali por um instante, tentando entender por que me sinto tão violada. Em seguida, enrolo a carta e a escondo na manga de minha blusa de moletom, lá no fundo da minha gaveta de calcinhas.

trinta e um

MARNIE

Mais tarde naquela mesma semana, em certa manhã, a campainha soa pouco depois das oito. Com certeza, não são mais lagostas! Estou de folga da floricultura, por isso ainda estou de roupão, perdendo minha batalha diária com a cafeteira de pressão, e Noah está engolindo uma torrada e lendo as mensagens em seu celular, preparando-se para ir para a aula. É claro que discutimos quem tem que atender a porta. Eu digo que é ele, já que está vestido; ele diz que sou eu, já que ele tem que sair dali a alguns minutos.

Então eu vou e Lola está ali de pé, usando seus tênis vermelhos novos e maravilhosos e uma blusa de moletom cinza, carregando cafés numa bandeja de papelão e um saco de algo que estou achando que podem ser *scones*. Ou donuts. Ela olha para mim com um sorriso imenso.

— Uau, você é a fada do café? – digo. – E isso quer dizer que hoje não terei que derrotar o espírito do mal que mora naquela cafeteira de pressão? Entre, entre, por favor!

— Tem certeza, meu bem? Porque não quero invadir a sua privacidade – diz ela. – Mas hoje não consegui me segurar. Eu vinha aqui e tomava café da manhã todos os dias com Blix e Sabujo, e… bem, é que sinto que é aqui que eu deveria estar.

Ela dá de ombros.

— Sei que não é certo, que esta não é a minha casa, e que Blix não está mais aqui, mas…

— Pare! Entre! Eu estava querendo te ver.

— Bem, se tem certeza…

Aprendiz de Casamenteira

Ela entra e olha ao redor, e mais uma vez é como se estivesse absorvendo o ambiente, ganhando força apenas por estar na casa de Blix. E então ela volta os olhos para mim e diz baixinho:

– Eu também preciso falar com você sobre amor, se tiver um tempo.

– Amor? Tenho tempo, sim, claro. Quem não tem tempo para falar de amor?

E, ora quem diria, Noah sai em disparada da cozinha como se a palavra *amor* o invocasse, equilibrando seu copo de café enquanto coloca a mochila, e vejo os olhos dela se arregalarem de leve ao vê-lo. Ao nos ver. Apesar de não existir um *nós*, sei que parece que há.

– Oi, Lola – diz ele. – Saindo para a escola. Marnie, te vejo mais tarde.

– Tá bem – digo, embaraçada.

Por um instante, parece que ele vai se aproximar e se despedir de mim com um beijo, mas aí diz apenas:

– Senhoras, partiu!

E lá se vai ele, batendo a porta com tanta força que o vidro chacoalha. Olho para Lola e seu sorrisinho de quem entendeu tudo.

– É, ele ainda está aqui – digo. – É esquisito.

– Bem – diz ela. – É certamente pertinente ao assunto.

– Noah não tem nada a ver com amor. Noah tem a ver com a conveniência de morar aqui porque está frequentando aulas.

– Ah – diz ela. – Você se esquece de que eu aprendi algumas coisinhas com a Blix.

Subimos para a cozinha e, assim que ela se ajeita na cadeira de balanço perto da janela, ouve-se o som de passos na escada. Sammy bate seu patinete na porta da cozinha, como faz toda manhã, e escuto Jessica dizer:

– Você tem que parar de fazer isso. Marnie não é a Blix, e ela pode estar dormindo.

E ele diz:

– Ela não está dormindo. Eu só quero dar bom-dia pra ela!

Lola bate palmas.

— Ah, eu senti tanta saudade disso! Sammy indo para a escola! Ah, faz tempo demais!

Abro a porta e Sammy corre para os meus braços. Jessica me disse que o herdei junto com a casa. Daí ele vai até a janela e abraça Lola também, e Jessica enxuga os olhos e sopra beijos; uma vez que todos recebemos abraços e eles estão a caminho, Lola olha para mim e diz:

— E aí, você acha que o ama?

A princípio, acho que ela está falando de Sammy, mas aí entendo o que ela quer dizer realmente.

— Quem? O *Noah?!* Não. Você não pode estar falando sério! *Não!*

— Tudo bem se amar – diz ela. – O amor é complicado, né? Você provavelmente já o havia entendido e arquivado, e aí, olha só o que aconteceu: Blix te deu essa casa e te empurrou de volta com o seu ex! A coisa mais estranha do mundo. Consequências indesejadas, eu diria.

— Mas não o amo.

— Não, mas está dormindo com ele – diz ela. – Então tem isso.

— Ai, meu Deus. Você consegue perceber?

Ela assente.

— Então, se me permite perguntar, o que houve com o cara que está te esperando em casa?

Solto um grunhido.

— Ele ainda está lá. Olha, eu sou ruim, estou te dizendo. Sempre fui a boa menina, que fazia tudo o que devia fazer. E, agora, todo dia eu digo para mim mesma que não vou ter mais nada com Noah, e aí, à noite... sei lá...

Ela sorri para mim.

— Eu entendo. Você está apenas tendo aquele ano em sua vida em que você é um ímã. Docinho, está *atraindo* tudo para você. Situações, namorados, vida... você está puxando as coisas de todo lado! Minha teoria é que todo mundo tem um ano desses. Ele passa, não se preocupe.

— Não é perigoso? Porque a sensação é meio que horrível.

Aprendiz de Casamenteira

– Bem. Se parar em um ano, não é perigoso. Quantos anos você tem, afinal?

– Vinte e nove.

– Perfeito! Viu? Você vai ficar bem. Vai passar sozinho, confie em mim – diz ela. – E, só para saber, acho que Blix aprova isso.

Olho para ela com atenção enquanto mexo o açúcar e o creme no meu café.

– Então... posso perguntar sobre o homem que vem buscar você? Aquele com placas de Nova Jersey? É ele o amor de quem você queria falar comigo?

Ela faz uma carranca para mim.

– Bem, sim. Mas primeiro precisa saber que ele não está nem perto de ser alguém que eu poderia amar.

– Não?

– Marnie, ele era o marido da minha *melhor amiga*.

– E daí?

Ela franze os lábios.

– Você não vê o problema nisso? Eu não acredito que está encontrando parceiros para as pessoas! Não tem escrúpulos?

– Claramente, *não*. Mas não vejo por que esse...

– Certo, deixa eu explicar tudo para você. Blix o mandou para mim. Ela me contou. Com todos os truquezinhos dela e enviando vibrações para o universo. Tanto faz. Ela *disse* que ia trabalhar em encontrar um homem para eu amar, apesar de eu ter dito que não precisava de um, e o tempo passa e um belo dia, do nada, recebo uma ligação de William Sullivan. William Sullivan, o marido da minha melhor amiga! Quer me ver. Botar o papo em dia. Velhos tempos. Sabe como é. Não faz ideia de que é o foco de qualquer tipo de vibração sendo enviada! Ele simplesmente aparece.

Fito-a, sem entender.

– E...?

– E, Marnie, isso nunca vai dar certo, porque não posso me envolver romanticamente com William! Ele foi quase um irmão para o meu marido! Walter e eu fazíamos piqueniques em família com ele e os filhos dele e a esposa dele!

— Ele tem uma esposa?

— Tinha. Ele é viúvo. Patricia era o nome dela. Uma mulher perfeitamente adorável. E eu não vou beijar o marido dela.

— Ele quer beijar? Talvez ele também queira uma bela amizade.

— Ah, não sei. Às vezes ficamos sentados no carro dele e, a certa altura, posso sentir a mão dele se arrastando pelas costas do banco... de um jeito muito sugestivo.

— Espere aí. Ela *se arrasta*?

Estou fascinada com tudo nessa história, e também intrigada com o rosto animado de Lola ficando cada vez mais rosado, e aí as espirais de faíscas me distraindo, explodindo atrás da cabeça dela.

— *Você sabe* como eles fazem – diz ela. — Como um homem começa a *serpentear* a mão pelas costas do banco, pensando que é inocente, mas claramente na intenção de colocar o braço em volta de você. Para te puxar para junto! E ele fica com essa expressão tímida, meio que dissimulada no rosto. É horrível. Simplesmente horrível. Fico com vergonha por ele, de verdade.

Caio na risada.

— Lola, sério? *Serpenteia?* E a *mão dele se arrasta?* Você está se ouvindo? Para mim, parece que pode ser adorável conversar com alguém que te conhece de antes. Ele é confiável. Ele te conhece. Ele gosta de você. — Ela está me encarando de cara fechada, então digo: — Mas, se não o quer, então por que estamos passando tanto tempo falando dele?

— Porque eu vi você olhando no outro dia quando ele veio me buscar, e sei que é igual a Blix, e quero que pare de pensar tudo o que está pensando sobre William e eu. Apenas pare. Blix pensa que todo mundo deveria ser como ela e Sabujo. Se perdeu seu parceiro, arrume outro. Como se todo mundo fosse substituível.

— Hum – digo.

Ela olha para mim.

— Eu fui muito bem casada por quarenta e dois anos, e esse capítulo da minha vida terminou. Quem *precisa disso?* Quem precisa do

Aprendiz de Casamenteira

incômodo? Eu tenho meus programas de tv e minhas meninas do clube de carteado e os vizinhos que visitam, e o pessoal da igreja... preciso mesmo arriscar com outro *homem?* Neste momento, tenho tudo do jeito que gosto. Falei para Blix que não preciso de outro homem. Alguém com opiniões às quais eu teria que prestar atenção.

– Entããããão... Suponho que isso não caiu muito bem com ela?

Ela balança o dedo para mim e há uma explosão de faíscas em tudo ao redor dela.

– Deixe-me te contar uma coisa sobre a Blix. Blix, a aventureira! Tenho plena certeza de que ela ainda acha que um dia ela e Sabujo e esse sujeito, William Sullivan, e eu, estaremos saltitando juntos no além... e definitivamente não estaremos, porque quando *eu* estiver no além, estarei no cantinho do Walter, bebericando chá com ele e sem ter que explicar a ele que tenho um segundo marido que, por acaso, é o velho amigo dele.

Por um momento, minha mente trava com essa visão do além-vida na qual todos ficamos passeando por aí entre mesinhas de bistrô onde nossos antigos amigos e amantes bebem seu chá e reparam com quem estamos falando mais do que com eles. Soa muito parecido com a oitava série.

– Não tem como ser assim! – digo. – E você não acha mesmo que, se for, tanto Walter quanto William Sullivan estarão evoluídos o bastante para querer que se sente *com os dois* na mesma mesa no além-vida, você e todo mundo que eles já amaram? Eu acho que é disso que o pós-vida vai tratar: será quando entenderemos todas as coisas do amor que nos confundem agora. Vai ser magnífico, todos os Walter e William e Lola e Blix e Sabujo, todos juntos!

Eu olho para ela: toda cor fugiu de seu rosto e numa voz baixa e em pânico, ela diz:

– Marnie. Ah, não! Não consigo respirar direito, e meu coração está...

E então, quase em câmera lenta, ela desmorona no chão.

Patrick dá uma rápida olhada para ela e diz que Lola precisa ir para o hospital.

Quando ele chega na cozinha, é claro, ela já voltou a si e está até discutindo. Ela quer ir para casa e ficar na cama.

Mas ele não aceita.

Ela precisa ir para o hospital, diz. Descobrir o que está acontecendo.

— O que poderia ser? — diz ela, numa voz trêmula.

Ela parece tão nervosa que é como se fosse uma criancinha vestindo uma fantasia de avó, talvez para participar de uma peça.

— Bem — diz ele —, pode não ser nada, ou pode ser que tenha tomado café demais, ou pode ser... algo com que eles vão querer te ajudar.

Ele já está ligando para o serviço de emergência.

Nossos olhares se encontram, e ele sorri para mim. Ela solta murmúrios de angústia.

— Marnie, acha que vai com ela para o hospital?

— Claro — digo.

Sei que Patrick não pode ir. Ele teria um surto numa instituição de saúde, em meio a desconhecidos. Ele murmura um agradecimento e depois conversa com o atendente.

Enquanto ele está no telefone, ela me dá instruções específicas sobre os itens de que vai precisar e vou na casa ao lado e pego sua caderneta e sua jaqueta quente, dois itens que, por acaso, estão no quarto dela. Nenhuma roupa porque ela não vai ficar por lá — tem certeza disso.

Adoro como a casa dela é escura e fria, cheia de grandes peças de mobília acolchoada; coisa de velho; móveis de avó. É como uma caverna, com as cortinas todas fechadas. Há toneladas de fotos dela, Walter e dos dois filhos deles expostas em todas as superfícies e penduradas nas paredes — Lola com cabelo vermelho e volumoso, cortado em camadas feito pétalas, e Walter, um homem magro e bonito, com olhos risonhos. Os meninos parecem exatamente com

Aprendiz de Casamenteira

os meninos de qualquer era: cabelo curto e sardentos, vestindo camisetas listradas, sorrindo para a câmera, e depois virando adolescentes bonitos e enfim noivos – e daí vêm as fotos deles com as próprias famílias. Bem distantes.

Há um retrato emoldurado de Walter junto da cama dela, e eu o apanho para olhar seu nariz aquilino, seus olhos azuis.

– Walter – digo para ele. – Seu malandro, sabe tão bem quanto eu que tem que mandar a ela um sinal de que você a liberou, não sabe? Você e eu sabemos que ela precisa do amor e do cuidado do seu velho amigo agora.

Quando me viro, noto que as faíscas douradas estão de volta, aparecendo hesitantes em torno das cortinas, como pequenos pirilampos no crepúsculo.

Eu não sou *maga* nem nada, mas parece ser meio que coincidência o fato de todas essas faíscas terem surgido bem quando estamos chegando ao coração do amor no pós-vida.

Volto do hospital para casa naquela noite para dar de cara com um cachorro nos degraus – ou melhor, na entradinha. Ele está ali deitado no topo, e quando o alcanço, ele se levanta e balança o rabo e lambe minha mão, como se eu fosse sua dona e ele tivesse sido instruído a ficar ali até eu voltar, e agora seu corpo todo está vibrando e dizendo: FINALMENTE VOCÊ CHEGOU! COMO FOI QUE DEI TANTA SORTE DE TE ENCONTRAR, AFINAL, SUA CRIATURA MARAVILHOSA, LINDA, BONDOSA, ELEGANTE, FEITA DE AMOR E, ALIÁS, VOCÊ SABE COMO MANUSEAR UM ABRIDOR DE LATAS?

– Não – digo para ele. – Não estou procurando um cachorro. Eu vou voltar para a Flórida daqui a dois meses, não posso levar você comigo.

Ele desvia os olhos e torna a olhar para mim. Procuro as chaves em minha bolsa, dando uma olhadela para a casa escura de Lola. O hospital vai mantê-la por lá alguns dias, então amanhã cedo devo levar para ela uma muda de roupas, uma camisola decente e alguns artigos de toalete. Ela ficará bem por hoje, foi o que me disse numa voz oscilante que tinha um tom distinto de "nada bem". Ainda assim, ela é corajosa. Tem um quarto com vista para o rio e uma colega de quarto que gosta dos mesmos programas de televisão que ela. Eu me sentei numa cadeira ao lado dela e só saí quando me fizeram sair.

O cachorro faz um barulhinho e lambe minha mão com a língua macia e rosada.

Eu o encaro, impotente. Sei exatamente nada sobre cães, tirando que eles são sujos e gostam de comer coisas, particularmente sapatos humanos. O exemplar em questão é de tamanho médio, marrom e branco, com orelhas caídas e olhos castanhos e, quando abro a porta da frente, ele entra aos pulos como se soubesse onde tem ossos escondidos.

Não faz cinco minutos que ele está aqui quando um interruptor em seu cérebro canino é ativado e, de súbito, ele está disparando pelos cômodos, correndo em círculos, saltando para cima do sofá e descendo em seguida, zunindo escada acima, depois escada abaixo, ziguezagueando pelos quartos e de volta para a sala de estar. Não posso fazer nada além de ficar ali, atônita, saindo do caminho dele quando necessário e, por fim, rindo tanto que preciso correr até o banheiro.

Mais tarde, como ele parece faminto, vou até a bodega do Paco e compro um pouco de comida para cães e pergunto se alguém sabe quem seria o dono dele.

— Um cachorro marrom e branco com orelhas caídas? Acho que ele é *seu* – diz Paco, com uma risada. — Pelo menos, agora é. Não, é sério. Ele é de rua. Ele fica por aqui às vezes e depois vai para outro lugar por um tempo, mas sempre aparece aqui de novo.

Ótimo, então ele é um cachorro autônomo. Disponível no mercado. Todos na loja têm conselhos para quanto devo dar de comida e como conferir se ele tem pulgas e carrapatos, e nos fundos, como descobrimos, Paco tem prateleiras com coleiras e uma guia para

Aprendiz de Casamenteira

cães, então compro isso também. Além de uma tigela de comida e uma de água. Uma escova para escová-lo. Porque sim.

— E eu daria um banho naquele rapazinho antes de permitir que ele suba nos móveis — diz uma mulher carregando um bebê gordo, sorridente e babão.

Então quando chego em casa, apesar de estar exausta, encho a banheira com água quente e coloco toalhas pelo piso do banheiro. Pego meu vidro de xampu e saio no corredor chamando:

— Aqui, rapaz! Aqui, menino!

E o sr. Orelhas Caídas dobra a esquina trombando em tudo e entra no banheiro, onde o pego no colo e tento abaixá-lo dentro da banheira. Ele não aceita nada disso. Poderia se imaginar que tinha decidido afogá-lo pelo jeito como ele se debate e tenta usar meu corpo para ajudá-lo em sua fuga.

— Tá tudo bem... tá tudo bem... — fico repetindo.

Mas ele está com olhos desesperados, ofegante, empenhando-se para sair da banheira, batendo a água até eu ser atingida por uma onda tão imensa que mesmo enquanto ela me ensopa, eu rio. Este cachorrinho, esse banho — ambos são potentes antídotos ao hospital sério, profissional, salvador de vidas, com todos os seus protocolos e formulários, todo o perigo se esgueirando logo depois da próxima porta.

— Certo, certo! Você precisa parar com isso! — digo para ele.

Então entro na banheira com ele, ainda vestindo minha calça jeans e meu suéter, e ele se aquieta de imediato, como se até ele estivesse espantado com essa loucura. Ele fica imóvel enquanto eu o ensaboo e esfrego suas orelhas, e arfa, enquanto tento não deixar entrar sabão nos olhos dele nem assustá-lo ainda mais. Daí ele me dá sua pata, quase como uma oferenda. Um aperto de mão de agradecimento.

É assim que Noah nos encontra quando abre a porta do banheiro — ambos dentro da banheira, cobertos de espuma, o cachorro com a cabeça apoiada na lateral da banheira, parecendo muito contente.

— Mas que diabos? — diz Noah. — O que é *isso*?

— Este é o meu novo cachorro. Acho que vou chamá-lo de Bedford. É a minha avenida preferida, já decidi.

— Espera. Você comprou *um cachorro?*

— Não e sim. Não o comprei. Ele me escolheu, no fim das contas. Estava na entradinha quando cheguei em casa. Me esperando. E tenho uma avenida favorita. Bedford é tudo que a Driggs Avenue queria ser.

— Ai, meu Deus. *Quem é você*, sério? Nem te conheço mais.

— Eu sou eu. E estou dando um banho nele para ele poder dormir na cama. Uma senhora na bodega do Paco disse que era preciso.

— Desculpe, mas esse vira-latas não vai dormir *comigo* em cama nenhuma.

Sorrio para ele. Porque, por mim, está tudo bem. Já tinha decidido hoje que vou tentar não dormir mais com Noah Spinnaker. Depois que ele fecha a porta do banheiro, escrevo meu juramento em sabão no azulejo. Não que apareça, mas sei que está lá.

— Bedford – digo, esfregando a área sob o queixo molhado dele –, você já está resolvendo tantos problemas, rapaz!

O dia seguinte é o Dia das Bruxas, e, quando vou ao hospital visitar Lola, levo para ela alguns doces, além de roupas. Ela parece ressecada pelo ar do hospital e exausta de todos os exames, mas diz que se sente melhor. Eles ficam espetando-a com agulhas, diz ela. Está com saudades das plantinhas e das fotos de Walter. Digo a ela que de alguma forma arranjei um cachorro, e ela comenta:

— Viu? É seu quociente de atração, está funcionando! Agora manifestou um cachorro para você.

— Preciso descobrir como manifestar saúde para você, para podermos te tirar desta birosca – digo.

Ela afunda de novo em meio aos travesseiros e diz:

— Ah, será que você poderia, querida? Vamos nos esquecer de amor para mim e só me arranje um pouco de saúde.

Aprendiz de Casamenteira

— Talvez as duas coisas — digo.

— Apenas saúde, meu bem.

E eis aí: acho que o auxiliar de enfermagem que entra no quarto está apaixonado pelo cara que traz a cadeira de rodas para levar Lola para uma tomografia. Também acho que a mulher na cama ao lado está apaixonada pelo médico. Não ficaria surpresa se vagasse pelo hospital por horas e descobrisse tantos pares perfeitos que poderíamos fazer uma festa no terraço e juntar todo mundo.

Mais tarde naquele dia, levo Bedford para o Prospect Park, onde nos encontramos compartilhando de uma feira de rua/mercado de agricultores de Dia das Bruxas claramente frequentado por toda criança, pai/mãe e cachorro do Brooklyn. Eles prepararam jogos e cabines para pintura de rosto, um caminhão de sorvetes artesanais, um cara vendendo vegetais orgânicos e loção hidratante. Passo bastante tempo olhando uma mesa cheia de roupas vintage, velas, sabonetes e abajures de vitral. E aqui estou eu, apenas outro ser humano que tem um cachorro na guia, um ser humano carregando um copo de café para viagem e um celular.

E então ele sai da minha vista. A guia escorrega de minhas mãos quando paro para apanhar uma barra de sabonete de azeite de oliva, e lá vai ele.

Caminho por algum tempo, depois suspiro e me deito na grama. Tá bom, penso, olhando para o céu. Eu *tinha* um cachorro. Talvez seja isso o que a vida está me ensinando agora, como deixar que as coisas se vão. Tive uma vida na Califórnia e um casamento. Depois uma vida na Flórida com um cara que quer se casar comigo. Agora tenho um momento no Brooklyn com uma casa e meu ex, e um cara estropiado no porão que afirma ser irremediavelmente misantropo, e tenho uma nova amiga que tem um filho e uma ferida onde deveria estar o coração, e uma senhorinha que pensa que não pode se apaixonar de novo.

As faíscas douradas ainda estão ao meu redor. Se espremer os olhos, consigo vê-las. As mesmas que Blix via. Isso me faz sentir muito próxima dela, como se talvez ela estivesse em algum lugar por perto, pairando no éter.

Depois de um tempo, sinto algo tocando minha perna e depois escuto um arfar e sinto um hálito quente no rosto. Sento-me rapidamente e coloco as mãos sobre a boca. Mas Bedford não se importa com o fato de eu não querer baba de cachorro pela cara toda. Ele se estica do meu lado, balançando o rabo, sorrindo, e seus olhos fitam os meus.

Tô de volta, diz ele. *Quando vamos voltar para casa? Ah, aliás, eu te trouxe um sapatinho de bebê.*

Por favor, saiba que estou totalmente do seu lado, não importa o que esteja acontecendo aí em cima, mas por um acaso você está vivendo em situação de condução de boiada? Eu deveria me preocupar?

Ah, desculpe, parece que eu adquiri um canino.

Viu? Eu pensei que deveria ser um galgo, mas Roy tinha certeza de que era uma alcateia de lobos mesmo.

HUEHUE. *Um vira-latas. Chamado Bedford. O nome do meio é Avenue, mas só é utilizado em ocasiões formais ou quando ele rasga todo o lixo da cozinha. O que, inclusive, ele acabou de fazer.*

Suspeito que você esteja virando uma brooklynista. Não existe outra desculpa para esse nome. Fato divertido: o nome original de Roy era Seventh, e Avenue também era o nome do meio dele. #brincadeirinha

Talvez Bedford e Roy precisem se conhecer, como os dois animais da casa. Você é tão adorável. Gatos e cachorros não gostam muito de se encontrar. Patrick, você acha que iria algum dia passear comigo?

Ei, como está a Lola?

Ela tá bem. Eles estão fazendo exames. Vários e vários exames. Patrick, você iria algum dia passear comigo?

Quando ela volta para casa?

Não tenho certeza. Patrick, então você não sai nunca? Nunquinha? Jamais? Como você faz compras?

Aprendiz de Casamenteira

Marnie, eles não têm serviço de entrega de onde você vem? É um sistema maravilhoso! Mas agora, por mais sociologicamente interessante que isto seja, realmente preciso voltar ao trabalho. Fungos nas unhas do pé são uma doença séria, e as pessoas esperam para ouvir o que penso.

Tá bom. Tenho que ir porque tem um stormtrooper *na porta, de qualquer forma, querendo doces. #talvezsejaosammy*

Ah, esses costumes pitorescos das pessoas e seus filhos! Dica de quem entende: Sammy é uma coisa, mas, se outras crianças baterem na porta, você não precisa abrir para elas.

Você é um casmurro de marca maior.

A maior de todas. Um casmurro maior você não encontrará no mundo de hoje.

Encaro meu celular por alguns minutos, me perguntando se ousarei arriscar e dizer o que quero dizer. E então digito:

Você sempre foi casmurro assim? Ou isso é por causa do que aconteceu?

Uau! Foi uma boa conversa. Lá vou eu descrever o fungo nas unhas dos pés! A diversão não acaba nunca. Pergunte ao Roy.

— Olha só esse *stormtrooper* magnífico! — diz Jessica. — Pelo menos eu estou com ele no Dia das Bruxas!

Ela está de pé na porta da minha cozinha, apontando para Sammy, vestido todo de branco com um capacete também branco. Ele carrega uma fronha cheia de doces. Sammy diz:

— Ai, *mãe*.

— O quê? Se o Dia das Bruxas caísse num daqueles *fins de semana alternados*, aí você estaria em Manhattan com seu pai e *ela*. E *ela*, tendo apenas vinte e quatro, provavelmente não saberia que as crianças ainda saem pedindo gostosuras ou travessuras. E que elas precisam de fantasias. Ou, quem sabe? Talvez ela seja tão nova que ela mesma ainda sai fazendo isso.

Ela dá de ombros, ao mesmo tempo machucada e satisfeita consigo mesma.

— Você é a pessoa que cuida da minha fantasia — diz ele. Então olha para mim e revira os olhos, o sinal universal da criança exasperada. — Além disso, mãe, o pai me contou que nem está mais saindo com ela.

— Vai sonhando! — diz Jessica. — Este é o maior relacionamento de todos os tempos, segundo o que ele descreveu para mim.

Eu a interrompo antes que ela possa continuar com sua tirada.

— Entrem, entrem. Fiz chocolate quente para vocês. E me mostre o seu butim! Ah, minha nossa, você encheu a fronha inteira, até a borda!

Jessica e eu fazemos Sammy derrubar o saco todo de gostosuras na mesa — por sorte, é uma superfície enorme — e, por um tempo, nós três ficamos rindo e separando as barras de chocolate, pirulitos, sacos de M&M's e brinquedos, exclamando para tudo. Tomamos nosso chocolate quente e comemos barras de chocolate e Skittles, e Bedford organiza uma de suas conduções de boiada — um "estouro de filhote" é como Sammy chama isso —, e os dois correm pelo apartamento, latindo e rindo, até Jessica dizer que já chega e que precisam voltar para casa.

Antes de sair, porém, Sammy se insinua para junto de mim e cochicha:

— Já deu uma olhada no livro?

Eu chacoalho a cabeça e ele diz:

— *Por favor.* Você tem que pelo menos olhar.

Viro-me para ele, ainda na estante. Mas não vou abri-lo.

Embora não saiba dizer com certeza por que não.

trinta e dois

MARNIE

Quando chega a primeira semana de novembro, o clima fica mais frio, mais cortante, tornando-se finalmente o que eu vinha esperando de Nova York esse tempo todo. O vento sopra pelas esquinas, sobe e desce as ruas. Brinca com o lixo, mandando papéis e sacolas plásticas em danças pelas calçadas. Ao levar Bedford para uma de suas caminhadas diárias e sessões de caça ao esquilo, vejo uma sacola branca de plástico dançar uma valsa irresistível até a copa nua de uma árvore se esticar e segurá-la perto de si.

Digo a Jeremy numa de nossas ligações diárias que é como se um juiz soprasse um apito de repente e gritasse: "SUBSTITUIÇÃO!", e a equipe antiga de verão saísse da quadra mancando e a equipe selvagem e cheia de vento do outono viesse correndo, jovem, enérgica e rodopiando. É tão diferente da Flórida. Tão diferente da Califórnia.

O inverno virá depois disso, e daí será Natal, e daí eu vou embora. Menos de dois meses contando de agora. Minha família já está dizendo como será divertido quando estivermos todos juntos de novo, o primeiro Natal da Amelia, as meias, o peru de Natal, os milhões de pequenos ornamentos brilhosos que minha mãe acha divertido pendurar em todo canto.

Jeremy diz que será incrível, um grande Natal em família pelo menos uma vez, e não o Natal pequenino de duas pessoas que ele e sua mãe normalmente passam. Minha mãe já o convidou a trazer a mãe dele para ficar com minha família. De fato, ele tem levado nossas mães para tomar café algumas manhãs nos fins de semana, e diz que é adorável vê-las papeando tão amistosamente sobre nós. Não consigo imaginar.

– *Nós* – diz ele, e minhas terminações nervosas se encolhem de culpa quando ele pronuncia essa palavra. Em seguida, ele diz: – Sabe, talvez você devesse entrar em contato com um agente imobiliário para que, quando chegar a hora de vender, tudo já esteja arranjado. Eu sinto tanta saudade de você que será preciso me conter fisicamente de te carregar para algum lugar quando você descer do avião.

– Hum – digo.

Certa manhã, acordo porque o prédio todo está batendo e rangendo e então estremecendo como se os hunos tivessem chegado e estivessem atacando os tijolos com barras de ferro. Noah está de pé, já tomando banho. A comoção toda parece se originar lá de baixo, então pego meu celular e começo a digitar.

Patrick, você está bem?

Estou. Bem-vinda ao poltergeist *do sistema de aquecimento. O anunciador do inverno.*

O que ele quer? Dinheiro? O sacrifício de um animal?

Não, ele é amistoso. Só está com ar nos canos. Quer que você fique sabendo disso. (Falando nisso, curioso que seus pensamentos tenham ido logo para o sacrifício de animais. As coisas estão bem em relação ao cachorro?)

Por que pergunta? Eu, por acaso, adoro *usar sapatos mastigados.*

É isso o que dá má fama aos cachorros. E não estou me referindo ao nome deveras brilhante de Bedford.

Você acha que o nome é brilhante? obrigada!

Ah, poxa vida. Acho que qualquer coisa que não seja Rex ou Pingo é brilhante. Aliás, o que o Cavalheiro da Casa acha do seu amigo canino?

Ãh, ele não é o Cavalheiro da Casa.

Podia ter me enganado. Podia ter enganado a ele, *inclusive.*

Levo um tempinho para me recompor. E aí digito:

É complicado.

Ele planeja ir embora em breve, em algum momento?

Foi uma boa conversa. Tenho que ir alimentar o cachorro.

Aprendiz de Casamenteira

Alguns dias depois, estou na Brotou um Lance quando um senhorzinho idoso entra. Ele tem a aparência sofrida de alguém que precisa fazer um pedido enorme a alguém, então pergunto se posso ajudar em alguma coisa. Ele diz que não, olhando ao redor furtivamente como se tivesse certeza de que estou escondendo algo na palmeira.

Então eu o deixo divagar com seus pensamentos. Ele vai até as orquídeas no refrigerador e fica de pé com as mãos nos bolsos, olhando para as rosinhas apertadas, e dali se move para fitar as plantas folhosas, e então seus olhos subitamente se movem para mim. Eu abaixo o olhar para o balcão bem depressa.

Ele pigarreia e eu sorrio para ele. Nossos olhares se encontram.

– Acho que não estou pronto – diz ele, abruptamente.

E, fácil assim, sai da loja.

Se eu fosse alguém diferente – se eu fosse, digamos, Blix –, talvez corresse até a porta e gritasse algo para ele. Talvez eu dissesse: "Ah, mas, senhor, ninguém acha que está pronto. Pelo jeito, o senhor está prontinho neste minuto".

Mas eu sou eu, Marnie MacGraw. E assim ele se vai, descendo a rua.

Nesse mesmo dia, dois meses atrás, estava com ela quando ela morreu.

Estou voltando a pé para casa da Brotou um Lance e está escuro, agora que voltamos ao Horário Padrão da Costa Leste. Tenho que caminhar rápido porque está bem frio. Essa mensagem de texto, entretanto, me faz parar de repente. Apoio-me numa caixa de correio e digito:

Preciso conversar sobre ela. Posso descer?
Não. Bem, talvez. Sim. Tá bom.

Isso parece abranger todas as possibilidades. Vou te dizer o que farei: vou levar frango, porque estou morrendo de fome.

Espero para ver o que ele dirá e, quando ele não responde nada, passo na Paco's e pego um frango assado, purê de batata e brócolis. Paco, postado atrás do balcão alto perto da frente da loja, está quase saltitante de felicidade hoje, mas diz que não pode me contar o porquê. Ainda não, mas em breve. Mesmo assim, dá a volta no balcão e me abraça quando me entrega a sacola com a comida.

– Quantas pessoas você vai alimentar hoje? Só você, ou você e aquele... *bandito?* – Ele faz uma careta. – Desculpe, não devia dizer isso.

– Quem é o *bandito?* Ah, você quer dizer *Noah?* Noah é sobrinho-neto da Blix, Paco.

– Não gosto dele.

Ele se vira para seu assistente, George, que está agachado reabastecendo as prateleiras, e George ri.

– Ninguém gosta dele – diz George. – Nem a Blix gostava dele.

– Está brincando com a minha cara? – diz Paco. – Blix *com certeza* não gostava dele.

Em seguida, ele diz:

– Temos que parar com esse tipo de conversa. A Marnie... ela gosta dele assim mesmo. Desculpe.

– Bem, não é com ele que vou comer, mesmo – digo. – É com Patrick.

– Aaahhh, Patrick! – eles dizem em uníssono, e depois trocam um olhar.

– O quê? O que tem o Patrick?

– Nada, nadica. Vá ver o Patrick. Aqui, batatas extras. Patrick precisa de batatas. E aqui está um osso para o seu cachorrinho. Diga a Patrick que recebi a farinha especial de amêndoa que ele quer. E a manteiga irlandesa.

– Eu pago por elas e levo já. Vai poupar uma viagem para ele.

George dá uma risadinha.

– Você quer dizer poupar uma viagem *para mim.*

– Patrick não vem aqui – diz Paco. – Nós levamos para ele.

Aprendiz de Casamenteira

– Ah – digo. – É claro.

Patrick me deixa entrar assim que toco a campainha. Reparo que ele não está usando o blusão com capuz hoje, o que lhe dá uma aparência mais receptiva, muito menos sinistra do que o habitual. Roy também aparece correndo para dar um oi – em função do frango que estou carregando, sem dúvida. Mesmo assim, sinto que ambos estão contentes em me ver, pelo menos uma vez. O incidente das lagostas deve ter sido perdoado.

O lugar cheira como se algo incrível estivesse a ponto de sair do forno.

– *Cheesecake* de baunilha – ele me diz. – Um clássico meu.

Entrego-lhe a farinha de amêndoa e a manteiga, e ele parece uma criança no Natal.

– Essa manteiga é a melhor! Deixe eu te pagar por isso aqui – diz ele, mas eu aceno para deixar isso para lá e levo tudo para a cozinha.

Em seguida, como acontece às vezes, eu me lembro de repente que sou dona de um cachorro. E que você tem que deixar os cachorros passearem. Com frequência. Aprendi isso do jeito mais difícil. Além disso, ele precisa de companhia. Fica solitário.

Olho para Patrick já pedindo desculpas.

– Preciso levar Bedford para dar um passeiozinho e já volto. Você pode começar a comer, se quiser. Sei que já está tarde.

– Não, não. Espero você.

– Bem, obrigada. Eu vou rapidinho!

Bedford fica freneticamente feliz em me ver, muito mais feliz do que qualquer coisa que eu possa imaginar Roy fazendo, mesmo em seus melhores dias. Eu o retiro do cercadinho e ele corre para a porta de entrada, as orelhas voando. Então encaixo a guia na coleira e disparamos pelos degraus da entrada – a entradinha – e ele arranca a toda velocidade para a área de terra perto da árvore de gingko e solta um longo jato de xixi. A seguir, ele arranja cinquenta coisas que requerem uma farejada e alguns itens que precisa parar e morder, como uma embalagem de doce e um pedaço de sapato de alguém. Eu tiro essas coisas dele e ele brevemente considera se nós nos conhecemos bem o bastante para eu tomar esse tipo de liberdade. Mas eu venço, porque sei a frase secreta e não tenho medo de usá-la:

– Você quer COMER? Quer entrar e COMER? Comer??

E, rapaz, se ele quer! Subimos as escadas correndo e voltamos para dentro de casa, e eu o alimento na cozinha. Ração seca misturada com um pouco de ração úmida carnuda, que tem um cheiro horrível. Cronometro o tempo da alimentação em trinta e seis segundos, e daí conto a má notícia para ele:

– Você tem que voltar para o cercadinho, meu amigo querido.

Ele se deita com a cabeça sobre as patas e faz uma cara ingênua e inocente.

– Eu sei. Mas é por pouco tempo. É porque Patrick está preocupado que você iria comer o gato dele.

Ele balança o rabo. O que provavelmente é um sim.

Quando volto lá para baixo, Patrick colocou a comida em pratos e nos sentamos na mesa dele, que, noto, está limpa, sem nenhum papel e nenhum livro. Há uma bela toalha de mesa amarela, e até música vindo de um dos monitores. Fugas de Bach. Pianos muito tilintantes. Ele nos serviu taças de vinho e fez uma salada incrível, com nozes, sementes e alface lisa.

Desdobro meu guardanapo no colo e olho para ele.

– Você se deu ao trabalho – digo. – Muito obrigada.

– Bem, é o mínimo que posso fazer por uma companheira de batalha. – Ele sorri e levanta a taça num brinde. – A Blix, longe de nós há dois longos meses agora.

Olho para ele com atenção, mas ele está mantendo as emoções sob controle. Provavelmente em meu benefício.

– A Blix! Que ainda está olhando por nós – digo.

– E também tenho novidades para você. Estou me mudando. Queria te contar pessoalmente.

– Você *está se mudando*!

Aprendiz de Casamenteira

Solto meu garfo.
— Você parece chocada.
— Bem, acho que estou chocada, sim. Nunca quis atrapalhar a sua vida! E também... nem conversei com um agente imobiliário ainda, então quem sabe se este lugar vai mesmo ser vendido? E, quando eu voltar, estava pensando que poderia alugar a casa da Blix, e você e Jessica poderiam continuar aqui. Além disso, mesmo que vendesse, é bem provável que você poderia negociar para ficar...
— Não — diz ele. — Obrigado, mas não.
— Posso perguntar... sem ficar bravo comigo... o que você vai fazer?
— Pode. Vou para a casa da minha irmã em Wyoming.
— Wyoming?!
— Wyoming. A natureza selvagem. Minha irmã mora numa cidade com população de vinte e oito pessoas. É isso que consta na placa, ano após ano. De modo que, obviamente, quando alguém morre, outra pessoa na cidade tem que dar um passo adiante e reproduzir. É a lei do local.
— Pode ser realmente feliz por lá? Quero dizer, sem pessoas por perto?
Ele ri.
— Você já reparou que não tenho muita gente por perto, mesmo agora? Francamente, estou preocupado que vinte e oito pessoas sejam demais para mim. Conto com minha irmã para manter as hordas afastadas.
— Patrick.
— Marnie.
— Pode me contar... o que aconteceu com você? Como...?
Ele parece surpreso. Torna a encher nossas taças, o que é apenas para ter uma desculpa para não olhar para mim, acho, porque nós dois ainda temos vinho de sobra. Então ele diz, lentamente:
— Ah, na verdade, não. Não posso.
— Patrick, eu...

— Não. Não quero falar sobre isso. Vamos falar de você. Já abordamos a minha vida na sua última visita.

Ele levanta a cabeça e sorri. Seus olhos são difíceis de interpretar, talvez por causa das cicatrizes, que deixam o olho direito tão esticado, mas posso ver que ele está fazendo um esforço para parecer feliz. Deus sabe que ele deve estar desejando muito conduzir esta conversa de volta a um diálogo polido, gentil e leve.

— Isso é o que sei sobre você. Vejamos. Você foi casada com Noah por cerca de duas semanas, conheceu Blix na festa da família dele, ela ficou maluca por você e decidiu te deixar a casa dela. Você, no entanto, não *quer de fato* a casa dela. Por isso, vai se mudar de novo para a Flórida, mas se sente culpada. Desnecessariamente culpada, devo acrescentar.

— É. Esses são os fatos.

— E, se me permite a pergunta, o que você está fazendo na Flórida que é tão mais atraente do que Brooklyn, Nova York? Parece ter se apegado a esse local, devo acrescentar.

— Bem. – Sinto minha boca secando. – É meio difícil de explicar. Mas, no momento em que herdei esta casa, eu tinha na verdade acabado de me assentar na Flórida, e eu tinha... bem, se quer saber a verdade mesmo, eu tenho meio que um noivo por lá.

— *Como é?* – Ele arqueia a sobrancelha do melhor modo possível. Está tentando não rir. – O que é, se me permite a pergunta, um *meio que um noivo*? Desculpe, mas, considerando as evidências por aqui, tinha a impressão de que, hum, de que você e Noah tinham voltado e estavam retomando o...

— Não. Não estamos, não. Quer dizer, não de verdade.

— Você com certeza é uma pessoa interessante, não? – diz ele. Levantando a taça, ele a tilinta contra a minha. – A uma vida interessante!

Percebo então, pela expressão no rosto dele, que ele sabe que dormimos juntos. Meu quarto fica em cima de sua sala principal. O som se espalha para baixo, tenho certeza. Sinto meu rosto esquentar.

— Não é... – começo a dizer.

Aprendiz de Casamenteira

Ao mesmo tempo, ele diz:

— Não, é sério. Você não tem que explicar nada para mim. Sei que a vida é complicada, acredite. Essas coisas... sério, não fique com vergonha.

Voltamos a comer. Pego meu garfo e espeto um pedaço de frango. Meus talheres tilintam. A fuga de Bach parou por um instante e, no imenso silêncio que se escancara à nossa frente, ouve-se apenas o som que produzo rasgando um pedaço de carne. Sinto Patrick olhando para mim.

Enfim, solto a faca e o garfo e aprumo os ombros.

— Tá, tá bem. Deus, é horrível dizer isso em voz alta, mas você tem razão. Tudo o que está pensando está correto! Estou traindo alguém, e ele deve ser o cara mais legal do mundo inteiro, e nunca pensei que faria algo assim! Sou realmente péssima, insensível e incompetente na vida, e ai, meu Deus, estou fazendo sexo com meu ex, a quem eu nem amo. E nem pretendia estar fazendo isso! É tudo um grande engano. Nem sei se isso deixa tudo pior ou melhor, fazer sexo com alguém no automático.

Estou levemente ciente de que ele diz baixinho:

— É sério, eu não estava... você não tem que...

Mas agora já embarquei nessa, então continuo, ao estilo MacGraw:

— E o meu noivo... ele é tão *crédulo* e tão *bacana*, e no entanto... no entanto, Patrick, posso te contar uma coisa que nunca contei para ninguém? Ele é tão terrivelmente chato que às vezes é preciso toda a minha força de vontade para *não* jogar meu celular no bueiro mais próximo só para não ter mais que ouvi-lo falando comigo. Pronto.

Paro porque Patrick está olhando para mim e parece, de maneira chocante, que está reprimindo um sorriso.

— Você sabe do que estou falando? Esse nível de chatice? Ele consegue falar sem parar sobre como o serviço de limpeza *lavou com xampu* o tapete do consultório dele e quanto tempo eles levaram e quantos caras mandaram para fazer isso, e o que o primeiro cara disse e daí o que o segundo cara disse. E ele também pode falar até o sol raiar sobre rotas rodoviárias! *Rotas rodoviárias*, Patrick!

Eu deveria amá-lo, e provavelmente o amo, mas ele me ama muito mais do que eu, e o que é terrível mesmo é que parti o coração dele no Ensino Médio, então não posso fazer isso de novo, mesmo que no final eu não possa amá-lo. Entende? Tem um lugar especial no inferno para gente que parte o coração de pessoas bacanas *duas vezes*, você não acha? E eu sei que não o mereço, e isso, de certo modo, só piora a situação! Ai, Deus, por favor, pare de olhar para mim! Nem sei por que estou te contando isso. Não sou uma pessoa boa, Patrick. Eu vim aqui para o Brooklyn louca de medo, mas agora vejo que, lá no fundo, estava apenas me escondendo da minha vida real e torcendo para que o Brooklyn me mostrasse uma resposta, e, em vez disso, estou ficando mais estúpida do que nunca: dormindo com meu ex, que nem me ama, que *nunca me amou*! Como se isso fosse levar a algo de bom! Um experimento, foi como ele chamou, sobre o comportamento de dois ex. Para ter um *ponto-final*.

Minha voz se quebra, e me forço a parar de falar. Com cuidado, deposito o guardanapo na mesa no pesado silêncio que vem a seguir, colocando a cabeça entre as mãos. O que ele vai fazer quando eu começar a soluçar? Posso sentir as lágrimas, todas logo ali – um choro enorme está se organizando e vai irromper sobre nós dois em breve.

– Bem – diz ele por fim. – Bem. Minha nossa. Estou me perguntando se esta noite não pede uísque em vez de vinho. Esta pode ser uma situação digna de Chivas Regal.

Ele se levanta e vai até o armário, tirando de lá uma garrafa e dois copos. No caminho de volta para a mesa, pega uma caixa de lenços e a coloca na minha frente.

Patrick me entrega um copo de uísque e eu encaro o copo, porque não tomo uísque. Mas bebo um golinho mesmo assim e, Deus, é o sabor mais terrível do mundo, queimando até lá embaixo, mas também me aquecendo centímetro por centímetro. Quem consegue beber esse negócio? Tomo outro gole e coloco o copo na mesa. Ele tomou o dele inteiro.

– Sabe do que mais? Eu pensei... quando vim para cá... pensei que Blix tivesse me deixado a casa porque talvez ela quisesse que

Aprendiz de Casamenteira

eu ficasse com Noah. Que ela tivesse armado tudo isso. Sou doida a esse ponto. Logo depois de ele me deixar, quando estava desesperadamente infeliz, pedi a ela certa vez que fizesse um feitiço para reconquistá-lo, e pensei que talvez fosse por isso que ela me deu a casa, e por isso ele estava aqui. O feitiço.

Ele pigarreia.

– Devo dizer que não acho que ela queria que você ficasse com o Noah.

– Imagino. uma ideia. Mas por que não? Por que ela não gostava dele? Você conhece a história toda, não conhece?

Ele hesita, serve outro copo de uísque para si.

– Sério mesmo? Vamos fazer isso?

E aí ele estuda o meu rosto.

– Vamos. Tá, ela o via como um oportunista, acho. Alguém que se aproveitaria para tirar vantagem. Ele não foi... muito maravilhoso quando ela estava no fim da vida e precisou que ele comparecesse.

– Por favor, me conte o que aconteceu. Preciso saber de tudo. Ele me disse que foi o único a cuidar dela.

– Tem certeza de que quer ouvir isso?

– Eu acho que preciso saber, você não acha?

– Tudo bem. – Ele estica as pernas e estala os dedos. – Bom, ele apareceu certo dia quando já estava bem no fim para ela. *Todos nós* estávamos cuidando dela. Toda a gente dela, sabe? Vindo e fazendo companhia para ela, preparando refeições, arrumando, esse tipo de coisa. Na maior parte, só sentando e conversando. E ele aparece um belo dia sem nenhuma ideia do que está havendo, sem nem saber que ela está doente, quanto mais morrendo. E ficou chocado, é claro. Todos nós tentamos ajudá-lo com isso, porque pode ser perturbador ver alguém que nos é querido à beira da morte, mas começamos a ficar desconfortáveis por causa do jeito como ele ficava incomodando Blix para ir ao hospital. Ele achava que ela deveria ter feito cirurgia para o tumor. Feito quimioterapia, que seja. Tentamos falar com ele, explicar que o momento para isso tudo já tinha passado e que estávamos ali para ajudá-la a fazer a transição, mas ele não aceitava.

Insistia que era preciso chamar os profissionais, que só eles sabem como cuidar de pessoas que estão morrendo.

— Ai, Patrick! Como ela aguentou isso? O que ela fez?

— Você vê, aí é que está. A essência de Blix é tentar resolver as coisas. Amar o que está ali. Ela ficou triste, mas acho que, no final, pensou que poderia usar o amor para ajudá-lo. Ela queria enchê-lo de amor. Do jeito que ela fazia. Você sabe como ela era.

Faz-se um silêncio. Roy sobe no meu colo e eu o afago. Patrick nos observa com uma expressão séria.

— No último dia, ele estava em pânico com a ideia de vê-la morrer bem na sua frente, e entendo isso. É assustador ver alguém morrer. Mas ela tinha tudo planejado e queria morrer em casa, em paz, e ele estava determinado a ter autoridades médicas. Então Lola o levou para a casa dela e lhe deu algo para comer, só para mantê-lo longe. E... bem, eu me sentei com Blix enquanto as inspirações dela foram ficando cada vez mais espaçadas, e segurei a mão dela. Disse a ela que ficaria pelo tempo que fosse preciso, e que ela fizesse as coisas no tempo dela, que partisse apenas quando estivesse pronta. E... bem, foi isso.

— Ai, Patrick.

Queria tanto me levantar, ir até ele e abraçá-lo — o ambiente parece quase exigir que a gente se abrace —, mas sei que não dá. O ambiente pode querer que a gente se abrace, mas ele não está convidando para nenhum tipo de atenção. Em vez disso, ele se levanta e vai até a pia com nossos pratos.

Eu me abaixo e dou a Roy meu último pedacinho de frango; ele aceita e desce do meu colo, comendo perto do meu pé.

— Ei, parabéns. Agora você é a melhor amiga de Roy — diz Patrick.

Ele pega o gato, que esfrega a cabeça pelo queixo de Patrick, acompanhando a área em que a pele é bem esticada.

Talvez seja porque deva estar bêbada, ou talvez seja porque Blix está agora mesmo na sala conosco, mas de súbito tenho uma ideia incrível. Parece ser a melhor ideia que alguém já teve em toda a

Aprendiz de Casamenteira

história do mundo, e me levanto para dar essa notícia, para poder ter o impacto mais pleno possível.

— E se... e se eu desse um grande jantar de comemoração? Ou... já sei! Dia de Ação de Graças! Darei um jantar de Ação de Graças lá em cima e convidarei todo mundo que a amava, e todos celebraremos a vida dela. Pode ser a minha despedida dela. E meu agradecimento. Os dois ao mesmo tempo.

Patrick está sorrindo.

— Olha só você – diz ele. – Brilhando assim. Este é um grande plano.

— Você vem?

— Bem... não. Mas acho que é uma boa ideia para você.

— Patrick!

Ele se debruça sobre a mesa e fala numa voz rouca:

— Olhe para mim, Marnie. Olhe para o meu rosto. Você e Blix... vocês são as únicas pessoas que deixei entrar na minha vida. Não sabe disso, a essa altura? As únicas pessoas que me veem por eu querer. Vou mandar alguns cookies, algumas tortas de abóbora, e torcer por você aqui de baixo. Mas não posso ir lá no terraço. O fator assustador entra em jogo.

— Mas você é a coisa mais distante que existe de assustador – digo. – Você é *luminoso*.

— Minha tolerância para absorver comentários compassivos chegou ao limite – diz ele. – Assim, acho que está na hora de dar esta noite por encerrada.

Eu digo:

— Patrick...

E aí olho para ele e franzo os lábios, depois faço minha expressão mais exasperada e reviro os olhos. E digo:

— Patrick, você e eu sabemos que...

E então apenas vou embora, porque não faz sentido. O coração de Patrick está fechado para negócios. Ele me disse isso de todas as maneiras a seu alcance.

trinta e três

MARNIE

— Acho que não vai gostar de como é o final de novembro aqui em cima — Sammy me diz. Ele espera em minha cozinha que seu pai o busque para o fim de semana juntos. — Não sei se você percebeu, mas novembro é quando os dentes de todo mundo começam a doer.

— É mesmo? — digo. — Já tinha ouvido sobre as folhas caindo das árvores e possivelmente nevascas antecipadas. Mas não sabia desse negócio dos dentes.

— Bom, minha mãe trabalha para um dentista, e ela diz que é por causa do tempo frio. Que, quando você está ao ar livre e respira o ar frio, seus dentes ficam sensíveis. E aí *todo mundo* vai ao dentista. Foi o que ela disse. — Ele começa a batucar na mesa como se fosse uma bateria, em seguida se levanta e dá uma cambalhota sem esforço algum no piso da cozinha. Então para e olha para mim. — Posso te contar outra coisa? Sabia que todo mundo tem um superpoder? Sabe qual é o meu? Eu tenho o poder mágico de notar quando o relógio dá onze e onze, ou uma e onze. Sempre, sempre olho quando chegam essas horas. É, tipo, espantoso.

— Uau! Bem, é um bom poder de se ter.

— De vez em quando eu vejo duas e vinte e dois, ou quatro e quarenta e quatro. As outras nem tanto.

Concentro-me muito para não rir.

Ele assente, sério, depois se senta de pernas cruzadas no chão por um instante, olhando para mim de um jeito tão direto que meu coração para. Ele engole em seco antes de falar:

— Então. Eu tenho um plano para juntar meu pai e minha mãe.

Aprendiz de Casamenteira

– Tem?

– É, tem um evento na escola e eu vou me apresentar lá. E acho que os dois deveriam ir, e daí eu subo e toco minha flauta, ou canto ou leio um poema, ou algo assim, e depois disso nós todos saímos para tomar sorvete e você pode lançar uma feiticinho ou alguma coisa neles, e acho que eles vão decidir voltar a ficar juntos.

– Sério?

– Mas *você* tem que fazer o feitiço. Tudo de que precisamos é um pouquinho de magia para fazer os dois irem ao evento e serem legais um com o outro. Até agora, tudo o que eles fazem é brigar.

– É?

Ele se senta ao meu lado na mesa e descansa a cabeça no cotovelo.

– Minha mãe grita com meu pai que ele não vai lembrar de vir no horário. E que ele não vai vestir a roupa certa. E daí ela disse que *eu* tinha que dizer para ele que era proibido levar namoradas, porque ela vai embora se vir ele lá com outra mulher.

– Mas você disse que ele nem tem uma namorada...

– Ele não tem. Mas a minha mãe está preocupada mesmo assim. Talvez ela pense que ele vai arrumar uma.

Ele começa a desenhar na mesa com o dedo outra vez, contornando a mesma estrela que eu adoro contornar com o meu dedo. Em seguida, me dá um sorrisinho.

– Precisamos olhar o livro de feitiços e encontrar um bom para você poder usar neles.

Penso a respeito.

– Acho que deveríamos deixar que o evento faça a magia. Toque sua flauta, e isso será magia suficiente. Toda aquela música linda se enrolando em torno da plateia...

– Não – diz ele, muito firme. – Precisamos de mais do que isso.

– E, se não funcionar – continuo –, é porque não é o momento certo. Porque, se é para acontecer, acontecerá. Mas as coisas precisam se desenvolver. Você não pode forçar para que aconteçam.

– Você pode, por favor, pelo menos *olhar* o livro de feitiços? Sei que pode encontrar *alguma coisa* lá para nos ajudar. Uma menina na minha escola disse que conhece uma vidente que esfrega a cabeça das pessoas e diz para elas o que vai acontecer. Então eu sei que você podia só *ler* umas palavras. Eu mesmo faria isso, só que você e Blix é que têm a magia.

— Como sabe disso? — digo.

Ele encolhe os ombros.

— Sei lá. Só sei.

Olho para a estante de livros onde o livro de feitiços se encontra, transbordando de papéis. A capa parece rasgada. Engraçado como alguns dias eu nem o vejo ali, e noutros dias ele é o ponto focal da cozinha inteira.

Como agora.

Andrew, com sua cara de cão arrependido de sempre (que presumo ser o resultado de uma consciência pesada permanente) chega nesse momento, e Sammy vai com o pai, arrastando a mochila de pernoite e segurando sua bola de futebol, dando-me olhadas por cima do ombro e levantando e abaixando as sobrancelhas de modo sugestivo. Ele murmura "vai lá" enquanto eles saem. Fico ali sentada, tomando meu chá, por um longo tempo, ouvindo a casa se assentar e estalar. As janelas precisam ser lavadas. *Tudo* precisa ser lavado por aqui.

Eu devia ligar para um agente imobiliário, descobrir o que preciso fazer para colocar a casa à venda. Por que nunca pareço capaz de colocar tudo isso em movimento?

Bedford, deitado a meus pés, vira enquanto dorme e bate o rabinho. *Tap tap tap.*

Lavo a louça e varro o chão da cozinha, depois vou lá fora pegar um ar fresco. O vento chicoteia as árvores. Patrick colocou o lixo reciclável lá fora na calçada, que está cheio de caixas de papelão e potes. Olho demoradamente para o apartamento dele; as janelas com a grade de ferro fundido são uma metáfora perfeita para tudo a respeito de Patrick.

As cortinas de Lola estão abertas, fico contente em ver. Ela colocou um marca-passo na semana anterior, e ele fez com que se sentisse muito melhor, diz ela, cheia de uma energia que não sentia há anos.

Puxo as folhas mortas do arbusto de roseira e depois subo os degraus e endireito as bandeirinhas tibetanas de preces no caminho

Aprendiz de Casamenteira

para dentro. Devia ligar para minha irmã – mas aí me vejo de pé, na frente do livro de feitiços.

Não custaria nada dar uma olhada nesse livro.

Poderia abri-lo e ver quanto isto é ridículo – deve ser só um livro de truques de salão. Alguém deve tê-lo dado a Blix como brincadeira, um gesto de reconhecimento ao seu interesse por coisas não convencionais.

Abro a capa. Tem um monte de papéis enfiados entre as páginas; eu os tiro dali com muito cuidado, colocando-os de lado. São listas de compra, pequenos desenhos, um bilhete que Blix evidentemente escreveu para Sabujo para lembrá-lo de trazer quatro lagostas extras para casa porque Lola e Patrick viriam para o jantar. (Patrick subindo para jantar? Mesmo?) Todas as coisas da vida que você enfia em algum lugar quando as visitas estão chegando e não está pronto para verificar toda a papelada que bagunça a mesa.

Mas o livro, em si. O livro está se empenhando muito – demais – para ser sério. Ele tem toda uma seção sobre a história dos feitiços, blá-blá-blá, uma explicação de como humanos sempre pensaram que precisavam reivindicar certa influência sobre os caprichos da vida. E então, chegando ao assunto, existem cerca de cinco mil feitiços reais para *tudo:* limpar energia, ganhar casos nos tribunais, garantir proteção, encontrar objetos perdidos, curar doenças, ganhar dinheiro – e, é claro, uma seção imensa sobre amor e sexo.

Na seção do amor, há menções a ingredientes para um feitiço propriamente dito: alecrim, rosas, camomila. Algumas vagens de baunilha não fariam mal.

Uma folha de papel cai no chão.

Nele, vejo algo escrito numa caligrafia leve e tosca: "Lola abrir coração amor corajosa sonho. Você conhece o homem agora. O homem que vai te amar".

Bem no fim do livro, há um diário de couro verde, pequeno e fino, enfiado entre duas páginas, embrulhado em um cordãozinho marrom com um pingente de estrela pendurado.

Não deveria abrir isso. Os segredos de Blix estão aqui, tenho certeza.

Mas talvez... talvez ela quisesse que eu visse. Não estava exatamente escondido, afinal. Ela *poderia* ter destruído todas as coisas que não queria que fossem encontradas. Sua morte não a pegara de surpresa; ela sabia há séculos que iria morrer. Não. Tenho certeza de que ela colocou tudo exatamente onde queria, e para um propósito.

Minha mão toca o cordão de couro e respiro fundo, e depois puxo de leve o cordão e abro o diário. Lerei só um pouquinho, digo a mim mesma. Para ver se ela me menciona. Tenho o direito de saber se já fui mencionada no diário dela, não tenho? Afinal, ela me deixou esta casa – talvez ainda haja outras instruções aqui sobre o que mais eu deveria fazer.

E ali está: a coisa que parte o meu coração.

Ela listou os feitiços que estava usando para cura, a data em que empregou cada um e os resultados. O Feitiço da Bolota para a Saúde, por exemplo, que ela usou no outono passado. "Joguei as bolotas no ar. Elas se espalharam pelo chão."

Em outra página do diário: "Tenho medo, às vezes, pela manhã. Olho para Sabujo e sinto medo. Mas não que esteja desesperada", escreve ela numa letra linda e cheia de curvas, com voltinhas e estrelinhas. "Todo mundo pensa que a ciência médica pode curar este câncer. Por que eles não veem o que eu vejo? Que a morte não é o inimigo?" Aqui ela desenhou uma estrela explodindo. "Sei que meu tumor é uma entidade viva e que o tumor e eu, juntos, podemos nos curar, se for para ser assim."

Viro a página e vejo: "Não tenho medo da morte, e não tenho medo da vida. Estes dias têm sido repletos de paixão, amor e riqueza, agora que sei que o fim está chegando. Carrego o oceano no meu sangue. Flutuo pela noite, sabendo que, quando chegar a hora, vou partir na lua imensa, leitosa e luminosa. Estou desaparecendo aos poucos, no entanto, quero ficar mais tempo, olhar para trás, para toda a minha gloriosa vida. Para onde você foi?".

Mais tarde, ela invocou Obatala, seja lá quem for, e disse que tinha saído à noite, oferecido leite e coco para ele, para a cura. Ela invocou o Espírito da Lua Sombria e a Antiga Fumegação Egípcia para Expelir os Demônios da Doença.

Aprendiz de Casamenteira

Meu coração bate forte.
Ai, minha nossa, ela usava feitiços, sim.
"Estou usando os cristais da bênção especial e as contas de âmbar", escreveu ela. "Mas Cassandra é forte. Estou me preparando, mas às vezes sou tomada pelo anseio para ficar. Isso é muito ruim, querer ficar um pouco mais, acompanhar meus projetos até o fim?"

Há um zumbido em meus ouvidos. Passo os dedos pela escrita dela. Onde escreveu o nome de Cassandra, a escrita é extravagante, quase infantil, com letras em caixa-baixa, todas em cores diferentes. Ela escreveu com tanta força que, quando passo os dedos sobre o nome, a escrita parece quase tridimensional.

Algumas páginas depois: "Sabujo me chama do lado de lá. Na noite passada, vi minha mãe e minha avó e me sentei com elas num pomar. Minha mãe me disse que sei o que preciso fazer. Tive uma conversa com Sabujo e ele estendeu a mão e tocou meu braço, deixando uma marquinha. Ele diz que Patrick vai ficar comigo até o fim. Patrick conhece o caminho".

Deslizo o dedo pelas páginas, deixando meus olhos passearem por elas, quando ouço a porta da entrada bater.

Dou um pulo, assustada e culpada. Bedford levanta a cabeça e balança o rabo.

– Marnie! Tá em casa? – Noah chama, e fecho o livro com rapidez, enfiando o diário bem no fundo, lá dentro. Só que, enquanto faço isso, vejo meu nome numa folhinha diminuta presa na encadernação do livro, e puxo-a para fora depressa.

No topo ela escreveu a data, 10 de setembro, que eu lembro ter sido a véspera do dia em que ela morreu. A letra parece ter sido arranhada com um lápis que já estava praticamente sem grafite. Tenho que me esforçar para ver o que diz ali.

E então meu coração se aperta. Ela escreveu tudo em maiúsculas, cada uma encravada em profundidade no papel:

MARNIE NOAH TEM QUE IR EMBORA NÃO DEIXE ELE FICAR!!

trinta e quatro

MARNIE

Mal consegui esconder o livro de feitiços quando Noah sobe ruidosamente a escada, trazendo suas vibrações estrepitosas e perturbadoras para a cozinha.

Blix não queria Noah aqui. Blix não queria Noah aqui. Blix não queria Noah aqui. Aquela frase passa pela minha cabeça num ciclo ininterrupto – e agora ele está aqui, de pé em frente a mim, os olhos enrugados num sorriso – e eu estou no meio da cozinha, me sentindo como um animal preso numa armadilha. Quem é que fica no meio exato de uma cozinha, pela madrugada? E quem é que fica ali parecendo ter completado uma arrancada de cem metros rasos só para *chegar* até ali, com as bochechas coradas, os cabelos arrepiados, parecendo que acabou de ver um fantasma?

Sinto que estou enxergando a verdade das coisas. Todo mundo tentou me dizer que ela não pretendia deixar o lugar para Noah, que ela não o queria aqui. E de algum jeito, ignorei tudo o que disseram.

Mas agora aqui está, nas palavras dela mesma. No dia antes de ela morrer.

Ele para e me encara e um sorriso se espalha por seu rosto.

– Ei! O que você está fazendo? – diz ele. – O que tá rolando?

E, por algum motivo, os olhos dele vagam para a estante de livros. Talvez eu tenha corrido de lá tão depressa que ainda se pode ver um rastro.

MARNIE NOAH TEM QUE IR EMBORA NÃO DEIXE ELE FICAR!!

– Nada. Só ajeitando algumas coisas. Limpando um pouquinho. Este lugar fica tão sujo!

Aprendiz de Casamenteira

Ele ri, em seguida se aproxima e coloca os braços ao meu redor. Sinto-me incomodada, mas Noah me puxa para junto dele, pressiona meu rosto contra seu peito.

— Não, é sério. O que está acontecendo com você? Eu te assustei quando entrei?

— Não – digo, colada em sua camisa.

— Deus, você está sexy hoje. – Ele beija o topo da minha cabeça. – E entãããão... o que me diz de a gente descer e transar? Acabo de entregar meu trabalho, estamos no fim de semana, e estou com vontade de celebrar. Especialmente com você gostosa assim! Fez algo diferente com o cabelo?

— Não. Só está sem pentear. E, na verdade, eu estava de saída.

— É? Pra onde?

— Ãh, eu ia visitar a Lola, ver como ela está.

— Ela acabou de sair. Eu a vi quando estava chegando. Saindo com aquele homem de novo.

— É mesmo? – Afasto-me dele. – O cara de Nova Jersey?

— Não conversei com ele, exatamente, para descobrir de onde ele é.

— O carro dele tem placa de outro estado. Se tivesse olhado, saberia. Ele ri.

— Por que eu ligaria para o que dizem as placas?

— Aposto que era ele. O que é ótimo. Mas deixa para lá.

— Enfim – diz ele. Aponta para si mesmo e para mim, tentando me abraçar de novo. – Então...

Não quero transar com ele. *Não quero transar com ele.* Consigo me desvencilhar, vou até a pia e abro a torneira. Vou regar as plantas; isso mesmo.

— Na verdade, não posso no momento. Depois que terminar aqui, vou sair.

— Hum. Foi o que você disse. Mas a Lola não está lá.

— É?

— Eu te falei. Ela saiu com o cara e você disse que era uma ótima notícia. O que está havendo com você, afinal? Está tudo bem?

— Diga-me uma coisa. Como estava a Blix quando você chegou aqui?

Caminho com cuidado até a janela com o copo de água. Posso senti-lo olhando para mim enquanto jogo um fio de água por cima das rosas e, depois, da camomila.

— Ela estava morrendo — diz ele, após um momento. — Cheguei aqui uma semana antes de ela morrer.

— E diga-me a verdade... ela queria você aqui?

— Está brincando? Ela disse que eu era o único que poderia ajudá-la a fazer a transição para o lado de lá.

Ele se aproxima e tira o copo da minha mão, coloca-o sobre a mesa e me segura pelos braços.

— O. Que. Está. Havendo?

Noah se aproxima ainda mais, começando a deslizar os lábios por meu maxilar.

Eu recuo e olho para seu rosto.

— Nada. Só estava pensando como deve ter sido muito difícil para você. Vê-la daquele jeito. Morrendo.

Ele ruboriza.

— Sabe o que foi difícil? Foi difícil que ela não quisesse fazer nada para se ajudar a melhorar. Deus me livre alguém chamar um médico. Eu quis ajudar, mas ela só queria que eu ficasse ali sentado, assistindo enquanto ela morria.

Afasto-me dele.

— Mas ela tinha o direito de fazer as coisas do jeito dela.

— Bem, sim, claro. Mas meu ponto é: por que *eu* era o cara que tinha que assistir isso acontecer? É para isso que existem hospitais! Mas tanto faz. Eu fiquei, de qualquer maneira. Por ela. E aí... ela vai e deixa a casa para você.

Ele dá uma risada curta, amarga.

— Eu não acho que a morte dela se tratasse de você.

— Bom, que seja. Já foi. Fiz o que ela queria. Caso encerrado. Está tudo certo. — Ele passa os olhos sobre mim e abre os braços, sorrindo. — Por que estamos conversando sobre isso, afinal? Vamos nos fazer felizes. Você e eu? Lá embaixo?

Ele aponta a porta com a cabeça.

Aprendiz de Casamenteira

Mas não posso. De fato, olhando para ele neste momento, não posso acreditar que me deixei envolver com uma *criança* tão egoísta e egocêntrica. Que só consegue enxergar as coisas da própria perspectiva. Na verdade, me sinto um tanto enjoada.

– Não – digo.

Engulo em seco, tentando localizar alguma umidade na boca, que de repente se ressecou por completo.

– Na verdade, tenho que te dizer que isso não está mais funcionando para mim.

– Como é?

– Eu me sinto estranha sobre o que estou fazendo. Não deveria ficar com você desse jeito quando vou me casar com outra pessoa. Sinto-me culpada. É terrível isso que estou fazendo.

Ele parece chocado por um instante, depois sorri e aumenta o volume da máquina de charme.

– Ah, a culpa! É algo terrível quando a culpa atrapalha a diversão, não é? Mas eis o que penso. Não deveríamos nos sentir culpados porque, no esquema geral das coisas, o fato de você e eu transarmos não tira nada do seu namorado. Eu não sou nenhuma ameaça ao seu relacionamento porque, um, já sou um fator conhecido, e, dois, sou fodido da cabeça e não consigo manter um relacionamento decente. Você é dele, até onde me diz respeito. Isso é apenas recreativo. Olhe por este ângulo: sou estritamente para diversão.

– Eu não funciono assim, infelizmente – digo.

– Funciona, sim. É exatamente o que andamos fazendo, nos divertindo. E não tem nada de errado nisso.

– Não posso mais fazer isso. Sinto muito por ter começado. Então, por favor, respeite minha vontade.

Ele me olha de esguelha. Sei que estou soando esquisita – tão rígida e formal, mas não consigo evitar. Ainda estou tremendo. Ele vai até a geladeira,, abre a porta e fica olhando lá dentro, e por fim tira uma cerveja. Sei que está tentando ganhar tempo, esperando para ver se vou recuperar o juízo. Quando não digo mais nada, ele solta um longo suspiro, dá um gole na cerveja e diz:

— Tá bem. Faça o que quiser. Vou respeitar a sua vontade, e vamos parar de transar,, mas tenho que ficar aqui até o semestre acabar.

— Não. Eu quero que você vá embora.

— Marnie! Caralho! *O que é isso?*

Fico de pé no meio da cozinha, balançando a cabeça, me mantendo firme. Sinto que Blix e todo mundo que a amava estão de pé, bem ali ao meu lado.

— Não. Não posso manter você aqui. Você tem que ir embora.

Noah me encara e, por um momento, acho que vai me desafiar, se recusar ou até dar um piti. Mas aí ele ri, toma outro gole de cerveja e balança a cabeça, como se esse fosse o pedido mais insano que já ouviu. Ele pega sua mochila e vai para o primeiro andar. Ouço o chuveiro ser ligado. Pouco depois, o som de gavetas se fechando com estrondo e os passos dele no corredor, e em seguida a porta de entrada bate com tudo. Acompanho da janela ele descer a rua, falando ao celular.

Naquela noite, levo o livro de feitiços para o meu quarto e deito na cama, ansiosa para voltar ao diário de Blix. Adoro como ela enchia páginas com estrelas, filigranas e cometas. Adoro as histórias de pequenos lampejos que ela sentia ao ver as pessoas se apaixonando em torno dela. Ela escreveu que às vezes enviava mensagens e energia pela atmosfera e via pessoas se virando, surpresas, quando eram atingidas pelo amor.

Ela era uma pessoa diferente de todas que eu já conheci.

E então sorrio, lembrando-me da festa de noivado e como cercamos uma ruiva com luz branca. Por um momento, sinto-a ali no quarto comigo.

Leio listas de coisas pelas quais ela era grata: as folhas aleatórias em formato de coração na calçada; as pombas que falavam com ela do parapeito da janela; sua colcha *kantha*; as esculturas de Patrick, com sua graça e poder; o jeito como ela e Sabujo ficavam sentados junto ao braseiro nas noites nevadas, enroladinhos e juntos debaixo de cobertores de lã; o sorriso de Sammy.

Aprendiz de Casamenteira

Como era importante acrescentar em todos os feitiços: "Para o bem de todos e o livre-arbítrio de todos".

E, bem no finalzinho do livro, na última página mesmo, ela fez uma lista chamada "Meus Projetos".

JESSICA E ANDREW.

LOLA E WILLIAM.

PATRICK E MARNIE.

PATRICK E MARNIE.

PATRICK E MARNIE.

Fecho o livro com muito cuidado e o coloco no chão.
Patrick?
Patrick é o par que ela pensou que fosse o certo para mim?
É tão impossível que é quase risível. Patrick é tão trancado em si mesmo, tão inalcançável e... e... o que ela achou que eu devia fazer? Passar o resto da minha vida escrevendo para ele no celular? Poderíamos, aos poucos, passar a escrever recadinhos amorosos em nossas mensagens de texto! Talvez, depois de vinte anos comigo escrevendo *eu te amo*, Patrick me deixe tocar nele de verdade.

Ah, Blix. Talvez você tenha entendido algumas coisas corretamente, mas nisso você estava muito, muito enganada.

trinta e cinco

MARNIE

No dia seguinte, estou na Brotou um Lance contando em mensagens de texto para Patrick a notícia de que pedi a Noah que fosse embora, quando, levantando a cabeça, vejo o senhor idoso entrando. Aquele que não estava pronto. Desta vez, porém, ele caminha magistralmente e escolhe copos-de-leite, rosas, um pouco de véu de noiva, algumas gérberas e algumas folhagens.

— Gérberas são minha flor preferida — digo a ele quando as traz até o balcão.

Isso parece agradá-lo. Ele tem um rosto meigo, vincado e gentil.

— Estou prestes a fazer algo muito corajoso — diz ele. Seus olhos estão brilhando. — Mais corajoso do que qualquer coisa que fiz na guerra, isso com certeza. Vou pedir uma mulher em casamento.

— Sério? — digo. — Isso é maravilhoso! Ela vai ficar surpresa ou ela já sabe?

— É uma surpresa. Na verdade, você tem papel para eu poder escrever um cartão? Ocorre-me que talvez seja uma boa ideia incluir um cartãozinho para convencê-la.

— Ah, rapaz. O senhor vai propor casamento por escrito?

Ele se retesa um pouco.

— Vou.

— Não, é legal. Eu entendo. Quer alguma ajuda?

— Eu mesmo tenho que fazer isso — ele me diz, severo. — Tem que ser apenas eu. Embora faça anos, sabe, desde que tive que… bem… convencer uma dama de que eu valho a pena.

Aprendiz de Casamenteira

— É claro. Aqui, pode se sentar aqui e levar o tempo que quiser.
— Eu o conduzo até uma mesinha branca nos fundos. — Posso pegar água para o senhor? Talvez um dicionário de sinônimos? Ou um livro de romance?

Com isso, ele ri.

Ele fica ali por um longo tempo, mordendo a ponta da caneta. Patrick responde à mensagem:

Ótimo! Ele se foi gentilmente naquela boa noite? (Viu o que eu fiz aqui?)

Rá! Sim, foi-se gentilmente. Até agora, pelo menos.

O senhor se vira, pigarreia e diz:

— *Talvez* eu pudesse aproveitar uma ajudinha, se tiver tempo.

Guardo meu celular.

— Eu adoro fazer isso — digo. — Conte-me algo sobre ela. E sobre você. Verei o que me ocorre.

Ele suspira.

— Está bem, talvez isso funcione. — Ele fecha os olhos e começa: — Tenho saído... com uma dama. Eu venho de carro de Nova Jersey para visitá-la. Tenho feito isso há seis meses. Toda chance que tenho. Toda chance que ela me dá.

Pequenas faíscas dançam diante dos meus olhos. Ai, meu Deus. É ele!

— E... bem, ela é a viúva do meu melhor amigo. Ela não sabe que eu quero ser mais do que um amigo para ela porque eu não queria assustá-la. Mas nós conversamos apenas sobre nossos cônjuges falecidos. E eventos atuais. O clima. Peças. Ela não sabe que eu tenho... sentimentos. Ela é muito correta comigo.

Eu pigarreio. Qual seria a saída mais ética nessa situação? Será que eu deveria dizer *ei, o senhor é William Sullivan, e eu conheço sua história toda. Deixe-me dizer o que a dama em questão me disse a seu respeito!*

Em vez disso, opto por dizer:

— Mas ela é correta do tipo "mantenha distância" ou correta do tipo "eu não quero presumir que esse homem me ama"?

Eu realmente quero saber qual dos dois é.

— Agora, como é que eu vou saber? — diz ele. — É por isso que vou pedi-la em casamento, para ver o que ela diz.

Ele finge uma expressão séria.

— Estou, como dizem, *mergulhando de cabeça*.

— Sim — digo. — Mas... se... digo, não seria muito repentino? Ela pode se sentir pressionada, sabe? Por que mergulhar quando a gente pode entrar aos pouquinhos? Coloque um dedo, teste a água.

— Não. Absolutamente não. Quando pedi minha esposa em casamento, foi assim que fiz e deu tudo certo. Eu pedi a mão dela quando estávamos tomando sorvete: fiz o pedido e ela deixou o cone de sorvete cair no chão, de tão surpresa que ficou. E aí ela disse sim. Tive que comprar outro cone para ela. O melhor dinheiro que já gastei.

Tem algo tão amável no rosto dele, na expressão de seus olhos, toda aquela falta de noção. E, ainda maior, há algo tão triste nos homens daquela geração tropeçando vida afora, mergulhando sem fazer ideia de como as mulheres vão recebê-los. Ou talvez seja adorável, e esses homens sejam uns queridos, heróis na misteriosa linha de frente do amor, e as mulheres precisam mimá-los e salvá-los de seus impulsos mais desarrazoados.

Não consigo pensar no que fazer.

— Acho que talvez precisemos de música para pedidos de casamento para nos inspirar — digo a ele, ganhando tempo.

Coloco as canções de amor de Frank Sinatra para tocar e aí nos sentamos lado a lado na chuva de faíscas douradas e deixamos a fragrância das flores nos lavar. Fecho os olhos e digo para mim mesma o mantra de Blix:

— Seja lá o que acontecer, ame isso.

— Então preciso que ela me veja como um parceiro romântico ousado — diz ele.

— Será que ela pode ser... tímida perto de você? Já considerou que talvez fosse bom ir devagar?

Ele ri.

— Agora percebo qual é o problema com a sua geração. Vocês não correm riscos. Estão sempre nos seus smartphones e com as

Aprendiz de Casamenteira

mensagens de texto, e arrastando pra cá ou pra lá. E com seus namoros on-line; não aparecem em pessoa quando é preciso! Eu vou cortejar e impressionar essa mulher...

– Cara! – digo, e ele ri. – Você nem tentou dar um beijo nela ainda, mas acha que vai funcionar escrever um *cartão* para ela pedindo-a em *casamento*? Está vendo? Eu não entendo os homens!

Ops. Espero que ele não vá se perguntar como eu sei que ele ainda não a beijou. Mas nem passa pela cabeça dele se questionar.

– Confie em mim, vai dar certo – diz ele. – Ela vai pensar a respeito, e vai se lembrar do quanto nos divertimos anos atrás, e vai pensar no futuro... e daí, quando eu aparecer por lá, pronto para beijá-la, ela vai dizer sim.

Depois disso, posso ver que eu não tenho nenhum argumento que vá convencer William Sullivan, então me sento na mesa e ele me diz para escrever que ela é linda e bondosa e que, quando ele está passeando com ela pelo mundo, não consegue parar de sorrir. Ele quer que eu diga a ela que ele vive pelos momentos em que vem visitá-la, e por aquele momento em que ela abre a porta. E que, quando ela estava doente, ele também adoeceu – de preocupação –, que é o motivo por que, quando ele apareceu no hospital, talvez tenha contado piadas demais, quando deveria ter escutado.

E então ele se debruça sobre a mesa, os olhos dançando.

– Diga que eu sou a pasta de amendoim e ela é a geleia – diz ele. – E que ela nunca mais terá que ir para o hospital sozinha outra vez.

– Sério?

– Tá, agora diga que ela é a fada dos meus contos e a banana do meu pijama.

Eu anoto, sorrindo.

– Isso está começando a soar meio duvidoso, mas tá bom.

No alto-falante ao lado da caixa registradora, Frank Sinatra começa a cantar "All of Me" e William Sullivan me faz escrever:

– Então agora estou pedindo a sua mão em casamento. Por favor, faça de mim o homem mais feliz do mundo e case comigo. Com amor e sinceridade, William Sullivan.

— Os dois nomes mesmo? — digo.
— Os dois nomes. Quando o seu nome é William, você tem que ser específico. — Ele sorri de orelha a orelha. — Escreva *William Sullivan*, por obséquio.
— Certo, cara. Prontinho!

Termino de escrever e entrego o cartão para ele conferir. Ele o lê muito solenemente e pigarreia algumas vezes, depois diz que está bom.
— Eu meio que gosto quando você me chama de cara — diz ele. E aí o medo o agarra de novo e ele diz: — Espero que isso funcione. E agora, se puder, por gentileza, coloque como destinatário para Lola Dunleavy. Aqui, deixe-me pegar o endereço exato no meu bolso.

E é aí que preciso contar a verdade a ele, que eu conheço Lola e já a amo.
— Ela é minha vizinha — digo, e o rosto dele se abre num sorriso quando conto a ele que vejo o carro dele quando vem buscá-la.
— Você acha que eu tenho alguma chance? — pergunta.
— Você sempre tem uma chance — digo a ele. — É claro! Claro que sim.

Digo a ele que, na verdade, Lola estará na minha casa no Dia de Ação de Graças para jantar, e criamos um plano. Decidimos que as flores devem ser entregues na manhã de Ação de Graças e, se ela aceitar o pedido, ele virá para a minha casa também. Se for um não, ele voltará para casa e jantará peru num restaurante em algum lugar.

Sorrimos um para o outro, e saio de trás do balcão e o abraço. Ele é um pouco reservado no começo, e aí eu digo:
— Cara, pode me abraçar. Escrevemos uma carta de amor juntos, e isso significa que estou no seu time.

Ele se entrega ao abraço.

Está chovendo lá fora e ele sai da Brotou um Lance parecendo estar a um guarda-chuva de distância de interpretar "Cantando na Chuva", bem ali na Bedford Avenue.

trinta e seis

MARNIE

Então faço um feitiço para Sammy.

Não é nada grande. Mas parece grande para mim. Corto um pouco de alecrim e manjericão das ervas no peitoril da janela de Blix e trituro as folhas com um almofariz e um pilão que encontro embaixo da pia. Em seguida, na próxima vez que estou na Brotou um Lance, coleto algumas pétalas de amor-perfeito (para o amor) e algumas flores de hibisco (para a fidelidade), e misturo tudo.

O livro de feitiço não me informa sobre nenhuma palavra que eu deva dizer, mas Sammy diz que precisamos dizer alguma coisa. Por insistência dele, fechamos os olhos, damos as mãos e dizemos algumas palavras que soam mágicas, chamando as forças do amor, do perdão e da felicidade para todos. Ele me faz rir quando grita:

– Hocus Pocus!

Melhor de tudo, Sammy e eu ficamos sentados juntos enquanto ele pratica com a flauta e eu costuro um bolsinho de seda vermelha. (Vermelho para a paixão.) Sammy colocará isso na bolsa da mãe e fará com que ela leve a bolsa para o evento, digo a ele.

– Mas e o meu pai? Precisamos que ele também esteja no feitiço – aponta ele.

Trituro mais flores e folhas e as costuro em outro bolsinho vermelho, e Sammy diz que colocará este no carro do pai.

Trocamos um "toca aqui".

– Mas o mais importante é o que *você* está fazendo – digo. – Tá bom? A flauta e o amor que está enviando diretamente para eles.

O auditório da escola está lotado de pais e avós, todos rodeando por ali, sorrindo e acenando. Há um zumbido empolgado pelo local. Jessica guardou um lugar para mim bem ao lado do dela; chego lá e a encontro acenando, sorrindo e gesticulando para eu me aproximar.

Suas bochechas estão rosadas e ela está linda, com o cabelo comprido em cachos soltos e brilhantes. Andrew vai derreter quando a vir.

— Olha só esse programa! No final, ele não vai só tocar a flauta — diz ela —, vai também ler um poema. Um poema *que ele mesmo escreveu*! Ele não me contou isso, o trastezinho. Ai, meu Deus, talvez eu tenha que ser carregada para fora daqui.

Ela começa a se abanar com o programa.

— Acho isso maravilhosamente legal — digo. — Você está linda, aliás. Acho que deveria relaxar, se puder, porque tudo isso vai dar certo.

Jessica está sorrindo.

— Seria mais legal se eu tivesse visto o poema antes.

— Hum... Talvez não.

Fico revirando o programa em minhas mãos sem parar. E, apesar de o livro de feitiços dizer que você tem que fazer um feitiço e depois liberá-lo e não se preocupar, não consigo evitar. Fico esticando o pescoço para observar as pessoas entrando. E finalmente, *finalmente* lá está o Andrew chegando, abaixando a cabeça de leve, postando-se com humildade no fundo enquanto olha o auditório todo, e dá para ver que ele está marinando em seu próprio molho de nervosismo. Vejo o instante em que ele encontra Jessica — suas sobrancelhas vão lá para cima — e ele começa a vir na nossa direção.

Ela diz para mim:

— Não o deixe sentar perto de mim. Tem alguma mulher com ele? Não, *não olhe para ele!* Ele está com alguém?

— É difícil olhar e não olhar ao mesmo tempo, mas não, acho que não tem uma mulher com ele.

Aprendiz de Casamenteira

— Então tá. Ainda assim, vamos torcer para ele se sentar em outro lugar.

— Ele não vai se sentar em outro lugar. Na verdade, está quase aqui. Sorria e fique calma.

Quando ele nos alcança — sorrindo e exibindo sua expressão habitual de "culpado, mas esperançoso" —, deslizo mais para lá para ele poder ficar com a cadeira ao lado da de Jessica. Ela me dá um olhar que pode ser de gratidão ou de ódio: neste instante, as duas coisas parecem iguais.

Que você seja abençoado e ousado, penso para ele com toda a força, cercando-o de luz branca. *Que pare de parecer tão culpado.*

Ele abaixa os olhos para o seu programa. Remexe-se, dizendo para mim que tocava flauta quando criança e que nunca conseguiria tocar em público. Ele diz que seu filho é mais corajoso do que quase todo mundo que ele conhece.

Estou prestes a perguntar se ele quer vir para nosso jantar de Ação de Graças, mas aí a cortina se abre e um professor se levanta e diz que este é um espaço sagrado, onde crianças estão apresentando coisas que ensaiaram muito, e que ele pessoalmente virá até a plateia e confiscará qualquer celular que por acaso venha a tocar, e a audiência ri, nervosa, e daí ele acrescenta que também esmagará o aparelho em pedacinhos, e todos rimos, ainda mais quando um homem grita da plateia: *Por favor! Estou implorando, pegue o meu!*

A música começa e as crianças entram tropeçando para o palco, saltando por ele todo, enquanto cantam músicas. Algumas dão cambalhotas e outras dão saltos enormes por cima de pufes enormes. Elas cantam sobre liberdade e felicidade, e não consigo me concentrar nas palavras porque estou subitamente sorrindo tanto, que meus ouvidos não funcionam mais. O palco todo é um borrão de cores e radiância.

Quando Sammy entra no palco e faz uma série de cambalhotas por toda a área, dou uma espiada em Jessica e vejo que ela não está mais nesse auditório quente e duro; ela está em outro lugar, e Andrew está logo ali, com ela. Estão sorrindo um para o outro! Digo isto para Blix, que pode não me ouvir, estando morta e tudo o mais.

Há coros e danças, e rostos brilhantes e animados de crianças. Um grupo de meninos encena um famoso esquete de humor. Uma menina faz uma série improvável de saltos duplos por todo o palco, recebendo aplausos retumbantes.

E, perto do fim da apresentação, quando chega o momento em que Sammy se aproxima da frente do palco, penso que vamos todos morrer aqui. O holofote reluz sobre ele e, ai, ele é um menino *tão pequenininho* de pé ali na piscina de luz amarela, tão robusto e, ao mesmo tempo, tão vulnerável! Ele começa numa voz oscilante:

– No dia em que meu pai se mudou eu comi um prato de ovos...

O salão fica em silêncio, e Jessica coloca a cabeça entre as mãos. Andrew, do meu lado, para de respirar. Ele procura a mão de Jessica e a segura na sua.

O poema não é longo. É sobre um menino olhando para um prato de ovos com as gemas moles e pensando em como seu pai é a parte amarela e a mãe é a parte branca, a coisa ao redor que mantém a família toda unida, mas aí, mais tarde, quando ele está comendo um ovo cozido, o menino vê a parte amarela pular para fora e cair longe. Aí vem algo sobre o menino reparando que ele é a torrada; que ele não é o que segura a gema e a parte branca juntas, mas a coisa à qual os dois podem se juntar, como um sanduíche de ovo, talvez? – e aí terminou, e o ar volta para o recinto, e todo mundo o aplaude. As pessoas ficam de pé, aplaudindo e gritando. E vários dos outros pais sorriem para Jessica e Andrew, e uma mulher finge estar enxugando lágrimas enquanto sorri. Andrew agora segura firme no ombro de Jessica e ela se reclina contra ele, e os dois balançam a cabeça, sorrindo.

Quando tudo termina, saímos de lá juntos, mas encontro uma razão para me separar desse amor particular e frágil entre Jessica e Andrew e Sammy, porque está naquele estágio, sabe, quando a noite o segura com tanta delicadeza, que se poderia piscar e tudo desapareceria, toda a magia sumiria, e Jessica estaria reclamando outra vez sobre a suposta namorada de Andrew, e Sammy se sentiria miserável, em vez de triunfante.

Aprendiz de Casamenteira

De qualquer maneira, quero mais do que tudo estar de volta ao quarto de Blix, sentada na *kantha* dela, olhando seu livro de feitiços. E, é claro, me preparando para o Dia de Ação de Graças. Isso.

Caminho até o metrô e meu celular apita com uma nova mensagem de texto.

Mas já estou no subterrâneo, tendo saído da noite fria e ventosa para o amarelo áspero do mundo do metrô, onde sempre parece que entrei num mundo imenso de luz e ruído, e o trem está vindo. Está aqui, parou com um grito, todo o metal rangendo como se fosse cair aos pedaços. E as pessoas estão desembarcando e embarcando, e tenho que correr para conseguir embarcar.

Olho para meu celular, mas o trem está lotado – a essa hora da noite! – e tudo o que vejo, antes que o serviço do celular desapareça por completo, são duas palavras de Patrick:

Você pode

E, de súbito, estou muito feliz. É ridículo como essas duas palavras podem ter tanto efeito. Elas nem são palavras que se esperaria poderem deixar alguém feliz; não são, por exemplo, *amo você* – mas aqui estão elas, me acendendo por dentro mesmo assim. Abro um sorriso amplo enquanto me seguro no ferro, oscilando para lá e para cá, sorrindo para desconhecidos, pensando em como sou sortuda por estar aqui.

Envio um pouco de luz branca para o cara desgrenhado pedindo dinheiro e para a mulher que enrolou as meias para baixo e está de olhos fechados, e para a garota de chapéu clochê, aquela que fica passando os dedos pelo pescoço do namorado e depois se debruçando para beijá-lo. Há tanto amor para todos nós, e Patrick precisa que eu faça alguma coisa.

Você pode, você pode, você pode.

Seja lá o que for, posso, sim!

Quando chega a minha parada, aperto o botão e o celular se ilumina outra vez, e posso ver a mensagem dele de verdade. E meu coração cai para o fundo do estômago.

Você pode vir para cá assim que possível? Não vá lá em cima antes!!

trinta e sete

MARNIE

Patrick fez pastéis de nata recheados de creme de baunilha, e me entrega um assim que me deixa entrar.

– O que você acha? Devia ter usado ricota, em vez disso? É mais autenticamente italiano, acho.

– Eu gosto mais do creme – digo. – E por que eu não podia ir lá para cima? O que houve? Depois daquela mensagem sua, esperava ver a fita de isolamento da polícia do lado de fora do prédio!

– Ah. Exagerei um pouco no drama? É tão difícil acertar o tom por escrito. – Ele olha para o celular, voltando um pouco na conversa. – Ah, sim. Entendo. Foram os dois pontos de exclamação. Desculpe. É só que aconteceram novos desdobramentos esta noite, e queria que você viesse para cá caso Noah esteja lá em cima.

– Acha que ele está lá?

– Bem, não tenho certeza… não ouço barulhos lá em cima faz um tempo, mas mais cedo ele teve uma conversa longa e alta no viva-voz com a *mãe dele* bem aqui, na calçada. Eu tinha levado o lixo reciclável lá para fora, então estava onde ele não podia me ver, e é claro que fiquei por lá e escutei. Não muito bacana de minha parte ouvir escondido, eu sei, mas acho que você devia saber que ela está furiosa com ele. Por causa do testamento.

Meu coração afunda.

– É. Parece que ela e o pai dele querem contestar o testamento da Blix e ela estava gritando com Noah porque ele não estava fazendo a parte dele.

– A parte dele?

Aprendiz de Casamenteira

— É. A tarefa dele era descobrir *como* você pode ter manipulado a Blix para lhe deixar a propriedade. Acho que por você ser uma famosa megera que provavelmente sai por aí convencendo velhinhas a te deixarem coisas o tempo todo.

— Só quando os sobrinhos-netos delas me dão um pé na bunda. Senão, permito que elas deixem as coisas delas para quem quiserem.

— Bem, claro. Você é bacana nesse sentido.

— Então, como eles vão decidir se sou culpada? Eles disseram?

— Não sei.

— Blix me escreveu uma carta que o advogado me deu... e nela... ah, Deus, nela Blix fala como eu pedi a ela para fazer um feitiço para o Noah voltar. E ele... bem, uma noite ele me pediu se podia ler a carta. Ai, meu Deus.

Coloco as mãos sobre a boca.

— Espera, tem mais — diz Patrick. — A mãe dele disse que, se não conseguirem provar que você tentou influenciar Blix, com certeza podem provar que Blix não estava em seu juízo perfeito quando escreveu o testamento. Por causa de ela fazer magia e tudo o mais. Ela era uma bruxa praticante, foi o que a mãe dele disse. E ela acha que talvez isso se sustente no tribunal.

— Bruxas não estão em seu juízo perfeito?

— Ela ficava dizendo que eles podiam provar qualquer coisa que precisassem, e que o advogado da família estava muito feliz em se envolver neste caso, mas... e eu acho isso *bem bizarro*... nesse meio-tempo, ela queria que Noah procurasse qualquer material de apoio que conseguisse encontrar. Sabe, coisas que mostrassem que ela estava maluca. E que enviasse isso para ela. Ela disse que eles pediriam a alguém que fizesse uma avaliação psicológica, então ele deveria enviar *de tudo*. Peças de arte, amuletos da sorte, talismãs, qualquer coisa que pudesse encontrar.

— E ele foi lá em cima depois disso? Você conseguiu ouvir?

— Não. Ele nem parecia muito interessado. Mas ela ficou perturbando, fazendo perguntas para ele sobre o estado mental de Blix assim que ele chegou aqui, e aí ele começou a contar a história de como Blix não queria ir para o hospital. Contou para a mãe dele que, em vez disso, ela lançou feitiços e outras coisas. Francamente, você teria pensado, ouvindo o jeito como a mãe dele reagiu, que Blix estava por aí bebendo sangue de morcego sob a lua cheia.

– Minha nossa. – Engulo em seco. – Este pode ser um bom momento para te contar que encontrei o diário de Blix. Estava num livro de feitiços que ela tinha na cozinha, e eu o li, e ela tinha mesmo todo tipo de feitiços e remédios... não sangue de morcego, até onde me lembro, mas ela conversava com seus ancestrais e fez contato com algum espírito divino, e saía na escuridão do luar.

– Bem, vou correr um risco aqui e pensar que precisamos colocar isso num lugar seguro. Sabe onde ele está neste momento?

Tento pensar. Eu estava lendo na cama, mas daí o levei para o andar de baixo, não foi, quando fiz os bolsinhos para o feitiço do Sammy? *Acho* que o devolvi à estante de livros. Isso mesmo, devolvi, sim. Enfiei tudo de volta onde estava, lá no meio dos livros de cozinha.

Bem à vista.

Onde sempre esteve e onde qualquer um poderia encontrá-lo.

Levanto-me.

– Acho que preciso ir.

– Me chame se precisar de reforços.

Todas as luzes do apartamento estão apagadas quando vou ao andar superior, e Noah não se encontra em lugar nenhum.

Sentindo-me ridícula, chamo o nome dele, passo pelo apartamento todo, acendendo luzes, olhando os cantinhos. Já assisti a filmes de suspense suficientes para saber que as pessoas sempre se escondem atrás de portas e cortinas, então me certifico de conferir esses locais. Eu até entro no banheiro e escancaro a cortina do chuveiro enquanto grito.

Eu me deixei ansiosa, exatamente como fazia quando assistia a filmes de terror com a Natalie. Ainda assim, é bem verdade que

Aprendiz de Casamenteira

há uma vibração estranha na casa hoje. Bedford está encolhido em seu cercadinho e choraminga quando o tiro de lá. Tem algo... é como se o ar estivesse todo bagunçado de alguma forma, como se as moléculas tivessem se embaralhado e não houvessem conseguido se reformular antes que eu entrasse.

— Noah! — chamo. — Você está aqui?

Não há resposta. A porta do quarto dele está aberta e a luz, apagada.

— Noah?

Acendo a luz. A roupa de cama foi tirada e o armário dele tem cerca de oito cabides vazios, e mais nada. Bedford lambe minha mão.

Há uma caixa de papelão vazia no corredor e uma das meias esportivas de Noah está presa debaixo do tapete do banheiro. Então ele finalmente voltou para pegar suas coisas.

Mas será que voltou para dentro depois de falar com a mãe? Esta é a questão. Corro até meu quarto e vou até a gaveta de calcinhas. O moletom ainda está lá, e eu o chacoalho, procurando na manga pela carta de Blix.

Nada. Sumiu.

Eu o viro do avesso para ter certeza, mas nada. Posso sentir lágrimas quentes atrás de meus olhos. Por que não imaginei que ele a procuraria em algum momento? Ora, quando ele *me pediu* a carta, pensei que estaria em segurança na gaveta de calcinhas? É claro que ele ia procurar!

Patrick me envia uma mensagem de texto:

Ouço você correndo para todo lado. Ele está aí?

Aqui não. O guarda-roupa dele está vazio.

A "águia" está segura?

Patrick, a carta sumiu! Aquela que Blix me escreveu. Tudo o que quero é chorar.

E a OUTRA *águia?*

Olhando agora. Andando, andando... na cozinha... ISSO! O livro de feitiços e o diário estão na prateleira! Sãos e salvos.

Pelo amor de Deus, fale em código! Que tipo de escondedora de provas é você?

Desculpe. Esqueci da minha #educaçãodeespiã. Vou me infiltrar agora. Pode me chamar de Natasha daqui por diante.

CALA A BOCA EU NUNCA OUVI FALAR DE VOCÊ.

Retiro o livro da prateleira e o levo até o primeiro andar comigo. Vou dormir com ele na minha cama esta noite. E, amanhã, vou ligar para Charles Sanford e contar a ele o que aconteceu.

A opinião profissional de Bedford é que deveríamos ir lá fora para ele poder fazer xixi, e depois deveríamos trancar a porta do quarto essa noite, só para garantir. Ele realmente se deita no chão, com o nariz junto da porta, e rosna a cada poucos minutos para passar sua mensagem.

Tenho razoável certeza de que Noah não vai voltar essa noite, mas aí, o que sei eu? Nunca pensei que Noah se importasse muito em receber esse prédio, para começo de conversa. E, claramente, ele se importa.

Vou até Bedford e o afago atrás das orelhas.

– Não tem ninguém aqui além de você e eu, menino. Pode subir na cama. Tá tudo bem.

Ele enfim vem até o pé da cama, preocupado, mas todo carro que passa envia uma cascata de luz dardejante pelas paredes, terminando num ponto no canto. E, a cada vez, ele levanta a cabeça e rosna um pouco. Há ruídos, a casa se assentando e as batidas do radiador, vozes de pessoas passando na rua, rindo apesar de estarmos no meio da noite. O escapamento de um carro estoura, e Bedford e eu damos um pulo alto.

Por fim, ele coloca a cabeça no travesseiro. Mas mantém os olhos abertos muito tempo depois que penso que nós dois deveríamos estar dormindo. É como se ele soubesse que ainda não havíamos dado fim às vibrações ruins.

E eu me sinto tão triste por causa da carta desaparecida. Minha conexão com Blix.

trinta e oito

MARNIE

Já passa do meio-dia na quarta-feira quando eu finalmente volto para casa do mercado, carregando um peru de oito quilos e as sacolas de compras – tantas que tive que pegar um Uber em vez do metrô.

Bedford está ainda mais hiperativo do que de costume, por isso, depois de guardar toda a comida, coloco a guia nele e o levo para fora. No entanto, ele não está interessado em nada em particular. Faz xixi na calçada com um ar sem graça. Senta na entradinha e olha para mim com expectativa, como se fosse *eu* que precisasse vir aqui fora, não ele.

Quando voltamos para dentro, ele dispara para o quarto.

Minha cabeça está cheia de planos de cozinha, mas ele está latindo e correndo para todo lado... e é nesse momento que as pontadinhas de medo começam.

Eu o sigo até o quarto de Blix, que parece diferente do que estava duas horas atrás, quando o deixei. A gaveta da cômoda está entreaberta e meu pijama de flanela está no chão. E as paredes... estão nuas! Não totalmente, mas as coisas foram retiradas – as peças de arte de Blix, seus talismãs, suas peças têxteis.

E a cama... a cama está toda desarrumada, com as cobertas jogadas para todo lado.

Minha respiração está presa no alto do peito quando corro e levanto o travesseiro onde havia escondido *A Enciclopédia de Feitiços*.

Sumiu. Apalpo lençóis e cobertores, procuro debaixo da colcha *kantha*, olho no piso do outro lado da cama.

Bedford olha para mim.

Os segredos de Blix sumiram. Deslizo até o chão.

Patrick sobe assim que o chamo. Eu o deixo entrar e caminhamos pelos cômodos, e mostro a ele todos os lugares onde antes havia peças de arte. A sala de estar, a cozinha, o corredor – em todo lugar se podem ver trechinhos pálidos na parede com pregos espetados.

Acho que meu coração está se partindo.

Patrick diz que eu deveria ligar imediatamente para Charles Sanford, e é o que faço, mas ele não atende. Certo. É a véspera de Ação de Graças. Muita gente vai atravessar o rio e viajar para além da floresta hoje. Eles não estão no escritório.

— Você acha que deveríamos chamar a polícia? – diz Patrick.

— Estou triste demais – digo para ele. – Não quero a polícia atrás do Noah. Pelo amor de Deus, a tia-avó dele morreu. E talvez essas coisas tenham um valor sentimental para ele. Além disso, quem pode dizer que Blix não desejaria que ele ficasse com algumas coisas daqui?

— É – diz Patrick, mas não parece convencido.

— Você quer café? – ofereço. – Luto todos os dias com essa porcaria de cafeteira de pressão, e estou disposta a travar mais um round com ela.

— Ah, eu sei como aquele negócio funciona – diz ele.

E então, com muita competência, ele faz café. Patrick está com uma calça jeans e um suéter azul. Seu cabelo escuro roça o colarinho, e eu adoro que, pelo menos por um instante, tenha uma desculpa para apenas observá-lo, já que estou fingindo me importar com o funcionamento dessa cafeteira abominável que me odeia.

Normalmente, Patrick não gosta quando olho para ele. Agora, porém, enquanto vejo suas mãos e dedos milagrosos, remendados, vejo o jeito ágil que ele tem de se mover, não posso evitar de pensar em como é alucinante que esteja aqui, para começo de conversa; que estejamos juntos neste cômodo, na cozinha de Blix. De pé, próximos um do outro. Penso no livro de feitiços, no diário de Blix, e meu ar fica preso no peito. Isso parece tão monumental.

Aprendiz de Casamenteira

Ele se endireita, entregando-me uma xícara de café.
— Você quer uma mãozinha com a massa da torta? — diz ele. — Porque eu sou, como você já sabe, o Tsar das Tortas.
— Tsar das Tortas, Chefe do Cheesecake... você poderia ter vários títulos.
— Mas, no Dia de Ação de Graças, tento ficar só nas tortas. Acho mais apropriado.
Ele abre a massa de torta na mesa e eu me ocupo picando cenouras e aipo para a salada, e em seguida, talvez por estar me sentindo ousada porque não me resta nada a perder aqui, ou talvez por saber que vou voltar para casa daqui a um mês e ele vai embora para as profundezas da natureza selvagem no Wyoming, digo com muito cuidado:
— Quero saber o que aconteceu com você. Eu já te contei tudo de mais embaraçoso a meu respeito, e agora preciso saber mais sobre você. O que aconteceu? Por favor, me conte.
— Muita gente não sabe que o verdadeiro ingrediente secreto da massa de torta é que o cozinheiro não pode conversar com os outros enquanto está fazendo a torta.
— Não faça piadas disso comigo. Tenho que saber. Tem alguém que você ame? É por isso que você vai para Wyoming, porque uma das vinte e oito pessoas de lá te ama e quer você de volta?
Ele levanta o queixo, parece por um instante que não vai dizer nada, e então suspira. Talvez minha persistência o tenha vencido, mas de alguma foram prefiro pensar que Blix o está fazendo contar para mim. Blix, operando do lado de lá.
— Ela morreu — diz ele. — A pessoa que eu amava morreu.
A frase paira no ar. Engulo seco e digo:
— Por favor, me conte.
Cai um silêncio tão longo que penso que ele decidiu me ignorar por completo. Mas aí ele suspira outra vez e, quando começa, fala hesitante, de leve, como se talvez as palavras não fossem soar tão pesadas assim.
— Há quatro anos. Um vazamento de gás. — Ele olha fixamente pela janela. — Estávamos no estúdio juntos. Estava fazendo uma

escultura. Ela terminava uma pintura. Ela foi fazer café, acendeu um fósforo perto do fogão a gás, e houve uma explosão. Luz azul, o cômodo inteiro foi engolfado naquela luz. Levantei a cabeça e ela estava queimando. Ela estava *em chamas*, e não tinha como tirá-la de lá.

Ele para e olha diretamente para mim.

— Eu estava do outro lado do salão, mas me lembro de correr na direção dela, puxá-la para fora de lá... agarrar um cobertor e jogá-lo sobre ela.

Ele estende as mãos, abre bem os dedos. Vejo as cicatrizes e os remendos, as partes descamadas, os sulcos.

— Isso aqui, acredite ou não, é um milagre da medicina. Por algum motivo, Anneliese não recebeu os milagres. Eu, sim. Apesar de não os querer.

Patrick achata a massa com a palma da mão.

— O que *eu queria* era ter morrido com ela.

Contenho-me com firmeza. Ele é como um animal selvagem e não quero assustá-lo com um excesso de sentimento, um excesso de compaixão. Sinto quase como se estivesse fora de mim. Talvez seja assim que Blix teria lidado com as coisas.

— Por muito tempo, a morte era tudo o que desejava. Em vez disso, recebi cirurgias. Treze delas. E um acordo monetário. Perdi meu amor, minha arte, minha capacidade de sequer olhar para minhas esculturas antigas sem ter vontade de vomitar, mas aparentemente a sociedade te dá dinheiro por esse tipo de perda. Eu passei daquele típico artista pobre, faminto e feliz para um cara rico, sem literalmente nada que eu quisesse no mundo.

Bedford se aproxima e coloca sua bolinha de borracha no chão perto de Patrick, que faz carinho na cabeça dele e o afaga atrás das orelhas. Ele de fato sorri para o cachorro.

— Onde Blix se encaixava? Você a conhecia na época do acidente?

— Sério, Marnie? *Temos mesmo* que conversar sobre isso? — Ele abaixa o olhar para a massa. — Blix me encontrou um dia em Manhattan. Foi depois. Bem depois. Eu estava rico, morava num hotel de luxo, comia do serviço de quarto toda noite, estava me

Aprendiz de Casamenteira

matando de beber, ou ao menos tentando. E minha terapeuta disse que estava na hora de olhar para a arte outra vez, tentar fazer amizade com ela. "A arte", disse ela, "não foi o que te machucou. E talvez ela tenha o poder de te curar. Você deveria dar uma chance para ela." Então eu fui até o Museu de Arte Moderna e tentei me forçar a entrar. Dei cinco passos e depois me virei e saí. Daí conversei comigo mesmo e entrei de novo, e dei meia-volta e saí. Cinco vezes, entrei e saí, entrei e tornei a sair. E então uma voz me disse: "Você está imitando uma pessoa presa a uma faixa elástica invisível? Isso é uma instalação artística que está fazendo fora do museu? Porque, se for, estou convencida". Minha resposta imediata foi que eu queria matar seja lá quem tivesse dito isso, mas daí eu vi uma senhorinha ali de pé, com umas roupas malucas, o cabelo todo arrepiado e os olhos tão bondosos e compassivos. "Oi, meu nome é Blix", disse ela. E você sabe como ela é, como aqueles olhos se estendiam e olhavam diretamente para dentro de você! Ai, meu Deus! A primeira pessoa que olhou para mim desse jeito. "Ou talvez", ela disse, "tenha algo lá dentro que você não aguente ver." Ela está lá, apenas olhando para mim, de ser humano para ser humano. Foi como se ela nem visse todas as minhas cicatrizes. "Talvez tenha algo lá dentro que você não aguente ver."

Ele balança a cabeça, relembrando.

– Uau – digo.

– É. Então ela me pega pelo braço... meu braço, que ainda doía, devo dizer, mas Blix não queria nem saber da dor... e nós vamos tomar um cafezinho juntos. Estou exausto demais para resistir a ela. Sinto como se estivesse sob hipnose ou algo assim. Ela me leva para esse restaurante escuro, como se soubesse que era disso que eu precisava, um pouco de sombra, e nos sentamos nos fundos. E ela diz: "Conte para mim". Então... contei a ela uma parte da história. E ela quis ouvir tudo. Eu me recusei no começo, mas aí a história começou a escapar de mim. E foi a primeira vez que a contei. O fogo, as operações, a terapeuta. Ela ouviu e depois disse que deveríamos entrar no museu juntos. E foi o que fizemos.

— O que aconteceu?

— Antes que sequer chegássemos às obras de arte, uma criança começou a gritar quando me viu, e a velha Blix... bem, ela *não aceitou aquilo*. Ela segurou-se em mim, me guiou pelo museu. Endureceu-se para qualquer coisa que acontecesse. Deu-me sua força. Eu podia senti-la fluindo para mim. Depois disso, comecei a me encontrar com ela toda semana. Não íamos mais ao museu, onde as pessoas me encaravam. Ela vinha para meu quarto chique de hotel, com serviço de limpeza e de quarto, e nos sentávamos por lá e conversávamos. Sobre a vida, sobre arte, sobre política. E aí um dia ela disse para mim: "Escuta, eu gosto da sua aparência, e isso não é jeito de viver a sua vida, caralho. Isso é falso, prejudicial e perigoso para a sua saúde. Você vai morar comigo no meu prédio. No Brooklyn. Você vai ter pessoas." E foi o que eu fiz. Eu não *queria* pessoas, veja bem, então vi aquilo como um grande ponto negativo, mas recebi Sabujo, Jessica e Sammy nessa barganha. E Lola. Cinco pessoas, contando com Blix. Tudo com que eu podia lidar. Aceitei o emprego para descrever sintomas. Porque eu queria algo para fazer. Pensei que esse era o jeito, me manter tão ocupado pensando em outras coisas... nos sintomas das pessoas... que eu não pensaria. E funciona. Eu posso me manter distante do mundo exterior, de crianças que choram quando me veem. Eu não saio. Não preciso sair. Por que deveria deixar entrar todo o horror que há lá fora, as pessoas que ficam me encarando e fazendo eu me sentir uma aberração?

— A Blix... ela achava que estava bom assim? Você, sem sair?

— Bem, sim e não. Ela me dava o espaço para viver minha vida, e eu a amava por isso, e quando ela adoeceu, eu não falei "vá para o hospital, dê uma olhada no seu tumor, deixe-os te cortarem", porque eu sabia que não era isso que ela queria fazer, e por que deveria querer? E ela não disse para mim "por que você não está tentando encontrar a arte outra vez? Por que não está lá fora, se empenhando para ser um cara social?". Nós não fazíamos isso um com o outro. Eu sabia por que ela não queria se entregar na mão dos cirurgiões, e ela sabia por que eu precisava me recuperar na quietude.

Aprendiz de Casamenteira

Estou tendo um pensamento traidor. Estou pensando que talvez tivesse funcionado melhor para ele se, digamos, ela o tivesse forçado só um pouquinho, empurrando-o de volta à vida. Não logo em seguida, claro – tenho certeza de que foi preciso de tudo para deslocá-lo de seu luto e convencê-lo a se mudar para o Brooklyn. Mas em algum ponto.

Como se lesse meus pensamentos, ele diz:

– Mas as coisas mudaram depois de um tempinho. Ela descia aqui e colocava música para tocar e dizia que estava na hora da gente dançar juntos. Ou ela insistia para que eu subisse para seus jantares festivos e socializasse com pessoas bacanas que não ficariam encarando. Pessoas que ela provavelmente alertava de antemão. Ela disse certa vez... disse que estava na hora de eu perceber que a maioria das pessoas é egocêntrica demais para olhar para alguém como eu e ter pensamentos de pena. Ela disse... há!, eu ainda não superei essa... ela disse que o mundo seria muito mais maravilhoso se as pessoas *se importassem* o bastante para encarar. Mas não se importam, disse ela. Estão pensando na própria vida.

– Parece que ela está certa.

– Daí ela começou com uma campanha para me fazer voltar a acreditar no amor. Ela afirmava que tinha magia e dizia que tinha amor vindo para mim. – Ele agita os dedos enfarinhados no ar e revira os olhos. – Ela e Lola eram essas senhorinhas sempre tentando arrastar o assunto para amor. Como se estivéssemos numa série de comédia ou num filme da Disney com felizes para sempre. Como *A Bela e a Fera!* Um dia tivemos uma conversa *séria*, de verdade, sobre se a Bela... era esse o nome dela?... é, se a *Bela* realmente amava a fera desde o começo ou se era somente pena.

Ele coloca a massa da torta na forma, virando-a com precisão, inclinando a cabeça enquanto trabalha a massa à perfeição.

– Leiam o texto, gente! É medo e pena. Medo e pena, que tal isso como coquetel para um relacionamento condenado?

Não consigo falar. Abandonei a faca com que vinha descascando as cenouras, porque parece que minhas mãos estão tremendo.

– Mas, enfim – diz ele. – Eis aqui os fatos que aceitei: Anneliese sempre estará morta. Sempre terei tentado alcançá-la a tempo e falhado. Quando realmente importava, fui impotente para mudar o resultado. – Ele engole em seco e fica em silêncio por um instante. Em seguida, diz: – Sabe, eu costumava sonhar que ela fazia o café e a explosão não acontecia. Depois eu sonhava que a explosão acontecia, mas que ela e eu não estávamos lá; voltávamos para encontrar o estúdio em frangalhos, mas estávamos a salvo. Depois, noutras ocasiões, eu sonhava que ela tinha sobrevivido às queimaduras e à dor e não me amava mais. Então essa é a minha vida agora. Eu suporto. Não estou mais esperando a morte, mas nunca serei como eu era antes.

Minha voz parece ter coagulado quando falo.

– Você sai para ir a algum lugar? Qualquer lugar?

Ele volta os olhos para mim, como se acabasse de lembrar que estou ali.

– Ah, que bom, outra assistente social! Sim. Para sua informação, saio, sim. Às vezes eu caminho à noite, ou vou para a academia vinte e quatro horas e treino musculação na sala dos fundos no meio da noite, onde ninguém é obrigado me ver.

– O que é essa sensação de pessoas serem *obrigadas* a te ver? Você é você! Você é uma pessoa no mundo e, tá, você tem cicatrizes. Isso quer dizer que as pessoas não podem olhar para você? Por que não podemos simplesmente ir a algum lugar, você e eu? Na luz do dia? Podíamos levar o cachorro para passear, talvez. Não temos que ligar para o que as pessoas pensam.

– Você não ouviu nada do que acabei de dizer? Eu não *preciso* de nada que esteja no mundo lá fora. Não quero *sair*, caralho. E você vai descobrir em sua vida que um homem que mora sozinho com um gato normalmente não quer levar um cachorro para passear. O que vem em seguida é que vou para *Wyoming*, onde minha irmã tem uma casa no meio do nada com uma ala extra para mim. Ela é boa em Scrabble e lê muitos livros. E eu me dou muito bem com ela.

– Deus, Patrick, tenho que dizer que isso soa como desistência.

Aprendiz de Casamenteira

— É, bom, posso fazer isso, se quiser. Tenho o direito de desistir depois do que eu passei. — Ele se abaixa e afaga as orelhas de Bedford. — Não tenho, menino? Quer desistir também? Quem é o bom menino que quer desistir? É você! É você, sim! Uau, olha só que horas são! — diz ele, sarcástico.

— Eu sei. Não deveria oferecer conselhos a ninguém. Olha só a bagunça que eu mesma fiz. Posso apenas dizer que acho que você tem potencial como tutor de cachorro? Só dizendo.

— Não. Para mim, só gatos. Eles precisam de tão pouco. Estou apenas tentando fazer a vontade desse vira-lata, com toda essa carência. Cachorros fazem propaganda de si mesmos descaradamente.

Ele se espreguiça. Sua camisa se levanta um pouco, expondo a barriga — eu não resisto a uma olhadinha. É tudo pele lisinha, normal, sem queimadura. As queimaduras dele são todas localizadas nas partes que ficam expostas.

— O que me faz sentir pior sobre o que aconteceu agora há pouco é que os pais de Noah vão ficar com o diário de Blix — diz ele —, e daí vão tentar tomar a casa dela, e é exatamente o que ela não queria que acontecesse. Só outro exemplo de impotência diante do destino.

— Quer saber de uma coisa? Não ligo se eles pegarem a casa. Você vai embora, e eu vou embora.

— Você não está falando sério — ele me diz baixinho. — Eles não podem ficar com a casa de Blix, porque mesmo que não estejamos aqui, ela tem que abrigar o espírito da Blix. Não estava destinada a eles.

— Não. Eu acho que o espírito dela está em outro lugar. Acho que está nos relacionamentos que ela tinha com as pessoas. Se eu tiver que abrir mão dessa casa, é o que farei. Não vou passar por uma batalha nos tribunais por um prédio de que nem posso cuidar.

Ele parece aturdido. E então deixo as coisas muito piores, porque não consigo me conter — eu me aproximo dele, fico na ponta dos pés e dou-lhe um beijo no rosto, bem debaixo de seu olho, onde fica a pele mais lisa e rosada. Tudo o que quero é tocá-lo.

Parece seda. Mas ele se afasta de meu toque bruscamente e diz:

— Não! Não faça isso!
— Dói?
— Eu não suporto que tenham pena de mim.
— Mas eu não tenho pena de você. Por que tem que interpretar afeição como pena? Talvez seja isso que Blix estivesse tentando te dizer.

Eu sinto que começo a chorar, o que é ainda pior do que tentar tocar nele.

Tudo fica esquisito depois disso. Eu fiz a pior bagunça. Ele está abalado e zangado. E eu estou desconsolada, mas nada ajuda. Nada parece correto.

Depois que ele se vai, passo para a sala de estar e paro ao lado da escultura na cornija. Pelo menos isso é algo que Noah não pegou, talvez por ser tão grande. Toco suas linhas fortes e profundas, sinto as bordas esticadas por baixo da solda, por baixo da lisura. Patrick fez isso quando era saudável e inteiro. Mas ele diz que jamais será assim de novo.

Fecho os olhos. *Sinto* pena dele? Será que estou atraída por ele por causa do quanto ele parece frágil?

Será que sinto pena dele porque ele está queimado e danificado?

Você está bem, diz uma voz.

Você está onde deveria estar.

E você pode amá-lo. Ele foi feito para ser amado.

trinta e nove

MARNIE

A Ação de Graças amanhece um dia chuvoso, frio e com vento. O primeiro dia realmente frio da estação. Os pisos de madeira esfriam meus pés quando saio da cama. São cinco e quinze, hora de começar o peru.

Ocorre-me que por acidente eu convidei treze pessoas para o jantar (catorze, se contar com Patrick, mas ele não virá), e não faço ideia do que cada um deles trará para compartilhar. Todos disseram que trariam *alguma coisa*, e até este momento isso pareceu suficiente para mim. Quando eu estava planejando essa coisa toda, imaginei que qualquer coisa que vier vai ser exatamente o que precisamos.

Agora, porém... e se terminarmos apenas com o peru, minha caçarola de feijão-verde da qual é bem provável que ninguém vai gostar, minha montanha de purê de batatas e uma torta feita pelo Patrick? Este será o primeiro jantar de Ação de Graças em que as pessoas terão que pedir uma pizza.

Tenho certeza de que eu poderia me qualificar para a carteirinha de adulta com base apenas neste dia, em especial se no final houver comida que baste. Ligo um rock feroz e aumento bastante o volume enquanto trabalho na cozinha. Coloco um avental antigo que encontro no armário e rodopio antes de enfrentar o massivo peru de oito quilos assomando na geladeira. Sou a própria dona de casa feliz.

– Tom – digo para ele –, você é meu primeiro. Só para saber. Assim, eu apreciaria se pudesse fazer a coisa mais correta aqui, no sentido do banquete. Digo, eu sinto muito e tal sobre o que deve ter passado. Mas quero que saiba que eu fico profundamente agradecida. Dou graças por sua vida.

Tenho que pegar emprestado cadeiras, garfos, facas, colheres, toalhas de mesa, pratos e bandejas. Jessica diz que tem algumas, e Lola diz o mesmo, e se essas não bastarem – bem, então algumas pessoas talvez tenham que se sentar no chão para comer, ou então nos revezamos para comer, diz Jessica.

Revezar para comer! Penso em minha mãe com sua toalha branca adamascada, seus castiçais, a bandeja de prata do peru e os garfos de sobremesa. Ela *morreria* ante a ideia de pessoas sentando no chão ou se revezando para comer.

Jessica chega primeiro, às nove horas, trazendo duas tortas de abóbora, salada de repolho, dois quilos de mariscos e uma torta crocante de maçã.

Que coisa mais espantosamente aleatória e nada a ver com Dia de Ação de Graças.

– O que vamos fazer com esses mariscos? – pergunto, com um pouco de nervosismo.

– Sopa de mariscos, é claro! Eu sei, eu sei; mariscos e salada de repolho não são as primeiras coisas que passam pela cabeça ao pensar em Ação de Graças – diz ela –, mas pensei que seria divertido. E sinto que o Dia de Ação de Graças deveria ser para agradecer por tudo o que você gosta, não apenas o peru. Que, inclusive, está com um aroma fantástico!

Lola, um pouco mais tradicionalista, chega às dez com uma caçarola de abóbora, pãezinhos caseiros e duas tortas de abóbora.

Depois de uma hora, umedeço o peru, como qualquer especialista faria. Paco corre para cá com peças de rosbife, uma salada de beterraba, uma cuba de sopa de cebola e um pouco de mostarda Grey Poupon. E mais três tortas de abóbora. A garçonete do Gema aparece com seu namorado, e eles se ocupam brincando com o cachorro, e também com outro cachorro que acompanhou um dos amigos de Blix que passeia com cachorros, pelo visto.

Aprendiz de Casamenteira

Andrew e Sammy descem a escada e começam a fazer uma panela de sopa de marisco que poderia alimentar o bairro todo. Isso faz Lola se lembrar, e ela menciona que convidou Harry, exatamente quando ele chega com lagostas suficientes para alimentar a Costa Leste.

— Você é a sobrinha preferida da Blix — ele me diz, e, quando o corrijo, ele fala: — Tá bem, tá bem. Sobrinha-neta por casamento, se prefere assim!

E eu me sinto boba por ter tocado no assunto.

Também não faço ideia de como vamos cozinhar essas coisas — parece que todas as bocas do fogão estão ocupadas, e há pratos esperando sua vez de entrar no fogo. Duas clientes minhas da Brotou um Lance — as mães lésbicas, Leila e Amanda, que estavam escrevendo para o doador de esperma — vêm e trazem pães e uma torta de abóbora.

Estamos agora lotados de tortas de abóbora, percebo.

Leila começa a fazer perguntas sobre quando vou vender a casa e me mudar, e conto para ela todos os problemas, blá-blá-blá, e acaba que ela conhece uma agente imobiliária que ficaria feliz em vir dar uma olhada e me dar alguns conselhos. Ela saca o telefone e faz uma ligação, daí grita para mim:

— Tudo bem se for amanhã cedo? Lá pelas onze?

— Claro — respondo para ela.

Jessica se aproxima neste momento e cutuca meu braço, sussurrando:

— Ãh, só para você saber, parece que o *Noah* está aqui. Ele está na sala, papeando com as pessoas e agindo como se fosse o anfitrião.

— Noah?

Ela sorri.

— E... tenho que dizer, parece ter algo rolando com a Lola. Ela está na entradinha com o homem de Nova Jersey e as coisas não parecem estar indo nada bem.

— Ai, meu Deus. Acho que ele a está pedindo em casamento.

— Casamento? A Lola?

— Há flores envolvidas? – grito para Jessica por cima de um ruído repentino envolvendo panelas e caçarolas, e ela diz que parece que há, sim.

— Já volto com atualizações – diz ela.

A cozinha está começando a lembrar uma cozinha de restaurante – só que, sabe como é, muito mais caótica. No canto, Harry e o namorado da garçonete estão discutindo política. Leila e Amanda estão tentando montar mesinhas na sala de estar, mas uma está com as pernas quebradas, e Andrew diz que vai buscar uma chave de fenda e me pergunta onde poderia haver uma, e aí acaba que Bedford está alegremente mastigando a chave de fenda atrás do sofá.

A garçonete do Gema diz que vai montar todas as mesas, mas aí precisa de ajuda localizando as colheres de servir e depois as toalhas de mesa e os copos de água.

E então ela para e diz:

— Andrew? *Andrew?* Ai, meu Deus, *você aqui!* Você está com a sua esposa? E *seu filho?*

Eu não aguento. Simplesmente não aguento.

Andrew, o rosto branco feito um fantasma, está olhando ao redor procurando Jessica, provavelmente, e o ouço dizer:

— Por favor... se pudesse *não...*

— Não mencionar que você me deu um pé na bunda? Claro que não! – ouço-a dizer, e ele a pega pelo cotovelo e a leva para outro canto da cozinha.

Ele está dizendo:

— Quero dizer, eu contei para ela sobre você...

Eles passam por mim.

— É só que nós acabamos de voltar, é muito recente...

Harry para de gritar sobre os republicanos por tempo suficiente para me perguntar com doçura se eu acho que as lagostas vão ter uma chance com as bocas do fogão. E será que eu sei onde estão as panelas de lagosta do Sabujo?

— Cadê as colheres de servir mesmo? – alguém quer saber.

— Quem fez a caçarola de abóbora? Ela precisa ir ao forno?

Aprendiz de Casamenteira

Há um milhão de conversas rolando ao meu redor, e estou umedecendo o peru mais uma vez, equilibrando a folha de papel-alumínio que estou segurando e o besuntador quando, de súbito, me dou conta de que Noah está falando comigo.

— Tchanaaaaaan! — diz ele. — Marnie, olha só quem está aqui! Que surpresa!

Primeiro eu acho que ele está falando de si mesmo, e estou pronta para me virar de cara feia para ele e dizer que ele não deveria estar aqui, não depois do que fez — afinal, eu nem o convidei —, mas, quando viro a cabeça, ai, meu Deus, é o rosto de Jeremy que enche a cozinha.

Jeremy. O rosto dele leva tanto tempo para fazer sentido para mim — por que, em nome de Jesus Cristinho, o rosto de Jeremy está aqui no Brooklyn, em pleno *Dia de Ação de Graças*, com Noah, ainda por cima, de pé ao lado dele, abrindo para mim um sorriso malicioso e gigantesco, que poderia iluminar o mundo inteiro?

E, bem quando viro a cabeça, minha mão na luva térmica acompanha o movimento de alguma forma e o peru — Tom, a forma, os sucos, o recheio, tudinho — desliza em câmera lenta para o chão, e vou com ele, caindo com força, batendo a cabeça na mesa no processo, e, na gritaria que vem a seguir, tudo em que posso pensar é que é nessas horas que seria bom eu ser o tipo de pessoa que desmaia.

Mas não tenho essa sorte. Estou consciente para tudo o que vem em seguida.

quarenta

MARNIE

Isto não pode estar acontecendo. É claro que não. Daqui a um minuto eu vou acordar e terá sido um sonho, e eu sairei da cama e a vida estará normal.

Mas não.

O braço de Noah ainda está jogado por cima dos ombros de Jeremy, e Jeremy parece anestesiado de choque enquanto Noah sorri seu sorriso horrível, e, ai, meu Deus, se não doessem tantas coisas ao mesmo tempo e eu não estivesse presa nessa poça de gordura de peru, eu me levantaria e encontraria algo para dizer ou fazer que acalmasse as coisas, exceto que, mesmo com toda a confusão e o caos e o retinir de vozes, vem à minha mente que não haverá nada que eu possa dizer ou fazer. Que isso jamais será amenizado.

— Por quê? — consigo dizer para Jeremy, e essa, claro, é a pergunta que *ele* deveria estar me fazendo.

Mas quero dizer *por que você está aqui de pé nessa cozinha, e por que eu não sabia que você viria*. Ele não responde e alguém está tentando me ajudar a levantar, e então escorrega também, e vem chafurdar na gordura de peru comigo. Quero rir, porque é possível que esse peru sozinho vá acabar com a festa inteira. Todos estaremos escorregando e deslizando aqui, tentando nos salvar e salvar um ao outro, na pior festa de Ação de Graças de todos os tempos.

O rosto de Jeremy está dizendo: *você é a pior pessoa do mundo*.

E então ele se foi.

— Espera! — digo, ou talvez nem consiga de fato emitir a palavra em meio ao estrépito, à dor e à loucura.

Aprendiz de Casamenteira

Mais duas pessoas estão deslizando na gordura e alguém está espalhando a meleca pela cozinha toda, e Bedford está bebendo os pingos que caem do peru. Posso ouvir Jessica e Andrew discutindo perto da mesa da cozinha.

Eu me levanto e vou para o corredor. Dói que é um inferno para andar, e Bedford passa em disparada por mim segurando a carcaça do peru, com as pessoas o perseguindo, mas não ligo. Vou mancando até a entrada e lá está Jeremy indo para a porta de entrada, e digo para ele:

– Por favor. Será que a gente podia ir para algum lugar e conversar?

– Tem alguma coisa para ser dita? – pergunta ele. – Acho que peguei a imagem completa.

– Vamos lá fora – digo a ele, e saímos para a entradinha, onde a chuva ainda cai incessantemente, reduzida agora a um chuvisco cinzento e deprimente, digno do fim do mundo.

Não ligo. Estou coberta de gordura e nacos de peru, até no cabelo, e meu quadril está me matando, e acho que minha cabeça está criando um calombo enorme no ponto em que a bati.

Mas tudo isso não é nada comparado a Jeremy, cujos olhos parecem buracos negros no meio de seu rosto, e posso ver que suas mãos de fisioterapeuta, largas e capazes, estão mesmo tremendo.

Eu acabei com este homem.

De novo.

– Fale comigo – digo. – Vá em frente. Diga. Diga tudo.

Ele balança a cabeça. Não aguento olhar para ele.

– Não há nada... estou em choque – diz ele.

– Não. Por favor. Diga.

Ele expira e olha ao redor. Posso vê-lo absorvendo toda a cena da rua chuvosa e desoladora. E então seus olhos retornam para mim e ele diz numa voz baixa:

– Eu conversei com você cinquenta vezes desde que chegou aqui, e nem uma vez sequer você pensou que talvez fosse bom mencionar que seu ex-marido estava aqui? Nem uma vezinha?

– Bem... achei que não entenderia.

— Que parte eu não entenderia?
— Como duas pessoas que já foram casadas uma com a outra podem ficar na mesma casa.
— Posso entender isso. Eu confio em você.
— Não pode, não.
— Tente. Por favor – diz ele. – É só me dizer que não estava transando com ele e vou acreditar em você. Não sou uma pessoa desconfiada.

É aí que percebo que ele não sabe mesmo. Olho para baixo, para meus sapatos.

Ele diz:
— Ah, meu Deus. Ah, caralho, meu Deus. Marnie! Não acredito numa coisa dessas! Você fez isso comigo *de novo?* Como *pôde?!*
— Não planejei isso.
— O que isso quer dizer? Você não planejou arrasar comigo desde o começo, é isso? Mas *por que fez isso?*
— Ai, meu Deus, eu sinto muito, muito mesmo. Mil perdões, Jeremy. Escuta. Eu não sabia, quando vim para cá, que ele estava aqui. E daí, quando vi que ele estava, pensei que ainda estivesse tudo bem, e que voltaria para casa no mês que vem, e você e eu nos casaríamos, e...
— Isso é papo furado. Você andou mentindo para mim! Conversando comigo quase todos os dias, sem me dizer nada nem próximo da verdade. Eu... estou sem palavras.

Ele torna a olhar fixamente para a rua funesta e deprimente, cheia de folhas caídas, e depois se volta para mim.
— Este lugar é uma droga. Sabia? É isto que está escolhendo, em vez da vida que havíamos combinado? *Isto?*
— Não está muito bonito neste momento – admito. – Mas é meio que lindo, à sua maneira. Você não está vendo o melhor daqui. E sob as circunstâncias...

Ele olha para mim por um longo tempo e depois balança a cabeça.
— Eu tenho que sair daqui. Acho que não aguento mais.
— Antes de ir, posso te perguntar uma coisa? O Noah armou para cima de você? Ele te convenceu a vir para cá?

Aprendiz de Casamenteira

— Uau. Você realmente está delirando, né? Eu vim para cá porque senti saudades de você, sua idiota, porque pensei que seria *divertido* fazer uma surpresa, já que eu me sentia mal por você estar longe no final do ano. Sua família toda e eu tivemos a ideia. É por isso que ninguém falou com você ao telefone essa semana, porque todos estávamos muito empolgados e preocupados em não estragar a surpresa.

— Ah – digo. – Bem. Isso pode não vir ao caso, mas sempre disse que odiava surpresas. Agora eu sei por quê.

Ele me lança um olhar incrédulo.

— Você é péssima, sabia?

Em seguida, balança a cabeça e desce os degraus, indo para a calçada.

— Quer que eu chame um táxi para você? – grito para ele.

Ele nem olha para trás diante da oferta, e tudo bem. Não mereço nada vindo dele. Absolutamente nada.

— Desculpe! – eu grito. – Sinto muito, muito mesmo!

Ele também não se vira ao ouvir isso.

quarenta e um

MARNIE

— Nunca ouvi tanta gritaria associada ao Dia de Ação de Graças — Patrick me diz. Está indo da cozinha para a sala de estar com uma xícara de chá, que entrega para mim, e uma chaleira. — Bem, talvez o *primeiro* jantar de Ação de Graças tenha tido aquele nível de tensão. É possível que Myles Standish tenha causado a mesma quantidade de encrencas com os nativos americanos; ele era meio bruto, pelo que ouvi dizer. Mas não tenho certeza nem disso.

Ele olha para mim, sentada em seu sofá com o pé levantado e gelo na cabeça, que, supostamente, vai ajudar com o galo que cresceu ali. Ele pode ter se esquecido de que está bravo comigo pelo crime de tentar beijá-lo. Pelo menos me deixou vir para cá. Até foi lá para cima e me buscou. Preparou o saco de gelo. Me deu água para beber. E, agora, chá de ervas. Deixou de lado seu prazo para o câncer de cólon, ele contou.

— Não importa nem um pouco — ele me disse. — As pessoas estão digerindo seu jantar de peru, e deveriam estar agradecidas e não correndo para ler sobre câncer de cólon. Qualquer sintoma de que estejam sofrendo esta noite é apenas porque comeram demais.

— Mais uma coisa pela qual sou responsável hoje.

— Ah, deixe de autopiedade. Vai ficar tudo bem. Pelo resto da vida, vai ter a história de jantar de Ação de Graças mais empolgante que já se ouviu.

Sim. Depois que a loucura foi amenizando — depois de eu voltar lá para dentro e berrar com Noah, e puxar Bedford para longe do peru, e limpar o vômito quando ele *não parou* de lamber os pingos;

Aprendiz de Casamenteira

depois de eu chorar com Lola, que me disse que eu era uma traidora, e depois de tentar persuadir Jessica a não terminar tudo com Andrew mais uma vez; depois de eu mandar Harry para casa com seu saco de lagostas agitadas que nunca chegaram a ser cozidas, e mandar a garçonete embora, claudicante, com o novo namorado –, bem, Patrick subiu e me buscou, e me deu um lugar onde me esconder. Checou o calombo na minha cabeça, olhou nos meus olhos, me fez algumas perguntas de aritmética, e declarou que eu não tinha uma concussão.

As coisas podem não estar *bem*, bem – houve muito choro para isso –, mas estão suportáveis. É o melhor que consigo fazer no momento. Patrick levou Lola para casa. Acho que consolou Sammy. Acho que pode até ter limpado a maioria da bagunça enquanto eu lidava com todas as repercussões. Ele amarrou um pedaço de algodão fino em volta da minha cabeça, onde ela pode ter sangrado um tiquinho.

Sinto-me mal a respeito de tantas coisas... Talvez uma das piores seja Lola, que me disse, em termos inequívocos, que estava furiosa por eu ter conspirado, como ela colocou, pelas costas dela para casá-la com William Sullivan. Ajudando e instigando o inimigo atrás das linhas de combate! Como ouso! Ajudá-lo a escrever aquela carta! Encorajá-lo! Dar-lhe esperança, apesar de eu saber – *saber* – qual era a posição dela!

E eu sabia mesmo. Ela tem toda a razão.

– Como pode *não ter me contado* que estava falando com ele? – disse ela. Não tem *nada* que vocês, casamenteiras, não façam?

Mas e a magia, quis dizer para ela. *As faíscas*.

E então teve Jessica – bem, ela estava devastada, pura e simplesmente devastada. Não tão zangada comigo, graças aos céus, porque como é que *eu* podia saber que a garçonete do Gema por acaso era a mulher com quem Andrew a traiu? Jessica diz que é muito humilhante (palavras dela) que, esse tempo todo, ela e eu tenhamos sido amistosas com aquela garçonete, e de fato termos trocado fragmentozinhos de nossas vidas com ela – sem nem saber quem ela era! (E, desculpe, não é por nada, mas quem imaginaria que o Brooklyn fosse tão cidade pequena, no final das contas? Foi isso o que me espantou – que, com todos os milhões de pessoas perambulando por esse lugar, como a nossa garçonete no Gema *podia ser* a mulher que tentou Andrew a se afastar de seus votos matrimoniais!)

Isto poderia muito bem ser a Pequenópolis, Estados Unidos, digo a Patrick.

Ele sorri.

– Não faça isso – digo, levantando um dedo. – Cedo demais para sorrir.

– Você está vistosa com essa bandagem na cabeça – diz ele. – Lembra um marujo bêbado.

– Eu te contei que, depois que Bedford arrastou a carcaça do peru para a sala de estar e eu passei por lá a caminho da conversa com Jeremy, Noah aproveitou a oportunidade para remover coisas das paredes e colocá-las numa caixa, presumivelmente para enviar aos pais dele?

– Classudo, o Noah.

– Acho que foi só para me deixar fula.

Ele está sentado na outra ponta do sofá, o mais distante possível de mim, reparo. E está sorrindo, contente.

– Qual é a graça?

– Vou te contar. Mas primeiro, em troca de todo o excelente cuidado e resgate, preciso que me conte cada detalhezinho. Um por um. E comece com o que aconteceu com Jeremy – diz ele. – Aquele pobre coitado.

– Sim. Deus do céu, eu sou a pior. E, de tudo o que aconteceu hoje, o fato de que Jeremy veio para cá sem me contar e conseguiu fazer minha família inteira guardar segredo também... eu ainda não consigo acreditar.

– Você não fazia ideia? – pergunta Patrick. – Nadinha mesmo?

– Bem, ele disse vagamente uma ou duas vezes que era uma pena não podermos estar juntos e ofereceu vir me ajudar a vender a casa...

– Mas nada do tipo "Te vejo no Dia de Ação de Graças, meu avião chega às onze"?

Aprendiz de Casamenteira

— Nada. Na verdade, eu nem tinha conversado com ele por uma semana, mais ou menos, porque estava ocupada demais me preocupando com as coisas do Noah e da Blix. — Coloco a cabeça entre as mãos. — Não acredito que fiz isso com ele. Aquela expressão na cara dele.

— E então... ele berrou e gritou? Como vocês deixaram as coisas?

— Ele ficou monumentalmente decepcionado e triste. E, sim, ele berrou. Bem pouco característico dele. Acredito que deixamos as coisas em "você é péssima". O que é verdade.

Patrick agora ri, de fato.

— Para. Com quem acha que está falando? Você nem ia ficar com ele no final. A primeira coisa que me contou sobre ele é que é o homem mais terrivelmente chato que já conheceu. Acredito que essas foram suas palavras exatas.

— Mas ser chato não é crime. E, de qualquer maneira, eu o iludi. E o traí.

— Em primeiro lugar, você não o estava iludindo. Estava *se decidindo* a respeito dele. E, por acaso, acredito que a sua *traição*, como está chamando, foi parte do processo de decisão. E também para deixar registrado, acho que Blix considerava ser chato um crime — diz ele. — O que é mesmo. Eu concordo.

— Você tem razão. Achava mesmo. Ela foi casada com aquele sujeito que prestava apoio legal, ou era o chato dos insetos? E eu disse a ela que você não podia simplesmente largar alguém porque a pessoa era chata, e ela disse que é claro que podia! Ela teve que largar, disse. E, então, largou.

Ele estende o braço e me serve um pouco mais de chá da chaleira.

— Mas, enfim, estamos todos de acordo que você não ficaria com ele no final. E apesar de ter sido um choque para ele, temos que reconhecer que ele carrega um pouco de responsabilidade por descobrir do jeito que descobriu. Quando você prepara uma surpresa, tem que entender que é você quem pode acabar surpreso. Certo?

Eu o encaro.

— Patrick, estou sem palavras com esse lado da sua personalidade.

Ele dá de ombros.

— O quê? Estou só declarando os fatos. Do jeito que eu vejo as coisas, não há vítimas aqui. E, também, olhe por esta perspectiva: você agora o libertou para encontrar o verdadeiro amor da vida dele. E ele sempre terá uma ótima história para contar sobre a Ação de Graças no Brooklyn. Quantas pessoas têm uma história de término tão boa?

— Espero que ele fique bem. É como se ele fosse uma pessoa que botou suas emoções num cofre em algum lugar e se esqueceu de onde guardou a chave.

Eu me dou conta, com alguma surpresa, de que isso é o que o torna chato. Ele se envolveu em várias camadas de proteção emocional, abafando cada um dos sentimentos verdadeiros que poderiam passar por sua mente. Talvez seja por ter perdido o pai ainda tão cedo e ter aquela mãe ansiosa, de quem ele precisa cuidar. Emoção era um item de luxo no cardápio, e ele não podia bancar isso.

— Mesmo quando me pediu em casamento, ele não ficou radiante — digo, lentamente. — Quando aceitei, ele pareceu absolutamente chocado. Feliz, talvez, mas, na maior parte, chocado. E, até quando fazíamos sexo, era...

— Tá bom. Estou disposto a ouvir muita coisa, mas coloco o limite aqui. Sua vida sexual. Eu costumava ter que botar fones de ouvido quando você e... ah, deixa para lá.

— Desculpa.

Olho para Patrick e penso nele escutando Noah e eu fazendo amor. Brigando. Reclamando sobre as coisas. Fazendo as pazes de novo. E ele sabendo, o tempo todo, que Blix não queria o Noah aqui.

O celular dele toca e ele atende e diz:

— Oi, Elizabeth.

Ele leva o telefone para a cozinha.

— É, estou pensando na segunda semana de dezembro, mais provavelmente. — Ouço-o dizer enquanto caminha de um lado para outro na cozinha. — Não, não. Vou alugar um caminhão. Claro...

Aprendiz de Casamenteira

Não, as pessoas dirigem no inverno. Já ouvi dizer que é possível... Acho que a viagem vai me fazer bem.

Ah, a irmã dele. Ele realmente vai para Wyoming. Com um caminhão alugado.

Afundo ainda mais no sofá. Sinto-me exausta até a medula. Minha cabeça lateja e agora minha perna dói onde bati quando escorreguei, e eu só quero fechar os olhos e sumir.

E estou tão cansada, tão paralisantemente cansada, e tudo que pensei e em que acreditei sobre este lugar estava errado. Eu não sei o que Blix viu em mim, mas não ajudei *ninguém*. E certamente não sou uma casamenteira. Perdi o único cara que, chato ou não, *queria de fato* se casar comigo, tudo porque eu o traí com o cara que *me deixou!* E fiz uma confusão de tudo com Lola, de quem eu gosto tanto, e de alguma forma sinto que traí até Blix ao não proteger os papéis dela. E por causa disso, o idiota do sobrinho-neto dela e sua família inescrupulosa agora vão tentar mudar o testamento.

E Patrick, a única pessoa daqui com quem consigo conversar, que me faz rir – apesar de achar que tenho pena dele –, vai se mudar para longe. Isolando-se ainda mais das pessoas. Lá se vai o plano de Blix.

– Eu vou dirigir direto para aí – ele está dizendo. Ri. – Certo. Não é a minha cara parar. Em público.

E o que *eu* vou fazer, agora que não vou voltar para casa para me casar com Jeremy?

Vou apenas voltar e encarar a exasperação da minha família? Eles vão ouvir de Jeremy amanhã o que aconteceu. Podem até estar ouvindo neste instante! Ele, é claro, vai seguir em frente com sua vida – adeus à pequena equipe divertida que nós criaríamos. Trabalhar com ele em seu consultório e ser feliz e casados e ir para Cancún quando nos aposentarmos. Por que eu não podia simplesmente ter feito isso? Qual é o problema comigo, afinal? Estarei de volta ao meu quarto de infância mais uma vez, vendo a consternação no rosto de todos enquanto eles tentam decifrar *de novo* o que eu deveria fazer com a minha vida.

Aaaah, Marnie!

O que vamos fazer com a Marnie?

E Natalie – *desculpe, mana, mas não vou ter um bebê e cuidar dele junto do seu. Sem churrascos ao lado da piscina com nossos maridos relaxados e bronzeados. Eu estraguei tudo.*

É claro que não *tenho* que voltar para lá. Quando sair daqui, tendo atrapalhado e/ou arruinado a vida de todo mundo, posso escolher outro lugar para ir. Olhar para o mapa e selecionar uma nova localização onde ninguém saiba o caos que eu posso causar. Francamente, deveria carregar uma plaquinha em mim: PERIGO! ELA ACHA QUE TEM HABILIDADES COMO CASAMENTEIRA. MANTENHA DISTÂNCIA!

Fecho os olhos.

Patrick soa como se falasse de uma distância enorme:

– Bem, sim. Eu mesmo, é. Não… bem, não muita mobília, é claro, mas tenho os computadores. – Ele ri. – Não, é claro que *preciso deles*! Não vou exatamente deixá-los para trás.

Abro um olho e vejo os computadores do outro lado da sala, piscando em aprovação enquanto eu sigo deslizando, mergulhando na escuridão.

Mais tarde, sinto algo sendo colocado por cima de mim e luto para abrir os olhos. Patrick diz:

– Deixe-me ter certeza de que suas pupilas não estão dilatadas. – Ele levanta minhas pálpebras, uma de cada vez, e diz: – Humm.

– Patrick – digo, com a língua espessa. – Não acredito mais em magia.

– Bobagem – diz ele.

– Não, *não é bobagem*. E tenho que ir para casa.

Tento me sentar. Roy estava dormindo na curva do meu braço e salta do sofá. Minha cabeça lateja como se houvesse um milhão de martelinhos dentro do meu cérebro. Parece que meus olhos não estão funcionando como de costume.

– Absolutamente não – diz Patrick. – Você precisa ficar aqui. Não deveria estar sozinha com uma possível coisa na cabeça. Vamos. Pode dormir na minha cama. Vou te ajeitar lá.

Ele gentilmente me ajuda a levantar e me conduz para seu quarto, que, mesmo no meu estado de sonolência, posso ver que é tão esparso

Aprendiz de Casamenteira

a ponto de ser quase monástico. Quase nenhuma luz. Ele afasta as cobertas, depois coloca as mãos nos meus ombros e me faz sentar na lateral da cama, tirando meus sapatos. Em seguida, senta-se sobre os calcanhares. Sinto os olhos dele sobre mim.

– Humm. As suas roupas ainda têm manchas de peru por todo lado. Devo subir e pegar seu pijama?

Não respondo. Apenas desabo na cama às minhas costas.

– Certo. Eu já sei. Você pode vestir um dos meus moletons.

– Quente demais.

– Tá, então uma camiseta. – Ouço gavetas se abrindo e fechando e ele está de volta. Sinto mais o cheiro de sua presença do que o vejo. Ele coloca algo em minhas mãos: uma camisa, percebo. – Precisa de ajuda? Ah, poxa. Eu não tinha pensado direito nessa parte.

– Eu consigo – resmungo.

E então o sono me domina outra vez; estou pensando nos computadores piscando – mas eles não estão aqui, estão? Aqui não. Patrick diz:

– Não, não, sente-se. Aqui. Tááááá bom. Eu vou fazer isso por você. Erga os braços. Vou passar o suéter por cima da sua cabeça. Pronto.

O ar está frio em minha pele, de repente. Em seguida ele desliza uma camiseta sobre meu peito e meus braços. Meu sutiã, penso. Ninguém gosta de dormir de sutiã. Os homens provavelmente não sabem disso. Tenho vontade de rir disso, mas não consigo.

E, de qualquer forma, agora ele me deitou na cama e está puxando minhas calças, que são tão justas que ele precisa puxar com força, mas aí elas saíram, primeiro uma perna, depois a outra fica livre. Tento não pensar em qual calcinha estou usando, que ele *está vendo*, e então as cobertas estão por cima de mim, e tem outra coisa que eu queria dizer para ele, mas não consigo pensar agora no que seria; enfim, estou cansada demais para dizer as palavras. Vou pensar em Patrick vendo minha calcinha amanhã. E, ah, sim, quero pedir a ele para não ir embora. Quero dizer para ele que Blix realmente quer que ele fique. Que existem outras artes que ele poderia fazer. Quero tentar uma última vez, desesperada, suplicante.

E vou, assim que conseguir recompor minha cabeça.

Mais tarde – quanto mais tarde? – eu me viro e o gato desce de cima de mim. Ouço Patrick respirando profundamente em algum lugar e, quando abro meus olhos, ele está logo ali, ao meu lado na cama. Eu ordeno a mim mesma: *toque no braço dele*, mas não sei dizer se isso acontece mesmo ou se estou só pensando, e então, quando acordo, sinto o cheiro de canela e Patrick entra no quarto dizendo:

– Como está a cabeça? Dormiu bem?

As primeiras palavras a saírem da minha boca talvez não sejam as melhores.

– Que horas são? Que cheiro é esse?

Patrick diz:

– Respira fundo. Eu fiz enroladinhos de canela.

– Enroladinhos de canela! Pensei que estivesse sonhando. Você que fez?

– Fiz. – Ele está sorrindo para mim. – Também fiz um pouco de chá para você, então, se quiser levantar e vir para a cozinha... ou prefere que eu traga aqui para você?

– Espera. Eu *dormi* aqui?

– Dormiu aqui, sim. Você bateu a cabeça, lembra? Então coloquei você para dormir aqui mesmo.

– Claro que eu me lembro.

E me lembro do resto: como tudo deu errado, como não acredito mais em magia, ou em juntar pares perfeitos, ou em ser extraordinária, e isso me deixa muito triste, porque eu *queria* acreditar em Blix e em todas as coisas que ela disse a meu respeito. Eu queria acreditar que estou aqui por um motivo, mas não estou. Sinto lágrimas atrás de meus olhos e elas rolam pelo rosto, e meu nariz está escorrendo também; isso vai ser feio.

– Ah, poxa – diz ele. – Aqui, venha para a cozinha, tome um chá e coma os enroladinhos de canela. Vamos te colocar em movimento de novo.

Obedientemente, giro as pernas para a lateral da cama e olho para baixo, para mim mesma. Pernas nuas e uma camiseta que nunca vi antes. Ai, Deus. Torno a olhar para ele.

Aprendiz de Casamenteira

— É, você está usando minha camiseta. Não podia deixar você dormir lá em cima com um ferimento na cabeça. E as suas roupas tinham muita gordura de peru.

Ah, sim. Isso eu meio que me lembro. Calcinha. Ser colocada na cama. Patrick lá no meio da noite, roncando baixinho do meu lado. Está tudo voltando. Ai, Deus, ai, Deus, ai, Deus. Olho ao redor em busca das minhas roupas, que ele entrega para mim, dobradas certinhas numa pilha organizada.

— Bem. Obrigada — digo, empertigada. Não quero olhar para ele, e queria muito que ele parasse de olhar para mim. Talvez, se eu não olhar para ele por tempo suficiente, ele vá captar a ideia e vá para outro lugar. Vá dar um susto em alguém sobre câncer ou algo assim.

— Bem — diz ele. — Bem. De nada.

Ele fica ali pelo que parece outra eternidade, depois diz:

— Então, ãh, vou te deixar em paz para se vestir.

— Tá bom.

— Quando se vestir, venha para a cozinha, porque tenho uma surpresinha para você. Bom, não vamos chamar de *surpresa*, não é, porque essa palavra foi arruinada ontem pelo Jeremy. Vamos chamar de plano.

Ah, sim, Jeremy. Argh.

Quando ele sai, eu assoo o nariz em lenços que ele tem ao lado da cama, e me levanto e luto para entrar em minhas roupas. Não há espelhos no apartamento dele — me ocorre que ele não deve gostar de olhar para si mesmo, outra coisa que ameaça me fazer chorar de novo —, mas penteio o cabelo o melhor que posso. Pode haver sangue seco aqui e acolá. Eu queria ter uma escova de dentes.

Cadê meus sapatos?

Ai, meu Deus, acho que tem uma agente imobiliária vindo! E o lugar provavelmente está um desastre! Por favor, me diga que não tem mais uma carcaça de peru na sala de estar.

Patrick dormiu ao meu lado essa noite. Ele cuidou de mim!

Espera... então Noah tinha se mudado, mas veio para o Dia de Ação de Graças, e por que estava lá, mesmo?

E Jeremy. Eu destruí o Jeremy.

Então é assim que a vida vai ser por um tempo – pensamentos aparecendo no meu cérebro sem aviso prévio, cada um parecendo uma emergência que precisa passar por cima do pensamento anterior.

Vou até a cozinha, piscando sob a luz fluorescente.

– Humm – diz ele. – Talvez você queira dar um jeitinho nessa bandagem vistosa antes que a agente imobiliária chegue. Está lembrando um pirata.

Há um ruído vindo lá de cima.

– Noah – digo –, eu te contei que ele estava tirando coisas da parede ontem, no meio de tudo? As coisas da Blix. Aposto que está de volta. Fazendo isso de novo.

– Então, isso – diz Patrick. – Era sobre o que eu queria conversar com você ontem à noite, mas aí minha irmã ligou. Tenho que te mostrar uma coisa. Pode me seguir?

Ele me guia para a porta dos fundos, destranca todas as fechaduras e... lá fora, em seu terraço pequeno e raquítico, há uma pilha de caixas de papelão. Três, talvez. Das grandes.

Olho para ele sem entender. Ele sorri.

– Francamente, esta é a coisa mais antiética que já fiz em toda a minha vida, mas meio que não me sinto mal.

– Mas o que é isso?

– As coisas que Noah anda empacotando – diz ele. – As coisas de Blix. Está tudo aqui.

– Mas como pegou isso?

Aquilo fazia minha cabeça doer ainda mais.

– Este é o meu tipo de magia.

Os olhos dele estão cintilando. Nunca o vi tão feliz.

– Você *magicamente* fez as caixas virem parar no seu terraço?

– Bem. Eu *magicamente* escutei Noah perguntar ao Paco se o motorista do correio retirava material na bodega dele, e se ele aceitaria essas caixas, porque Noah não estava a fim de arrastá-las até uma agência do correio, Deus me perdoe, ou até um centro de distribuição. E Paco disse claro, sem problema. E daí *eu*...

Aprendiz de Casamenteira

— Você não fez isso!

— Fiz, sim. Fiz um acordo com Paco. Ele trouxe as caixas para cá; Noah levou algumas para ele na quarta-feira à tarde, o que significa que elas devem conter o diário da Blix e a sua carta.

— Ai, Patrick!

— Então podemos revirá-las e tirar o que precisarmos, ou melhor, o que Blix precisa que fique com a gente. E decidir se queremos enviar o resto ou não.

— Posso te beijar?

— Não.

Ele diz isso tão depressa que eu rio. A primeira risada desde o tombo.

— Vamos lá. Tecnicamente, dormimos juntos, então acho que posso dar um beijo no rosto.

Ele parece considerar a proposta.

— Bom. É um beijo por pena?

— *Não!* É um legítimo beijo de "obrigada pela magia" — digo, e vou até ele, fico na ponta dos pés e dou-lhe um beijo no rosto. — E, aliás, só para você saber, o outro também não foi um beijo por pena.

Mas aí ele diz que conhece beijos por pena; de fato, ele é muito familiarizado com beijos por pena, olhares de pena, cookies com gotas de chocolate por pena, convites por pena, caronas por pena, flores por pena, conversas por pena, sanduíches por pena.

Eu argumentaria, mas não estou em meu juízo perfeito, e também está na hora de ir lá para cima e ver a nova agente imobiliária, a pessoa que pode resolver tudo.

quarenta e dois

MARNIE

Fico aliviada ao ver que a agente imobiliária, Anne Tyrone, não é uma hipster do Brooklyn. Ela é maternal, peituda e reconfortante. Não do tipo que espera perfeição numa casa no dia seguinte ao Dia de Ação de Graças.

Está com os óculos pendurados numa correntinha filigranada em torno do pescoço, como uma senhorinha mesmo, e caminha pela casa sem fazer uma anotação sequer, só absorvendo o ambiente e olhando.

– Adorável, simplesmente adorável – murmura ela.

Fico contente em ver que ninguém saberia que aconteceu quase um motim aqui apenas horas atrás – provavelmente graças a Patrick ter limpado tudo. A única pista de que pode ter ocorrido um desastre é que o piso da cozinha está com um brilho estupendo esta manhã, o brilho da lubrificação com gordura de peru, talvez. Quatro tortas de abóbora encontram-se calmamente sobre a bancada, cobertas com plástico-filme. Não há nenhuma carcaça de peru na sala de estar. Bedford nem está aqui – ele foi levado lá para cima por Jessica para dormir até passar a ressaca de peru, segundo um bilhete que encontrei no balcão.

Portanto, quando Anne Tyrone vai para o andar de cima e olha para o apartamento de Jessica, e depois desce para olhar o de Patrick, e depois torna a subir, ela diz para mim:

– E então, querida, quanto de trabalho pretende colocar aqui antes de colocarmos no mercado?

Eu explico a minha vida, Blix, meu ferimento na cabeça, meu acordo legal de três meses, minha mudança de volta para a Flórida, e estou

Aprendiz de Casamenteira

prestes a me lançar num discurso sobre minha incerteza de se este é o lugar certo para mim, quando ela me dá tapinhas no braço e diz:
— Basicamente nada, então? É isso o que estou entendendo?
Isso. Não posso. Não posso fazer absolutamente nada.
— Bem — diz ela. — Acho que você lutará contra o mercado o tempo todo. Este não é um bom momento para vender, de qualquer maneira... blá-blá-blá... e com tanta coisa precisando ser feita... blá-blá-blá e, mais ainda, blá...
— Não pode ser vendida como "precisando de reparos"? — digo.

Eu gosto do conceito de "precisando de reparos". Todos nós estamos precisando de reparos neste prédio, digo a ela. Parece que devíamos nos manter unidos, num lugar que nos compreenda... mas não estamos. Em vez disso, estamos nos espalhando como mato seco, e talvez seja tudo culpa minha.

Ela é educada o bastante para deixar todas essas notícias passarem sem comentário.

— Vou tentar — diz ela, enfim. — Nesse ínterim, você pode fazer o possível para deixar o lugar com uma aparência normal. Sabe, talvez pintar aquela geladeira de uma cor diferente. Pelo menos isso.
— Claro — digo a ela. — Obrigada, obrigada.
Tanto faz.

Depois que ela parte, vou lá fora. Tiro as bandeiras tibetanas de prece e recolho um pouco das folhas na entradinha. Desço e olho para a porta de Patrick. As cortinas estão fechadas e as folhas ainda estão empilhadas na entradinha, ao lado dos degraus.

Ah, Patrick.

Eu me lembro de ouvir a conversa que ele teve com a irmã — o caminhão alugado, seus computadores indo com ele —, e tenho ímpetos de chorar de novo. Vou sentir tanta saudade dele. Como é que consegui suportar perder tanto Jeremy quanto Noah, e, no entanto, só de pensar na partida de Patrick... Patrick, que não quer tocar em mim; Patrick, que foi tão ferido que acha que tudo é pena; Patrick, que jamais sairá em público comigo, NUNCA — como isso pode me perfurar quase até o cerne?

Será que isso é amor? Ou é apenas o que *ele* acha que é – pena, talvez misturada com um pouco de adoração por ele ser esse super-herói trágico, tentando salvar a namorada do fogo? Ele diria que eu amo a história dele, não ele. Não a realidade de um homem cujo corpo e alma foram queimados para além do reconhecimento de si mesmo.

Lola surge na entradinha de sua casa e acena para mim, um aceno letárgico. Nada parecido com os anteriores.

– Aquela era a agente imobiliária? – pergunta ela.

– Era.

– Vai fechar com ela, então?

– Acho que sim. Como você está? – pergunto a ela, que diz que está bem.

Em seguida, ela se debruça sobre a balaustrada e diz:

– Desculpe ter ficado tão zangada com você ontem. Na verdade, é a minha briga antiga com Blix, eu percebi. Eu a amava demais da conta, mas, minha nossa, aquela mulher sempre achava que sabia o que era melhor para a vida de todo mundo! Não suporto a sensação de ser manipulada, mesmo que seja por magia. *Especialmente* por magia.

– Eu sei – digo. – Desculpe. Desculpe mesmo.

– Você deveria se sentir da mesma forma que eu! O que ela fez com você e Patrick!

– Bem – digo. – Mas não vai funcionar comigo e com Patrick.

Ela agita as mãos em volta da cabeça como se tentasse afastar um bando de mosquitinhos e depois entra em casa.

Eu também volto para dentro. O sol brilha pelas janelas, formando trechos de luz nos pisos de carvalho. Amo as janelas salientes, a lareira de tijolos, a elegante escultura de Patrick na cornija. Sou dominada de repente pela sensação dessa sala, e do pé-direito elevado, a escadaria para a cozinha. Os pequenos toques decorativos, os lambris na cozinha. O jeito como o fogão se inclina um pouquinho. A pia de pedra-sabão que me fez parar naquela primeira tarde, quando Noah me mostrava a casa, antes de saber.

E, se é que posso dizer, *amo* a geladeira turquesa pintada à mão. Essa geladeira toca meu coração.

Aprendiz de Casamenteira

Ah, essa casa é matreira, empilhando as memórias – as de Blix e as minhas. A mesa cheia de marcas, com a estrela entalhada nela. As plantinhas no peitoril. A vista do parque e da rua movimentada lá embaixo.

As partículas de poeira vão caindo, prontas para cobrir tudo, como sempre fizeram. A luz continua a ser despejada no interior, formando padrões que se alternam no piso conforme a brisa movimenta a árvore de gingko lá fora, derrubando suas últimas quatro folhas, fingindo que nosso lugar é juntos.

Marnie, está tudo bem amá-lo.
Não, ele não me permite.
Está tudo bem amá-lo.

– Bem, minha amiga, acho que fomos eliminados.

Estou na Brotou um Lance no dia seguinte e levanto a cabeça do que estou fazendo, podando os crisântemos mortos, quando ouço a voz familiar. E, de fato, William Sullivan está ali de pé, sorrindo e chacoalhando as moedas em seu bolso.

– Se fomos eliminados, o que está fazendo aqui, então? – pergunto a ele.

Não é a coisa mais educada que já falei para um cliente, admito. Mas, convenhamos... ele dirige de Nova Jersey até aqui para me dizer que Lola o recusou? O mundo enlouqueceu de vez?

– Bem, estou aqui porque temos que tentar outra vez – diz ele, os olhos brilhando. – Pensei em visitá-la este fim de semana, nosso passeio habitual de sábado, e pensei que você e eu podíamos pensar em algo novo. Para eu dizer a ela.

– Espere um minutinho. Ela te recusou e ficou furiosa com nós dois, e você ainda acha que ela estará propensa a seguir com o seu sábado de sempre?

– Acho. – Ele sorri para mim. – Bem, pelo menos espero que esteja. Vou tentar.

Tenho vontade de dizer: *qual é o problema com você, William Sullivan? Que parte de uma mulher recusando seu pedido de casamento te faz pensar que ela estará disposta a sair para passear com você 48 horas depois?* Em vez disso, digo, cansada, mas fascinada com a inépcia do espírito humano:
— Então você visualiza esse plano envolvendo flores, é?
— Bem, claro, envolvendo flores. Vocês são uma floricultura, não são?
— Tudo bem — digo. — Mas tenho que dizer: não tenho certeza de se seremos capazes de fazê-la mudar de ideia. Ela está bem convencida de que não quer que nada interessante aconteça pelo resto de sua vida.
— Ah, eu sei. É como ela se sente agora. Ela é bem feroz. — Ele dá uma risadinha. — Ela estava uma coisa no Dia de Ação de Graças, né?
— Bem, sim. Ela estava bastante chateada.
Ele perambula pela loja, assoviando algo. Depois se aproxima de mim no balcão.
— Qual você disse que eram suas flores preferidas aqui?
O que eu falei mesmo?
— Gérberas?
— Ah, sim. Gostaria de um buquê delas. E, enquanto está preparando o buquê, quero que me conte seu plano. Porque eu preparei um ótimo. E estou muito otimista de que *este* vá funcionar de verdade.
Balanço a cabeça.
— William, eu meio que até esqueci que as pessoas podem ser otimistas às vezes.
— Ah, eu sou assustadoramente otimista — diz ele. — Assustadoramente. Certo, deixe eu te contar o que percebi. Eu era treinador de basquete na minha antiga vida, e o que aconteceu aqui foi que errei meus cálculos da cesta. Um problema simples. Pensei que isso seria uma enterrada, pois Lola e eu éramos tão bons amigos antes, e nós dois estamos solitários, e temos toda essa história... uma história *muito, muito boa*... mas não! Não me preparei para um não. Não pensei em tudo.
Ele sorri.

Aprendiz de Casamenteira

— Bem, isso pode acontecer.

— Você tinha razão, foi muito repentino. Então, vou recuaaaaar e irei com caaaaaalma, vou abordá-la de outro jeito. Hoje, se ela aceitar, vou levá-la para algum lugar neutro. Sem conversas pesadas, sem cenas pesadas. Não vou nem pegar na mão dela. E esse é o meu plano. Apenas continuar visitando. Fazer o que ela quer. Nunca pedir mais. Sem forçar. Vou esperar para ver. Vou cortejá-la até ela não ter medo mais. Não farei nenhum grande gesto. Sem pedidos de casamento.

— Bem, boa sorte para você. Desejo tudo de bom.

— É. Esse é o jeito certo. Estou lançando um plano: eu o chamo de Um Ano de Cem Encontros com Lola. Vamos devagar, tomaremos muitos cafezinhos, assistiremos alguns shows, daí talvez visitemos minha casa, para ver meus amigos. Talvez uma viagenzinha até New Hampshire. Ficando em quartos de hotel separados, bebidas junto à lareira, sair para dançar. Esse tipo de coisa. O que ela quiser, num ritmo com o qual ela esteja confortável. Minha meta é dar a ela algo que ela não pode ter em casa sozinha. Risos. Companheirismo. Admiração.

— Mas o que ela diz é que ela não quer ser desleal à memória de Walter. É isso que está enfrentando.

O-oh, aqui vou eu, sendo desleal de novo. Trabalhando nos bastidores. Só que, de alguma forma, não consigo evitar. Eu adoro esse velho com seu otimismo!

Ele abre um amplo sorriso.

— Mas quer saber? Eu também conhecia o Walter, e *eu* acho que ele ficaria contente por nós. Ele gostaria de ela ter alguém que a ame e cuide dela. Não temos que acabar com a lembrança dele.

— Bem – digo. – Uau. Isso é incrível. Eu te desejo toda a sorte. Estou torcendo muito por você. Então quer as flores para levar para ela, ou quer que seja uma entrega?

Ele sorri.

— As flores são para você. Por causa da magia de primeira que fez.

Eu olho fixamente para ele.

— A magia? Você sabia sobre a magia?

— Lola me contou que você e Blix são casamenteiras e que trabalham com magia para unir as pessoas.
— Mas a magia não funcionou. Foi um fracasso retumbante. *Tanto, que estou desistindo da magia de vez.*
— Como é? É isso que acredita? Marnie. *Ainda está funcionando.* Não vê? Está pegando uma nova rota, só isso. Quando você chega na minha idade, aprende uma ou duas coisinhas sobre o amor. E uma das principais é que não se desiste de quem se ama. Quando você acredita de verdade.

Eu olho para os olhos azuis aguados dele, tão iluminados que estão praticamente disparando faíscas.

— Mas o que você pode fazer se a outra pessoa desistiu? – digo. É difícil falar com o nó em minha garganta.

Ele diz:

— Bem, você tem que continuar tentando. É isso o que se faz.

— Mas e se o seu tempo está se esgotando?

— Meu bem, estamos *todos* com nosso tempo esgotando. E – ele abaixa a voz como se isso fosse algo memorável – *nós também temos todo o tempo do mundo.*

— Ãh, isso não faz nenhum sentido.

Ele ri.

— Eu sei, não faz. Pensei que pudesse fazer um pronunciamento sábio aqui, mas não tenho nada. Bem, tá, exceto por isso. Eis aqui minha gota de sabedoria de um velho: você tem que ter fé em *algo*, não é? E, quando você escolhe o que vai ser esse algo, não desista dessa coisa. Simplesmente não desista. Se ela fracassar, você tenta de outro jeito, depois outro.

Ele pega minha mão e a beija, como um cavalheiro cortês, e dirige-se para a saída. Então se lembra de algo e volta e paga pelas flores. Mais uma vez, penso que se eu correr para a janela, verei William Sullivan fazendo uma dancinha sozinho pela rua, rindo e estalando os dedos, embora nove em dez pessoas soubessem que ele não tem chance alguma com seu plano.

Mas o que nove em dez pessoas sabem?

Aprendiz de Casamenteira

Sabe do que sinto falta?
 Sinto falta daquelas faisquinhas, aquelas que significavam que algo de bom está para acontecer. Que havia amor por perto. Eu não sei por que, mas elas sumiram, de algum jeito.
 Só isso. Só sinto falta disso.

Natalie me envia mensagens de texto no dia seguinte, quando estou na cozinha, lavando a geladeira turquesa em preparação para pintá-la. A internet diz que uma pessoa pode, de fato, comprar tinta especial para eletrodomésticos que deixa geladeiras antigas parecendo que acabaram de sair da loja. Esta aqui poderia parecer nova de novo, segundo alguns dos comentaristas mais empolgados.
 E então este texto chega. Aquele que eu vinha esperando. A irmã mais velha dando sua opinião sobre o desastre que é a minha vida. Aquela Que Sabe Tudo.
 Eu não confio em mim msm para falar c/ você. Tentando ficar do seu lado, mas QUE CARALHOS? VOCÊ PARTIU O CORAÇÃO DELE DE NOVO?
 Parti o coração dele de novo. Foi.
 E TÁ MORANDO COM O MERDA DO SEU EX-MARIDO?
 Não, e pare de gritar.
 EU NÃO VOU PARAR DE GRITAR ATÉ VC EXPLICAR O QUE TÁ FAZENDO.
 Eis o que estou fazendo: estou pintando uma geladeira neste momento. Tchau.
 EU NÃO AGUENTO.
 Então não aguente.
 Sabe o que eu não aguento?
 Não aguento pintar a geladeira de um branco frio e profissional. Vou até a loja de materiais de construção e olho para a tinta branca especial, e até chego a entrar na fila do caixa com uma lata, mas aí

algo acontece no meu cérebro. Tento visualizar a cozinha de Blix com uma geladeira querendo se passar por uma geladeira normal, e não consigo.

Qualquer pessoa que não queira comprar a casa de Blix porque não gostou da geladeira dela... bem, essa pessoa não deveria ser autorizada a comprá-la, só isso.

Devolvo a tinta na prateleira e vou embora.

Coisas que não podem ser comuns:

>Eu.

>Patrick.

>A geladeira.

>William Sullivan.

Desculpe, mas é como as coisas são.
Sinto muito, só que não.
E *cadê as faíscas?*

quarenta e três

MARNIE

Segunda de manhã é um dia normal de aula e Jessica e Sammy batem na porta cedo, como sempre fazem. Sou meio que pega desprevenida, porque, na minha cabecinha, tudo mudou completamente, e ninguém além de Bedford e William Sullivan — tá bom, e o Patrick — gosta mais de mim. E Patrick não conta por que está indo embora e eu nunca mais vou vê-lo.

Mas ali estão os dois: Sammy com seu patinete e Jessica toda estressada como sempre com a bolsa no ombro e o copo de café na mão. Assim que abro a porta, ela me dá um sorriso enorme e começa a pedir desculpas por não ter falado comigo durante o fim de semana.

— Você aqui com um ferimento na cabeça e tudo, e eu resolvendo a minha vidinha, sem nem me certificar de que você não estava num hospital ou coisa assim — diz ela. Em seguida, ri. — Bem, eu *sabia* que não estava no hospital porque aquela agente imobiliária falou na sexta-feira que você estava perfeitamente bem. E vim checar como estava no meio da noite na quinta, e descobri que você estava *com o Patrick*.

Ela estreita os olhos um pouco quando diz o nome dele, a linguagem corporal entre amigas para *e aí, o que foi isso?*, e respondo encolhendo os ombros, a linguagem corporal para *não foi nada, pode acreditar*.

Sammy parece distraído, brincando com a manopla do patinete e se contorcendo sob a mochila. De vez em quando, ele olha para mim como se quisesse dizer alguma coisa. Sem dúvidas, ele tem suas opiniões sobre o quanto nosso projeto mágico se saiu mal.

Junte-se ao clube, meu rapaz. Entre na fila.

De súbito, Jessica diz:

– Olha, eu tenho que entrar só ao meio-dia hoje. Ia cortar o cabelo, mas o que você acha de ir tomar café comigo antes? Talvez não no Gema, claro.

Ela ri e bagunça o cabelo de Sammy, e ele arregala os olhos para mim fazendo graça, murmurando a palavra "Credo" quando ela não pode ver.

Situações conjugais podem ser muito confusas para os pequeninos. Especialmente aqueles que tentaram planejar vidas adultas e descobriram que isso é terrivelmente difícil.

– Claro – digo a ela. – Vamos tomar café, então!

Esqueci o principal sobre estar com Jessica: o quanto é divertido ter uma amiga que também está vivendo alguma versão de uma vida possivelmente caótica. Na maior parte do tempo, devo dizer, *eu* pareço ser a pessoa que não consegue se organizar, aquela sendo abandonada no altar e depois cortando seu vestido de noiva na escolinha, aquela partindo para uma cidade desconhecida e fracassando em se reinventar mesmo lá.

No entanto, eis aqui Jessica, braços dados comigo, descendo a rua, e está de fato rindo sobre toda a catástrofe do Dia de Ação de Graças. Ela disse que ela e Andrew se referem à ocasião como Dia de Ação Desgraças.

– Foi, tipo, uma coisa deu errado, e daí disparou uma cascata, até absolutamente tudo ter dado merda. Foi assim que você viu as coisas também?

– Pelo que posso me lembrar. Tive um conveniente ferimento na cabeça, lembra?

– Ah, sim. Embora você tenha lidado com tudo de forma magistral, mesmo depois disso. Segundo me recordo, você cuidou de basicamente todo mundo, mesmo durante os gritos e berros. E resolveu dois dos seus problemas românticos mais urgentes, Noah e Jeremy. Foi, na verdade, meio que épico.

– Um dos únicos jantares de Ação de Graças ao qual já fui em que ninguém comeu peru.

Aprendiz de Casamenteira

— Nem sopa de marisco. Nem lagosta. Logo, Ação Desgraças.

Ela sorri para mim. A essa altura, ela nos conduziu para um restaurante pequeno especializado em café da manhã, bem, bem longe do Gema. Um garçom nos trouxe cardápios e café, perguntou se queríamos leite de amêndoa, de soja, creme, meio a meio, leite desnatado ou integral. E, depois que essa pergunta foi respondida, ele quis saber que tipo de adoçantes trazer: pacotinhos cor-de-rosa, azuis, amarelos, stevia, truvia, açúcar normal, açúcar mascavo ou xarope de açúcar.

— Vou sentir falta desse detalhe do Brooklyn — digo a ela, quando resolvemos nosso pedido. — É um lugar onde você não pode ser indecisa. Nem a respeito de café. Em Jacksonville definitivamente não é assim.

Ela passa os dedos pelo cabelo comprido, balança as ondas e olha para o nada, a boca fechada numa linha reta. Ela tem o tipo de cabelo que deveria garantir felicidade perfeita e vitalícia para sua proprietária. Uma pena o cabelo dela não estar no comando das negociações sobre sua vida amorosa, porque aí nada jamais daria errado.

— Então, me conte em que pé ficaram as coisas — digo. — Andrew está fora da jogada, imagino. Relegado outra vez ao status de pai divorciado. Mas eu só queria dizer que...

— Bem... na verdade, não — diz ela, mas não ouço porque estou falando ao mesmo tempo, e o que estou dizendo é:

— ... queria dizer que eu acho que foi bem estúpido a *garçonete*, aquela mulher, falar daquele jeito, bem na frente de todo mundo, que *ela* era, sabe, a outra.

Jessica está olhando para mim com seus grandes olhos azuis.

— Eu sei, eu sei, mas sabe do que mais? Isso me fez perceber quanto eu não estou bem o bastante para amar Andrew por completo. Que é algo que eu estava em negação a respeito. Eu estava toda tipo "Ah, nosso filho é tão fofinho, escrevendo aquele poeminha, e ele precisa de nós, e por que não esquecemos simplesmente o passado e voltamos a ficar juntos?", e isso *não é* realista. Na primeira briga, terminamos de novo. Certo?

— Acho que sim...

Ela se debruça adiante.

— Então, por pior que isso tenha sido, nos fez conversar. O que foi doloroso, excruciante, e estou surpresa por não ter nos ouvido. Na sexta-feira, levamos Sammy para a casa da minha mãe apenas para podermos brigar, gritar, berrar e expurgar tudo. Normalmente eu não aprovo gritaria, mas Andrew disse que precisávamos soltar *tudo*, e, se as vozes ficassem mais altas... isso mostrava que nos importávamos o bastante para arriscar. Ou algo assim. Mas, enfim, foi o que fizemos. E no final, depois de horas e horas de conversa e andar de um lado para outro e gritar, ele disse que queria continuar tentando. E eu disse que também queria. E por isso, vamos tentar.

— Uau.

— Porque o que percebi foi que também tive algo a ver com o casamento desmoronando. Aqui estava eu, jogando a culpa nele e tudo, mas fui eu quem de fato saiu do casamento primeiro. Eu estava entediada e frustrada no meu emprego, e comecei a criticá-lo por tudo, e a ficar tão irritada com ele, e a ignorá-lo e fazer as coisas em outros lugares, e ele se sentiu empurrado para fora. Pura e simplesmente. E ela estava lá, e ninguém está dizendo que isso foi correto, mas posso ver como alguém *divertido e interessante* pode ser atraente quando sua esposa está indo para a cama às oito da noite só para não ter que conversar com você.

O garçom chega com nossos ovos e abrimos espaço na mesa para nossos pratos gigantescos, cheios de ovos, batatas e torradas integrais.

— Então o resumo da ópera é que decidimos ir para uma casa diferente, não a dele, não a minha, o que é conveniente, porque a minha está sendo vendida...

— Mas não ainda! — protesto. — Você pode ficar. Eu gostaria que ficasse, na verdade.

Ela balança a cabeça com tristeza.

— Não posso. Precisamos de um recomeço do zero, simbolicamente, senão por mais nada. Ficaremos no Brooklyn para que Sammy possa continuar frequentando uma escola onde as crianças têm

Aprendiz de Casamenteira

permissão para escrever poemas sobre comida de café da manhã para envergonhar os pais. Quero começar um negócio próprio em algum momento, e Andrew quer que a gente passe todos os verões no chalé dos pais dele nas Berkshires, agora que eles estão envelhecendo. Então... grandes mudanças.

No caminho para casa, eu a atualizo o melhor que posso sobre Noah pegando as coisas da Blix para seus pais poderem contestar o testamento e William Sullivan não desistindo de Lola. E Jeremy furioso comigo e acreditando que eu, de alguma forma, sabia o tempo todo que não queria me casar com ele.

Ela franze o nariz.

— Bem, devo dizer que nunca estive muito convencida sobre seu suposto amor por esse cara.

— Minha família provavelmente nunca mais vai falar comigo. Todos eles tinham tanta certeza de que ele era o cara com quem eu devia ficar...

— Desculpe. Não, não, não. Você não podia ter se conformado com ele. Eu não teria permitido. E agora... não ligo para o que sua família diz... você tem outras pessoas cuidando de você. Somos a sua turma agora.

— Eu tenho uma turma?

— Tem. E, como porta-voz da turma, digo que não deveria voltar para a Flórida. Não tem nada para você lá. Você pode ter que encarar o fato de que, apesar de seus melhores esforços, você se encaixa aqui no Brooklyn.

— Mas aqui é *sujo*, frio, tem lixo nas ruas, e os metrôs não rodam no horário certo, e a gente tem que fazer compras todos os dias porque ninguém tem carro...

— É — diz ela, me dando um soquinho no braço. — Não somos perfeitos, de jeito nenhum, mas somos a sua cidade. Você pode muito bem se poupar o trabalho e aceitar isso desde já.

Mas e o Patrick, penso. Não posso dizer essa parte para ela, porém meu coração tem um buraco.

quarenta e quatro

MARNIE

Assim que destranco a porta de entrada e entro na casa, quase tenho quatro ataques cardíacos diferentes. Ali está Noah postado no hall de entrada, segurando uma caixa de papelão. Solto um grito de gelar o sangue e ele dá um pulo.

— QUE DIABOS ESTÁ FAZENDO? — Essa sou eu.

— QUE DIABOS VOCÊ ESTÁ FAZENDO? — Não é o momento mais original dele.

Ficamos nos encarando. Em seguida, ele diz:

— Vim buscar o resto dos pertences de Blix. Agora, se puder sair da frente, tenho que levar isso até a Paco's antes que o cara do correio passe.

— Espere aí. Espere só um minutinho. O que o faz pensar que está certo agir assim?

Ele suspira.

— Minha mãe quer as roupas da Blix.

— Por quê? Por quê? O que ela vai fazer com tudo isso? Você só está fazendo isso para se vingar de mim, só isso. Não convenci a sua tia a me deixar este prédio, não interferi com o testamento dela de nenhuma maneira. E por que você tem que ser instrumental na contestação de um testamento que sabe, pelo advogado de Blix, que é legítimo?

Ele suspira de novo.

— Olha. Minha família está surtando, tá? Eles sabem que você pediu um feitiço a ela, e eles acham que isso foi uma manipulação do testamento. Ou algo assim. Na verdade, não consigo me forçar a prestar atenção.

Aprendiz de Casamenteira

— E daí que pedi um feitiço? Eu sentia saudade de você. Queria você de volta. O que isso prova?

Ele parece confuso por um instante.

— Porra. Não sei. Talvez ela tenha ficado com dó de você e raiva de mim, e por isso mudou todo o testamento.

— Foi uma escolha dela, não minha.

— Bem, a minha mãe quer o prédio e o meu pai chamou os advogados dele, e agora eles querem todas as provas que puderem encontrar, e também o conteúdo da casa.

— Não – digo. – Não. O conteúdo da casa vai com a casa. Você não vai retirar mais nada.

— Olha – diz ele –, isso é esquisito, tá? Eu não dou a mínima para esta casa ou o testamento, nem nada disso. Nem ligo se meus pais vão ficar com ela, ou se você vai ficar com ela, ou se ela cair no mar, francamente. Mas minha mãe está decidida. Ela... bem, se tivéssemos o dia todo, eu podia te contar a história toda, mas é inútil e estúpido, e...

— Por acaso, eu tenho o dia todo, sim.

Ele solta outro de seus suspiros imensos e me lança um olhar de consciência culpada, e vamos até a cozinha. De alguma forma, tenho a sensação de que ele quer me contar a história toda, tirar isso do peito.

Noah apanha uma cerveja na geladeira e admira o brilho do piso cintilando pela gordura de peru, e chega a rir um pouco disso. *Há, há, não foi uma loucura aquilo?, você e seu noivo, e o jeito como o peru deslizou pela cozinha bem na hora que Jeremy se deu conta de que você estava morando comigo!*

— Hilário – digo.

Ainda estou furiosa demais com ele, mas também fascinada, do jeito que sempre fiquei e provavelmente sempre ficarei – e nos sentamos na mesa antiga toda marcada, e ele tamborila os dedos no tampo, começando:

— Então, era Blix quem deveria receber a mansão da minha família, aquela que é passada de geração em geração, da filha mais velha para a filha mais velha. Mas ela foi retirada do testamento provavelmente depois de altas façanhas, conhecendo meus pais, e... bem, tanto faz. A mãe da minha mãe acabou ficando com a casa.

Depois desse começo, ele tem que se levantar e caminhar de um lado para outro, e a história parece saída de alguma minissérie gótica do sul transmitida por TV a cabo. Tudo começou com barões ladrões, heróis de guerra, testamentos e pistolas ao amanhecer – mas, de modo geral, a parte que tinha alguma importância era que Blix perdeu a mansão da família num golpe, e Noah sabe que a mãe dele sempre foi *reticente* (a palavra é dele) sobre Blix, talvez porque se sentisse culpada pelo que fizeram. Ela estava sempre proclamando como, em sua defesa, ela cuidava muito melhor da casa do que Blix teria cuidado – e como *ela* era muito mais conectada à comunidade, e era envolvida com tantas causas de caridade.

Mas enquanto isso Blix viajou pelo mundo e depois partiu para o Brooklyn, claro, e a família assistiu com consternação enquanto ela se envolvia com todas aquelas coisas alternativas: "magia e caos", era como Wendy chamava aquilo.

– Ela jamais admitiria isso, mas acho que ficou meio preocupada com que Blix fosse fazer algum vodu com ela ou coisa assim. Pegar a casa de volta ou expor minha mãe. E então, agora que Blix morreu, e isso é uma teoria só minha, minha mãe está desesperada para pegar os papéis de Blix e descobrir o que ela aprontou durante todos estes anos. E, se ela precisar, vai provar que Blix nunca esteve em seu juízo perfeito e, portanto, para que isso aconteça, *você* deve ser retirada do testamento.

– Sem palavras – digo. – Estou totalmente sem fala.

– É. É feio. É por isso que eu nunca quis ter muita relação com meus pais. Meu pai queria que eu entrasse para os negócios, aprendesse tudo sobre a empresa dele, mas não. Escolhi dar aulas. E ir para a África. E, agora, só quero fazer mais disso. Vou deixar o país na semana que vem. Estou indo para Bali desta vez.

– Bali? Você não estava estudando?

Ele sorri.

– Na verdade... ãh... a resposta para isso seria não.

Aprendiz de Casamenteira

— Mas você disse que era por isso que queria ficar aqui... — Vejo a cara dele. — Não? Você nunca começou a ter aulas?

— Não. Eu te falei isso para poder ficar. Não tinha mais nada para fazer, e, além disso, meio que fiquei intrigado com você, sabe? Você é gostosa. Isso, e... bem, a minha mãe queria que eu ficasse de olho no que estava rolando por aqui.

— Uau. — Sento-me na cadeira. — Certo, deixa eu ver se entendi direito. Você basicamente está desmontando esta casa para ajudar sua mãe a tirá-la de mim, é isso? Você não tem nada em jogo aqui.

— Basicamente. — Ele abaixa a cabeça. — Desculpe.

— Bem, então por que não para? Por que não para com isso, neste instante?

— Eu pararia. De verdade. Mas você não conhece a minha mãe. Ela é incansável. Ela fala comigo todos os dias, ficando cada vez mais irritada. — Ele me dá um sorrisinho culpado. — Além disso, já enviei para ela uma porção de caixas com as coisas da Blix. Entre elas, e peço mil perdões por isso, Marnie, me arrependo disso de verdade... eu enviei para ela aquela carta que a Blix te escreveu. E o livro de feitiços dela.

Penso por um momento em contar toda a verdade para ele, que essas coisas nunca, jamais vão chegar à Virgínia. Mas decido não dizer nada.

Noah é, entre outras coisas, um ex-marido. Um oportunista. Um causador do caos. Um agente duplo. O melhor amante que já tive. E estou pronta para me livrar dele para sempre.

Resolvo naquele minuto que, se ele for para Bali, Wendy Spinnaker sempre pode apenas se perguntar em que consistia, exatamente, a carreira excêntrica em magia de sua tia, e por que não aparecia nada a respeito naquelas caixas. Ela pode mandar mensagens e mais mensagens de texto para ele enquanto Noah estiver deitado na praia em algum lugar, e ele pode se virar em sua toalha, ajustar os óculos escuros, tomar outro gole de seu Mai Tai, ou seja lá o que for, e ficar olhando para o céu azul.

Mas ele nunca poderá contar a ela com certeza o que foi que houve, porque ele nunca vai saber.

quarenta e cinco

MARNIE

A carreira mágica nefanda de Blix ainda se encontra em meu pátio dos fundos. Só para você saber.

Devo colocar o chapéu de papel-alumínio e descer para atacá-la?

Humm. Eu acredito que, se checar suas referências de cultura popular, verá que chapéus de papel-alumínio protegem apenas de ondas eletromagnéticas e, portanto, não podem ter efeito nenhum sobre feitiços mágicos.

Ah.

Ainda assim, se tiver um, traga-o. Pode ficar bonitinho.

Devo levar o jantar? Aposto que Roy gostaria de um frango.

Estou fazendo popover. Decidi que vou ser o Príncipe Reinante dos Popovers.

Definitivamente, é melhor levar uma coroa de papel-alumínio, então.

Ah, somos tão espertos, não somos? Chapéus de papel-alumínio e mensagens de texto bem pontuadas – é a nossa cara. Tão divertidos, castos, espertos e inocentes. E já é dois de dezembro, e ele vai embora no dia quinze, e é isso, acabou-se.

Estou na minha mesa com papel-alumínio, um par de tesouras e uma coroa recortada em papelão. O que estou fazendo? Oras, fazendo uma coroa para ele, claro. Para fazê-lo sorrir. Para manter a piada viva, para tornar uma de nossas últimas noites juntos *divertida* e *sociável*.

Aprendiz de Casamenteira

Para que ele pense enquanto dirige para o outro lado do país: *Sim, nos divertimos muito, ela e eu.*

Diversão, diversão, diversão.

Largo a tesoura na mesa com força e me levanto. Ah, meu Deus. Eu o quero para mim. Quero desembrulhá-lo, pressionar minha cabeça contra seu peito. Quero a boca de Patrick em meu mamilo. Quero estar na cama dele com ele de novo, mas quero estar por cima dele. Quero que me beije e não olhe para mim como se eu fosse algum monstro ao qual ele não pode ceder.

Eu quero Patrick. Eu quero, eu quero, eu quero.

Olho para a cozinha ao meu redor. O céu já está escurecendo lá fora, as luzes do horizonte brilhando contra as espessas nuvens cinza da noite. Caminho pela cozinha, meus braços cruzados com força, o coração batendo muito depressa.

Eu o quero.

Quando espremo os olhos, eu as vejo. As faíscas.

Ah, minha nossa, estou vendo as faíscas de novo. Elas voltaram.

Se estivesse com o livro de feitiços que se encontra no pátio dele, talvez pudesse descobrir se existe ao menos um pouquinho da magia que possa funcionar com ele. Conosco, antes que o tempo se esgote.

É quando me lembro de algo. Na primeira noite, quando a conheci, ela me deu uma echarpe quando eu estava indo embora. E ela está pendurada no guarda-roupa. Eu a vi no outro dia, quando estava olhando tudo. De alguma forma, ela sempre pareceu chique demais para mim.

Como se fosse uma trapaça usar a essência de Blix assim, em volta do pescoço. Mas hoje, esta noite, precisamos de armamento pesado.

Dá tudo errado desde o momento em que chego lá. Fico tímida demais, ou ousada demais, ou tensa demais. Eu me esqueço de levar o frango e, quando me ofereço para ir buscar um na Paco's, Patrick diz para não me incomodar. Estou usando um vestido, o que, vejo agora, é ridículo, porque não dá para desempacotar essas caixas num vestido – não dá para vasculhar artefatos mágicos quando você está vestida como se quisesse sair para um jantar ou ver um filme.

E por que você fez isso? Porque queria ficar bonita.

Estou vestindo o melhor que há no meu guarda-roupa, o vestido com listras pretas por cima de uma legging. O vestido que tem um pouco de decote. Patrick talvez apreciasse o decote, e poderia tirar as leggings – era isso que estava pensando, Meritíssimo, eu me pronuncio culpada de pensamentos libidinosos enquanto me vestia.

Mas agora aqui estou eu, e não tenho o frango, e os *popovers* são só *popovers* mesmo – farinha, leite, ovos e ar. E ele está num humor estranho – piadista demais, tem algo *demais*. Frágil, de alguma forma. Cauteloso.

Conto a ele sobre Noah e a história de Blix estar na fila para herdar a mansão da família mas sendo roubada, e torno tudo muito dramático – dramático demais –, e ele faz perguntas que não sei responder. Estou agindo de maneira muito nervosa, e ele olha para mim de um jeito esquisito; provavelmente está escrito na minha testa: *Cara, eu quero você.*

Mas não podemos. Ele não vai.

Nós nos sentamos no chão e vasculhamos as caixas, e de fato não tem nada de mais. O livro de feitiços está no fundo de uma caixa que contém os muumuus e cáftans de Blix, o vestido que ela usou no meu casamento, algumas echarpes e casacos fabulosos. Retiro o livro e o abro e digo:

– Olha só toda essa magia! Faz com que eu sinta que ela está bem aqui quando vejo isso.

Ele de repente fica de pé, vai até a pia e começa a lavar a louça.

– O que foi? – digo.

– Nada.

– É por causa das coisas da Blix?

Ele hesita, morde o lábio. Coloca um copo no escorredor de louça.

– Hoje é aniversário do incêndio.

– Ah. Ah, sinto muito...

Aprendiz de Casamenteira

— É, eu não sou uma boa companhia hoje. Desculpe. Deveria ficar sozinho.

Eu vou até a pia, estendo a mão e toco Patrick, e, para minha surpresa, ele não se afasta. Toco seu braço e então sua mão, onde estão as cicatrizes. Tiro a mão dele da água com sabão. Lentamente, deslizo o dedo, acompanhando um sulco de tecido cicatrizado. Ele permite.

— Não foi culpa sua, sabe? – digo. – Você não tinha como mudar isso.

Quando ele fala, sua voz está rouca, e ele puxa o braço para longe de mim.

— É, bem. Se não fossem aqueles dez segundos... você percebe que, se de alguma forma aqueles dez segundos não tivessem acontecido, tudo teria sido diferente? Dez segundos e o mundo não tem mais oxigênio para mim. É como se a cor azul estivesse faltando ou algo assim, tudo de bom se esvaiu. Eu não consigo... não sinto *nada*.

— Ah, Patrick.

— Minha vida... você não me conhece de verdade. Você não vê que a minha vida é um antes e depois, e que tenho que viver nas sombras.

— Espere um pouco – digo. – Sei o que está acontecendo aqui.

— E o que é? – Ele fecha os olhos. – Não tem *magia* suficiente?

— Não. Você *está sentindo de novo, sim*. Está vendo que existe uma ponte para a cura, e não tem certeza de se quer atravessá-la. Você pode se machucar de novo. Pode continuar no planeta Meu Amor Morreu no Incêndio pelo tempo que quiser, mas em algum momento acho que vai querer um pouco de companhia lá. Porque você sobreviveu ao incêndio. E pode se curar disso. Eu acho... e posso estar errada a respeito disso, então não fique zangado... mas eu acho que você realmente pode fazer arte de novo.

Ele me encara. Agora eu consegui. Fui longe demais.

— Você realmente disse isso? Que estou no planeta Meu Amor Morreu no Incêndio?

— Acredito que disse, sim.

— Bem, muito obrigado por essa imagem, mas eu não vou voltar a fazer arte. Eu vou para o planeta Me Deixa em Paz, Caralho, em

Wyoming, e vou caminhar pelas planícies sozinho e assistir televisão com minha irmã.

— Hum, vai desistir.

— Chame como quiser.

— Eu chamo de desistir, sim, porque, Patrick, eu tenho uma ideia inabalável sobre você que se baseia em saber que, quando a pior coisa que já te aconteceu, aconteceu, você não fugiu dela. Você correu na direção daquele incêndio. E aquele homem não vai se safar com caminhadas sozinho nas planícies e assistir televisão com a irmã dele. Você está se curando agora. Não vê isso? Isso provavelmente se parece com quando aquelas queimaduras horríveis estavam se curando, e doeram como o inferno. Isso é o que o seu espírito está fazendo neste momento, também. Mas aí, talvez as coisas fiquem melhores, um angstrom de cada vez. Você pode ter a sua vida de volta.

Ele fecha a torneira.

— Cala a boca — diz ele.

Mas está sorrindo de um jeito estranho.

— Eu acho, honestamente, que você não quer desistir.

Ele fecha os olhos então, como se tudo doesse demais. Eu me aproximo e tiro o diário de Blix e os livros e minha carta das caixas, e em seguida as selo de novo com a fita adesiva. E então faço a coisa mais corajosa/idiota que já fiz, que é dizer a Patrick que eu o amo, e que não importa o que ele pense, não é pena e não é nenhum daqueles outros valores menores. É amor, amor, amor.

Eu até digo em voz alta:

— *Amor, amor, amor.*

E ele não responde, porque está perdido além do meu alcance. Ele viajou até onde consegue ir, e não chegou até onde estou.

Eu assisti a filmes dramáticos suficientes para saber que não há nada a ser feito. Tirar minhas roupas não ajudaria, implorar não ajudaria, até arremessar pratos, cantar ou começar uma sessão de amassos com ele. Nada em que consigo pensar ajudaria. Nem a magia, nem fazê-lo rir, nem servir um *popover* para ele, pedacinho por pedacinho.

Aprendiz de Casamenteira

Assim, enquanto ainda tenho um fiapo de orgulho sobrando, vou para casa.

Porque a sabedoria que William Sullivan *não conhece* é aquilo de que mais me lembro: quando tudo está perdido, a Lei da Desistência vai te salvar todas as vezes. Mas só funciona se você desistir mesmo, de verdade.

E estou desistindo.

Anne Tyrone me liga mais tarde naquela mesma noite e diz que tem alguém que quer vir dar uma olhada no prédio amanhã, e digo *pode vir.*

Desisti oficialmente, e agora a casa de Blix será vendida, e eu vou partir.

quarenta e seis

MARNIE

Brooklyn, com vontade de se mostrar, tem sua primeira nevasca no dia quinze. Começa a nevar antes de o sol raiar e, quando acordo, o mundo lá fora embranqueceu. Treze centímetros já caíram, e as escolas estão fechadas, para deleite de Sammy. O prefeito acha que as pessoas deveriam ficar em casa se puderem, porque isso não vai parar tão cedo.

— O prefeito nunca diz isso! — Sammy me diz. — Bom, talvez duas vezes na minha vida, só isso. Ou três vezes. Ou uma. Mas é importante. Pode confiar em mim.

Ele está me seguindo pela cozinha enquanto seus pais dormem.

— Quer dizer, temos dias de neve. De vez em quando. Não com frequência, mas temos. Mas um dia de neve em que minha mãe e meu pai não precisam trabalhar… isso nunca acontece. Quase nunca.

— Sammy, você acha que gostaria de um mingau de aveia ou prefere panquecas?

— Aaaah, panquecas — diz ele. — Podemos mesmo comer panquecas? Nunca como panquecas durante a semana. Isso porque nunca dá tempo. Eu devia chamar minha mãe para vir para cá. Ela adora panqueca. Por que será que meus pais estão dormindo até tão tarde?

— Não está tarde. São só oito horas — digo.

— Talvez eu deva ir contar para eles que tem um café da manhã grandão aqui.

— Não, vamos deixar os dois dormirem — digo.

— Mas por que eles estão tão cansados?

Aprendiz de Casamenteira

— Não sei. Mas acredito firmemente em deixar pais cansados dormirem. Os meus pais costumavam tirar sonecas de vez em quando. No meio do dia. Minha irmã e eu precisávamos deixá-los em paz.

— Bom, você sabe o que isso provavelmente era, né? – diz ele.

— Você gosta de manteiga e xarope ou manteiga e açúcar de confeiteiro? – digo.

— Eles estão declarando os impostos, aposto – diz ele. – Meus pais me contaram que precisam de paz e sossego para declarar impostos. Então, quando eles tiram sonecas no meio do dia, é isso o que estão fazendo.

O rosto dele se abre num sorriso enorme.

— Posso te contar uma coisa? Promete que não vai contar para ninguém?

— Prometo – digo.

— Duas coisas, na verdade. A primeira é que eu sei sobre sexo – cochicha ele. – Minha mãe me contou tudo a respeito disso.

— Aaah – digo. Adoro a descontinuidade de Sammy e decidi presumir que a frase anterior é apenas uma delas. – Bom, então. E qual é a segunda coisa?

— Ouvi minha mãe perguntar ao meu pai se eles deviam ter outra cerimônia de casamento quando reatarem oficialmente, ou se deviam só ir até o fórum e assinar a papelada.

— Sério? E o que ele disse?

— Ele disse que quer a cerimônia e quer que eu entre na igreja com eles, e quer ter todo mundo lá, torcendo por todos nós. Ele quer que eu segure a mão dos dois.

— Isso é muito legal – digo. – Está disposto a isso? Aposto que está.

— Estou sempre disposto – diz ele.

Não conto a ele o segredo que eu conheço – que Jessica já está grávida. Tem um bebê chegando daqui a oito meses e meio. É, ela ficou sabendo rápido. Ela é uma dessas mulheres que sabe que concebeu no momento em que levanta da cama, ela me disse. Jessica está escondendo do Sammy, diz ela, até estar absolutamente certa de que está tudo bem.

E eu também tenho outro segredo. Andrew já saiu e comprou uma nova aliança para ela. Ele diz que talvez a aliança antiga tenha que ser abatida como um animal doente. Ela não cumpriu muito bem seu papel.

A nova aliança será uma com que será possível contar para a vida toda.

Isso vai funcionar? O que é que eu sei? Tudo o que sei é que, às vezes, milagres simplesmente aparecem e você tem que aceitá-los como eles vieram. O que aconteceu de verdade provavelmente é algo que Jessica não consegue colocar em palavras: ela simplesmente se decidiu a amá-lo outra vez.

Talvez seja o timing ou, de algum jeito esquisito, pode até ter sido a garçonete aparecendo no Dia de Ação de Graças. Mas não posso descartar o feitiço que fiz.

Pergunto-me se Blix tinha essas dúvidas. Ou se ela apenas lançava os feitiços e pedia pelos milagres, e depois se sentava e dava as boas-vindas ao que quer que viesse. Talvez seja assim que o sistema todo funcione. Você solta o seu desejo lá fora e então é preciso que o universo inteiro trabalhe em seu nome para fazer com que ele aconteça.

Se a ideia de Blix era juntar Patrick e eu, porém, ela não se saiu muito bem. Aguardo uma oferta pela casa e, neste momento, há um caminhão alugado estacionado em frente ao prédio, o que significa que, às vezes, as coisas simplesmente não dão certo.

Patrick está se preparando para ir embora.

Por volta da uma da tarde, Sammy e eu estamos entediados de jogar damas, montar quebra-cabeças e fazer cookies, e eu não suporto mais ver aquele caminhão ali parado, então levamos Bedford para o parque. Ainda está nevando, mas nos embrulhamos bem. Jessica me empresta suas calças de neve e uma parca e um cachecol. Ela resolveu que ficará em casa e fará a rotina de "deitar pela casa,

Aprendiz de Casamenteira

dormir e gestar". Sammy junta seu equipamento, seu disco de neve e suas luvas e chapéu e cachecol. O inverno requer *tanta coisa*! Não sei como todos esses nortistas conseguem lembrar de tudo isso.

Caminhamos até o Prospect Park com Bedford na coleira. Ele está fascinado pela neve. Quer correr em círculos e latir para os flocos de neve. Ele de fato perdeu o pouco de juízo canino que ainda tinha, e está me arrastando atrás de si, tentando me fazer ir para a rua para ele poder perseguir mais flocos. Quanto a mim, talvez seja tão ruim quanto ele. Eu não consigo aguentar a sensação da neve caindo no meu nariz e em meu rosto. Estes são flocos grandes e gordos, pairando até a terra lembrando pedacinhos de renda, todos amontoados juntos. Macios e delicados, derretendo com o impacto.

– O mundo parece tão diferente! – me vejo repetindo. – É como se ele tivesse sido limpo.

Sammy me mostra onde fica a melhor colina para escorregar na neve e aí nos revezamos, um de nós segurando a coleira enquanto o outro desce escorregando no disco. Cada vez que eu me coloco no disco, dobrando as pernas e braços por dentro dele e segurando por tudo que há de mais sagrado, o disco me faz rodopiar e sempre pareço descer a colina de costas, gritando e rindo e fechando os olhos.

– Se se inclinar para o outro lado, não vai descer de costas! – grita Sammy. – Aqui, se incline!

– Eu não sei do que você está falaaaaando! – grito, porque atingi um trecho de gelo e estou disparando por todo o comprimento do parque. – Me ajuuuuuuuuda!

Ele vem correndo do meu lado, rindo e dizendo:

– Incline-se para a esquerda, Marnie! Incline-se para a esquerda! Quero dizer a outra esquerda! Incline-se para a outra esquerda!

Levo um tombo na trilha e fico caída ali, contente por finalmente ter parado, esparramada de costas fitando o céu, sentindo a neve cair diretamente no meu rosto, acertando a boca, o nariz e os olhos. Não consigo parar de rir.

– Sai da frente! MARNIE! Tem alguém vindo aí!

Sammy está gritando e dou um pulo bem a tempo de evitar ser atingida por um demônio num traje de neve vermelho que passa aos berros, não me acertando por pouco enquanto segue a centenas de quilômetros por hora. O vento assobia quando ele passa por mim rompendo a barreira do som.

— Ai, meu Deus! Como é que eu não vou querer fazer isso todo dia? É disso que se trata o inverno? Por que ninguém me contou das partes boas? — pergunto para ele.

Juntamos nossos braços e subimos a colina, de volta à fila.

Estamos na fila — *em fila* — e de repente olho ao nosso redor.

— Espera! Cadê o Bedford?

— Ah, não! — diz Sammy. — Aonde ele foi? Eu fui te ajudar e...

— Tá tudo bem — digo. — Vou procurá-lo. Você fique no disco de neve.

— Não, eu vou com você — diz ele.

Seu rosto empalideceu.

Abrimos caminho por entre as aglomerações de pessoas vindas para escorregar na neve e brincar, chamando o nome dele. Há um pastor-alemão andando solto e um golden retriever que caminha entre dois gêmeos como se fosse o supervisor deles. Nada de Bedford. Um poodle se aproxima num suéter espalhafatoso. E dois salsichinhas em jaquetas de plumas.

— Bedford! BEDFORD! Aqui, rapaz! — chamo.

Está nevando mais forte agora e não consigo enxergar tão longe quanto gostaria.

Sammy parece prestes a começar a chorar.

— Isso é culpa minha. Eu o perdi. Eu perdi o seu cachorro.

— Está tudo bem. Vamos encontrá-lo. Vamos descer essa outra rua. Talvez ele tenha saído do parque e começado a voltar para casa.

— É, os cachorros sempre conhecem o caminho de casa — diz ele. — Ouvi dizer isso em algum lugar.

Não quero dizer que não tenho tanta certeza de se isso se aplica a Bedford. Ele foi um cachorro autônomo por muito tempo antes de pertencer a mim. Ele pode não ter certeza de onde é a casa dele,

Aprendiz de Casamenteira

ou sequer de se pertence a mim. Talvez tenha encontrado algumas pessoas bacanas no parque e ido embora com elas, porque elas tinham frango frito ou algo assim. Eu posso nunca mais o ver, e não saberei se ele me trocou por um sanduíche de presunto ou se foi levado pela carrocinha.

Saco meu celular e ligo para Jessica.

– Você está se sentindo bem? – pergunto assim que ela atende.

– No momento estou deitada, sendo preguiçosa – diz ela. – O que está fazendo?

– Bom, estamos nos divertindo horrores, mas Bedford parece ter sumido. Você se incomodaria de dar uma olhada aí fora e conferir se pode ver o semblante adorável dele? Sammy tem uma teoria de que os cães sabem voltar para casa quando estão perdidos.

Depois de algum tempo, ela volta ao telefone.

– Nem sinal dele. Vou perguntar ao Patrick se ele o viu e já te ligo de volta.

– Ah, não incomode o Patrick. Ele nem gosta do Bedford. Tenho certeza de que ele não o viu.

– Bem... – diz ela. – Tá bom.

– Continuarei procurando por aqui um tempinho e daí Sammy e eu voltaremos para casa. O vento está ficando mais forte e está esfriando.

– Eu mal consigo te ouvir, de tanto barulho por causa do vento – diz ela.

– Eu sei. Mas, escuta, minha bateria está para acabar, então vamos continuar procurando e depois voltamos...

– Devo mandar o Andrew? Você está perto do laguinho?

– Talvez. Não tenho certeza exatamente. Mas me dê um tempinho para procurar antes de enviá-lo.

A linha cai.

– Ela não o viu? – pergunta Sammy.

Os ombros dele caem, mas ele se recompõe e volta a chamar:

– BEDFORD! BEDFORD!

Seguimos andando. Minhas mãos e orelhas estão congelando. E, apesar de a neve ter parado de cair, está ainda mais difícil enxergar. Quando são quatro e meia, andamos vários quarteirões e há uma sensação de crepúsculo. As pessoas estão se preparando para ir embora. Acho que devo ter perdido um par de dedos do pé a essa altura.

— Acho que temos que desistir, Sammy, meu rapaz — digo. — Tenho certeza de que ele vai aparecer lá em casa.

— Mas e se não aparecer?

— Ele vai. Cachorros são criaturas espertas.

— Mas e se um carro o atropelou ou algo assim? E se alguém o pegou e levou para casa?

— Xiu! Vamos pensar positivo. Ele provavelmente está bem, em algum canto. Provavelmente entrou numa bodega e está desfrutando de um sanduíche de almôndega nos fundos. Vamos para casa e nos aquecer. Tomar um pouco de chocolate quente. Talvez a gente saia de novo mais tarde e procure, com seu pai.

Caminhamos pela calçada. Eu fico olhando pela rua, tentando enxergar. E então vejo dois homens vindo na nossa direção, e um deles é Andrew — e o outro é Patrick, e meu estômago parece que cai até os dedos dos pés.

Patrick. Do lado de fora, numa parca fina e calça de moletom. Correndo até mim. Ele está do lado de fora e está correndo para mim, e coloco a mão sobre a boca porque isso claramente não é nada bom. Congelo nessa posição, mas Sammy diz:

— Pai!

E sai galopando para junto de Andrew, choramingando agora, falando do cachorro e no quanto está arrependido. Andrew se abaixa e o levanta num abraço, mas Patrick continua vindo até mim.

— Bedford... — diz ele, e começo a chorar.

— Ai, meu Deus! Ele morreu?

— Não, mas um carro o atropelou. Na frente da nossa casa. Estava tentando ligar para você.

Aprendiz de Casamenteira

Ele para de falar, ofegando tanto que não consegue formar as palavras direito.

— Ah, não! Onde ele está? Ai, meu Deus! Ele vai ficar bem?

Ele se abaixa, coloca as mãos nos joelhos, tenta recuperar o fôlego.

— Não... está tudo bem... vai ficar bem... eu o levei ao veterinário...

— O veterinário? Você o levou...? Espera. Patrick, respira fundo. Respira. — Coloco minha mão em seu braço. — Apenas balance a cabeça para sim ou não: você o salvou, não foi?

Ele respira fundo, bem fundo, mais uma vez, e faz que sim.

— Ele vai ficar bem. Uma perna quebrada, disseram. Eles já consertaram. Estava procurando você. Jessica falou que você e Sammy estavam escorregando na neve...

— Onde ele está?

— No hospital veterinário, a quatro quarteirões daqui. Eles estão corrigindo a fratura agora. — Outra respiração profunda. — Então ele vai ficar por lá esta noite. Para garantir que não haja mais complicações.

— Você viu acontecer? Foi horrível?

Ele se endireita e olha para mim.

— Eu vi logo em seguida. Ele estava na rua, deitado, chorando, e eu o apanhei no colo e o tirei de lá. Provavelmente não deveria tê-lo movido, mas precisava tirá-lo da via.

— Você o pegou no colo?

— Peguei. Bem, tive que pegar. Ele é *o seu cachorro*.

— Ai, Patrick! Muito, muito obrigada. Fico tão contente que tenha feito isso. Ah, meu Deus. Eu mal arrumei um cachorro e já acabei com ele.

Não consigo evitar; eu o agarro num abraço e ele deixa. Até coloca um braço ao meu redor.

— Como você soube o que tinha acontecido?

— Eu ouvi acontecendo. Escutei o ganido dele. Daí eu saí e o motorista do carro estava lá. Ele tinha estacionado e se aproximou e falou comigo. Ele disse que nem chegou a vê-lo sair em disparada.

— Não, eu entendo. Ele persegue flocos de neve e fica maluco. Você acha... digo, será que eu posso vê-lo? Ah, aquele pobre coitado daquele vira-lata tapado!

— Acho que podemos vê-lo, sim. Eles fazem magia com as pernas dos cachorros hoje em dia, pelo que ouvi falar.

Andrew e Sammy estão vindo para nós agora, e Sammy está segurando o choro. Andrew tem o braço em torno dos ombros do filho. Nunca tinha reparado no quanto os dois são parecidos.

— É culpa minha, Marnie – diz Sammy.

— Não é, não. De jeito nenhum. Bedford é um cachorro livre e deveria ter seguido você. Ele só se distraiu, daquele jeito que os cachorros fazem. E você tinha razão: ele foi para casa. Deve ter começado a perseguir alguns flocos de neve e saiu para a rua, porque... bem, odeio dizer isso, mas aquele cachorro é meio que tapado. Sabe? Não conhece muito bem calçadas e carros.

Eu também o abraço.

— Desculpe!

— Está tudo bem, amigão – diz Patrick. – Eles estão dando um jeito no Bedford.

Ele olha para mim.

— Vamos para o hospital veterinário ver como estão se saindo com ele?

— Sim, gostaria de ir – digo. – Espera aí. Você vai mesmo comigo?

Ele fecha os olhos por um momento.

— Sim, é claro que vou.

Andrew diz que ele e Sammy estão indo para casa, se estiver tudo bem.

— Tenho que colocar esse carinha em roupas secas.

Eu me despeço dos dois com um beijo e um abraço, e me viro para Patrick.

— Por que está fazendo isso? O que, em nome de Deus, aconteceu com você desde a última vez que conversamos?

— Você quer caminhar ou pegar meu caminhão?

— Espera. Você tem um caminhão?

Aprendiz de Casamenteira

— Estou com o alugado. Foi com ele que levei o cachorro para o veterinário.

— Você é cheio de surpresas.

— Pensei que estivéssemos com uma moratória sobre a palavra *surpresa*.

— Às vezes é uma palavra boa.

Caminhamos por muito tempo em silêncio. Eu fico roubando olhadelas.

— Você nem gosta dele de fato. Disse que não tinha tempo para cachorros.

— É, bem, ele lambeu a minha mão. Então talvez isso signifique que estamos conectados para a vida toda agora.

— Patrick.

— Sim?

— Isso significa mais do que consigo expressar. De verdade.

— Eu sei.

— Isso é, tipo, a coisa mais incrível que alguém já fez por mim.

— Escuta, não estou preparado para fazer um grande discurso nem nada – diz ele. – Ainda sou um desastre. Ainda sou eu. Mas pensei naquilo que disse.

— Ai, meu Deus, Patrick, você está aqui fora. Por mim.

— É. Bom, queria ver como esse seu cachorro está. E eu quero… bem, daí eu quero começar o processo para que Roy e Bedford possam ser amigos.

— Você quer? Não está de mudança daqui a, tipo, vinte minutos? Indo para Wyoming?

— E daí talvez, se quiser, a gente podia ter uma conversa preliminar sobre quanto seria ridículo se um de nós estivesse caminhando nas planícies de Wyoming sozinho enquanto o outro está na Flórida. *Flah-rida*, como você diz. Sabe, como plano de longo prazo.

Ele para de andar e se vira de frente para mim, pegando minhas mãos em suas mãos coriáceas, remendadas, maravilhosas, as mãos de um milagre da medicina.

Seus olhos são luminosos na semiescuridão.

— É provável que eu nunca possa ser restabelecido por completo, sabe. Sempre haverá um pouco de... dor... e talvez algumas visitas àquele planeta. O planeta Meu Amor Morreu. Talvez eu tenha que deixar uma vaga de estacionamento reservada lá permanentemente para minha espaçonave. Mas eu... bem, preciso de você. Não quero viver sem você.

— Patrick...

— Por favor. Você não tem que fazer isso. Você tem que pensar muito bem sobre o que quer. Não sou nenhum negócio da China, acredite em mim. Só me diga uma coisa. Isto... *eu*... digo, será que isso pode, algum dia, ser algo que você deseje?

Fecho meus olhos.

— Tanto.

Ele me puxa para si e me beija suavemente.

— É verdade mesmo? — murmura ele. — Você quer isso?

Assinto. Estou prestes a cair no choro, de modo que não posso confiar em mim mesma para falar.

— Tá bom — diz ele. — Então vamos visitar Bedford. Depois temos que ir para casa e contar a novidade para Roy. Que ele agora é dono de um cachorro. Ele não vai ficar feliz, acredite.

Começamos a caminhar de novo e o céu escurece e sim, pode haver faíscas para todo lado que eu olho, ou talvez sejam apenas as luzes da rua se acendendo e brilhando sobre a neve. Não conseguimos parar de sorrir. Sorrindo e caminhando e de mãos dadas.

— Sabe que vai haver pilhas de problemas, não sabe? — diz ele, meio quarteirão adiante. — Não vai ser como...

— Patrick — digo.

— O quê?

— Talvez eu precise que fique quietinho por enquanto só para eu poder te amar mais. Estou pensando em como vai ser incrível desembrulhar você.

— Me desembrulhar, você disse? Está, é?

— Sim — digo. — Sim! Sim! Sim! Não tenho conseguido pensar em mais nada além disso.

Aprendiz de Casamenteira

– Se estivesse escrevendo isso em mensagem de texto, haveria pontos-finais ou vírgulas entre todos esses sins?

Paro de andar nesse ponto e coloco meus braços em torno dele, e ele me beija várias e várias vezes. E é a melhor coisa, de verdade – beijos com pontos de exclamação entre eles. Como todos os sins de agora em diante.

quarenta e sete

MARNIE

No dia em que o prazo de três meses se esgota, Charles Sanford me entrega os documentos para assinar, agora aceitando plenamente os termos do testamento – e me entrega a última carta de Blix, a carta que ele explicou que seria minha quando eu cumprisse os termos do testamento.

– Só por curiosidade – pergunto a ele –, ela realmente me escreveu duas cartas, uma se eu fosse ficar e outra se eu fosse embora?

Ele riu um pouquinho.

– Bem... não. De fato, não.

– Ah, porque ela teria ficado decepcionada demais comigo se eu voltasse para a minha vida normal – digo.

– É um ponto de vista. Mas provavelmente foi mais porque ela sempre teve certeza de que você não voltaria.

– Mas eu quase voltei – digo. – Cheguei a ter uma agente imobiliária mostrando a casa! Eu tinha uma passagem de avião para casa comprada.

E ele sorri.

– Sim, mas nenhuma oferta se materializou, não foi? E você resolveu ficar. Você entende, Blix não lidava com *quases*. Ela sabia o que fazia.

Vou até a Starbucks onde li a primeira carta dela, três meses atrás. E então abro esta carta, o coração batendo depressa.

Aprendiz de Casamenteira

Marnie, meu amor, bem-vinda à sua vida grandiosa, enorme. Docinho, funcionou exatamente como eu sabia que funcionaria. Para o bem de todos.

Enquanto olha ao redor, sei que está vendo todos os milagres incessantes, cotidianos e onipresentes. Eles estão em todo lugar.

E, docinho, continue amando-o. Ele é um bom homem – danificado e quebrado, mas, como alguém mais sábio do que eu disse, é pelos lugares quebrados que a luz penetra.

E, como você e eu sabemos, ele é LUMINOSO. Cheio de luz presa. Ela escapa pelos olhos dele, não é, querida? Eu também quero que saiba que ele tem uma camisa havaiana e chapéus de palha – e, quando ele coloca os dois e dança, você não vai acreditar na transformação que acontece. Eu estou lá com vocês, amando todo minuto. Então vivam, vivam até gastar seus coraçõezinhos. O amor é tudo que existe. Nunca se esqueça de quem você é.

Com amor,
Blix

Coloco a carta na mesa e sorrio olhando à distância.

Então ela sabia. Ela preparou para que tudo acontecesse exatamente assim.

Sinto como se, caso me virasse depressa, os princípios de tempo e espaço pudessem, de algum jeito, permitir, eu a veria lá, dançando na rua, rodopiando, com as mãos no ar, exatamente como ela dançou no meu casamento.

E eu me pergunto se ela sabia, mesmo naquela época, que eu tinha sido feita para o Patrick. Algum dia, espero poder perguntar a ela.

Ah, sim. Agora é um ano depois, e eis aqui algumas outras coisas que aconteceram.

Meus pais ficaram chateados no começo por eu ficar no Brooklyn, e mal puderam suportar o fato de eu partir o coração de Jeremy duas vezes. Mas mudaram de ideia. Os pais sempre mudam de ideia quando veem que você está feliz de verdade. Minha mãe disse que sabia, com sua intuição materna, que quando eu fui para o Brooklyn minha vida ia mudar. E ela se resignou com o fato de que vou virar uma nortista e que meus filhos, quando Patrick e eu os tivermos, falarão como nortistas em vez de sulistas.

Natalie me visitou e conheceu Patrick. Ela disse que precisava ver a minha vida aqui para descobrir o que raios o Brooklyn oferecia. Temo que ela tenha ido embora ainda perplexa. Ela sempre vai preferir gramados imensos, piscinas e a certeza tranquilizadora de um boulevard suburbano ao meio-dia. Já eu adoro como a cidade acorda meramente duas horas depois de ter ido dormir, e o jeito como o ônibus das 6h43 ruge quando dobra a esquina e acerta o buraco – o mesmo buraco – toda santa manhã. E como a dança da cidade significa que você nunca sabe o que vai aparecer em seguida na sua rua, na sua vida.

Jeremy... bem, Jeremy realmente é a única baixa de toda essa situação. Não há como contornar isso. O que posso dizer? Um cara tão bacana, e eu sei que ele está contando para si mesmo a história de que caras bacanas sempre terminam em último lugar, nunca ficam com a garota. Ele gracejou que talvez ele e eu tentemos outra vez quando eu estiver entre o segundo e o terceiro maridos. Eu disse para ele que não tinha graça nenhuma, mas na verdade fiquei feliz em ouvi-lo dizer isso. Talvez isso signifique que seu sarcasmo esteja voltando.

William Sullivan está no nonagésimo segundo de seu Ano de Cem Encontros com Lola. Ele diz que tem a paciência de uma mula. E por acaso estou sabendo que ela visitou a farmácia. Para comprar produtos que facilitam as coisas, sabe? No centésimo encontro deles, ele me diz que não apenas vai pedi-la em casamento, como

Aprendiz de Casamenteira

eles vão tentar resolver se se mudam para Nova Jersey ou ficam no Brooklyn. (Lola me disse que eles vão ficar, e ela acha que Walter vai aceitar bem isso.)

Andrew e Jessica, agora membros de uma família de quatro pessoas, compraram uma casa em Ditmas Park (uma seção muito mais residencial do Brooklyn). Estão planejando uma cerimônia de casamento na primavera. O padrinho: Sammy. A dama de honra estará com apenas nove meses de idade, então a mãe dela planeja carregá-la igreja adentro.

O ônibus escolar de Sammy o traz para mim depois da escola duas vezes por semana, e nos sentamos na cozinha enquanto ele trabalha no poema que vai ler no brinde de casamento. (É uma aposta quase certa que ouviremos sobre outras aventuras do ovo e da torrada.)

E alguns novos inquilinos se mudaram para o apartamento de Jessica: Leila e Amanda, que serão conhecidas para sempre como as mães lésbicas, um título que elas adoram, aliás. O bebê das duas é adorável. E o doador de esperma delas, aquele para quem estavam escrevendo o cartão quando eu as conheci na Brotou um Lance – bem, tenho que dizer que ele também está por aqui com bastante frequência. Já me pediram se eu consigo pensar num feitiço que possa trazer para ele uma mulher e um bebê que sejam dele.

Ah, e ainda temos Patrick – bem, Patrick ainda é Patrick. Maravilhoso e generoso, espantado pela vida e tudo o que ela pode conter. Eu o convenci a largar seu emprego deprimente quando ele se mudou para morar comigo no andar de cima. Agora, à noite, vejo uma expressão melancólica surgir no rosto dele, e ele pega suas aquarelas e segura minha mão, e subimos para o terraço, onde ele pinta os entardeceres do Brooklyn e o horizonte enquanto Bedford, Roy e eu lhe fazemos companhia. Ele também tem tirado fotos – indo lá fora e fotografando tudo que o Brooklyn tem para nós dois.

Eis aqui algo. No outro dia, estávamos numa loja comprando materiais de arte e havia uma menininha, de uns quatro anos, que o encarava com curiosidade. Normalmente, Patrick teria ficado tenso, fechado a cara e dado as costas para ela. Mas, dessa vez, assisti enquanto ele se abaixava até o nível dela, e ela estendeu as mãozinhas e tocou de leve a pele dele, deslizando os dedos lentamente pelas cicatrizes e os lugares onde a pele se estica. Eu mal podia respirar. Vi os dois se olharem nos olhos e então ela disse, mal formando um sussurro:

– Dói?

E ele sorriu para ela, fechou os olhos apenas por um instante, e depois falou:

– Não. Nenhuma dor. Não mais.

Você não sabe, até que aconteça um momento assim, quanto espaço ainda pode haver no seu coração. Quanto espaço para respirar existe no mundo, só para você. É quando você aprende com certeza que o amor vencerá no final. Simplesmente vencerá.

Quanto a mim, ainda estou trabalhando na Brotou um Lance. E mantenho o livro de feitiços logo ali comigo – com todas as suas trepadeiras e flores na capa –, porque às vezes acrescento uma das pequenas bênçãos da Blix quando um cliente precisa de um pouco de magia junto com seu buquê.

Ah! E Patrick e eu estamos trabalhando juntos para criar cupcakes com as mensagenzinhas neles. Acho que descobrimos como. Na noite de ontem mesmo eu disse a ele que todas as mensagens deveriam dizer a mesma coisa: SEJA LÁ O QUE ACONTECER, AME ISSO.

Porque, como Blix me disse na cerimônia de casamento, se você precisa de um mantra, esse é um dos melhores.

agradecimentos

Se é preciso uma aldeia para educar uma criança, é preciso pelo menos uma centelha de magia, um monte de sorte e paciência e inteligência de inúmeros bons amigos para colocar um livro no mundo lá fora. Eu fui afortunada o bastante para ter todas essas coisas a meu favor enquanto escrevia *Aprendiz de Casamenteira*.

Particularmente, quero agradecer a Kim Caldwell Steffen, que caminha comigo quase todos os dias e conhece meus personagens ao menos tão bem quanto eu; e Alice Mattison, minha amiga de escrita de longa data, que sabe de tudo sobre *storytelling* e está sempre disposta a me ajudar a desempacar meu livro; e Leslie Connor, que ouviu muitos, muitos manuscritos iniciais e compartilhou suas melhores ideias e opiniões. Nancy Antle leu um manuscrito bem inicial e incentivou este livro a cada passo do caminho, assim como Susanne Davis, Holly Robinson e Nancy Hall. Karen e Terry Bergantino me deram uma semana em seu apartamento amistoso e caloroso em Newport, onde escrevi sem parar.

Tenho muita gratidão por minha editora maravilhosa, perceptiva e brilhante, Jodi Warshaw, que adora conversar sobre livros e enredos, e sempre me ajuda a entender a história que estou tentando vender. Ela e Amara Holstein são ambas gênios editoriais. Minha agente, Nancy Yost, é um tesouro que me faz rir e que sempre acredita que serei capaz de terminar o livro.

Muito obrigada a meus filhos – Ben, Allie e Stephanie –, que me ensinaram tudo o que eu sei sobre amor e paciência, e também às pessoas maravilhosas que eles trouxeram para a minha vida: Amy, Mike, Alex, Charlie, Josh, Miles e Emma.

Quero agradecer ainda à "Blix" da minha própria vida – minha escandalosa, agitadora e espirituosa avó, Virgínia Reeves, que me ensinou que o amor é a única coisa que importa de verdade.

E, como sempre, meu amor eterno a Jim, que compartilha minha vida e torna tudo divertido.